Das Buch

Die Journalistin Scout Davis lebt im Paradies: in einem kleinen Städtchen namens Byron Bay an der australischen Nordküste. Als ein Freund sie darum bittet, herauszufinden, ob sich die amerikanische Sekte *Die strahlende Wiederkehr der erleuchteten Seelen* in Australien niedergelassen hat, ist sie Feuer und Flamme. Hauptsache, die Recherchen stören ihre Aktivitäten bei der »Strickguerilla« nicht, die mit möglichst albernen Aktionen Byron Bay verschönert. Doch Scout versucht nicht nur, der Sekte das Handwerk zu legen, sie soll auch herausfinden, wer in den Umkleidekabinen der Schule, an der ihre Schwester Harper unterrichtet, Unterwäsche zerschneidet. Scout recherchiert – und kommt den Lösungen näher, als ihr lieb ist. Eine liebenswerte Hauptfigur, die sich mit einer gehörigen Portion Selbstironie und viel Humor auf ihre Aufgaben stürzt, Sex, Sonne und Strand – ein Buch wie ein Sommerurlaub am Meer, der viel zu schnell vorüber ist.

Die Autorin

Maggie Groff arbeitet als Kolumnistin bei The Sun-Herald und hat bisher zwei Sachbücher veröffentlicht. Sie lebt mit ihrer Familie im Paradies, nämlich an der australischen Nordküste, wo sie an weiteren Scout-Davis-Romanen arbeitet.

Die Übersetzerin

Petra Knese, Jahrgang 1967, studierte Anglistik und Nordamerikanistik an der FU-Berlin. Sie lebt als freiberufliche Übersetzerin mit ihrer Familie in Berlin.

KiWi

1370

Maggie Groff

Frauen am Rande des Strandes

Ein Scout-Davis-Roman

Aus dem Englischen
von Petra Knese

Unverkäufliches, unkorrigiertes Arbeitsexemplar
Sperrfrist: Bitte nicht vor dem 08.03.2014 besprechen.

Kiepenheuer
& Witsch

MIX
Papier aus verantwortungsvollen Quellen
FSC® C083411
FSC www.fsc.org

Verlag Kiepenheuer & Witsch, FSC®-N001512

1. Auflage 2014

Titel der Originalausgabe: *Mad Men, Bad Girls and the Guerilla Knitting Institute*

Aus dem Englischen von Petra Knese

Umschlaggestaltung: Barbara Thoben, Köln
Umschlagmotiv: © plainpicture/Lubitz + Dorner
Gesetzt aus der Bembo
Satz: FelderKölnBerlin
Druck und Bindung: CPI books GmbH, Leck
ISBN 978-3-462-04637-3

Für Hannah Key
Leb Deinen Traum, meine Süße

1.

Es war heiß an diesem Märzmorgen in Byron Bay. Mein Freund Toby befand sich im Auftrag der Nachrichtenagentur Reuters in Afghanistan und so hatte ich die Wohnung für mich. Na ja, nicht ganz. Miau Zedong, mein puscheliger grauer Kater, hatte sich auf dem Windsor-Stuhl neben meinem Schreibtisch zusammengerollt. Eigentlich sollte er mich ja auf neue Ideen bringen, aber irgendwie schien er heute nicht so recht bei der Sache, bislang kam von ihm nur ein Schnarchen.

Ich ging gerade die letzten Korrekturen an meinem Newsweek-Artikel durch, als das Telefon klingelte. Brian Dunfey war dran, Redakteur bei der Anzasia Media Group. Als Journalistin habe ich mich auf Enthüllungsstorys spezialisiert, und Brian schanzt mir seit Urzeiten Jobs zu.

»Hast du schon mal von einer Sekte namens Strahlende Wiederkehr der erleuchteten Seelen gehört?« Brian setzte mir mit der Frage regelrecht die Pistole auf die Brust, sodass ich mich zum wiederholten Male fragte, ob er seine Manieren eigentlich beim Militär abgeschaut hatte.

»Mir geht es gut, danke. Und dir?«, grüßte ich.

»Die feine Dame kannst du ruhig stecken lassen.«

Ich musste lachen. »Schön, dass du dich meldest. Und nein, ich habe noch nie von dieser Sekte gehört. Soll es die hier in Byron geben?«

»Na, bei euch ist doch schon alles voll mit Berufsspinnern.«

Für die nonkonformistische Spaßgesellschaft meiner Geburtsstadt hatte er nichts übrig. Ich habe schon gehört, wie er behauptet hat, in Byron Bay würden die Bongs an Bäumen wachsen. Einmal hat er Bums Bay als Adresse auf die Weihnachtskarte gesetzt. Und sie kam trotzdem an.

»Wo soll die Sekte denn sein?«

»Offenbar haben sie ihre Zelte in Nordamerika abgebrochen und sind an die Gold Coast gezogen. Bist du interessiert?«

»Sind die gefährlich?«

»Ja. Bist du interessiert?«

»Wie gefährlich?«

Die Sekunden verstrichen, und ich wartete darauf, dass Brian mich rügte, weil ich auf eine Frage mit einer Gegenfrage reagierte. Doch stattdessen seufzte er nur und sagte: »Es gibt immer Leute, für die Sekten gefährlich sind, Scout.«

Ohne weiter auf seine herablassende Art einzugehen, fragte ich: »Wie sicher ist die Quelle?« Wenn die Informationen nicht absolut wasserdicht wären, würde ich am Ende ohne Story dastehen und hätte Tage mit unbezahlter Recherche verplempert.

»So ganz sicher ist sie nicht. Aber an der Geschichte ist was dran, das habe ich im Gefühl. Jemand aus dem Bundesstaat New York war von den Sektenaktivitäten immerhin so beunruhigt, dass er vor drei Monaten einen ausführlichen Leserbrief an eine Tageszeitung in Sydney geschickt hat. Doch die Zeitung hat ihn nicht gedruckt, weil er anonym war. Ein Kollege hat ihn gestern an mich weitergeleitet. Hör zu, hast du jetzt Interesse an dem Fall, oder wollen wir weiter Katz und Maus spielen?«

»Lies mir den Brief mal vor.«

»Du bekommst ihn, wenn du die Story übernimmst.«

Damit biss sich die Katze in den Schwanz. Brian wollte mir nicht mehr über den Brief verraten, solange ich ihm keine Zusage gab. Irgendwie konnte ich ihn auch verstehen, doch für mich hieß das, mich sofort entscheiden zu müssen.

»Warum willst du ausgerechnet mich?«, fragte ich schließlich. Ich weiß nicht, ob ich damit nur Zeit gewinnen wollte, oder ob ich es schlichtweg genoss, Brians Geduld auf die Probe zu stellen. Wahrscheinlich beides.

»Weil du die einzige Journalistin bist, die sich bei der Arbeit nicht von ihrer persönlichen Meinung beeinflussen lässt.«

Ein schwacher Versuch, mir zu schmeicheln, dennoch verfehlte er seine Wirkung nicht. Brian wusste nur zu gut, dass mich die dunkle Seite der menschlichen Psyche faszinierte. Sobald irgendetwas auch nur im Entferntesten nach Machtmissbrauch roch, war ich Feuer und Flamme. Er musste geahnt haben, dass meine Schnüfflersynapsen schon auf Hochtouren arbeiteten.

»Wie äußern sich … diese Aktivitäten?«, fragte ich.

»Kinder werden aus elterlicher Obhut entführt und zu wüsten Taten angestiftet.«

»Klingt nach Oliver Twist.«

»Letzte Gelegenheit.«

Mein Herz schlug schneller, und ich spürte bereits den Nervenkitzel. Für meinen aktuellen Artikel über die Fernsehwerbung von Online-Partnervermittlungen würde ich zwar fürstlich entlohnt, aber das Thema langweilte mich zu Tode und konnte warten. Außerdem reichte das Geld auf meinem Konto noch mindestens für zwei Monate. Spontan fällte ich eine Entscheidung.

»Ich bin dabei.«

»Braves Mädchen, das wird ein Knüller«, freute sich Brian. »Sektenstorys ziehen Leser ebenso magisch an wie Sekten neue Mitglieder. Ich brauche Namen, auseinandergerissene Familien, menschliche Tragödien und Verbrechen. Abartige Sexualpraktiken wären auch nicht schlecht. Abgabetermin in sechs Wochen zu den üblichen Konditionen.«

Brian wusste ganz genau, dass ich das »brave Mädchen« hasste, genauso wie er wusste, dass ich mich in meiner Arbeit nicht von seinen Vorgaben würde beeinflussen lassen. Das gefällt mir ja gerade so gut daran, frei zu arbeiten, ich kann mir die Themen aussuchen und mir selbst treu bleiben. Außer ich bin pleite, dann verkaufe ich meine Seele selbst dem Teufel.

Auch wenn ich es Brian verbal gern heimgezahlt hätte, wollte ich das Gespräch doch lieber positiv ausklingen lassen.

»Was meinst du mit wüsten Taten?«

»Tja, wüst eben«, sagte Brian schnell und legte auf.

Miau Zedong, der inzwischen aufgewacht war und mit den Augen eine Motte verfolgte, die vor dem Fenster hin und her flatterte, schien über den neuen Auftrag nicht halb so begeistert wie ich.

Entschuldigend hob ich die Hände.

»Was denn?«, fragte ich den Kater. »Wie gefährlich kann das schon werden?«

Doch leider gab er keine Antwort.

Nachdem ich mit dem Newsweek-Artikel fertig war, setzte ich eine Kanne Assamtee auf und überlegte, wie ich das neue Projekt in Angriff nehmen sollte.

Normalerweise gebe ich mich bei Nachforschungen immer gleich als Journalistin zu erkennen, aber Sekten waren unbekanntes Terrain, und diese schien mir nicht geheuer. Womöglich wäre es sicherer, erst einmal verdeckt zu ermitteln, bis ich wusste, woran ich war.

Als ich mir Tee einschenkte, hatte ich bereits einen groben Plan und konnte es kaum erwarten, endlich loszulegen. Manche Leute müssen rauchen, um auf Ideen zu kommen. Ich mache mir einfach Tee.

Auf dem Weg zum Schreibtisch klingelte das Telefon erneut. Bestimmt noch mal Brian, der vergessen hatte, mir zu sagen, dass es sich bei den Sektenmitgliedern um axtschwingende Mörder handelte. Mit Erleichterung vernahm ich Bodkins unverkennbaren Yorkshire-Akzent.

»Na, Mädchen«, sagte er. »Steht unsere Verabredung für Dienstagabend noch?«

»Das Treffen ist um Mitternacht bei mir auf der Veranda.«

»Mir ist diesmal ein bisschen mulmig dabei«, gestand Bodkin. »Ist ein riskantes Ziel, besonders für mich. Haben wir auch wirklich nichts übersehen?«

»Vorher gehen wir noch mal alles durch«, beschwichtigte ich ihn, »und um zwei Uhr schlagen wir los.«

»Wie sieht es mit den Sichtverhältnissen aus?«

»Das Zielobjekt ist hell beleuchtet, aber es scheint kein Mond, das verschafft uns einen Vorteil, falls wir fliehen müssen. Wenn du lieber einen Rückzieher machen willst, ist das okay. Dafür haben doch alle Verständnis.«

»Nö, Mädchen, es soll hinterher nicht heißen, Bodkin ist eine Memme und hat gekniffen. Bis Dienstag also.«

Wie Sie sich wohl schon gedacht haben werden, ist Bodkin ein Deckname. Er und ich gehören einer furchtlosen Bande von Kamikazestrickern an, die sich Strickguerilla nennt, kurz SG. Bei Nacht und Nebel ziehen wir los, um heimlich Statuen, Bäume, Laternenpfähle und Straßenschilder mit Wollarbeiten zu schmücken. Wer dabei an

Graffiti denkt, liegt goldrichtig, nur dass wir unsere Kunstwerke lieber als Stadtverschönerung begreifen.

Warum wir das machen? Eigentlich wegen des Adrenalinkicks, und außerdem ist es unheimlich lustig. Auch wenn wir offiziell gegen das Gesetz verstoßen, richten wir keine bleibenden Schäden an und lösen mit diesen skurrilen Kunstaktionen eher Heiterkeit aus.

Angefangen hat es mit bunten Strickblumen, mit denen wir die Büsche und Bänke in der Stadt verziert haben; danach haben wir uns an gehäkelten Spinnennetzen aus Silbergarn versucht, die wir überall in den Parks in die Bäume gehängt haben. Auch wenn das schon Spaß gemacht hat, war es nicht gefährlich und hatte auch nicht die Aussage, die uns vorschwebte. Erst vor ein paar Jahren, am französischen Nationalfeiertag, ist uns das Potenzial unserer öffentlichen Kunst aufgegangen.

Damals hatten wir Stofftierkoalas mit schwarzen Strickbarrets und blau-weiß gestreiften Strickpullis ausstaffiert und sie in der Nähe des Strandes in die Bäume gesetzt. War das eine Freude, die glücklichen Gesichter der Passanten zu sehen, die begeistert auf die französischen Koalas zeigten. Noch heute muss ich beim Gedanken daran schmunzeln. Die Nummer hat für richtig Medienaufmerksamkeit gesorgt, und der hiesige Radiosender hat die Bären schließlich versteigert und den Erlös einer Jugendgruppe gespendet. Ich habe mir auch einen Koala gekauft, er sitzt auf einem Stuhl in meinem Schlafzimmer. Er heißt Charles de Gaulle (der Bär, nicht der Stuhl).

Danach gab es für die SG kein Halten mehr, und unsere Aktionen sind so witzig und fantasievoll wie die versponnenen Köpfe, denen sie entspringen. Da wir im Geheimen operieren, verwenden wir am Telefon, bei unseren Treffen und während eines Einsatzes nie unsere richtigen Namen.

Stattdessen hat jeder einen Decknamen. Falls Ihnen der Begriff »Bodkin« nichts sagt, es ist ein nadelähnliches Teil mit großem Öhr und stumpfer Spitze, mit dem man Bänder und Gummis einzieht. Bodkin kann sich unsere Decknamen nicht merken, deshalb nennt er uns alle »Mädchen«.

Nadel hatte unseren nächsten Coup geplant und wie immer hatte sie sich etwas ziemlich Lustiges, aber potenziell Gefährliches einfallen lassen. Für Bodkin stand dabei mehr auf dem Spiel als für den Rest von uns, aber bislang hatte sein Posten als Seniorpartner einer renommierten Anwaltskanzlei unseren Aktionen noch nie im Wege gestanden. Obgleich er diesmal ganz schön in die Bredouille käme, wenn wir geschnappt würden.

2.

Die Gold Coast liegt nur eine Autostunde nördlich von Byron Bay, direkt hinter der Grenze zu Queensland, ich würde die Reportage bequem von zu Hause erledigen können. Mit Zuhause meine ich meine gemütliche Altbauwohnung über dem Restaurant Fandango. Das Tolle an der Heimarbeit ist, dass ich in Badeanzug und Sarong zur Arbeit erscheinen kann. Mit dem Nachteil, dass ich mich leicht vom Haushalt, Morgenschläfchen mit gutem Buch, Nachmittagsnickerchen mit gutem Buch und der Aussicht aus dem Fenster meines Arbeitszimmers ablenken lasse.

Vom Schreibtisch aus habe ich die Jonson Street im Blick, über die ganz Byron flaniert und täglich die größte Kostümparty aller Zeiten schmeißt. Dort versammeln sie sich alle: dinierende Damen, aufstrebende Angestellte in Armani, taffe Tattooträger, Ökos in Hanfmontur, braungebrannte Backpacker und New-Age-Hippies. Und nicht zu vergessen, die alte Mrs Delgado in ihrem psychedelisch gemusterten Kaftan mit einem Hackenporsche im Schottenkaro und dem größten Golfschirm der Stadt in Regenbogenfarben als Sonnenschutz. Sollte je eine Sturmbö durch die Jonson Street fegen, würde es Mrs Delgado nach Neuseeland treiben.

Toby hält mir des Öfteren vor, viel zu viel Zeit mit dem Beobachten dieses exotischen Kosmos zu vergeuden, doch wie immer liegt er falsch. Die meiste Zeit verbringe ich nämlich in völlig unangemessenen Tagträumen, in denen die gut aussehenden Männer auftreten, die unter meinem Fenster vorbeischlendern.

Nun aber kehrte ich schleunigst wieder in die Realität zurück und schrieb eine Mail an Brian, um ihm für den Auftrag zu danken und ihn daran zu erinnern, den Brief aus New York und möglichst auch noch den Umschlag mit dem Poststempel zu scannen. Allerdings sank meine Stimmung, als gleich darauf eine Abwesenheitsnotiz in meinem Posteingang ankam, die mich darüber unterrichtete, dass Brian erst am Montag wieder im Büro sein würde. Mhmm. Neben schlechten Manieren verfügte Brian auch über eine gehörige Portion Hinterlistigkeit. Gut möglich, dass etwas in diesem Brief stand, das er mir verheimlichen wollte.

Na toll! Nun eierte ich auch noch im Blindflug auf diese Sache los.

Interessiert beobachtete Miau Zedong, wie ich meine Wut am Whiteboard ausließ und wie eine Wilde alle Notizen über meinen Newsweek-Artikel wegwischte. Die Tafel dient mir als Mindmap, dort notiere ich alles, was mit einem Fall zu tun hat, ganz gleich, ob es mir in dem Augenblick relevant erscheint. Einerseits sehe ich so die Fortschritte, andererseits macht es mir mitunter Zusammenhänge deutlich, die selbst Dick Tracy hier sonst übersehen hätte.

»Siehst du«, sagte ich zu Miau Zedong, »so sauber war die Tafel noch nie.« Nachdem der Kater einen Blick auf den Lappen geworfen hatte, sprang er vom Stuhl und schoss aus dem Zimmer, wahrscheinlich fürchtete er, dass ihm eine ähnliche Behandlung blühte.

»Verrücktes Vieh«, murmelte ich. Dann malte ich ein großes Rechteck in die Mitte der Tafel und schrieb Strahlende Wiederkehr der erleuchteten Seelen hinein. Zufrieden trat ich einen Schritt zurück, bewunderte mein Werk und genoss die Vorfreude, die mich bei jedem neuen Fall überkommt. Auch wenn ich schon seit Jahren im Geschäft bin, die ersten Wörter an der Tafel sind immer aufregend.

Zu meinem Modus Operandi gehört es auch, eine Zeitungsannonce aufzugeben, denn daraus ergibt sich oft eine Spur oder ein neuer Ansatz. Die Anzeige war diesmal kurz und knapp: *Wer hat Freunde oder Familienmitglieder, die der Strahlenden Wiederkehr der erleuchteten Seelen beigetreten sind? Oder hat sonstige Informationen über diese Gruppierung? Bitte melden Sie sich unter folgender Nummer ...*

Meine Handynummer gab ich an, über Namen, Beruf und das Motiv meiner Nachforschungen schwieg ich mich aus. Der Gedanke, ein gestörtes Sektenmitglied könnte mich ausfindig machen und mir einen Molotowcocktail in die Bude schmeißen, ließ mir jetzt schon keine Ruhe.

Zufrieden mit der Wortwahl schaltete ich für die nächsten sieben Tage Kleinanzeigen im *Gold Coast Bulletin* und der *Brisbane Courier Mail* und für die nächste Woche eine im Wochenblatt *Byron Shire Echo*.

Mittags hockte ich mich mit einem Käsesandwich vor den Fernseher und schaute Nachrichten. Als Toby letztes Jahr für CNN arbeitete, stand er oft mutig und verdammt gut aussehend vor ausgebombten Häusern. Zurzeit macht er keine Liveberichterstattung, dennoch schalte ich immer ein, um sicherzugehen, dass keine australischen Journalisten beim Einsatz umgekommen sind.

Im Großen und Ganzen habe ich mich mit Tobys gefährlichem Job arrangiert, auch wenn ich von Zeit zu Zeit rückfällig werde. Vor einem Monat habe ich mich am Flughafen Coolangatta in einem spontanen Gefühlsausbruch an ihn geklammert, bis er sich schließlich von mir losriss und eiligst hinter den Sicherheitskontrollen verschwand. Meine Darbietung war *Casablanca*-reif. Den ganzen Rückweg über habe ich geflennt, na, jedenfalls bis zur Parkhausausfahrt, aber Toby gegenüber habe ich behauptet, es wäre bis nach Hause gewesen.

Nach den Nachrichten setzte ich mich wieder an den Schreibtisch. Meine ersten Internetrecherchen über die Strahlende Wiederkehr der erleuchteten Seelen brachten folgende Erkenntnisse: Erstens gab es kaum seriöse Informationen, und zweitens war es der Albtraum eines jeden Legasthenikers, den Sektennamen in die Suchmaschinen zu tippen.

Kurzfristig wähnte ich mich im Glück, als ich auf eine Seite stieß, in der es hieß, die Sekte befände sich in der Nähe von Saratoga Springs, einem Ort im Vorgebirge der Ariondack Mountains im Bundesstaat New York. Doch meine Freude war nur von kurzer Dauer, denn nichts deutete darauf hin, dass die Sekte nach Australien oder gar an die Gold Coast umgesiedelt war. Nicht zum ersten Mal fragte ich mich, wie zuverlässig Brians Informationen waren.

Im Ariondack-Gebirge war ich schon wandern, wobei ich streng genommen wohl eher vom Auto zum Picknicktisch gelatscht bin, aber wichtig ist hierbei nur, dass mir die Gegend vertraut ist. Die Ariondacks sind ein 25 000 Quadratkilometer großes Gebiet atemberaubender Natur, quasi ein Nirwana für verschworene Gemeinschaften, die ihr Glück einer Utopie suchen. Mir war schleierhaft, warum eine Sekte solch einen abgeschiedenen Ort, an dem sie ihre Anhänger risikolos der ideologischen Kontrolle unterwerfen konnte, gegen die subtropische Glitterwelt der australischen Gold Coast eintauschen würde.

Die Erkenntnis traf mich wie ein Schlag. Das Hinterland der Gold Coast! An die Berge und den Regenwald, der zum Weltnaturerbe gehört, hatte ich nicht gedacht. Die Region ist so abgeschieden, dass dort sogar schon Flugzeuge verschollen sind. Also schön, *ein* Flugzeug, Sie verstehen, was ich meine. Wenn sich die Sekte tatsächlich an der Gold Coast niedergelassen hatte, dann garantiert im Hinterland.

Auf der Tafel zog ich eine Linie von dem mittleren Rechteck nach außen und zeichnete einen neuen, kleineren Kasten und schrieb *Anonymer Brief aus NY* hinein. In einen weiteren Kasten notierte ich *Ariondacks* und *Saratoga Springs* und verband ihn ebenfalls.

Ich verspürte einen kleinen Stich, als ich an den Sommerurlaub 2007 in Saratoga zurückdachte. Eigentlich wollten Toby und ich nur seinen Cousin besuchen, der dort Arzt ist, und beim berühmten Pferderennen einen Haufen Geld gewinnen, aber leider kam es anders. Dank Tobys Kriegsbesessenheit verbrachten wir übermäßig viel Zeit auf historischen Kriegsschauplätzen, die wir ziemlich schnell in unsere eigenen Kriegsschauplätze verwandelten. Es war nicht gerade der schönste Urlaub.

Toby und ich sind jetzt seit fast zehn Jahren zusammen. Kennengelernt haben wir uns, kurz nachdem ich mich von meinem Exmann Rob getrennt hatte. Vielleicht überrascht Sie das jetzt, und ich weiß eigentlich gar nicht, warum ich das überhaupt erzähle, aber ich hatte in meinem Leben erst zwei Männer, Toby und Rob. Mir ist schon klar, dass sich das für heutige Verhältnisse eher bescheiden ausnimmt, aber ich möchte gerne glauben, dass der fulminante Beginn meines Liebeslebens den Mangel an Erfahrung wettmacht.

Ich war achtzehn und studierte Journalismus, als ich mich

in Rob verliebte. Sechs Monate später war ich mit Zwillingen schwanger und trat in einem Brautkleid mit Gummieinsatz vor den Altar. Unsere wunderschönen Töchter Tasha und Niska, die mittlerweile schon Mitte zwanzig sind, kamen kurz nach meinem neunzehnten Geburtstag zur Welt. Fünfzehn Jahre lang waren Rob und ich recht glücklich verheiratet, aber dann haben wir uns auseinandergelebt, was so manchen zu der Behauptung verleitete, dass es bei uns ja auch alles viel zu schnell gegangen sei – mit »so manchen« meine ich meine Mutter.

Ich zeichnete eine weitere Linie und in einen neuen Kasten schrieb ich *Dr. Dan in NY anrufen.*

Unterm Schreibtisch hörte ich Miau Zedong rumoren; was immer er in die Pfoten bekommen hatte, wurde gerade plattgemacht. Kurz darauf tauchte er mit einem großen orangen Wollknäuel im Maul auf.

»Da ist es also gelandet.« Ich schnappte mir den Kater, um ihn aus dem Fadensalat zu befreien. »Du Schlingel, wir haben schon alles danach abgesucht. Das ist Beweismaterial.«

Bei unserem letzten SG-Treffen hatte keiner die kreativen Möglichkeiten bedacht, die sich ergaben, wenn man den Kater mit Körben voll Wolle unterm Tisch zurückließ. Das Mitglied mit dem Decknamen Blut-und-Mut hatte verzückt aufgeschrien, als sie Miau Zedong in bunter Wolle verheddert tief und fest schlafend in ihrem Handarbeitskorb fand.

Blut-und-Mut hat sich den Spitznamen vom amerikanischen General George S. Patton (klingt wie das englische Wort für Muster, pattern) geliehen, mit ihrem Beruf als Chirurgin im Krankenhaus von Brisbane hat der Name nichts zu tun, auch wenn die Vermutung naheliegt.

Nachdem ich das orangefarbene Knäuel sicher in der

Schreibtischschublade verstaut hatte, wandte ich mich wieder der Sekte zu, und einer Eingebung folgend tippte ich den ellenlangen Namen in die Suchmaschine des amerikanischen Verbraucherschutzes. Und bingo!

Endlich hatte ich Zugang zu verlässlichen Informationen über die Sekte.

Nur dass die Informationen selbst wenig Anlass zur Freude boten.

Neben dem Sektennamen blinkte in großen roten Buchstaben ein einziges Wort auf: *GEFAHR!*

3.

Moralisch steckte ich in der Klemme. Mir machte es zu schaffen, dass irgendwelche übergeschnappten Ausländer armen, unschuldigen Australiern ihre düsteren Weltuntergangstheorien aufoktroyieren und sie, wie Brian es formuliert hatte, zu wüsten Taten anstiften wollten. Insgeheim aber freute ich mich wie ein Kind (na schön, ein fieses, gemeines Kind). Denn je wüster die Taten, desto besser die Story, sofern sich die Sekte tatsächlich bei uns niedergelassen hatte. In diesem Dilemma befand ich mich nicht zum ersten Mal.

Ich nahm den Kater auf den Schoß und streichelte ihn, während ich las.

> Die Strahlende Wiederkehr der erleuchteten Seelen verwendet die üblichen Strategien, um Neumitglieder von Familie und Außenwelt zu isolieren. Die Opfer werden dann einer Gehirnwäsche unterzogen und auf bedingungslosen Glauben an den charismatischen Anführer eingeschworen.

Mhmm, klang ganz nach Internat. Meine alte Rektorin Miss Bush regierte unsere Theatergruppe mit eiserner Faust, und was Gehirnwäsche anging, hätte sie es mit jeder Sekte aufnehmen können. Nie werde ich vergessen, wie Alison Yardley, die aufgrund ihres kurzen Lockenschopfs einen römischen Senator mimen musste, fluchtartig die Bühne verließ und schluchzte: »Miss Bush sagt, ich hätte deformierte Haarwurzeln!« Alison trug den Rest des Schuljahres eine Mütze. Bestimmt war sie die Erste, die sich ein Glätteisen zulegte.

Ich las weiter.

Bei dem selbst ernannten Anführer der Sekte handelt es sich um einen Mann mittleren Alters mit dem abstrusen Namen Himmlischer Bruder Excalibur. Während der Probezeit, in der Liebe und Freuden geteilt werden, geraten die neuen Mitglieder immer tiefer in Excaliburs Schattenreich. In diesem Reich fürchtet man die feindlichen Behörden, Rettung gibt es nur für die wahrhaft Gläubigen.

Du liebe Güte!

Eine Probezeit, in der Liebe und Freuden geteilt werden? Unschwer vorzustellen, was damit gemeint war. Theoretisch konnten es natürlich harmlose Love-Ins wie in den 60ern sein, oder aber so schaurige Missbrauchsgeschichten wie bei den Kindern Gottes, der Sekte von David Berg.

Rettung gibt es nur für die wahrhaft Gläubigen – alles klar. Die Botschaft war nicht neu, schon immer haben verrückte Charismatiker leichtgläubige Menschen mit mächtigen Worten, freier Liebe, Anerkennung, spirituellen Verheißungen und einem Dach über dem Kopf geködert und ihnen weisgemacht, dass sie die Auserwählten seien. Es erinnerte an die Lehren der gefährlichsten Prediger: Jim Jones, David Koresh, Marshall Applewhite und Luc Jouret. Und jedes Mal ging es übel aus.

Sobald die Anhänger auf den Kurs der Sekte eingeschworen sind und erkannt haben, dass wahres Glück in Opferbereitschaft und Verzicht liegt, dürfen sie dem Himmlischen Bruder Excalibur ihre Liebe beweisen, indem sie ihm ihre

Ersparnisse übertragen. Im Gegenzug erhalten sie Anerkennung und kosmische Erleuchtung.

»Hey, Miau Zedong«, sagte ich und gab dem Kater einen Stups. »Meinst du, für ein bisschen Liebe würden wir alles glauben?«

Als er seinen Namen hörte, schaute er auf. Aus seiner steinernen Miene schloss ich jedoch, dass er auf die Frage keine Antwort hatte.

Außer am Whiteboard arbeite ich auch gerne mit mentalen Bildern, um Informationen zu sortieren und Verbindungen zu ziehen – lege gewissermaßen eine Akte im Kopf an. Für diesen Fall stellte ich mir eine Wasserwaage vor, deren eines Ende gefährliche Sekten und das andere harmlose Gruppierungen symbolisierte. Die Blase in der Mitte assoziierte ich mit den herkömmlichen Kirchen.

Beim harmlosen Ende malte ich mir eine freundliche Anhängerschar der amerikanischen First Presleyterian Church of Elvis the Divine aus, die Elvis für einen Gesandten Gottes hielten. Allem Anschein nach handelte es sich um einen fröhlichen Haufen, der keiner Fliege etwas zuleide tun konnte; einzig ihr Vorhandensein ließ einen gewissen Eskapismus erahnen. No Elvis, No Peace. Know Elvis, Know Peace war ihr Mantra. Ein kluges Wortspiel. Sollte ich je den Verstand verlieren und vor lauter Verzweiflung einer Sekte beitreten wollen, würde ich zu den Presleyterians gehen. Sorry Elvis, aber man hat mich gezwungen.

Am anderen Ende des spirituellen Barometers platzierte ich die Untergangspropheten und Endzeitprediger, allen voran Jim Jones, über den ich 1998, anlässlich des 20. Jahrestags des Massenmords in Jonestown, einen Artikel geschrieben hatte. Schauder überkamen mich bei dem Gedanken an die 1200 treuen Anhänger, die Jones nach Guyana gefolgt waren, um sich auf den Weltuntergang vorzubereiten. Über 900 Menschen starben an jenem verhängnisvollen Novembertag – viele tranken das Gemisch aus Zyankali und Valium freiwillig, die Übrigen wurden von Sektenmitgliedern erschossen. Unter den Toten waren auch Jones und seine Frau.

Wer weiß, vielleicht glaubte Jones ja tatsächlich an seine Lehren. Jedenfalls hielten ihn hochrangige amerikanische Politiker für astrein, sonst hätte es Jones wohl kaum in den Privatjet des Vizepräsidenten geschafft. Dieses Detail ist aber in der Akte »unliebsame Parteigeschichte« verschwunden, also bitte nicht weitersagen.

Ich spielte mit dem Stift herum und überlegte, wo ich den Himmlischen Bruder Excalibur auf meiner imaginären Wasserwaage einordnen sollte. Die Antwort fiel nicht weiter schwer, schließlich deutete schon das rot blinkende Wort GEFAHR! in Richtung des üblen Endes, und so machte ich Excalibur mit den anderen Irren bekannt.

Über verschiedene Links auf der Website stieß ich auf weitere Artikel, die in New Yorker Provinzblättchen erschienen waren. Darin sollten vor allem Eltern vor der Sekte und der hypnotischen Anziehungskraft des Himmlischen Bruders Excalibur gewarnt werden. SPERRT EURE TÖCHTER EIN! stand in großen Lettern über einem Artikel. Ob die amerikanischen Provinzler die Ironie dahinter begriffen?

Ein Journalist, der die Mitglieder der Strahlenden Wiederkehr der erleuchteten Seelen offenbar mit unbescholtenen Amishfrauen verwechselte, schrieb, dass die Anhängerinnen altmodische Frisuren und unförmige, bodenlange blaue Kleider trügen. Etliche Frauen seien in den Dreißigern gewesen, die meisten davon schwanger. Waren die Klamotten deshalb so unförmig? Oh Mann!

Sei nicht so zynisch, Scout.

Derselbe Journalist berichtete auch, dass die Sektenkinder die örtlichen Schulen besuchten. Das fand ich interessant, meistens hielten Sekten ihre Kinder doch zu Hause fest, um ihnen den Glauben von klein auf einzuimpfen. Warum ein unnötiges Risiko eingehen und die Kinder auf eine öffentliche Schule schicken, in der Klassenkameraden womöglich Sektengeheimnisse erfuhren? Alle Kinder sind Plappermäuler, meine beiden Schätzchen ausgenommen. Auf jeden Fall würde ich diese Spur weiterverfolgen.

Zeit für neue Notizen am Whiteboard. Ich setzte den Kater in den alten Windsor-Stuhl und zeichnete neun weitere Kästchen, die ich jeweils mit dem großen Kasten in der Mitte verband. Dann schrieb ich: *Himmlischer Bruder Excalibur, geteilte Liebe und Freuden, wahre Gläubige gerettet, Angst vor Behörden, Glück durch Opferbereitschaft;* ich hielt inne, wirbelte herum und deutete auf Miau Zedong.

»Hast du auch gut aufgepasst? Was kommt in den nächsten Kasten?«

Durch meine plötzliche Bewegung aufgeschreckt, schüttelte sich Miau Zedong. Setzen, sechs! Belustigt füllte ich rasch die restlichen Felder aus: *NY-Provinzblätter, lange blaue Kleider/altmodische Frisuren, Schulkinder* und zu guter Letzt noch *kosmische Erleuchtung.* Ich trat einen Schritt zurück, um mein Werk zu begutachten. Leider sah es aus, als wäre eine Puzzlefabrik explodiert.

Die restlichen Artikel waren sensationslüstern – angedeutete sexuelle Vergehen, vage Anspielungen auf mehrere Ehefrauen und Kinder und Spekulationen über ein großes Vermögen. Alles Behauptungen, nur um den Leser zu ködern und ihn in Angst und Schrecken zu versetzen. Damit kenne ich mich aus, denn das kann ich auch sehr gut. Aber sicherheitshalber schrieb ich doch noch *Polygamie* ans Whiteboard und malte einen Kasten darum. Ganz ordentlich diesmal.

Um sechs hatte ich endlich genug davon, den quälend langen Namen in Suchmaschinen einzugeben, und machte Feierabend.

»Irgendwas muss ich übersehen haben«, sagte ich zu Miau Zedong. Ein winziges Puzzleteilchen, etwas, das typisch ist für Sekten, womit sich auch die Verbindung nach Australien klären ließe.

Im Geiste hörte ich Toby sagen: »Mensch, Scout, das ist doch klar wie Kloßbrühe.«

Aber offenbar hatte ich Tomaten auf den Augen.

Und Miau Zedong ebenso.

4.

Mit fünf wurde bei mir Diabetes Typ I diagnostiziert, und seitdem muss ich regelmäßig Insulin spritzen. Eigentlich ist das keine große Sache, nur dass ich eben ohne Medikamente ins Koma fallen und sterben könnte. Um gesund und munter zu bleiben, muss ich darauf achten, dass mein Blutzuckerspiegel nicht zu sehr schwankt. Das tue ich, indem ich mich gut ernähre, Sport treibe, mehrmals am Tag meine Zuckerwerte teste und mir Insulin spritze. Alles halb so wild. Als Teenager leisteten mir die Nadeln beim Pickelausdrücken gute Dienste, und die Spritzen im Ranzen polierten mein Image ordentlich auf.

Die meisten Diabetiker, die ich kenne, benutzen mittlerweile Insulinpens, doch bisher bin ich bei der Spritze geblieben. Wozu etwas wegschmeißen, was nicht kaputt ist? Eigentlich sollte ich mich auch umstellen, und eines Tages werde ich das wohl auch.

Der jahrelange Zirkus mit dem Diabetes hat mich abgehärtet, und nachdem das morgendliche Spritzenbrimborium erledigt war und Miau Zedong und ich gefrühstückt hatten, zog ich mir Badeanzug, Shorts und T-Shirt an und trat hinaus auf die Jonson Street.

Es war noch früh am Morgen, und Byron hatte die Krallen noch nicht ausgefahren. Verlassen lagen die Straßen da, nur ein paar Einheimische und der ein oder andere Lieferwagen waren zu sehen – Touristen sind um diese Zeit noch nicht bei Besinnung. Schon jetzt war es hell und sonnig, vom Meer wehte eine leichte Brise, die den Duft von frischem Brot aus der Backstube mit sich brachte. Ich lief die Jonson Street entlang, bog rechts in die Bay Street, ging einmal quer durch den Park und hinunter zum Strand.

Byron Bay bezaubert mich immer wieder aufs Neue. Es ist einfach der schönste Küstenstreifen der Welt. Sicher hätte es Lord Byron hier auch gefallen.

Ein strahlend weißer Leuchtturm bewacht die Landzunge am östlichsten Zipfel Australiens. Schroffe Felsen fallen ab zu unberührten Stränden, und im flachen Wasser aalen sich Mantarochen und Riesenschildkröten. Heute tummelten sich sogar Delfine in den kristallklaren Fluten, und ich fühlte mich eins mit der Natur, mit dem Streifen vollkommen reinen Sands, wobei ich die bewusstlosen Schnapsleichen geflissentlich übersah. Man kann schließlich nicht alles haben!

Nachdem ich kurz gebadet hatte, besorgte ich mir im Ort ein paar Zeitungen und saß pünktlich um 8.30 Uhr am Schreibtisch. Um 8.31 Uhr nahm Miau Zedong seine Ruhehaltung in dem alten Windsor-Stuhl ein und schlief prompt ein.

Meine Anzeige war in beiden Tageszeitungen erschienen, nun brauchte ich also nur noch abzuwarten. Als ich den Computer anschaltete, stellte ich fest, dass ich kein Internet hatte, also las ich die Zeitungen und kontrollierte zwischendurch, ob ich wieder ins Netz konnte.

Weil ich nichts Besseres zu tun hatte, stützte ich die Ellenbogen auf, legte das Kinn in die Hand und strich mir mit dem Finger über die Wange. Diese klassische Detektivpose nutze ich besonders, wenn die Jungs von gegenüber auf der Veranda sind und zu mir herübersehen. Sie winkten mir zu, aber ich war ja so in Gedanken vertieft, dass ich sie nicht sah.

Sobald ich wieder online gehen konnte, schaute ich in meine Mails, vielleicht hatte mir Brian den anonymen Brief ja von seiner privaten E-Mail-Adresse aus geschickt.

Fehlanzeige.

Für den unwahrscheinlichen Fall, dass die Strahlende Wiederkehr der erleuchteten Seelen sich als Quacksalber betätigten und mit Wundermitteln handelten, durchforstete ich das Netz nach haltlosen Versprechungen, unheilbare Krankheiten zu kurieren. Auch wenn ich auf lauter beängstigendes Zeug stieß, hatte doch nichts davon mit meiner Sekte zu tun. Ich suchte sogar im Archiv von 60 Minutes, aber auch da wurde ich nicht fündig.

»Mist!«

Miau Zedong hob den Kopf und sah mich fragend an, dann sprang er mit einem eleganten Satz auf meinen Schreibtisch. Er landete mitten auf der Tastatur und richtete ein vollkommenes Chaos auf dem Bildschirm an. Behutsam nahm ich ihn hoch, dankte ihm und setzte ihn zurück auf den Windsor-Stuhl. Der Kater verströmte einen erdigen Geruch mit einem Hauch von Whiskas – Eau de Katze.

Im Netz fand ich keine weiteren Informationen. Offenbar handelte es sich bei der Sekte um einen Teflon-Kult, an dem nichts kleben blieb, und eine Verbindung nach Australien schien es auch nicht zu geben. Bislang deutete nichts auf entführte Kinder und wüste Taten hin, und außer einer Anspielung auf Polygamie und geteilte Liebesfreuden gab es auch keinen Hinweis auf abstruse Sexualpraktiken. Es sah schlecht aus für Brian. Und für mich.

Mein Handy klingelte, die Nummer kannte ich nicht.

»Ja?«, antwortete ich argwöhnisch.

»Ich habe Ihre Annonce heute in der Zeitung gelesen. Darf ich fragen, wer Sie sind?« Die Stimme der Frau klang angespannt, fast schon verzweifelt.

Diese unerwartet schnelle Reaktion auf meine Anzeige ließ mich besonders vorsichtig sein, deshalb rückte ich auch nicht gleich mit meinem Namen heraus. Den würde ich ohnehin erst preisgeben, wenn ich mir hundertprozentig sicher war, dass die Person am Telefon nicht zur Sekte gehörte. Höflich erklärte ich deshalb, dass ich Nachforschungen über diese Sekte anstellte, was ja auch schon beinahe die ganze Wahrheit war.

Am anderen Ende der Leitung herrschte lange Zeit Schweigen, wahrscheinlich musste sie meine Antwort erst einmal verdauen. Doch ich wusste, dass sie noch dran war, denn ich hörte ihren Atem.

Nach einer Weile fragte ich schließlich: »Haben Sie Informationen über die Strahlende Wiederkehr der erleuchteten Seelen?«

»Ja«, entgegnete sie.

»Können und wollen Sie mir davon erzählen?«

Abermals entstand eine Pause, und sie schluckte schwer.

»Die haben meine Tochter«, sagte sie mit zitternder Stimme.

Vor lauter Überraschung kam mir nur ein armseliges »Oh« über die Lippen.

Daraufhin fing die Frau ganz fürchterlich an zu schluchzen, mir war das unangenehm, und ich fühlte mich hilflos. Ich wartete, bis die Tränen versiegt waren, und sie sich die Nase geputzt hatte.

»Bitte entschuldigen Sie«, sagte sie, »es ist nur, einfach, wissen Sie…«

»Schon gut«, sagte ich. Das verstehe ich doch.

»Ich heiße Marcia Sanderson. Der Name meiner Tochter

ist Matilda Wilding. Jedenfalls war er das. Jetzt heißt sie … Ewiger Schatten.« Ihre Stimme klang leicht belustigt, aber ich verkniff mir jeglichen Kommentar.

»Wie lange gehört Matilda schon zur Gruppe?«

»Sie meinen zur Sekte«, sagte sie so barsch, dass ich zusammenzuckte. Einen Moment lang kam mir ihre Stimme bekannt vor und weiß der Teufel warum, aber plötzlich hatte ich Lust auf Pizza.

»Tut mir leid«, sagte ich. Ich wollte sie keinesfalls brüskieren, womöglich legte sie sonst noch auf.

»Matilda lebt seit drei Monaten bei der Sekte«, sagte sie etwas ruhiger. »In Australien heißen die aber nicht Strahlende Wiederkehr der erleuchteten Seelen. Hier nennen sie sich Bacchus Erwachet und haben auch eine eigene Website.«

Ich entschloss mich, Marcia Sanderson zu trauen, verriet ihr meinen Namen und dass ich als Journalistin für eine Reportage recherchierte. Daraufhin gab sie mir ihre Telefonnummer und Adresse in Burleigh Heads an der Gold Coast. Wir verabredeten uns für nachmittags um vier. Obgleich ich die Gegend gut kannte, hörte ich geduldig zu, als sie mir den Weg beschrieb. Wir bestätigten noch einmal die Uhrzeit und legten auf.

Juchhu! Endlich eine Verbindung zwischen Sekte und Gold Coast, und noch dazu surrten meine Detektivantennen beim Namen Bacchus wie verrückt. Der frivole römische Gott des Weines und des Rausches. Der Gott der bacchanalischen Orgien. Böser Bacchus.

Wie hatte meine alte Rektorin, die gute Miss Bush, das auf Lust ausgerichtete Verhalten von Bacchus und seinen Anhängern noch genannt? Ach ja: »ekstatisches sexuelles Gerangel«. Für pubertierende Mädchen äußerst spannend.

Die ganze Klasse hatte damals vor Lachen unterm Tisch

gelegen, als Miss Bush vor dem Diaprojektor stand und ein riesiger Kiefernzapfen, der, wie sie uns zuvor erklärt hatte, Bacchus' Phallus symbolisieren sollte, aus ihrem linken Ohr zu kommen schien. Im Nachhinein vielleicht nicht mehr ganz so lustig. Doch, ein bisschen schon. Nach dem Unterricht musste ich Sarah Bernie erst einmal erklären, was ein Phallus war. Seltsam, woran man sich später so erinnert.

Schon klar. Wenn es wirklich einen Zusammenhang zwischen dem Namen Bacchus und den Sektenaktivitäten gab, wäre das furchtbar für Marcia Sanderson und gut für mich. Die Leser wären mir sicher und vielleicht würde Brian sogar mit seinem Wunsch nach abartigen Sexualpraktiken auf seine Kosten kommen.

Geschlagene fünf Sekunden lang hatte ich ein schlechtes Gewissen, weil ich mich so freute.

Nur, warum kam mir diese Stimme so bekannt vor?

Vielleicht käme ich darauf, wenn ich erst einmal ein Foto von Marcia Sandersons Tochter gesehen hatte.

5.

Endlich hatte ich eine Spur. Glücklich hob ich den Daumen in Richtung Kater und ging in die Küche, um Tee zu kochen. Dafür ist mir jede Gelegenheit recht.

Mit einer Tasse dampfendem Tee kehrte ich an den Schreibtisch zurück. Als ich aus dem Fenster sah, erblickte ich eine mir vertraute Gestalt. Zwischen Horden von Rucksacktouristen, die auf der anderen Straßenseite auf den Bus warteten, schlängelte sich meine Schwester Harper hindurch. Sie rannte über die Straße und lief direkt vor ein hippes Wohnmobil mit einem kunstvollen Schriftzug: *Hier freiwillige Brustkontrolle.* Am liebsten hätte ich lauthals losgelacht, aber ich bemühte mich um Contenance, falls die Jungs von drüben mich noch beobachteten.

Wir hatten keine Ferien, es war mitten im Schuljahr, deshalb konnte ich mir nicht erklären, was Harper in Byron Bay zu suchen hatte, zumal sie immer so beschäftigt ist, dass sie mich nur selten besucht. Meine Schwester arbeitet seit sechs Jahren an der Tattings-Schule, einer piekfeinen Privatschule an der Gold Coast. Sie unterrichtet Sport, aber ich nenne es immer Freistunde, um sie zu ärgern. Kindisch, ich weiß.

Miau Zedong regte sich, als unten der Schlüssel in der Tür gedreht wurde. Im Treppenhaus waren trampelnde Schritte und Kraftausdrücke zu vernehmen, die dem Zustand des Teppichs galten. Harper war auf einer Mission, so viel stand fest.

»Schrecklich heiß draußen«, sagte Harper, ohne von meinem überraschten Gesichtsausdruck Notiz zu nehmen. Sie tat so, als wäre es ganz normal, dass sie in der Schulzeit dienstagmorgens bei mir aufkreuzte.

Ich weiß immer nicht, wie ich meine Schwester beschreiben soll. Irgendwie ist sie ständig in Eile, jedenfalls erledigt sie alles unter Hochdruck, als hätte sie Angst, etwas zu verpassen. Harper erinnert an das weiße Kaninchen aus Alice im Wunderland, nur mit sagenhaft schwarzem Haar, sagenhaft blasser Haut und veilchenblauen Augen. Ihre Figur wirkt weich und rundlich, aber das täuscht. Unter den eleganten Klamotten steckt ein Körper, der vier Kinder geboren hat, aber nach wie vor straff und fest ist wie ein Flitzebogen.

An dieser Stelle sollte ich vielleicht erwähnen, dass ich natürlich die Hübschere von uns beiden bin, wie Nicole Kidman aussehe und die Geduld Gandhis habe.

Harper, die Miau Zedong noch nicht kannte, ging schnurstracks auf den Windsor-Stuhl zu und kraulte den Kater hinter den Ohren. Sofort schnurrte er laut und streckte wohlig schaudernd die Vorderläufe aus.

»Was ist das denn für eine Katze?«, fragte sie. »Deine?«

»Ja. Darf ich dir das Tier der Woche vorstellen?«, fragte ich, obwohl ich ihr schon von dem Kater erzählt hatte. »Fünfzig Dollar, sterilisiert, mit Mikrochip. Ich glaube, die Rasse heißt Russisch Blau, aber Papiere waren keine dabei.«

»Wie heißt sie denn?«

»Miau Zedong.«

»Oh, ein Junge, sieht aber aus wie ein Mädchen«, sagte Harper und mimte weiter den unbeschwerten Gast.

»Hier in Byron Bay stört das keinen«, sagte ich. »Ich habe dir doch schon am Telefon erzählt, dass ich ein paarmal für einen Freund im Tierheim eingesprungen bin. Am ersten Tag habe ich mich in den Kater verliebt, am nächsten habe ich ihn gleich mit nach Hause genommen.«

Harper hockte sich vor den Kater. »Hallo, Miau Zedong, willkommen in unserer Familie.« Dann ließ sie ihre Tasche auf den Boden fallen und drückte mir einen Kuss aufs Haar.

»Hast du was von Toby gehört?«

»Ja, ab und zu bekomme ich eine Mail. Reuters meldet sich schon, wenn was ist.«

»Ich wäre krank vor Sorge«, sagte Harper.

Abgesehen von den Sorgen, die ich mir natürlich mache, passen mir Tobys regelmäßige Ausflüge nach Übersee ganz gut in den Kram. Für Menschen, die ihre Unabhängigkeit schätzen und gerne mal allein sind, ist das eine nicht gänzlich unerwünschte Konstellation, wobei es mir natürlich auch lieber wäre, Toby würde nicht ausgerechnet in Krisengebiete reisen. Dennoch hat es sein Gutes, ich kann mir zum Beispiel die Fußnägel lackieren und dabei Wiederholungen von *Judge John Deed* ansehen, ohne dass jemand sagt: »Das Zeug stinkt aber« oder »Das hast du doch schon mal gesehen.«

Übrigens wohnt Toby gar nicht dauerhaft bei mir. Er hat eine Wohnung im historischen Stadtkern von Sydney, in den Rocks, in einem Haus mit Portier in Livrée und einem Sicherheitssystem, das die CIA vor Neid erblassen ließe. Im Schnitt verbringt er nicht mehr als vier Nächte im Jahr dort.

Harper nagte an ihrer Unterlippe und blickte finster vor sich hin.

»Schwänzt du?«, fragte ich.

»Du musst dir dringend mal wieder Strähnchen machen lassen.« Harper ging überhaupt nicht auf meine Frage ein. Wie viele Themen mussten wir wohl noch durchkauen, bevor sie endlich mit der Sprache rausrückte und mir den wahren Grund ihres Besuchs nannte. Wenn meine Schwester sich so ziert, werde ich leicht ungeduldig.

»Was machst du hier? Müsstest du nicht in der Schule sein?«, drängte ich.

»Ist der Tee noch warm?«

Ich nickte.

»Ist das wieder dieses Käsemauken-Gebräu?«, fragte sie. Damit spielte sie auf meine persönliche Mischung aus Earl Grey und Lapsang Souchong an.

»Nein, feinster Darjeeling. Kann man gefahrlos trinken.«

Harper schnappte sich den Kater und nahm ihn mit in die Küche. Ich wusste gleich, was sie vorhatte. In meiner Familie ist es Tradition, den Haustieren – Katzen, Hunden und Hasen – Tee mit Milch und Zucker zu servieren. Dabei mochte keines der Tiere, wenn der Zucker umgerührt war, er musste am Boden der Schale als großes Finale übrig bleiben.

Harper kam mit einem Becher Tee zurück und setzte sich in den Windsor-Stuhl.

»Du bist nachher voller Haare«, warnte ich sie. »Auf dem Stuhl liegt immer der Kater.«

»Woran arbeitest du gerade?«, fragte Harper und blies in die Tasse.

»Sitze gerade an einer Geschichte über eine Sekte, die sich die Strahlende Wiederkehr der erleuchteten Seelen oder Bacchus Erwachet nennt.«

»Mensch«, sagte sie. »Total spannend, dieser Sektenkram.«

Offenbar hatte Brian doch den richtigen Riecher, das Thema könnte wirklich der Knüller sein. Normalerweise interessiert sich meine Schwester neben historischen Liebesromanen nur für Mode, Sport und Briefmarken. Das mit den Briefmarken habe ich persönlich nie verstanden.

»Ich habe da schon eine Spur, vielleicht ergibt sich daraus was«, verriet ich ihr. »Heute Nachmittag treffe ich mich mit einer Frau an der Gold Coast. Am Telefon klang sie sehr aufgewühlt und vielleicht ein bisschen zickig, hoffentlich hilft sie mir trotzdem weiter. Na ja, so wichtig ist die Sache auch wieder nicht, ist halt im Moment nur meine einzige Einnahmequelle.«

»Dann hast du gar keinen Druck.« Harper lachte, als hätte sie einen tollen Witz gemacht.

»Haben sie dich gefeuert?«, bohrte ich.

»Sei doch nicht albern. Ich war gerade zufällig in der Gegend und wollte nur kurz Hallo sagen. Und mir dein schwarzes Kostüm leihen, das mit dem Schößchen. Ich bin zu einer 40er-Jahre-Party eingeladen und wollte als Barbara Stanwyck gehen.«

»Harps«, sagte ich nunmehr verärgert. »Sehe ich aus, als wäre ich auf den Kopf gefallen? Warum bist du nicht in der Schule?«

Abermals stellte Harper sich taub. »Wo macht denn der Kater sein Geschäft?«

»In der Katzentoilette hinten auf der Veranda. Toby hat eine Katzenklappe installiert.«

»Scout«, sagte sie.

»Ja?«

»In der Mädchenumkleide bei uns in der Schule zerschnippelt jemand Unterwäsche. Zerschneidet BHs und Schlüpfer. Trennt die Beine von Strumpfhosen ab.«

Na endlich. Ich wartete ab, vielleicht kam ja noch mehr. Und so war es auch.

»Die Schule hält sich bedeckt. Man will keine Polizei,

aus Angst, die Zeitungen könnten Wind von der Sache bekommen, und jetzt geht es doch gerade mit den Anmeldungen fürs nächste Jahr los. Die Direktorin verlangt, dass ich mich darum kümmere, da die Umkleiden in meinen Zuständigkeitsbereich als Leiterin der Fachschaft Sport fallen. Ich dachte, du könntest mir dabei vielleicht helfen. Mir sagen, was ich tun soll, denn ich habe echt keine Ahnung. Ich bin Sportlehrerin, verdammt noch mal!«

Harper seufzte tief. »Aber du bist ja vollauf beschäftigt. Vergiss einfach, dass ich gefragt habe.«

Das war wieder mal typisch! Kommt nach Byron Bay, unterbricht mich bei der Arbeit, als würde ich nur irgendeinem Hobby nachgehen, lästert über meinen Teppich, verscheucht meine Tiere von den Möbeln, beklagt sich über stinkenden Tee, beleidigt meine Haarfarbe, borgt sich meine Sachen, bittet mich um Hilfe, nur um gleich darauf wieder einen Rückzieher zu machen.

In aller Ruhe ging ich in mich. Ich musste von meinem hohen Ross heruntersteigen. Schließlich handelte es sich um meine Schwester, was wiederum der Grund dafür war, dass ich überhaupt erst auf dem hohen Ross saß. Harper hatte garantiert keinen Schimmer, wie sie das Problem anpacken sollte, dennoch wollte sie die Schule im Glauben lassen, dass sie alles im Griff hatte. Ich wagte auch zu bezweifeln, dass die Schule sonderlich beeindruckt wäre, wenn man dort erführe, dass Harper als Erstes eine Journalistin ins Vertrauen gezogen hatte, selbst wenn sie zur Familie gehörte.

Miau Zedong kam ins Zimmer stolziert, sprang auf Harpers Schoß und putzte sich die Pfoten. Statt ihn zu vertreiben, beugte sich Harper umständlich über den Kater, um den Tee zu trinken.

»Weiß irgendjemand aus der Schule, dass du hier bist?«, fragte ich.

»Nein.«

»Was glauben die denn, wo du bist?«

»Beim Zahnarzt. Wurzelbehandlung.«

Unweigerlich musste ich grinsen. Irgendwie doch beruhigend, dass Lehrer vornehmer Privatschulen auch keine besseren Menschen waren.

»Hast du die Namen der Mädchen, deren Wäsche zerschnitten wurde?«, fragte ich.

»Ja.«

»Hast du Fotos? Also, ich meine jetzt von den Mädchen, nicht von der Unterwäsche.«

»Ja, ich habe ein aktuelles Schulfoto mit allen Kindern und auch die Klassenfotos.« Zu meiner Freude entspannte sich Harper allmählich.

»Hast du schon mit den Eltern gesprochen?«

»Nicht direkt, nein. Die Schule hat sich sofort um Schadensbegrenzung bemüht. Die Eltern der betroffenen Schülerinnen erhielten einen Brief, in dem die Schule ihr Entsetzen über die abscheuliche Tat zum Ausdruck brachte. Weiter wurde den Eltern lückenlose Aufklärung zugesichert, und außerdem würden die beschädigten Kleidungsstücke gegen Vorlage einer Rechnung ersetzt.«

Harper schrieb mir auf, wem die Unterwäsche gehörte sowie Tag und Uhrzeit der Vorfälle. Dreimal hatte der Täter insgesamt zugeschlagen, und jedes Mal waren dieselben vier Mädchen betroffen. Für mich war das ein deutlicher Hinweis.

»Die Schule geht offenbar davon aus, dass es sich bei dem Täter um eine Mitschülerin handelt«, sinnierte ich. »Ansonsten hätte sie längst die Polizei eingeschaltet.«

»Ganz bestimmt ist es eine Mitschülerin.« Der Gedanken an eine andere Möglichkeit ließ Harper erschaudern.

»Muss nicht sein«, sagte ich. »Am besten man geht erst einmal möglichst unvoreingenommen an die Sache heran. Es könnte genauso gut ein Lehrer, ein Elternteil, der Hausmeister oder irgendjemand sein, der zufällig gerade in der Nähe war. Gibt es neue Lehrer an der Schule?«

»Ja, Robert Arnold. Unterrichtet Naturwissenschaften, ist um die fünfunddreißig und sehr nett. Der hat bestimmt nichts damit zu tun, er ist verheiratet und hat zwei Kinder.«

Dazu sagte ich lieber nichts.

»Aber wenn es jetzt mehr ist als ein dummer Schülerstreich, und ich stoße auf Dinge, die der Polizei gemeldet werden sollten, dann tue ich das auch.«

Harper runzelte die Stirn, was ziemlich verwunderlich war, denn sie weiß, wie wichtig ein guter Kontakt zur Polizei ist. Eine Hand wäscht die andere, anders läuft das nicht, und ich bin immer gut damit gefahren.

Ich verbarg meinen Ärger so gut es ging und schwieg so lange, wie es mir für professionelle Erwägungen angemessen schien. Um den Eindruck reiflicher Überlegung noch zu verstärken, stützte ich die Ellenbogen auf, legte die Fingerspitzen aneinander und tippte mit den Zeigefingern, während ich gedankenverloren an die Wand starrte.

»Nun komm mal wieder runter«, sagte Harper. Sie kennt mich eben zu gut.

Verlegen grinste ich. »Okay, ich helfe dir.«

Daraufhin sah sie mich dankbar an, was mir Genugtuung verschaffte. Für mich war es wesentlich einfacher, einen Fall von Unterwäschevandalismus an einer Schule aufzuklären, als die Missetaten einer geheimen Sekte aufzudecken, aber das brauchte ich meiner Schwester ja nicht auf die Nase zu binden. Wenigstens war das ein handfester Fall. Ich konnte sogar heute Nachmittag auf dem Weg zur Gold Coast rasch in der Schule vorbeifahren. Hey, wahrscheinlich hätte ich das Problem in ein paar Tagen gelöst, und bis dahin würde ich auch wissen, in welche Richtung sich die Sektengeschichte entwickelte.

So jedenfalls lautete der Plan.

6.

Harper und ich waren bei mir im Schlafzimmer. Während sie sich in den Rock meines Saks-Fifth-Avenue-Designer-Kostüms zwängte, verspeiste ich ein Roggensandwich mit Käse und Schinken. Harper ist Vegetarierin, ihr Sandwich mit Hummus, Tomate und Rucola lag auf einem Teller neben Miau Zedong auf dem Bett. Vom Dach einer nahe gelegenen Jugendherberge können die Rucksacktouristen direkt in mein Schlafzimmer sehen, also zog ich die Vorhänge zu, um meiner Schwester ein wenig Privatsphäre zu gönnen.

Harper wirft mir ständig vor, ich hätte die Wohnung in einen türkischen Basar verwandelt. Unter all dem Ramsch kämen die schönen hohen Decken und abgezogenen Dielen überhaupt nicht zur Geltung. Ich nenne den Stil Boheme Byron: exotische Stoffe, orientalische Teppiche, Wände in Terrakottatönen, riesige Art-déco-Bilder, kleine Palmen in übergroßen Messingtöpfen und ein buntes Sammelsurium alter Möbel und Reiseandenken. Überall wimmelt es von Büchern und Fotos, nichts passt zusammen, aber gerade das gefällt mir.

Harper probierte den Blazer an; der Rock war knalleng, aber der Blazer saß perfekt. Inzwischen sah sie auch ohne Kostüm schon wie Barbara Stanwyck aus, und wenn sie mich heute noch einmal ärgerte, würde ich ihr das vor den Latz knallen.

»Welche Schuhe kann ich denn haben?«, fragte sie und

zog ein Paar rote Pumps von Jimmy Choo aus dem Schrank, perfekte Peeptoes im super Zustand. Die habe ich für zehn Dollar in Vinnies Second-Hand-Laden gekauft, für den Originalpreis hätte ich glatt einen Gebrauchtwagen bekommen.

»Die kenne ich ja noch gar nicht«, säuselte sie beim Anziehen. »Die sind ja unglaublich schön.«

Dabei kannte sie die Schuhe natürlich doch. Harper und ich machen jedes Jahr einen mehrere Tage währenden Streifzug durch sämtliche Second-Hand-Shops zwischen Byron Bay und der Gold Coast. Jeder von uns hat dann 200 Dollar zur Verfügung, und davon kaufen wir gebrauchte Designerklamotten. Hin und wieder finden wir auch mal ein Paar gut erhaltener Schuhe. Das ist ein großartiges Spiel, in dem wir es zur Meisterschaft gebracht haben.

Allmählich wurde mir langweilig, das Sandwich hatte ich auch schon aufgegessen. Um mich zu bewegen, fing ich an, Ordnung zu schaffen. Ich zog das Bettzeug ab und schleppte es in die Waschküche. Okay, Waschküche ist vielleicht etwas übertrieben, eigentlich meine ich die Waschmaschine und die alte Spüle auf der Veranda hinterm Haus. Ich belud die Maschine und stellte sie an, anschließend bezog ich das Bett neu. Als ich damit fertig war, stolzierte Harper noch immer vor dem Spiegel hin und her.

»Soll ich dir das Sandwich für unterwegs einpacken?«, fragte ich nicht sehr subtil.

Harper runzelte mal wieder die Stirn.

»Wenn ich gehen soll, dann sag es doch einfach.«

»Okay, ich möchte, dass du gehst.«

Auf mich wartete noch allerhand Arbeit, und ich war neugierig auf die Website von Bacchus Erwachet.

Gegen eins ging Harper, und ich hatte ein schlechtes Gewissen, weil ich sie hinauskomplimentiert hatte. Miau Zedong sah unglücklich dem entfleuchenden Sandwich hinterher.

Ich rief bei der Tattings-Schule an und stellte mich der Sekretärin Julia als Mrs Davis vor, die mit dem Gedanken spielte, ihre Zwillingsmädchen dort anzumelden. Dass die Mädchen bereits 25 waren, brauchte Julia ja nicht zu erfahren. Ich behauptete, viel Gutes über die Schule gehört zu haben, die ich mir nun gerne einmal ansehen würde, besonders die Sportanlagen und die Bibliothek – die Bibliothek hatte ich dazuerfunden, damit Julia nicht gleich Lunte roch.

Ich wurde zu Mrs Prendergast, der stellvertretenden Direktorin, durchgestellt, die gleich doppeltes Schulgeld witterte. Morgen früh um zehn wäre noch ein Termin für eine Besichtigung frei, wenn ich allerdings mit der Rektorin Mrs Hathaway sprechen wollte, müsste ich mich noch eine Woche gedulden, die sei nämlich auf einer Konferenz in Singapur. Bestimmt hatte Mrs Prendergast diese Information nur eingeflochten, um mir die internationalen Kontakte der Schule vor Augen zu führen, also reagierte ich dementsprechend: »Donnerwetter!«

»Ja«, sagte Mrs Prendergast stolz. »Singapur!«

»Morgen früh passt mir gut«, sagte ich, und nachdem sie mir den Weg erklärt hatte, verabschiedeten wir uns.

Bis jetzt klappte alles wie am Schnürchen. Mrs Prendergast konnte es kaum abwarten, Mrs Davis kennenzulernen, und ich würde die Nacht bei meiner Schwester verbringen, dann könnte ich an der Gold Coast bleiben und müsste abends nicht extra wieder nach Byron Bay zurückfahren. Ich mailte meiner Schwester, entschuldigte mich für den unsanften Rauswurf von vorhin und teilte ihr mit, dass ich um halb sieben zum Abendessen käme und über Nacht bliebe.

Die Website der Sekte war die pure Wonne. Technisch großartig aufgezogen konnte jeder, der sich auch nur halbwegs mit einem Computer auskannte, die Links verfolgen, die natürlich alle – Sie haben es sicher schon geahnt – zur Kasse führten. Es gab weder protzige Grafiken, bewegte Bilder, unleserliche Schrifttypen, noch umständliche Log-ins oder Passwörter. Die Bedienung war kinderleicht.

Das war auch gut so, denn das Astroblabla und kosmische Kauderwelsch, das über den Bildschirm flimmerte, überstieg das Fassungsvermögen eines Normalsterblichen, mich eingeschlossen, obgleich ich in Byron Bay schon viel Verrücktes gehört hatte. Aber das hier stank schon von Weitem nach Bockmist.

Wieder einmal ermahnte ich mich, offenzubleiben.

Von der Homepage lächelte mich ein jugendlicher Bacchus an, das lockige Haupt umkränzt von Weinlaub und einem Glorienschein aus Sonnenstrahlen. Verzückt kniete eine Frau vor ihm und himmelte den Jüngling mit großen Rehaugen an. Genauso dämlich hatte ich vor zwanzig Jahren vermutlich in der ersten Reihe im Bob-Dylan-Konzert ausgesehen.

Auf der Menüleiste klickte ich Informationen über Bacchus an und erfuhr so die Geschichte des Herolds der Verkündung, der sich Heitere Wolke und Mystischer Meister vom Mars nannte, in Wirklichkeit aber bestimmt Reg Snape oder so hieß, ein Klempnermeister aus Dubbo.

Immer schön offen bleiben!

Seine »Umwölktheit« führte mich auf verschlungenen Pfaden zu den Bacchus-Produkten, die die heiligen Pforten meiner kosmischen Energie öffnen würden. Die Angebote würden mich mit meinem höheren Selbst verbinden und eine enorme Stärkung meines Astralkörpers erzielen, diese geballte kosmische Kraft würde mir unmittelbar zu höherem Bewusstsein verhelfen.

Spinner!

Hier klicken, forderte die Webseite mich auf, also tat ich es. Warum auch nicht?

Per Mausklick gelangte ich zur Produktpalette, einer Auswahl esoterischer Anhänger, Schutzengel-Amulette, Traumfänger und den üblichen Kelchen, Ringen und Edelsteinen, sowie einer Art Fliegenschutzhaube für Lebensmittel in Form der Cheops-Pyramide. Sechshundert Dollar seien außerordentlich günstig für diesen Artikel, stand in der Beschreibung.

Der Rest sah zwar nett aus, war aber sein Geld sicher nicht wert, wenngleich Heitere Wolke unermüdlich betonte, alles sei aufgeladen mit Chakraenergie und den Hochfrequenzstrahlen von Bacchus.

Marketing-Experten hätten in der Pyramide sofort den »Anker« erkannt, an dem sich die anderen Preise ausrichteten. Das funktionierte folgendermaßen: An sich sind sechshundert Dollar für eine Fliegenschutzhaube, ob nun mit oder ohne Hochfrequenzstrahlen, natürlich lächerlich, doch daneben wirken zweihundertfünfzig Dollar für einen Ring geradezu spottbillig, selbst wenn der gleiche Ring im Juwelierladen nur vierzig Dollar kosten würde. Besonders für leichtgläubige Menschen oder Einsame oder Minderbemittelte, die nicht mehr alle Kängurus auf der Koppel haben. Gut zieht die Masche auch bei Leuten, die im Sterben liegen oder aus anderen Gründen so verzweifelt sind, dass sie nach jedem Strohhalm greifen. Dagegen wäre nicht einmal ich gefeit.

Spaßeshalber spielte ich des Teufels Advokat und dachte an die fünf Millionen Katholiken, die jedes Jahr nach Lourdes pilgern, weil das Wasser der Grotte von Massabielle angeblich heilende Kräfte hat. War das wirklich so weit entfernt von dem Glauben, ein mit Bacchus' Energie durchtränktes Amulett könnte kosmische Erleuchtung bringen?

Vielleicht war es einfacher, Kulte, Sekten und Religionsgemeinschaften in Geber und Nehmer einzuteilen, aber auch diese Einteilung erwies sich als problematisch.

Meine Hare-Krishna-Freunde Halayli und Sunara betreiben ein vegetarisches Restaurant und glauben an Dinge, an die ich nicht glaube. Malen sich seltsame rote Punkte auf die Stirn und tanzen singend und Tamburin schlagend in Bettlaken durch die Straßen, aber nie betteln sie um Geld, sie sind immer fröhlich und sofort bereit mit anzupacken, wenn jemand aus der Nachbarschaft Hilfe braucht. Auf jeden Fall gehören Halayli und Sunara zu den Gebenden, auch wenn sie vielerorts schief angesehen werden.

Man konnte es drehen und wenden wie man wollte, Bacchus Erwachet gehörte zu den Nehmenden, es sei denn, Hoffnung rangierte als Ware – Hoffnung und billige Kinkerlitzchen.

Inzwischen konnte ich kaum noch klar denken.

In der nächsten Stunde las ich Bekenntnisse bekehrter Bacchus-Anhänger. Lauter mystisches Geschwafel, aber niemand behauptete, dass die Bacchus-Produkte Krebs heilen, Dürren vereiteln oder Fettleibigkeit verhindern konnten. Und auch sonst konnte ich nirgendwo Anzeichen unlauteren Wettbewerbs ausmachen. Ein eindeutiger Fall von Holzauge sei wachsam.

Fast rechnete ich mit einem Weinangebot, aber entweder waren die Bacchus-Jünger nicht darauf gekommen, oder ihnen war klar, dass man kosmische Erleuchtung für zehn Dollar im nächsten Laden in Form einer Flasche Rotwein kaufen konnte.

Die Kosmo-Karte hingegen war eine nette Idee. Für schlappe hundertzwanzig Dollar und zusätzlichen zehn Dollar für Bearbeitung und Versand konnte man in nur sieben Werktagen seine ganz persönliche Bacchus-Erwachet-Mitgliedskarte bekommen, einschließlich der Energie sämtlicher Chakren und Bacchus' göttlicher Kraft.

Zu meinem Ärger gab es auf der Bacchus-Website keinen Hinweis auf die Strahlende Wiederkehr der erleuchteten Seelen oder den Himmlischen Bruder Excalibur. Und wenn sich Marcia Sanderson nun täuschte? Oder gar eine arme Irre, oder schlimmer noch, die Geschäftsführerin von Bacchus Erwachet war?

In der Hoffnung, auf einen Straßennamen zu stoßen, klickte ich auf *Kontakt*, aber dort war nur ein Postfach in Surfers Paradise an der Gold Coast vermerkt, die gleiche Postfachnummer, an die auch die Zahlungsanweisungen und Schecks geschickt werden sollten. Da das Amt für Verbraucherschutz regelmäßig davor warnt, Geld an eine Firma ohne Adresse zu schicken, war das ein klarer Minuspunkt für die Sekte. Mir war auch nicht entgangen, dass Surfers Paradise nur zehn Autominuten nördlich von Burleigh Heads lag, wo ich mich mit Marcia Sanderson treffen würde.

Schließlich hatte ich genug von dem pseudokosmischen Geschwätz der Bacchus-Sekte und schloss die Seite. Am Ende würde ich noch selbst daran glauben.

Ich speicherte die Website unter Favoriten und schrieb eine Mail an Toby, er möge bald nach Hause kommen, um meinem Astralkörper zu höherem Bewusstsein zu verhelfen.

7.

Es war ein heißer Nachmittag, und nachdem ich meine Übernachtungsutensilien zusammengepackt hatte, schlüpfte ich fürs Interview mit Marcia Sanderson in ein leichtes weißes Leinenkostüm. Der Bleistiftrock reichte mir knapp übers Knie, und das elegant geschnittene Oberteil war ärmellos und wurde im Rücken durch einen schmalen Gürtel gehalten. Vielleicht sah ich darin wie eine Betschwester aus, aber es gab mir einen harmlosen Anstrich, und genau deshalb hatte ich das Kostüm auch gekauft. Dazu trug ich Omas Perlenkette (Oma, es ist schon Mittag durch), schwarze Ballerinas und einen Spritzer Mitsouko.

Mein Haar ist lang, und ich kämmte es wie immer zur Seite und flocht es zu einem dicken Zopf, der mir über die rechte Schulter fiel. Die Frisur ist problemlos, sieht immer gepflegt aus und vor allem kann ich mir so die Haare selbst schneiden. So Pi mal Daumen würde ich sagen, dass meine Frisur alle zehn Jahre wieder hip ist. Um das Zopfende band ich noch ein schwarzes Satinband und besah mir das Gesamtwerk im Spiegel.

Also ich hätte vollstes Vertrauen zu mir gehabt.

Bevor ich ging, kontrollierte ich noch Miau Zedongs Näpfe, damit er über Nacht auch genug zu essen und trinken hatte, dann gab ich ihm einen Abschiedskuss und ging die Straße hinunter, wo ich meinen Wagen geparkt hatte. Beeilen brauchte ich mich nicht, denn ich hatte noch eine

Stunde zusätzlich. Anders als New South Wales verzichtete Queensland auf die Sommerzeit, deshalb war es an der Gold Coast eine Stunde früher als in Byron Bay.

Weil mich Zeitunterschiede verwirren, trage ich immer zwei Uhren, wenn mich ein Job über die Landesgrenzen führt. Die blaue Uhr zeigt die Zeit von New South Wales an, die braune die von Queensland. Darüber machen sich alle unermüdlich lustig, weil die Farben der Uhren gleichzeitig auch die Farben der beiden wichtigsten Rugby-Teams, der New South Wales Blues und der Queensland Maroons sind. Heute standen die Zeiger der blauen Uhr auf halb vier, die der braunen auf halb drei, bis zu meinem Vier-Uhr-Termin mit Mrs Sanderson hatte ich also noch massig Zeit. Mir war das nur recht.

Obwohl ich eine Garage habe, stelle ich meinen stattlichen blassgrünen Toyota Avalon meistens auf dem Parkplatz am alten Bahnhof ab, an dem schon seit Jahren kein Zug mehr hält. Da finde ich eigentlich immer einen Platz, auch wenn die Gäste des Railway Friendly Hotels, die hier im Ort nur die »Rails« genannt werden, dort ebenfalls parken.

Die Garage, die zu meiner Wohnung gehört, liegt nicht direkt am Haus, sondern neben drei weiteren Garagen in dem Gässchen dahinter. Ich habe sie an Dave Fanshaw vermietet, einen Anwalt, der dort tagsüber, wenn er in der Kanzlei ist, seinen kostbaren Mercedes abstellt. Dave und seine Frau Daisy sind Freunde von mir, und da sie auf dem Land wohnen, brauchen sie einen Stellplatz in der Stadt. Dave zahlt mir achtzig Dollar die Woche, davon kann ich die Kosten für Kfz-Steuer und Versicherung begleichen und auch noch regelmäßig Ölwechsel machen lassen. Und ans Finanzamt muss ich es auch nicht melden. Steuerlich gesehen, der feuchte Traum eines jeden Betriebswirts.

In der Hochsaison oder zu Festivalzeiten ist das Parken am Bahnhof etwas riskant, aber bislang wurde mein Toyota noch nie gestohlen oder beschädigt. Harper meinte, das läge nur daran, dass außer mir ums Verrecken niemand in dieser Karre gesehen werden wolle, aber soll sie doch spotten. Das war ein Spitzenwagen, fuhr sich toll, war bequem und geräumig.

Und wissen Sie was?

Der Wagen war weg.

Ungläubig starrte ich auf die Stelle, wo ich ihn geparkt hatte. Ich sah mich um, kniff die Augen zu und öffnete sie wieder.

Nichts.

Nur mit Mühe hielt ich die Tränen zurück und rannte durch die Jonson Street zum Fandango. Ich zwängte mich an den Tischen vorbei nach hinten in die Küche zu Miles, dem Küchenchef und Besitzer.

»Miles«, heulte ich und stürmte durch die Plastikschwingtüren, hinter denen Miles gerade Mehl siebte. »Irgendein Idiot hat mir den Wagen gestohlen.« Ich ließ die Taschen fallen und kollabierte vor der Kühlvitrine. »Ich fass es einfach nicht.«

Miles geht schon auf die siebzig zu, sieht aber viel jünger aus. Klein und kahl, mit olivfarbenem Teint und weisen, dunklen Knopfaugen in einem kugelrunden Gesicht, sieht er aus wie ein richtiger Teddy, und ich liebe ihn über alles. Ihn umgibt eine wunderbare Aura der Ruhe, einfach einmalig. Außerdem hat Miles den dicksten Bauch, den ich je gesehen habe; es könnte gut sein, dass der ganze Kerl im Liegen höher ist als im Stehen.

Nachdem er sich die mehligen Hände am Geschirrtuch, das an seiner Schürze baumelte, abgewischt hatte, nahm er mich in den Arm. Das fühlt sich so an, als würde man beim Umarmen noch einen Gymnastikball halten. Ich beugte mich vor und schmiegte den Kopf an seine Schulter.

Er tätschelte mir den Rücken und sagte: »Ist ja gut«, und nach hinreichender Tätschelei trat er einen Schritt zurück und fragte: »Bist du versichert?«

Ich nickte matt, putzte mir die Nase und schniefte.

»Zum Glück«, seufzte Miles. »Geh gleich zur Polizei und melde es.«

Immer ist er für mich da und immer hat er einen guten Rat, Miles ist wie ein Ersatzvater für mich, da meiner doch achthundert Kilometer entfernt mit meiner Mutter in Sydney lebt. Ich holte einmal tief Luft, um mich zu sammeln.

»An sich ist die Idee gut, leider gibt es da ein kleines Problem. Ich habe nämlich heute Nachmittag einen Termin an der Gold Coast und wollte bei Harper übernachten und morgen früh bei ihr in der Schule vorbeischauen. Das wirft jetzt meine ganzen Pläne über den Haufen.«

»Ich brauch den Astra nicht«, sagte Miles und wischte mir mit dem Geschirrtuch im Gesicht herum, wahrscheinlich wegen des Mehls. »Nimm ihn einfach. Morgen am späten Nachmittag müsste ich ihn aber zurückhaben.«

Ich wischte mir ebenfalls übers Gesicht, falls noch mehr Essen daran klebte, wir lachten beide. Miles warf das Geschirrtuch in den Wäschekorb, kramte die Autoschlüssel aus der Tasche und reichte sie mir.

»Scout«, sagte er. »Das mag jetzt nach einer Gegenleistung klingen, aber ich wollte dich ohnehin fragen, ob du mir morgen Nachmittag in der Küche aushelfen könntest. Meine Aushilfe bekommt einen Weisheitszahn gezogen, und morgen gibt eine Schwester aus dem Krankenhaus hier ihren Ausstand. Also volles Haus.«

Das war gar kein Problem. Ich arbeite gern in dem Restaurant mit, meist helfe ich ein- oder zweimal im Monat für ein paar Stunden aus. Mal schnippele ich Gemüse, mal bediene ich und mal mache ich den Abwasch. Dafür bekomme ich bestimmt viermal die Woche ein leckeres Abendessen nach oben gebracht. Wir nennen unsere Vereinbarung Miles & More. Ein toller Tausch, von dem ich heftig profitiere.

»Morgen um sechs stehe ich hier auf der Matte«, sagte ich und griff nach meiner Tasche. »Du bist ein Schatz, Miles.« Ich küsste ihn auf die Wange, und er wurde rot.

»Hast du die Katze auch gefüttert?«, fragte er und drehte mich sanft um.

Ich nickte. »Futter und Wasser.«

»Dann mal ab mit dir«, sagte er und scheuchte mich aus der Küche.

Beim Rausgehen hörte ich noch, wie Miles zu seinen Gästen sagte: »Keine Sorge, ihr geht's gut, sie hat nur woanders gegessen. Beim nächsten Mal wird sie sich das zweimal überlegen.«

Fandango's steht in schnörkelig limonengrünen Lettern auf Dach, Türen und Kofferraum von Miles' silbernem Astra. Beim Anblick des fröhlichen Wagens bekam ich gleich bessere Laune. Ich verstaute meine Taschen im Wagen, setzte rückwärts aus der Garage und fädelte in die Jonson Street ein. Unentwegt hielt ich Ausschau nach meinem Wagen, dabei fuhr ich sehr vorsichtig, um nicht mit den anderen Verkehrsteilnehmern zu kollidieren – Kindern mit Surfbrettern, Jugendlichen auf Fahrrädern, Bussen, Rikschas und kreuz und quer geparkten Porsches und Wohnmobilen. Ich bog links in die Lawson Street, dann rechts in die Shirley Street. Nach zwei weiteren

Schlenkern war ich schon auf dem Pacific Highway Richtung Norden.

Nachdem ich eine Kolonne von Lastwagen überholt hatte, stellte ich den Tempomat auf hundert Stundenkilometer und rief die Polizeistation in Byron Bay an. Nach zweimaligem Klingeln wurde abgenommen.

»Polizeiwache Byron Bay, Senior Sergeant Kelly.«

Rafe Kelly ist Anfang vierzig und so scharf wie Vindalho-Curry. Er ist mit Toby zur Schule gegangen und kommt oft zum Essen vorbei, wenn Toby im Lande ist. Wie viele gut aussehende Männer neigt er leider zu machohaftem Verhalten, deshalb traue ich ihm nicht über den Weg. Einmal hat er mich auf einer Party einem seiner Freunde als Tobys Schickse vorgestellt. Damals flippte ich ziemlich aus, und im Prinzip habe ich es ihm bis heute nicht verziehen.

»Rafe, Scout Davis hier. Mein Wagen wurde vom Parkplatz am Bahnhof gestohlen.« Ich bemühte mich, gelassen und selbstsicher zu klingen, möglichst unschicksenhaft.

»Kaum zu glauben«, sagte Rafe. »Wundert mich, dass jemand in Byron einen alten Avalon mitgehen lässt.«

»So ist es aber«, sagte ich patzig und vergaß, dass ich doch eigentlich gelassen und selbstsicher rüberkommen wollte.

»Wann hast du den Wagen zuletzt gesehen?«, fragte Rafe.

»Gestern Nachmittag bin ich noch damit unterwegs gewesen.«

»Du musst zur Wache kommen«, sagte er.

»Kann ich jetzt nicht. Ich bin … bin gerade beschäftigt. Ich komme morgen so gegen zwei vorbei.«

Ich gab Rafe die nötigen Daten durch und zählte auf, was sich alles im Wagen befand: CDs, ein paar Hüte, alte Strandlaken, Flip-Flops und ein Fernglas.

»Hast du zufällig auch Wolle im Auto?«, fragte Rafe.

Mein Herz setzte einen Schlag aus. Rafe konnte doch unmöglich von der SG wissen! Nicht einmal Toby wusste davon. Nachdem ich an dem Vorsatz, gelassen und selbstsicher zu wirken, gescheitert war, gab ich mir nun größte Mühe, aufrichtig überrascht zu erscheinen. »Warum zum Teufel sollte ich Wolle im Auto haben? Ich kann ja noch nicht mal stricken.«

Rafe lachte sich einen ab, und mir schien es das Weiseste zu sein, so schnell wie möglich das Thema zu wechseln. Bevor er also noch weitere Bemerkungen machen konnte, fragte ich schnell nach dem Aktenzeichen, damit ich meiner Versicherung Meldung machen konnte. Geduldig hörte ich zu, wie er über Funk der Highway-Streife Fabrikat, Farbe und Kennzeichen meines Wagens durchgab; anschließend fragte er mich noch nach Toby. Erleichtert, das Thema Wolle gänzlich vom Tisch zu haben, berichtete ich ausführlich und rührselig von Tobys Afghanistan-Einsatz und dass ich ihn erst in ein paar Monaten zurückerwartete. Eigentlich vollkommen albern, denn Rafe wusste das ja alles schon.

»Scout«, sagte Rafe, »was ist denn das für ein Geräusch? Du telefonierst doch nicht etwa beim Autofahren?«

»Natürlich nicht«, schnaubte ich. »Ich habe dir doch gerade erzählt, dass mein Auto geklaut wurde. Ich bin zu Hause, das Geräusch kommt vom Geschirrspüler. Ist so ein Uraltding.«

»Wer immer dein Auto gestohlen hat, wird es einfach stehen lassen, sobald der Sprit alle ist. Weißt du noch, wie viel im Tank war?«

Ich hatte keinen Schimmer, aber ich würde den Teufel tun und das einem Mann gegenüber zugeben, und Rafe gegenüber schon gar nicht. »Nicht so viel«, riet ich. »Reicht vielleicht noch so für dreißig Kilometer.«

»Mit ein bisschen Glück lassen die den Wagen irgendwo in der Nähe stehen. Oder sie sind damit in den Busch gefahren und haben ihn abgefackelt.« In Rafes Stimme schwang ein Hauch Belustigung mit.

»Schön, dass du mich auf so hübsche Gedanken bringst.«

»Scout?«

»Was denn?«

»Du hast überhaupt keinen Geschirrspüler.«

Und damit legte er auf.

8.

Die Gold Coast ist immer für eine Überraschung gut. Unter strahlend blauem Himmel glitzern endlose Sandstrände und hoch aufragende Apartmenthäuser. Hier tummeln sich Australiens Urlauber: Strände, Freizeitparks, Golfplätze, Nachtclubs und Abertausende Möglichkeiten, sich zu vergnügen. Es ist schrill und laut, aufgebrezelt und aufgeblasen, und man kann bis zum Umfallen shoppen, essen und Spaß haben. Ehrlich gesagt, macht mir das alles eine Heidenangst.

Vom Gold Coast Highway bog ich nach Burleigh Heads ab, einem Badeort zwischen Coolangatta und Surfers Paradise. Ich genoss es, mit Miles' Wagen herumzufahren, die Karre hatte ordentlich Power, nur die Musikauswahl ließ zu wünschen übrig. Country- und Westernmusik ist so gar nicht mein Ding.

Als ich vor der vereinbarten Adresse hielt, erwartete mich eine beeindruckende Ferienanlage im mediterranen Stil, direkt am Wasser gelegen. Schilder warben mit viereinhalb Sternen, also handelte es sich um Wohnungen der höheren Preiskategorie. In der Meeresbrise schwang ein Leider-nichts-frei-Schild hin und her.

Aber die Anlage allein sagte noch nicht viel über Marcia Sanderson aus. Um diese Jahreszeit gab es in den meisten australischen Städten günstige Pauschalangebote für einen Urlaub an der Gold Coast. Zudem bestand auch die Möglichkeit, dass Marcia Sanderson tatsächlich hier wohnte.

Das Treffen machte mich ein wenig nervös, nicht nur weil ich unbedingt herausfinden wollte, was sie über die Sekte wusste, sondern auch weil ihre Stimme so vertraut geklungen hatte. Ihr Name half mir auch nicht weiter. Vielleicht würde der Groschen fallen, wenn ich sie vor mir sah.

Mir blieben noch zehn Minuten, genug Zeit, um meinen Blutzuckerwert zu kontrollieren. Da ich ein wenig unterzuckert war, trank ich eine halbe Flasche Orangensaft.

Um Punkt vier Uhr betrat ich die Anlage, ich musste die Augen vor der gleißenden Sonne schützen, die von den weißen Mauern zurückgeworfen wurde. Die Empfangsdame in der Lobby, eine fünfzigjährige Tussi mit blondierten Haaren, trug ein so enges Kleid, dass ihr die strammen Brüste fast unterm Kinn klemmten. Um den Hals hatte sie eine lange silberne Kette mit einer Kugel, Letzteres war reine Vermutung, da der Anhänger mehr oder minder in ihrem Dekolleté verschwand. Mit ihren rot lackierten Fingernägeln fummelte sie an den riesigen Creolen, in denen Platz für ein Wellensittichpärchen gewesen wäre. Auf einem Schild stand *Tracy*.

»Kann ich Ihnen helfen?«, begrüßte Tracy mich. Misstrauisch beäugte sie mein spießiges weißes Kostüm und die flachen Schuhe, wahrscheinlich glaubte sie, ich wollte hier Bibeln verticken.

Mit einem breiten Lächeln, das bestimmt aussah, als hätte mir jemand einen Kleiderbügel in den Mund gerammt, deutete ich auf das blaue Sofa. »Darf ich dort warten? Meine Verabredung kommt bestimmt gleich.«

Tracy nickte, beobachte aber mit Argusaugen, wie ich Platz nahm und mein Handy zückte. Immerhin war es möglich, dass ich den exotischen Kaktus vom Couchtisch mitgehen ließ. Das lag ja quasi auf der Hand.

Als ich Marcias Nummer wählte, sagte sie, sie sei sofort unten.

Kurz darauf öffneten sich die Fahrstuhltüren und eine hochgewachsene, schlanke Frau in einem eleganten grauen Jerseykleid betrat die Lobby. Wie Tracy war auch sie in den Fünfzigern, aber damit endeten die Gemeinsamkeiten auch schon. Die Frau, die auf mich zusteuerte, hatte Klasse, das schulterlange dunkle Haar trug sie in einem Bob, der bei jedem ihrer anmutigen Schritte hin und her schwang. Sie lächelte mich herzlich an.

Ich wusste sofort, dass wir uns schon einmal begegnet waren, auch wenn ich das Wo und Wann nicht mehr parat hatte. Trotz ihrer offenkundigen Attraktivität hatte ihr Gesicht nichts Besonderes: zwei braune Augen, eine Nase und ein Mund. Womöglich hatte mein Vater recht und die Schönheit einer Frau lag in der Art, wie sie sich bewegte.

Kurioserweise war sie barfuß, woraus die Detektivin in mir schloss, dass wir hierbleiben würden. Schön, dass die alten Fertigkeiten noch nicht ganz eingerostet waren.

»Scout«, grüßte mich Marcia und streckte mir die Hand entgegen. »Bist du es also doch. Eigentlich habe ich es mir schon gedacht, denn so viele Scouts gibt es hier ja nicht. Allerdings sagte mir der Name Davis nichts, hast du noch mal geheiratet?«

Hilfe, woher kannte ich sie nur?

Wir gaben uns die Hand, und Marcia führte mich zum Fahrstuhl. Auf dem Weg durch die Lobby hätte ich Tracy am liebsten die Zunge herausgestreckt, aber ich beließ es bei einem würdevollen Nicken.

»Ich bin geschieden«, sagte ich. »Davis ist mein Mädchenname. Rob und ich haben uns schon vor zehn Jahren getrennt.« Falls Marcia vielleicht die beste Freundin von Robs Schwester war, fügte ich zur Sicherheit noch hinzu:

»Aber wir sind immer noch gute Freunde.« Sicher war sicher.

Mich machte es wahnsinnig, dass ich sie nicht einordnen konnte. Angestrengt dachte ich nach.

»Du erinnerst dich doch noch an mich, oder?«, fragte Marcia, während wir in den Fahrstuhl stiegen und sie auf die fünfte Etage drückte.

»Natürlich«, log ich. »Eine Schande, dass wir uns unter diesen Umständen wiedersehen.«

»Tut mir leid, dass ich am Telefon so durcheinander war«, sagte Marcia. »Ich fühle mich irgendwie von allen im Stich gelassen und habe einfach Angst. Von der Polizei höre ich nur, dass Tildy – Matilda – nicht als vermisst gilt, da sie erwachsen ist und ihre Familie aus freien Stücken verlassen hat. Da können die gar nichts machen. Als ich deine Anzeige sah, hatte ich plötzlich wieder Hoffnung und war erleichtert, dass ich dich auch noch kannte und du mir … Na jedenfalls habe ich das Gefühl, in dir jemanden gefunden zu haben, der mir helfen kann, Tildy zurückzubekommen.«

Großartig. Zwischen Miles Wagen und Marcias Wohnung war ich von der Journalistin zum scharlachroten Siegel mutiert.

Das Apartment bestand aus einem weitläufigen Zimmer mit weißen Fliesen, sandfarbenen Wänden und zwei schwarzen Ledersofas, die so gestellt waren, dass man den ausgedehnten Meerblick genießen konnte. Perserteppiche in sattem Rot, Orangebraun und Dunkelgrün milderten das harsche Weiß des Bodens. An der Wand stand ein Buffet mit aufwendigen balinesischen Schnitzereien, und darauf befand sich ein russischer Samowar.

»Der Samowar ist toll«, sagte ich, nicht um anzugeben, sondern weil es eine wirklich prachtvolle Kanne war.

»Oh, die meisten wissen nicht einmal, was das ist.«

»Ich bin ein Teefan«, erklärte ich.

»Ich auch«, sagte Marcia erfreut. »Ich setze gleich mal Wasser auf.«

Während Marcia den Tee kochte, schaute ich mich in dem Zimmer um. Es war eine ganz typische Ferienwohnung der gehobenen Preisklasse, abgesehen von den exotischen Sammlerstücken. Mitten auf dem Esstisch thronte ein großer Krug von Villeroy und Boch mit Wildblumen, und die Bilder rechts und links vom Fenster stammten von Graeme Stevenson. Toby und ich waren schon auf etlichen seiner Ausstellungen gewesen, und Toby besitzt ein paar seiner Wolfbilder.

Daraus leitete ich eine weitere Erkenntnis ab. »Das Apartment gehört dir, nicht wahr?«

»Ja, woher weißt du das?«, fragte Marcia überrascht.

»Die Papageien und die Eulen«, antwortete ich und deutete auf die Bilder. »Na und der Samowar.«

Marcia nickte. »Vor fünfzehn Jahren habe ich die Wohnung als Kapitalanlage gekauft, und meistens ist sie vermietet. Die schönsten Sachen halte ich sonst unter Verschluss, aber nun bin ich schon seit kurz vor Weihnachten hier, seit ich den Kontakt zu Tildy verloren habe, deshalb habe ich sie wieder vorgeholt.«

Tildy … Matilda? Irgendwo klingelte da was, leider nur nicht in meinem Kopf. Wo zum Teufel war ich Marcia nur schon begegnet?

Marcia stellte das Tablett mit dem Tee auf den Couchtisch. Die Teetassen stammten auch von Villeroy und Boch und die Teelöffel waren aus Silber und hatten kleine Kaffeebohnen am Stielende.

»Nur Milch, keinen Zucker bitte«, sagte ich.

Marcia schenkte ein und reichte mir den Tee. Offenbar

zitterte ihre Hand, denn die Tasse klapperte auf dem Unterteller.

Ich nahm einen Schluck. »Mhmm, köstlich. Orange Pekoe?«

»Ah, du kennst dich aber gut aus.« Marcia wirkte erfreut, und ich sah keine Veranlassung, meine Glaubwürdigkeit infrage zu stellen, indem ich ihr gestand, dass ich die Packung in der Küche hatte stehen sehen.

Da das Eis nun einmal gebrochen war, holte ich Stift und Notizbuch aus meiner Tasche. Ich wollte sichergehen, dass Marcia auch verstand, weswegen ich sie befragte. In knappen Zügen erläuterte ich, dass ich Nachforschungen über die Sekte anstellte, weil ich an einem Artikel schriebe, der sich hoffentlich an mehrere Zeitungen und Magazine verkaufen ließe. Der Artikel könnte überall auf der Welt erscheinen, und wenn sie einverstanden wäre, würde ich ihre Informationen darin gerne verwenden. Ich erwähnte auch, dass ich in diesem Stadium noch über keine eigenen Informationen verfügte, die ich mit ihr teilen könnte. Namen sind immer eine heikle Sache, also stellte ich von vornherein klar, dass ich die richtigen Namen nicht nennen müsste. Auch klärte ich Marcia darüber auf, dass es durchaus sein könne, dass ich die Geschichte nicht weiterverfolgen würde, weil sie mir nicht ergiebig erschien. Schließlich ging ich mit ihr die Einverständniserklärung durch, die sie unterschreiben musste.

Marcia erklärte sich mit allem einverstanden.

»Ich würde alles tun, um Tildy gesund und munter zurückzubekommen.« Marcia beugte sich vor und sah mich eindringlich an. »Alles.«

Mit gespitzter Feder saß ich da, bereit, Notizen zu machen.

»Oje«, sagte Marcia und lehnte sich verzagt zurück. »Ich weiß gar nicht, wo ich anfangen soll.«

»Am besten ganz am Anfang«, sagte ich aufmunternd. »Und lass dir ruhig Zeit.«

9.

Marcia nahm einen Schluck Tee, mittlerweile zitterten ihre Hände heftig.

»Tildy ... Matilda ... ist fünfundzwanzig«, begann sie. »Als Teenager war sie außer Rand und Band. Mit vierzehn, kurz nachdem ihr Vater starb, ist sie völlig ausgetickt, hat gekifft, getrunken und sich die Nächte um die Ohren geschlagen. Damals bin ich von Sidney nach Melbourne gezogen, um sie aus dem schlechten Umfeld zu holen, aber es hatte keinen Zweck. Mit fünfzehn ist Tildy mit einem Jungen zurück nach Sidney. Mit sechzehn stand sie plötzlich wieder bei mir vor der Tür, schwanger.«

»Hat sie das Kind bekommen?«, fragte ich behutsam. Es war Marcia anzumerken, wie sehr sie sich zusammenreißen musste.

»Ja, Tommy heißt er. Er ist inzwischen neun und ein tolles Kind. Ich habe nie gefragt, wer der Vater ist, und Tildy hat auch nie darüber gesprochen, also weiß ich nicht, ob es der Junge war, mit dem sie abgehauen ist. Sie war im sechsten Monat, also blieb ihr gar nichts anderes übrig, als das Kind zu bekommen.«

Schwer nachzuvollziehen, warum Marcia nicht nach dem Vater ihres Enkelkindes gefragt hatte. Das war das Erste, was meine Mutter wissen wollte, als ich ihr mit achtzehn gestand, dass ich Zwillinge erwartete, und das, obwohl sie wußte, dass ich mit Rob fest zusammen war.

»Hat Matilda noch mehr Kinder?«

Marcia nickte. »Christopher ist erst zehn Monate alt. Noch ein Baby.«

»Und Christophers Vater?«

»Mark Wilding und Tildy haben vor drei Jahren geheiratet. Mark ist Buchhalter bei *Temple Bell and Associates* in Melbourne. Nach Tommys Geburt hat Tildy den High-School-Abschluss nachgeholt und eine Ausbildung als Verwaltungsangestellte gemacht. Die beiden lernten sich kennen, als Tildy als Aushilfskraft bei *Temple und Bells* gearbeitet hat. Zurzeit kümmert sich Mark um beide Jungs. Er ist am Boden zerstört.«

»Was ist denn eigentlich genau passiert?«, fragte ich.

Marcia faltete die Hände im Schoß und holte tief Luft. »Tildy hatte eine schwierige Schwangerschaft mit Christopher, und nach der Geburt war sie mürrisch und verschlossen und wollte den Kleinen kaum anfassen. Als Christopher vier Wochen alt war, wurde bei ihr eine postnatale Depression festgestellt. Sie bekam Medikamente und Therapie. Ich habe mich von der Arbeit beurlauben lassen, um mich um sie und die Kinder zu kümmern.«

»Wurde es dann besser?« Im gleichen Moment bereute ich die Frage, denn offensichtlich wurde nichts besser.

Marcia schwieg eine Weile, um sich zu sammeln.

»Anfänglich sah alles ganz gut aus«, sagte sie schließlich. »Tildy schien glücklicher, sie nahm ihre Medikamente und kam gut mit der Therapeutin zurecht. Und ihre Beziehung zu Christopher besserte sich auch, also habe ich es nicht kommen sehen. Und Mark auch nicht.«

»Was kommen sehen?«, fragte ich leise.

»Anfang Dezember, als Christopher sieben Monate alt war, kam ich eines Tages vom Einkaufen zurück, und Tildy war verschwunden. Christopher lag allein in seinem Bettchen und weinte. Tommy war in der Schule. Tildy hatte eine Nachricht hinterlassen, dass sie es nicht mehr aushielte, und Abstand bräuchte. Abstand, Herrgott noch mal! Ich kann es immer noch nicht fassen, dass sie Christopher allein gelassen hat.« Marcia hatte sich in Rage geredet, ihre Gefühle fuhren Achterbahn.

»Wie bist du darauf gekommen, dass sie hier sein könnte?«, drängte ich.

»Ich habe einfach eins und eins zusammengezählt. Tildy gefällt es hier, und sie wusste, dass die Wohnung die Woche über leer stehen würde, weil ich nämlich über die ausbleibenden Gäste gejammert hatte. Tildy hat einen eigenen Schlüssel und die Hausverwaltung kein Problem damit, dass die Eigentümer zwischendurch ein oder zwei Nächte hier verbringen, solange sie für die zusätzlichen Reinigungskosten aufkommen. Und meine Vermutung war richtig. Ich rief an und sprach mit Bronwyn, einer der Empfangsdamen. Sie berichtete mir, dass Tildy am Nachmittag angekommen wäre und ganz normal gewirkt hätte.«

»Was habt ihr dann gemacht?«

»Ich konnte mich nicht direkt ins Flugzeug setzen und Mark auch nicht. Tommy musste von der Schule abgeholt werden, und Mark hatte seiner Mutter versprochen, sie am nächsten Morgen zur Bestrahlung zu begleiten, sie hat nämlich Brustkrebs, also musste ich bei den Kindern bleiben. Wir wussten ja jetzt, wo Tildy war, und Bronwyn war nichts Ungewöhnliches an ihr aufgefallen. Mark und ich kamen also überein, dass wir uns nicht gleich panisch in den nächsten Flieger setzen müssten. Außerdem wollte ich noch ganz gerne mit der Therapeutin sprechen.«

»Was hat die Therapeutin gesagt?«

»Nichts, sie hat sich auf ihre Schweigepflicht berufen. Alles sei vertraulich, Ausnahmen gäbe es keine, obwohl

Tildy in keiner guten Verfassung war und ihre Kinder einfach verlassen hatte.« Eine einsame Träne rollte über Marcias Wange, schnell wischte sie sie weg und schüttelte den Kopf.

»Wann haben du oder Mark zuletzt mit Tildy gesprochen?«, fragte ich.

»An dem Tag, an dem sie aus Melbourne verschwand, kurz vor Weihnachten. Seit über drei Monaten haben wir nichts mehr von ihr gehört. Sie geht nicht ans Handy, ruft nicht zurück und reagiert auch nicht auf unsere E-Mails. Weihnachten war furchtbar traurig, besonders für Tommy. Er ist ja noch ein Kind und vermisst seine Mutter ganz schrecklich. Mir bricht es das Herz, den Jungen so unglücklich zu sehen.«

»Wie lange war Tildy hier in der Wohnung?«

»Laut Bronwyn nur eine einzige Nacht«, sagte Marcia. »Sie hatte Tildy von meinem Anruf erzählt, ich kann es ihr nicht verdenken. Danach hat sie Tildy nicht mehr gesehen.«

»Aber was macht dich so sicher, dass Tildy einer Sekte beigetreten ist? Könnte es nicht auch einfach so sein, dass sie zu sich kommen und in Ruhe über ihr Leben nachdenken wollte?«

»Sobald wir wussten, dass Tildy an der Gold Coast ist, hat Mark die hiesige Polizei um Hilfe gebeten. Die waren toll, aber viel konnten die auch nicht machen, weil Tildy erwachsen und aus freien Stücken gegangen ist. Da Mark der Polizei von Tildys psychischen Problemen erzählt hatte, hat man sie auf dem Handy angerufen, und als sie reagiert hat, haben sich Leute der Vermisstenabteilung mit ihr in einem Café in Surfers Paradise getroffen. Danach hat die Polizei Mark mitgeteilt, dass sie in guter körperlicher und geistiger Verfassung sei und auf keinen Fall wolle, dass Mark oder ich ihren Aufenthaltsort erführen. Tildy habe ein Recht auf Privatsphäre, und sie müssten ihre Wünsche respektieren. Und obgleich sie ihre Adresse hätten, hätten sie versprechen müssen, sie nicht an uns weiterzugeben. Sie haben uns versichert, dass sie sofort den Psychosozialen Dienst eingeschaltet hätten, wenn Tildy verstört gewirkt hätte. Erfahren haben wir aber, dass Tildy nun Ewiger Schatten genannt wird und in einer Kommune lebt. Angeblich befindet sie sich nicht in Gefahr.«

»Wenn die Polizei nicht mit der Adresse rausgerückt ist, woher weißt du dann, dass sie bei den Bacchus-Jüngern ist?«, hakte ich nach.

»Mark hat gefragt, ob es sich bei der Kommune um eine Sekte handele, und da hat sich der Polizist verplappert und gesagt, seines Wissens nach sei Bacchus Erwachet keine Sekte. Offenbar weiß die Polizei selbst nicht so genau, wo die Kommune sich angesiedelt hat, Baugesetze wurden keine gebrochen. Ich glaube, der Polizist hat noch nicht mal gemerkt, dass ihm der Name rausgerutscht ist.«

Ich brannte darauf, zu erfahren, warum Marcia glaubte, Bacchus Erwachet und Die Strahlende Wiederkehr der erleuchteten Seelen sei ein und dasselbe, doch ich zügelte meine Neugier und ließ sie der Reihe nach erzählen. Vielleicht ergab Bacchus Erwachet schon genug Stoff für eine Geschichte, selbst ohne die Verbindung nach Amerika.

»Und seitdem suchst du hier nach ihr?«, fragte ich.

»Ja, zwischendurch bin ich nur kurz nach Melbourne geflogen, um Weihnachten mit Mark und den Kindern zu verbringen. Ich kann nicht einfach nur untätig herumsitzen. Tildys Foto habe ich bestimmt schon Tausenden Menschen gezeigt. Jeden Tag nehme ich mir eine andere Ecke vor und frage herum, ob sie jemand gesehen hat oder die Sekte kennt. Ich habe bei der Stadtverwaltung angerufen, aber die haben noch nie von Bacchus Erwachet gehört.«

Marcia vergrub den Kopf in den Händen und seufzte.

»Tildy ist leicht zu beeindrucken, hilflos und mitunter auch sehr naiv. Ich glaube, sie sucht nach einem Vaterersatz. Und da ist noch eine Sache«, sagte Marcia besorgt.

Ich horchte auf.

»Sie hat keine Medikamente dabei. Ihre Antidepressiva habe ich im Badezimmerschrank gefunden.«

»Hat Mark das auch der Polizei gesagt?«

»Ja, daraufhin haben die aber nur gemeint, sie könnte sich ja ein neues Rezept besorgt haben. Genau wie die Therapeutin haben die sich auch immer wieder auf die Privatsphäre berufen. Das ist doch absurd. Tildy ist psychisch krank, aber wir als Familie dürfen nicht erfahren, wo sie ist. Ich finde das grausam. Wenn sie nun keine Medikamente nimmt? Was, wenn sie sich etwas antut?«

Zustimmend nickte ich. Man musste sich einmal ernsthaft mit den Gesetzen zum Schutz der Privatsphäre im Fall von psychischen Erkrankungen befassen. Vielleicht sollte ich darüber mal einen Artikel schreiben, ich behielt den Gedanken im Hinterkopf.

»Hast du ein aktuelles Foto von Tildy?«, fragte ich.

Marcia verschwand im Nebenzimmer und kam mit einem Hochglanzbild in Postkartengröße zurück. Ein Schnappschuss einer hübschen jungen Frau mit feinen Zügen, warmen braunen Augen und welligem dunklen Haar, das ihr über die Schultern fiel. Links neben dem Auge hatte sie ein Muttermal, und im Arm hielt sie lächelnd einen Säugling. Neben ihr stand ein Junge, vermutlich Tommy, er hatte die Hand auf das Köpfchen des Babys gelegt. Glückliche Zeiten.

Das Gesicht der jungen Frau kam mir unglaublich bekannt vor, ich sah zu Marcia und dann wieder aufs Bild.

Nach ein paar Sekunden fiel endlich der Groschen.

10.

Auf einmal ergab alles einen Sinn. Tildy war mit meinen Töchtern Tasha und Niska befreundet gewesen, sie waren zusammen auf die Grundschule in Neutral Bay im Norden von Sidney gegangen.

Tildy – Matilda – wurde damals Matty genannt, und mit Nachnamen hieß sie damals auch nicht Sanderson. An den Namen Marcia konnte ich mich auch nicht entsinnen, obgleich ich wusste, dass die Frau mir gegenüber Mattys Mutter war.

Rob und ich hatten wenig Kontakt zu Mattys Eltern gehabt, wir kannten sie kaum. Hauptsächlich waren wir uns auf Schulveranstaltungen oder Kindergeburtstagen über den Weg gelaufen. Mattys inzwischen verstorbener Vater Hal hatte sie immer von der Schule und auch bei uns abgeholt. Marcia war in der Schule so gut wie nie in Erscheinung getreten und wir hatten wenn überhaupt, übers Telefon Kontakt gehabt, deshalb war mir ihre Stimme auch so bekannt vorgekommen. Bestimmt konnte sie sich wegen der Zwillinge an mich erinnern. So geht es den meisten.

Tasha und Klein Matty waren damals ganz verrückt nach Pferden und Ballett. An Miss Magic's Tanz- und Ballettschule hatten sie Unterricht, und soweit ich mich erinnern konnte, war Matty eine gute Tänzerin, geradezu elegant für ein Kind. Im Gegensatz dazu war Tasha ein richtiger Trampel. Rob und ich hatten uns kaputtgelacht, als Tasha zur Jahresabschlussaufführung die Rolle der Fee Glöckchen bekam. Spektakulär war es schon, keine Frage. Eigentlich hätten wir vorsichtshalber schon mal einen Krankenwagen rufen sollen, meinte Rob anschließend.

Auch wenn sich Tasha und Niska wie ein Ei dem anderen gleichen, unterscheiden sie sich doch in ihrem Wesen und haben oft sehr unterschiedliche Wege beschritten. Mit zehn hängte Tasha die Tanzerei an den Nagel und widmete sich der Wissenschaft. Sie konnte vom Lernen gar nicht genug bekommen und hat schließlich an der University of Sydney Medizin studiert. Gerade hat sie ihr praktisches Jahr in der Chirurgie im St. Vincent's Hospital in Sydney angetreten.

Niska hat sich von klein auf nur für Jungs und Bücher interessiert, das hat sich bis heute nicht geändert. Früher habe ich mir immer Sorgen gemacht, Niska könnte ihrer Zwillingsschwester die enge Freundschaft mit anderen kleinen Mädchen neiden, aber Niska weiß gar nicht, was Eifersucht ist. Sie ist der ausgeglichenste Mensch, den ich kenne, und ein kluger Kopf. Nachdem sie an der Universität von Queensland zunächst ein Psychologiestudium begonnen hatte, hat sie dann auf Journalismus gewechselt, was mich natürlich sehr gefreut hat. Schön, dass wenigstens ein Apfel nicht so weit vom Stamm gefallen ist. Niska lebt auch in Sydney und schreibt zurzeit für ein Männermagazin. Wen wundert es?

Matty war ein sanftes kleines Wesen, und ich weiß noch, dass ich dachte, unser lärmender Haushalt könnte zu viel für sie sein. Matty war verrückt nach Rob. Oft hat sie ihn umarmt oder ihre Arme um sein Bein geschlungen, wenn sie neben ihm stand. Rob fand es eher nervig, und Tasha passte es ebenso wenig. Dann schnappte sie sich ihren Vater und sagte: »Mein Papa«, um die Besitzverhältnisse klarzustellen. Niska war das gleich. Mir ebenso.

Womöglich stimmte es, und Matty fühlte sich zu Vaterfiguren hingezogen.

Auf einmal wurde mir bewusst, dass ich die ganze Zeit meinen eigenen Gedanken nachgehangen hatte, ich sah Marcia an. Sie wirkte aufgewühlt, deshalb schlug ich einen Spaziergang vor, und sie war auch gleich einverstanden. Beim Laufen muss man seinen Gesprächspartner nicht ansehen, da fällt es manchmal leichter zu sprechen. Für mich war es auch an der Zeit, meine Mandeln zu essen, die ich immer dabeihabe. Und gerade hatte ich auch keine Lust, Marcia lang und breit von meinem Diabetes zu erzählen oder ihr womöglich ein schlechtes Gewissen zu machen, weil sie mir nichts zu essen angeboten hatte.

Draußen konnte ich bequem die Nüsse als Wegzehrung aus der Handtasche ziehen.

Wir liefen den Strandweg entlang. Aus den Landrovern stiegen mit Handtüchern und Bodyboards bewaffnete Familien, am Strand spielten Jungs Fußball. Kreischende Regenbogenpapageien kreisten über uns in den Norfolktannen, der Lärm war ohrenbetäubend.

»Wie alt ist Mark?« Ich musste beinahe brüllen.

»Siebenundzwanzig, nur zwei Jahre älter als Tildy«, sagte sie. »Dachtest du, er wäre älter?«

»Irgendwie schon.«

Ein Jugendlicher kam auf einem Skateboard auf uns zugerast, wir stoben auseinander, um ihn durchzulassen. Der Junge stank nach Schweiß. Marcia und ich rümpften gleichzeitig die Nase und lachten.

Nachdem wir uns endlich von den lärmenden Vögeln entfernt hatten, wühlte ich in meiner Tasche herum. »Oh, ich habe hier noch Mandeln gefunden. Möchtest du welche?«

»Nein, danke«, sagte Marcia. Und ich konnte es ihr nicht verübeln, wer will schon etwas essen, das jemand aus den Untiefen seiner Handtasche zutage fördert.

Wir liefen weiter, und ich begann zu kauen.

»Wir haben sie immer Matty genannt«, sagte ich.

»Stimmt, das habe ich ja ganz vergessen. Tildy hat ihren Spitznamen von Matty zu Tildy geändert, nachdem ich mich Marcia nannte«, erklärte sie.

Wie angewurzelt blieb ich stehen und hielt sie am Arm fest. Plötzlich fiel es mir wieder ein.

»Du hießt Gai, nicht wahr? Gai Worboys?« Ich konnte kaum an mich halten vor Freude, endlich wusste ich, wer sie war.

Marcia nickte. »Kannst du bestimmt verstehen. Ich war die Späße und dummen Kommentare einfach leid.«

»Marica ist ein hübscher Name. Gefällt mir. Klingt nach einer starken Frau.«

»Ist mein zweiter Vorname«, sagte sie. »Nach Hals Tod habe ich den Namen Worboys abgelegt und wieder meinen Mädchennamen angenommen.«

Schweigend setzten wir unseren Weg fort, als ein kleines Mädchen mit einem Drachen an uns vorbeirannte.

»Hast du den *Drachenläufer* gelesen?«, fragte Marcia aus heiterem Himmel.

Ich bejahte und sagte, dass es mir ganz wunderbar gefallen hätte. Anschließend sprachen wir über *Tausend Strahlende Sonnen* und gestanden uns gegenseitig ein, dass wir es nicht zu Ende gelesen hatten. Darüber kamen wir ganz allgemein auf Afghanistan zu sprechen, und ich erzählte ihr von Toby. Auf einmal hatten wir eine ganz neue Ebene gefunden. Im Nachhinein tat es uns leid, dass wir uns damals, als die Kinder noch klein gewesen waren, nie nähergekommen waren.

An einem Picknicktisch ließen wir uns schließlich nieder. Zeit für mich, die große Frage zu stellen.

»Marcia«, setzte ich an, »woher weißt du eigentlich, dass Bacchus Erwachet und Die Strahlende Wiederkehr der erleuchteten Seelen ein und dasselbe ist?«

Verschlagen lächelte Marcia. »Das war ganz leicht«, sagte sie. »Um an eine Adresse zu kommen, habe ich einen Scheck an ein Postfach in Surfers Paradise geschickt, und eine dieser albernen Kosmo-Karten bestellt. Du weißt schon, diese Karten, die man auf der Website kaufen kann. Angeblich wurden sie von Bacchus persönlich besprüht oder weiß der Himmel, was er damit macht.«

Ich lachte. »Ich glaube, du sprichst von Bacchus' Hochfrequenzstrahlen.«

»Egal. Jedenfalls steht auf dieser Karte – die übrigens wie eine Kreditkarte aussieht – Bacchus Erwachet, aber auf der Quittung heißt es *Strahlende Wiederkehr der erleuchteten Seelen*. Irgendjemand hat sich wohl nicht die Mühe gemacht, neue Quittungsblöcke drucken zu lassen. Der Umschlag war jedenfalls in Surfers Paradise abgestempelt worden. Es muss sich doch um dieselbe Gruppe handeln, nur dass sie den Namen geändert haben, meinst du nicht?«

Ich nickte aufgeregt. Das konnte kein Zufall sein. Es gab also eine konkrete Verbindung zwischen der Sekte in Amerika und an der Gold Coast.

Damit war allerdings noch längst nicht bewiesen, dass Bacchus Erwachet auch eine Sekte war. Genauso gut konnte ein amerikanisches Sektenmitglied nach Australien ausgewandert sein, um hier einen Versandhandel mit wertlosem Plunder aufzuziehen. Die Polizei hatte zwar von einer Kommune berichtet, aber das deutete nicht zwangsläufig auf eine Sekte hin. Rund um Byron Bay lebten haufenweise Leute gemeinsam auf irgendwelchen Ländereien mit ungewöhnlichen Namen, ohne gleich eine Sekte zu sein.

Ich musste also nach typischen Kennzeichen für eine Sekte suchen, um von den Aktivitäten der amerikanischen Sippe auf ähnliche Vorgänge in Australien zu schließen. Mich wurmte es, dass mir das noch nicht gelungen war. Morgen würde ich noch einmal alles in Ruhe zu Hause durchgehen. Hoffentlich würde sich dann eine Verbindung ergeben.

»Brillante Detektivarbeit«, sagte ich zu Marcia.

»Danke.« Sie wirkte sehr zufrieden.

»Auf der Quittung ist also keine Adresse vermerkt?«

»Nein, ich zeige sie dir, wenn wir zurück sind.«

»Bestimmt hast du die Strahlende Wiederkehr der erleuchteten Seelen schon gegoogelt, oder?«, fragte ich nervös. »Klingt nicht gerade vertrauenserweckend.«

Mit einem Mal sah Marcia müde und ausgemergelt aus. Die Achterbahn schüttelte sie doch ganz ordentlich durch. Sie schwieg zunächst, und ich überließ sie ihren Gedanken, ich mochte mir nicht ausmalen, was in ihr vorging.

Nach einer Weile sah sie mich an und sagte: »Als ich zum ersten Mal auf der Website der Bacchus-Sekte war, habe ich das Ganze für einen ausgeklügelten Marketingtrick gehalten. Ich dachte, dass Tildy für eine Firma arbeitet, die mit ihrem esoterischen Geseiere bloß Kinkerlitzchen wie Tannenzapfenanhänger verkaufen will.«

Ich sagte ihr, dass es mir ebenso gegangen sei; allerdings behielt ich für mich, dass mir das mit den Tannenzapfen entgangen war. Das Bild löste eine Erinnerung in mir aus, aber ehe ich sie packen konnte, war sie auch schon wieder verschwunden.

»Wahrscheinlich wollte ich es nur nicht wahrhaben«, sagte Marcia. »Doch als dann die Karte mit der Quittung kam und ich die Strahlende Wiederkehr der erleuchteten Seelen gegoogelt habe, hat sich meine Sicht schlagartig geändert. Von da an war mir klar, dass sich Tildy einer Sekte angeschlossen hat und in großer Gefahr schwebt, vor allem, weil sie psychisch so labil ist.«

11.

Zurück in Marcias Wohnung fotografierte ich Vorder- und Rückseite der Kosmo-Karte und die Quittung. Beim Umstellen auf Automatik machte ich auch klammheimlich ein Bild von Marcia. Hoffentlich war auch ihr Gesicht zu sehen, es passiert nämlich oft, dass ich nur Beine und Füße drauf hatte.

»Darf ich das behalten?«, fragte ich und hielt das Hochglanzfoto von Tildy und ihren Jungs hoch.

»Klar«, sagte Marcia.

Insgeheim fürchtete ich, dass Marcia in mir eine Privatdetektivin sehen könnte. Ich wollte nicht, dass sie all ihre Hoffnungen auf mich setzte oder davon ausging, dass ich ihr bei der Suche nach ihrer Tochter half, weil unsere Kinder früher befreundet gewesen waren. Ich wollte Berufliches nicht mit Privatem vermischen.

Ich atmete einmal tief durch und erinnerte Marcia behutsam daran, dass ich Material für eine mögliche Geschichte sammelte und dass sie nicht darauf zählen sollte, dass ich ihr Tildy zurückbrächte.

Marcias Augen füllten sich mit Tränen, und ich kam mir vor wie ein Schuft. Scout Davis, Hoffnungskiller.

»Selbst wenn du sie findest, will sie vielleicht nicht mit nach Hause«, warnte ich sie. »Wie die Polizei gesagt hat, sie kann tun und lassen, was sie will.«

»Ich weiß«, schniefte Marcia und wischte sich die Tränen weg.

»Morgen gehe ich meine Notizen durch und entscheide, ob ich die Geschichte mache oder nicht, dann ruf ich dich gleich an.« Ich versuchte, optimistisch zu klingen. »Inzwischen könntest du ja vielleicht das Postschließfach in Surfers Paradise beobachten, um rauszufinden, wer die Post von dort abholt.«

Überrascht sah Marcia mich an. »Darauf bin ich überhaupt noch nicht gekommen. Gleich morgen früh lege ich mich auf die Lauer.« Offensichtlich war sie dankbar, eine Aufgabe zu haben.

»Hast du eine Digitalkamera?«, fragte ich.

»Ja.«

»Versuch, ein Foto von der Person zu machen, die die Post abholt. Vielleicht musst du etwas warten, aber ich bin sicher, dass das Fach jeden Tag geleert wird.«

Fast hätte ich Marcia noch vorgeschlagen, der Person zu folgen, ich konnte mich gerade noch bremsen. Das musste sie nun wirklich selbst wissen.

»Scout«, sagte Marcia, »tut mir echt leid, aber ich habe dich nicht einmal nach den Mädchen gefragt. Wie geht es ihnen und was machen sie so?«

Oje, ich hatte gehofft, dieser Frage ausweichen zu können. Alles zu seiner Zeit, aber jetzt war nicht der Moment, mit meinen Töchtern anzugeben.

Mit einem trockenen Lächeln sagte ich: »Du hast ja so ein Glück mit deinen beiden Enkeln. Bei meinen Mädchen ist noch kein Mann in Sicht.«

Ich weiß nicht, was mich da wieder geritten hatte, aber sollte dieser Spruch je Tasha und Niska zu Ohren kommen, würden die Hackfleisch aus mir machen.

Allmählich wurde es spät, und ich musste mich endlich um meine Gesundheit kümmern. Bevor ich Marcia verließ, ging ich noch mal ins Badezimmer und testete meinen Blutzuckerspiegel, zum Glück war er noch im Rahmen. Trotzdem brauchte ich mein Insulin und etwas Anständiges zu essen, ich wollte nicht warten, bis ich bei Harper war.

In Burleigh Heads kaufte ich mir ein halbes Fladenbrot mit Falafel, Salat und Chilisoße, dazu eine Flasche Wasser. Im Auto setzte ich mir diskret eine Spritze, anschließend ließ ich das Fenster herunter, um beim Essen die herrliche Seeluft zu genießen, wobei ich mich sehr vorsah, keine Soße auf Miles' Polster zu kleckern. Die hob ich mir für mein weißes Leinenoberteil auf.

Harper und ihr Mann Andrew wohnen in einem Riesenkasten in Robina, einem wohlhabenden Vorort im Landesinnern. Von Burleigh Heads braucht man eigentlich nur zwanzig Minuten, aber wegen Straßenarbeiten stockte der Verkehr, und ich kam immer nur zehn Meter am Stück voran. Ach ja … Gott sei Dank hatte ich gegessen.

Im Geiste notierte ich mir, dass ich unbedingt bei der Versicherung anrufen musste, sobald ich bei meiner Schwester war. Bei Rafe wollte ich mich auch melden, möglicherweise war mein Auto ja inzwischen wieder aufgetaucht. Vielleicht wäre es auch gar keine dumme Idee, ihn nach der Bacchus-Sekte zu fragen. Hätte ich mir doch bloß von Marcia den Namen des Polizisten geben lassen, der mit Tildy gesprochen hatte. Womöglich kannte Rafe ihn, und ich könnte auf diesem Wege an Insiderinformationen kommen. Wenn Rafe bloß nicht so verdammt gut aussähe, hätte ich ihn längst gefragt, ob wir uns nicht mal treffen könnten.

Eigentlich bot so ein Stau doch eine prima Möglichkeit nachzudenken. Am klügsten war es, jetzt nicht noch lange rumzufackeln, sondern schnellstmöglich zu entscheiden, ob die bisherigen Informationen für eine Story reichten und ich am Fall dranbleiben wollte. Ich frönte meiner Aufschieberitis so lange, bis ich meinem Vordermann fast auf der Stoßstange saß. Schließlich fällte ich einen Entschluss. Sobald ich sicher wusste, dass Bacchus Erwachet hier in Australien als Sekte operierte, hätte ich genug Material für eine Geschichte, die sich verkaufen ließ. Auch wenn Marcia bereits überzeugt war, dass es sich um eine Sekte handelte, musste ich mir hundertprozentig sicher sein.

Marica gegenüber kam ich mir richtig mies vor. Ihr zu sagen, dass sie sich bei ihrer Suche nach Tildy bloß nicht auf mich verlassen sollte. Damit machte ich mir doch nur selbst etwas vor! Natürlich würde ich ihr helfen. Von dem Moment an, als ich erfahren hatte, dass Tildy Tashas Kinderfreundin war, ging mich die Sache persönlich an. Falls Tildy nicht mit ihrer Mutter nach Melbourne zurückkehren wollte, ließ sich das nicht ändern. Aber immerhin konnte ich meiner Tochter unter die Augen treten und ihr sagen, dass ich alles versucht hätte.

Warum musste das Leben nur immer so kompliziert sein? Vielleicht sollte ich mir einen dieser Glücksagenten zulegen, die in Byron Bay gerade wie Pilze aus dem Boden schossen. Ich dachte geschlagene zehn Sekunden darüber nach, bevor ich laut »Nee!« sagte.

Es war schon nach acht, als ich im Dunkeln bei meiner Schwester die Auffahrt hochfuhr, und damit den Bewegungsmelder aktivierte, der den gepflegten Eingangsbereich in hellem Licht erstrahlen ließ.

Das Haus ist eines dieser modernen Architekturprojekte, die das gesamte Grundstück einnehmen. Man nennt sie hierzulande auch McKlotz, die Straße ist voll davon, jedes ist ein wenig anders, aber am Ende sehen sie doch alle gleich aus – teuer und mit allen Schikanen und für den gehobenen Geschmack. Na ja, vielleicht sprach da auch der Neid aus mir.

Im Wohnzimmer brannte Licht, und erleichtert stellte ich fest, dass die anderen schon ohne mich mit dem Essen angefangen hatten. Abends schaue ich für mein Leben gern in erleuchtete Häuser, alles sieht immer so beschaulich und einladend aus, wie zu Weihnachten.

Nachdem ich den Motor ausgestellt hatte, schaltete ich die Innenbeleuchtung ein, rief in der Polizeiwache in Byron an und verlangte nach Senior Sergeant Kelly. Schon allein der Name brachte mich auf die Palme, weil ich sofort an den Schicksenspruch denken musste. Wahrscheinlich ist es nur ein unbewusster Abwehrmechanismus, der mich vor seinem extrem guten Aussehen schützt.

Rafe klang angespannt.

»Miss Davis, da haben Sie aber Glück, dass ich noch im Dienst bin. Ich wollte Sie schon anrufen. Wir haben Ihren Wagen gefunden.«

Ms Davis? Was sollte das denn? Vielleicht war er nicht allein? Warum klang er so förmlich? Mir schwante nichts Gutes.

»Alles in Ordnung mit dem Wagen?«, fragte ich so fest und unschicksenhaft wie möglich.

»Die gute Nachricht ist, dass der Wagen unversehrt ist und nichts fehlt, sogar das Fernglas ist noch da«, sagte Rafe.

Erleichtert atmete ich auf und wartete, dass er einen dummen Kommentar über fehlende Wolle im Wagen machte, aber das tat er Gott sei Dank nicht.

»Dann gehe ich mal davon aus, dass mir die schlechte Nachricht nicht gefallen wird«, sagte ich. »Hat etwa jemand mit meinem Wagen eine alte Dame umgenietet?«

»Nein, nichts in der Richtung, Miss Davis. Aber die Kollegen vom Drogendezernat möchten gerne mit Ihnen reden. Kommen Sie bitte so bald wie möglich auf die Wache.«

»Was?«, schrie ich. Mein erster Gedanke galt natürlich dem Naheliegenden, dass ich nämlich Spritzen im Wagen liegen gelassen hatte, aber in dem Fall hätte Rafe Bescheid gewusst. Unwillkürlich war mir klar, dass Rafe sich nicht grundlos von mir distanzierte.

»Die Highway-Streife hat Ihren Wagen im Naturreservat Tyagarah gefunden«, unterrichtete Rafe mich. »Wir brauchen Ihre Erlaubnis, den Wagen auf Fingerabdrücke untersuchen zu dürfen.«

Das Naturreservat Tyagarah ist wildes Heideland, das sich im Norden von Byron Bay an die Küste anschließt. Weit waren die mit meinem Wagen also nicht gekommen.

»Und?« Mir war übel.

»Und die Polizisten werden alles Weitere mit Ihnen besprechen«, sagte Rafe ausweichend.

»Was immer ihr auch in meinem Wagen gefunden habt, mir gehört das Zeug bestimmt nicht!«, brüllte ich und brach in Tränen aus.

Also doch Schickse.

12.

Ich saß immer noch in Miles' Wagen, rieb mir die Augen und machte chronische Übermüdung und Diabetes für den hysterischen Gefühlsausbruch verantwortlich, als Harpers Mann an die Scheibe klopfte.

Andrew Blaine-Richardson ist, wie sein Name vermuten lässt, groß und stark. Er war barfuß und trug blauschwarze Surfershorts zu einem gelben Polohemd. Braune Augen, zerzauste dunkle Locken, markantes Kinn und eine tiefe Stimme, die ihm in der Schule den Spitznamen »Magnus Testos« eingetragen hatte. Seit fünfundzwanzig Jahren ist er glücklich mit meiner Schwester verheiratet. Die Ehe funktioniert deshalb so gut, weil beide denselben Mann lieben. Andrew muss sich einfach selbst großartig finden, schließlich ist er Chirurg, da wird die Göttlichkeit gleich mitgeliefert. Davon abgesehen ist er ein richtiger Schatz.

Ich machte die Zündung an und ließ das Fenster runter. Neben warmer Luft schlug mir der ohrenbetäubende Krach Abertausender Zikaden entgegen, die sich auf die Abendandacht einstimmten. Der Familienhund, ein riesiger schwarzer Labradoodle namens Angus, stand auf der Eingangstreppe. Er bellte einmal kurz, um mich von seiner Anwesenheit in Kenntnis zu setzen.

»Ach, du bist's, Scout«, sagte Andrew. »Ich habe den Wagen gar nicht erkannt.«

Da ich die ganze Geschichte nicht zweimal erzählen wollte, deutete ich auf mein Handy und sagte: »Ich muss noch mal rasch telefonieren, bin gleich bei euch. Sorry, dass ich so spät bin.«

Andrew nickte und winkte. »Dann bis gleich, die Klimaanlage ist an.«

Beim Klang meiner Stimme kam Angus sogleich angetapst und tänzelte erwartungsfroh vor der Wagentür. Er warf den Kopf hin und her und ließ ein begeistertes Kläffen ertönen. In Hundisch hieß das: »Nun mach schon!«

Aus der Handtasche kramte ich die Versicherungspapiere hervor, schloss das Fenster und wählte die entsprechende Nummer, um meinen Wagen als gestohlen zu melden. Vijay in Mumbai nahm alles genau auf. Dass die Polizei meinen Wagen bereits wiedergefunden hatte und er unbeschädigt schien, musste Vijay ja nicht wissen. Ich war doch nicht so verrückt und traute dem Kleingedruckten in meinem Versicherungsvertrag; und auf Rafes Aussage, dass nichts weggekommen sei, wollte ich mich auch nicht verlassen. Bevor ich auflegte, ließ ich mir noch bestätigen, dass meine Police einen Leihwagen bis zu einundzwanzig Tagen einschloss.

Auf einmal tauchte Angus' Schnauze am Fenster auf, die riesigen Pfoten gegen die Tür gestemmt. Während der Hund abwechselnd bellte und Meersalz vom Fenster leckte, schickte ich Marcia noch schnell eine SMS, um ihr zu sagen, dass ich ihr in jedem Fall helfen würde, Tildy zu finden, ob nun mit oder ohne Geschichte, und dass ich mich morgen bei ihr melden würde. Daraufhin ging es mir gleich viel besser, was ich als Zeichen nahm, das Richtige getan zu haben.

So langsam wurde die Hitze im Wagen unerträglich, ich

musste raus hier. Als ich mein Handy in der Tasche verstauen wollte, klingelte es.

»Hallo?«

»Scout, Rafe hier. Tut mir leid wegen vorhin, aber ich konnte nicht ungestört reden. Es ist besser, wenn die Jungs von der Drogenfahndung nicht wissen, dass wir Freunde sind. Mein Privatleben geht keinen was an.«

Freunde? Privatleben?

»Und mir tut es leid, dass ich so überreagiert habe«, sagte ich. Wieso entschuldigte ich mich eigentlich? Und wieso entschuldigte er sich?

Mittlerweile war Angus außer Rand und Band und heulte und hechelte. Rafe musste ja wer weiß was denken.

»Als du so geweint hast, habe ich kein Wort verstanden. Also habe ich denen von der Drogenfahndung einfach gesagt, dass du unterwegs bist. Die wollten ohnehin Feierabend machen und einen trinken gehen. Sie wissen auch, dass du morgen Nachmittag um zwei auf die Wache kommst. Dann haben sie mir erst erzählt, dass sie schon bei dir zu Hause waren, und als du nicht aufgemacht hast, sind sie ins Fandango und haben mit Miles gesprochen. Der hat ihnen auch gesagt, dass du über Nacht weg bist und seinen Wagen genommen hast.«

Woher wusste Rafe überhaupt, dass ich unterwegs war? Hatte er mich etwa vorbeifahren sehen?

»Danke, Rafe«, sagte ich. »Willst du mir nicht vielleicht doch erzählen, was in meinem Wagen gefunden wurde?«

»Nein, das musst du morgen selbst mit den Fahndern besprechen. Ich habe denen aber schon gesagt, dass man dich hier überall kennt, du eine angesehene Journalistin bist und es höchst unwahrscheinlich ist, dass du irgendetwas mit dem gefundenen Inhalt zu tun hast, zumal du den Wagen ja bereits als gestohlen gemeldet hattest.«

»Danke.« Ich war ungemein erleichtert. »Vielen, vielen Dank, Rafe.« Großer Gott, ich führte mich auf, als hätte er mir eine Niere gespendet.

»Nichts zu danken, ich habe es nicht nur deinetwegen getan. Ich hatte einfach keine Lust, mit den beiden Pappnasen rumzuhängen, bis du irgendwann aufkreuzt.«

»Oh.«

Wie gewonnen, so zerronnen …

»Das schreckliche Geräusch stammt wohl vom Geschirrspüler deiner Freunde!«, sagte Rafe.

Ich lachte. »Das ist Angus, der Hund meiner Schwester. Der freut sich so, mich zu sehen.«

»Das kann ich mir vorstellen.« Auf einmal war seine Stimme tief und sonor und klang eine Spur anzüglich.

Ach du Schande! Was sollte das denn heißen? Wollte er mir etwa ein Kompliment machen? Ich musste schleunigst das Thema wechseln.

»Hast du schon mal was von einer Sekte mit dem Namen Strahlende Wiederkehr der erleuchteten Seelen oder Bacchus Erwachet gehört?«

»Weder noch«, sagte Rafe sofort.

Plötzlich ging die Wagentür auf, und Harper stand neben mir, eine Hand an der Tür, die andere in die Hüfte gestemmt. Sie trug einen lila Batiksarong und wippte ungeduldig mit dem Fuß. Diese Gelegenheit ließ sich Angus nicht entgehen und hechtete kurzerhand in den Wagen. Das gelockte Ungetüm landete zwischen mir und dem Steuerrad, mit seiner warmen, feuchten Zunge verpasste er mir eine freundschaftliche Gesichtsbehandlung.

»Kommst du da wieder raus, Angus!«, brüllte Harper, doch der Hund stellte sich taub.

»Ich muss auflegen, Rafe. Tschüss«, rief ich in Richtung Telefon, das sich irgendwo unter dem Hund befinden musste. Harper und ich stimmten ein hyänenhaftes Gelächter an. Während ich schob, zog Harper, und so bugsierten wir Angus mit vereinten Kräften aus dem Auto. Er schüttelte sich einmal und trottete dann in aller Seelenruhe zur Haustür. Auf der Schwelle drehte er sich um und ließ sich nieder, der Pförtner von Schloss Blaine-Richardson.

Sicherheitshalber checkte ich noch mal das Telefon, nicht dass Rafe noch am Apparat war. Zum Glück war er das aber nicht, also verriegelte ich den Wagen und folgte meiner Schwester ins Haus. Während des gesamten Telefonats hatte ich keinerlei Groll gegenüber Rafe verspürt. Überrascht lächelte ich, verwarf aber den Gedanken, dass ich ihm verziehen haben könnte, sogleich wieder.

»Im nächsten Leben komme ich als dein Hund zurück.« Ich holte meine Schwester ein, drückte sie und gab ihr einen Kuss. »Tut mir leid, dass es so lange gedauert hat.«

Trotz der offenen Räume war das Haus herrlich kühl. Es roch nach Marokkanischer-Feige-Raumspray, Harper versprüht es überall, schließlich hat sie vier Jungs und einen Hund.

Sam, ein großer Einundzwanzigjähriger mit wilden surferblonden Locken, trat aus der Küche; er trug Jeans, ein weißes T-Shirt und die rosa Stepford-Wives-Schürze mit dem tiefen Ausschnitt, die ich Harper zu Weihnachten geschenkt hatte.

»Tante Scout, wie schön«, sagte Sam und kam mit ausgestreckten Armen auf mich zu. Wir umarmten uns, und er gab mir rechts und links ein Küsschen auf die Wange.

»Nette Schürze«, sagte ich.

»Danke, habe ich selbst genäht.«

Ich musste lachen. Mit seinem Charme konnte Sam

noch die Vögel von den Bäumen locken, sagte meine Mutter immer.

Fergus, mit seinen sieben Jahren der Jüngste von Harpers blonder Schar, rannte in den Flur, um mich zu begrüßen. Er trug leuchtend rote Bermudas und grinste übers ganze Gesicht.

»Hallo, Tantchen«, trällerte er fröhlich. Wir gaben uns High-Five, denn Fergus mag keine Küsse mehr. Das ist Mädchenkram. Zwischen Fergus und seinen älteren Brüdern ist ein großer Altersunterschied, und ich habe mich schon oft gefragt, ob meine Schwester noch mal die letzte Chance auf ein Mädchen ergreifen wollte, aber ich weiß es nicht. Harps und ich haben nie darüber gesprochen.

Max, mein ältester Neffe, ist zweiundzwanzig und frischgebackener Apotheker in Sydney. Nächster in der Reihe ist Sam, der schon seit drei Jahren Maschinenbau an der Griffith University an der Gold Coast studiert; dann Jack, der tagsüber eine Ausbildung zum Klempner macht und sich nachts als Stand-up-Comedian betätigt. Sowohl Sam als auch Jack wohnten noch zu Hause. Jack war offenbar in Sachen Komik unterwegs.

Angus ließ sich nicht abschütteln, er sprang mir unentwegt vor den Füßen herum, während mir meine Schwester half, die Sachen nach oben ins Zimmer zu tragen, wo ich immer schlief. Eine bescheidene Kammer mit fürstlichem Bett, irischer Leinenbettwäsche, Federkissen, einer antiken Frisierkommode, einer Regalwand voller historischer Romane und einem weißen Marmorbad mit Whirlpool. Der Hund sprang direkt aufs Bett, und Harper versuchte halbherzig, ihn zu verscheuchen. Ich stellte mein Gepäck ab und streichelte Angus. Als der Hund irgendwann genug hatte, sprang er vom Bett, schüttelte sich die Mädchenbazillen vom Pelz und dackelte davon.

»Stinkendes Ungetüm«, sagte Harper stirnrunzelnd und strich den Bettüberwurf glatt.

Aus dem Badezimmer roch es verlockend.

»Andrew meinte, du hättest geweint, also habe ich dir eine Wanne einlaufen lassen«, erklärte Harper. Sie hob die Hand, um mir zu verstehen zu geben, dass ich jetzt nicht zu sprechen, sondern nur zu gehorchen hätte. »Ich bring dir noch einen Tee. Morgen muss ich erst nachmittags arbeiten, in der Früh können wir dann in Ruhe über die Probleme in der Schule sprechen. Ich habe dir noch vegetarische Lasagne übrig gelassen, wenn du so weit bist, kannst du sie einfach in die Mikrowelle schieben. Oder willst du gleich was essen?«

Ich schlang die Arme um meine Schwester und drückte sie. »Mir geht es gut, war alles nur ein bisschen viel heute.«

»Ab in die Wanne«, befahl Harper und zeigte auf die Badezimmertür. Kaum zu glauben, dass sie Lehrerin ist!

Für mich ist so ein Bad etwas ganz Besonderes, weil ich in Byron Bay nur eine Dusche habe. Der göttliche Duft stammte wohl von dem Zitronen-Rosmarin-Badeöl, das am Wannenrand stand. Ich gab noch einen Schuss ins Wasser, drehte die Düsen auf und aalte mich in dem sprudelnden Nass.

Nach einer Weile kam Harper mit einem Becher Tee herein. Sie raffte ihren Sarong und hockte sich auf den Wannenrand, dabei hob sie mein weißes Leinenkostüm auf, das ich einfach auf dem Boden liegen gelassen hatte.

»Das ist vom Hund ganz vollgesabbert, und irgendetwas anderes Ekliges klebt noch dran, Chilisoße oder so«, sagte sie naserümpfend. »Soll ich es einweichen?«

Ich schüttelte den Kopf und schlürfte meinen Tee.

»Vielleicht ziehe ich für immer ein«, verkündete ich und

schloss genüsslich die Augen. In meinen Kopf schlichen sich Bilder von Rafe, und ich hatte es überhaupt nicht eilig, sie zu vertreiben.

Eine Stunde später saß ich am Küchentisch und aß Lasagne. Sam war bei einem Freund, Fergus war unter großen Protesten ins Bett gesteckt worden, und Andrew, Harper und ich teilten uns eine Flasche Rotwein. Als Diabetikerin bin ich mit Alkohol vorsichtig und trinke nur, wenn meine Blutzuckerwerte gut sind, denn vom Wein können sie ganz schnell in den Keller gehen. Aber solange ich die Werte vorher und nachher teste und dazu etwas esse, kann ich mir hin und wieder ein Glas gönnen.

Den Mund voll mit Lasagne setzte ich Harper und Andrew ins Bild. Ich erzählte von dem Wagen und von Miles, von Brians Auftrag und Marcia und Tildy, von der Sekte und von Miau Zedong.

»Ich fasse es nicht, dass jemand den Avalon geklaut hat«, lachte Harper und schüttelte den Kopf.

»Ist doch ein guter Wagen. Hör nicht auf sie, Scout«, sagte Andrew. »Wie geht's Toby?«

»Ganz gut, nehme ich an. Kaum zu glauben, dass er Reporter ist. Alle Jubeljahre bekomme ich mal eine Mail, dass er wohlauf ist.«

Andrew hob das Glas. »Auf Toby.«

Wir prosteten uns zu, und ich bekam prompt ein schlechtes Gewissen, weil ich in der Wanne an Rafe gedacht hatte.

Andrew hält große Stücke auf Toby und ist manchmal auch ein wenig neidisch auf den Starruhm eines Kriegsberichterstatters. Umgekehrt beneidet Toby Andrew um seinen Beruf. Meine Schwester und ich schauen immer amüsiert zu, wenn die beiden Alphamännchen sich aufpumpen und aus den jeweiligen Ecken aufeinander losgehen.

Angus kam zum Tisch getrottet und legte den Kopf auf Andrews Knie. Zwei große Jungs mit braunen Augen und dunkler Lockenmähne. Harper entging nicht, wie ich von einem zum anderen sah. »Untersteh dich!«, sagte sie.

»Sag nicht, dass du nicht auch schon daran gedacht hast«, lachte ich.

»Was denn?«, fragte Andrew.

»Das würdest du eh nicht verstehen«, entgegnete Harper. »Ich geh schlafen.«

»Ich auch«, sagte ich. »Danke fürs Essen.«

Wir ließen Andrew mit dem restlichen Wein und einem Sudoku zurück. Auf dem Weg nach oben hörte ich noch, wie Andrew zu dem Hund sagte: »Morgen ist ein Haarschnitt fällig.«

In ihrer Fürsorglichkeit hatte meine Schwester mir *Die Hofnärrin* von Philippa Gregory auf den Nachttisch gelegt. Ich las, bis die Zeilen verschwammen, ließ das Buch auf den Boden fallen und schloss die Augen. Zwei Sekunden später riss ich sie wieder auf – Mist, ich hatte vergessen, die Bettwäsche aus der Maschine zu nehmen und aufzuhängen. Bis morgen würde sie bestimmt miefen, und ich müsste sie erneut waschen. Ach ja …

Dann schabte die Zimmertür leise über den Teppich und Angus tapste herein. Mit einem Satz sprang er aufs Bett, kreiselte ein paarmal und ließ sich am Fußende nieder. Kurz darauf kletterte Fergus zu mir ins Bett und kuschelte sich von hinten an mich, dabei stupste er mich mit den Knien, um sicherzugehen, dass ich auch wach war.

»Tante Scout«, flüsterte er. »Ich muss heute Nacht hier schlafen.«

»Stimmt was nicht mit deinem Bett, Fergie?«

»Ja, ich habe ein Problem mit meinem Kissen«, verkündete er feierlich.

»Was denn für ein Problem?«

»Da ist die *Sesamstraße* drauf. Ich bin doch kein Baby mehr.«

»Na, dann schlaf mal lieber hier bei mir und Angus.«

»Sprichst du mit Mum?«, wollte Fergus wissen.

Ich drehte mich zu ihm um, nahm ihn in den Arm und gab ihm einen Kuss. »Klar.«

Marcias Enkel Tommy war bloß zwei Jahre älter als Fergus, in dem Alter brauchten Kinder ihre Mutter doch noch.

Manchmal ist das Leben wirklich ungerecht.

13.

Harper und ich saßen in der Küche aus Edelstahl und schwarzem Granit, tranken Tee und sahen uns ein Klassenfoto von Tattings an. Meine Schwester aß Toast mit einfacher Marmelade, ich Toast mit Aprikosenkonfitüre von den Weight Watchers. Unterm Tisch lauerte Angus darauf, dass uns etwas herunterfiel.

Auf dem Foto waren fünf Reihen von Mädchen und Jungen im Alter von etwa vierzehn Jahren abgebildet, die Namen standen jeweils darunter. Der Uniform und der Haltung nach war den Schülern anzumerken, dass sie privilegiert waren, ich sah förmlich die teuren Range Rovers vor mir, mit denen sie nachmittags von der Schule abgeholt wurden.

»Die Kinder machen einen netten Eindruck«, sagte ich.

»Ha!«, stieß meine Schwester spöttisch hervor. »Die meisten sind nur am Leben, weil es den Lehrern hierzulande verboten ist, ihnen den Hals umzudrehen.«

»Hast du dich nicht im Beruf vertan?«, witzelte ich.

Harper verzog das Gesicht. »Früher war alles anders.«

Mit Rotstift hatte sie die Gesichter und Namen der vier Mädchen eingekreist, deren Unterwäsche zerschnitten worden war: Peony Day, Savannah Robertson, Brianna Berkelow und Kylie Rack.

»Erzähl mir was über die Mädchen«, sagte ich.

»Sie sind gemein und boshaft, haben keinen Funken Respekt vor den Lehrern und sind den ganzen Tag nur damit beschäftigt, Kaugummi zu kauen, zu simsen oder ihr Make-up aufzufrischen. Manchmal kommen die doch tatsächlich verkatert in die Schule. Ich habe sie auch schon mit glasig roten Augen erlebt, wahrscheinlich weil sie hinter dem Gärtnerschuppen gekifft haben. Über ihre Rechte wissen sie bestens Bescheid, aber bei den Pflichten hapert es.«

Nicht schlecht! Mir waren die Mädchen jetzt schon unsympathisch.

Harper zeigte auf Peony Day. Sie hatte ebenmäßige Gesichtszüge, weit auseinanderstehende Augen, volle Lippen und lange dunkle Locken.

»Wie du sieht, ist Peony eine Schönheit, und die Jungs aus den höheren Klassen stehen auf sie. Ein Fick mit ihr heißt hier ›Peonyreiten‹«.

»Reizend«, murmelte ich.

»Das Mädchen ist klug und könnte etwas aus sich machen. Es ist schade drum«, meinte Harper nachdenklich. »Ihr Vater arbeitet als Wirtschaftschemiker in Singapur, ihre Mutter ist Ärztin und hat eine Praxis in Broadbeach. Nach der Schule hat sie nur ein Ziel: sich in der Bewunderung aller zu sonnen.«

»Was ist mit ihr?« Ich deutete auf Savannah Robertson.

»Die hübsche Savannah hat reiche Eltern und ist strohdumm. Wegen der vielen Knutschflecke nennen wir sie hier Flecki.«

Unweigerlich musste ich lachen. »Sie erinnert mich ein wenig an Marilyn Monroe.«

»Ich weiß. Ihre Eltern haben eine Spedition, da springt wahrscheinlich genug Geld raus, dass sie nie arbeiten muss, deshalb gibt sie sich keine Mühe, irgendwas zu lernen.«

»Brianna Berkelow?«

Harper holte tief Luft. »Das ist schon die dritte Schule in drei Jahren. Zuletzt ist sie von der Heathlands House Academy, einer exklusiven Mädchenschule in Sydney, geflogen. Warum, weiß ich allerdings nicht.«

Ich nickte. »Von der Schule habe ich schon gehört. Ich bin ziemlich sicher, dass die Tochter von Miles dort unterrichtet.«

»Brianna ist fünfzehn, also ein Jahr älter als die anderen. Sie führt sich auf, als wäre sie schon überall gewesen und hätte schon alles erlebt, natürlich ist bei uns auf der Schule alles total öde. Dauernd grinst sie überheblich. Sie stört im Unterricht und beschimpft auch ganz gerne mal die Lehrer und Schulhelfer. Ihre Mutter arbeitet in einem Kaufhaus in Robina, ihr Vater ist Anwalt.«

»Und was ist mit Kylie Rack? Die sieht ja furchtbar dünn aus.« Kylie stand in der ersten Reihe. Ein hübsches Mädchen mit Streichholzbeinchen, wie mein Vater gerne sagte.

»Kylie ist magersüchtig«, sagte Harper bedauernd. »Ich glaube, die anderen dulden sie auch nur, weil sie das für etwas Besonderes halten und sie damit jederzeit eine passende Ausrede haben. Du weißt schon, wir mussten warten, weil Kylie plötzlich schwindelig wurde. Wir mussten Kylie begleiten, bla, bla, bla.«

Erinnerungen überkamen mich. Ich wusste genau, wie das lief, schließlich war auch ich mit meinem Diabetes in der Schule immer eine nützliche Freundin gewesen.

»Ist sie denn in Behandlung?«, fragte ich.

Harper nickte. »Angeblich ja. Obwohl sie in den zwei Jahren, in denen ich sie nun schon unterrichte, kein Gramm zugenommen hat, außer dass sie vielleicht gewachsen ist.«

»Was ist mit den Eltern?«

»Ihre Mutter arbeitet in der Krankenhausverwaltung, und ihr Vater ist Pferdetrainer.«

»Und ist sie gut in der Schule?«

»Das ist keine von ihnen. Einzig Peony hat Grips, aber den nutzt sie nicht.« Harper klang sauer.

»Gehören noch weitere Mädchen zu der Clique?«

»Nicht, dass ich wüsste. Die anderen Mädchen aus der Klasse meiden sie, und die Jungs haben regelrecht Angst vor ihnen. Die älteren Jungs hängen manchmal mit ihnen rum, wahrscheinlich um Zigaretten und Drogen abzustauben. Und hin und wieder einen geblasen zu kriegen.«

»Die sind gerade mal vierzehn!«, rief ich.

»Wach auf, die Zeiten haben sich geändert. Es gibt Vierzehnjährige und Vierzehnjährige. Manche sind bei den Pfadfindern, backen Kekse, machen ihre Hausaufgaben, sagen Bitte und Danke, und können nicht einschlafen, wenn sie ihre Eltern angelogen haben; andere ziehen Marihuana im Schulgarten, rauchen, trinken, schwänzen, klauen und bumsen in den Pausen.«

Allmählich begriff ich, was meine Schwester mit ›früher war alles anders‹ gemeint hatte. Da konnte einem wirklich angst und bange werden.

»Gibt es an der Schule ein Drogenproblem?«, fragte ich.

»Drogen kursieren eigentlich an fast allen Schulen, aber das heißt nicht, dass auch alle Schüler sie nehmen. Genau wie beim Sex. Viele behaupten einfach nur, Sex zu haben, um cool zu sein. Manche nehmen Drogen, andere lassen die Finger davon.«

Angus streckte sich und trottete zur Hintertür, wo er durch die Hundeklappe in den Garten verschwand.

Harper setzte noch einmal Teewasser auf, dann zog sie ein Blatt Papier aus ihrer Aktentasche und reichte es mir.

»Für dich. Eine Kopie der Liste mit den Dingen, die beschädigt wurden und auch, wann sie beschädigt wurden. Diese Aufzählung ist noch vollständiger als die andere, die ich dir gegeben hatte, auf der nur Namen und Daten aufgeführt waren.«

Beim Lesen fiel mir auf, dass jedem der vier Mädchen drei Garnituren mit BHs und Unterhosen zerschnitten worden waren, zwölf Garnituren insgesamt also. Nur Kylie hatte auch eine zerfetzte Strumpfhose gemeldet. Ungewöhnlich war, dass es sich tatsächlich um Garnituren, also BHs mit passendem Höschen, gehandelt hatte. Noch ungewöhnlicher hingegen waren die Marken: Mossimo, Agent Provocateur und Aubade.

»Das kann ja wohl nicht wahr sein«, sagte ich. »Hast du dir die Liste der Sachen mal angesehen?«

Harper machte ein finsteres Gesicht. »Ja, unfassbar. Ich glaube nicht, dass wir in dem Alter schon den passenden BH zur Unterhose hatten, und ganz bestimmt nicht von so kostspieligen Marken wie Agent Provocateur.«

»Wie wurden die Sachen denn zerstört? Im Blutrausch zerschlitzt?«

»Nein, die Tat scheint auch nicht sexuell motiviert. Damit meine ich, dass nicht etwa der Bereich der Brustwarzen oder der Scham herausgeschnitten war. Bei den BHs waren die Träger gekappt und die Körbchen getrennt; und die Unterhosen wurden seitlich neben der Naht aufgeschnitten. Gerade so, dass die Wäsche nicht mehr zu reparieren ist. Von Kylies Strumpfhose wurden die Beine abgetrennt. Kylie friert immer, deshalb trägt sie auch im Sommer Strumpfhosen. Interessanterweise wurde ihre Strumpfhose aber nur beim ersten Mal beschädigt.«

»Waren die Unterhosen … du weißt schon … feucht?«, fragte ich und verzog das Gesicht.

»Du meinst, ob der Täter reingespritzt hat?«

Ich nickte.

Harper schüttelte den Kopf. »So eklig nicht. Ich sag doch, das hat nichts mit Sex zu tun.«

»Hast du mal die Taschen durchsucht?«

»Ja. Und zwar auf freiwilliger Basis, aber alle haben mich in ihre Taschen schauen lassen. Alle hatten Scheren dabei und die Schüler aus dem Kunstkurs auch noch Teppichmesser.«

»Hat es an der Schule sonst noch ähnliche Vorfälle von Vandalismus gegeben? Bei den Jungs vielleicht?«

»Nein, es hat nur diese vier Mädchen getroffen, und zwar gleich dreimal. Jedes Mal ist es an einem Dienstagmorgen geschehen, als die Jungen und Mädchen zusammen Schwimmen hatten. Neben Modern Dance ist das wohl der einzige Kurs, an dem diese Mädchen halbwegs Interesse haben. Das Becken liegt etwa fünfzig Meter von den Umkleidekabinen entfernt, und von dort hat man die nicht mehr im Blick.«

»Schließen die Mädchen ihre Sachen ein?«, fragte ich.

»Nein, in den Umkleiden haben wir keine Spinde, aber ansonsten haben die Schüler natürlich einen Schrank für ihre Bücher und sonstigen Kram. Beim Sport hängen alle die Sachen einfach an die Haken. Abgeschlossen werden die Kabinen auch nicht. Wenn die Schüler im Wasser sind, könnte sich theoretisch also jeder dort hineinschleichen.«

»Haben die Schüler feste Haken?«

»Nein, die nehmen sich immer irgendeinen, der gerade frei ist.«

»Und stehen die Namen in den Schuluniformen?«

»Eigentlich sollten sie das«, sagte Harper, »aber die Fundsachen machen deutlich, dass dem nicht so ist. So oder so hätten sie ihre Unterwäsche ja nicht mit Namen versehen.«

»Wer hat den Schwimmunterricht gegeben?«

»Ich. Und alle Mädchen und Jungen waren anwesend, das habe ich kontrolliert. Und ich bin mir auch hundertprozentig sicher, dass keiner vor Unterrichtsschluss in die Kabinen zurückgekehrt ist. Die Jungenumkleide ist direkt neben der der Mädchen.«

»Glaubst du, dass es einer von den Jungs war?«

Harper nickte. »Du etwa nicht?«

»Für einen Jungen wäre es ganz schön schwierig, herauszubekommen, welche Wäsche den vier Mädchen gehört. Die Wahrscheinlichkeit, jedes Mal richtig zu liegen, ist nicht sehr groß«, gab ich zu bedenken. »Das würde nur jemandem gelingen, der die Mädchen beim Umziehen beobachtet. Ein anderes Mädchen also.«

»Daran habe ich überhaupt noch nicht gedacht.« Harpers Blick wanderte an die Decke, mit dem Zeigefinger tippte sie sich an die Lippen. »Also wäre es damit im Prinzip auch für einen Lehrer unmöglich, die vier Mädchen zu treffen.«

»Ich glaube schon«, entgegnete ich.

»Eine ganze Reihe von Leuten hat Robert Arnold im Verdacht«, sagte Harper.

»Ist das der neue Lehrer, von dem du erzählt hast?«

»Ja. Er ist neu, jung und sieht verdammt gut aus. Damit bietet er sich als Zielscheibe geradezu an. Ich habe erlebt, wie sich das Verhalten der Schülerinnen ändert, sobald er den Raum betritt. Sie flirten mit ihm, stellen überflüssige Fragen. Es wäre jetzt nicht so ungewöhnlich, wenn ein

Haufen boshafter Mädchen Rache an ihm nimmt, weil er sie abgewiesen hat.«

»Und die reagieren sich dann ab, indem sie Unterwäsche zerschneiden?«

Harper nickte. »Ich weiß, so ganz überzeugt warst du nicht, als ich sagte, Robert hätte nichts damit zu tun, weil er verheiratet ist und Kinder hat. Aber ich bin mir wirklich sicher. Heutzutage müssen gerade Männer in Lehrberufen dermaßen aufpassen, dass sie nichts tun oder sagen, das ihnen als unangemessen angelastet werden könnte. Du machst dir keinen Begriff, wie niederträchtig Schülerinnen sein können.«

Gebührend in meine Schranken gewiesen, setzte ich meine Befragung fort: »Nutzen neben der Schwimmklasse noch andere den Umkleideraum?«

»Am Dienstag sind wir immer allein.«

Harper schenkte uns Tee nach und fragte, ob ich noch einen Toast wolle.

»Nein, danke. Ich springe lieber schnell unter die Dusche und mache mich fertig. Um zehn bin ich mit Mrs Prendergast verabredet, um mir die Schule zeigen zu lassen. Offenbar treibt sich die Direktorin gerade auf Schulkosten in Singapur herum.«

»Was willst du denn in der Schule?«, fragte Harper schroff. »Du erfährst doch alles von mir.«

Mir war von vornherein klar, dass Harper beleidigt reagieren würde, deshalb hatte ich ihr vorher auch nichts gesagt.

»Ach, du kennst mich doch«, sagte ich mit einer lässigen Geste. »Ich möchte ein Gefühl für den Ort bekommen und so viel wie möglich in Erfahrung bringen. Mitunter weiß ich bis zuletzt nicht, welche Informationen relevant sind. Weißt du, was ich meine?«

»Nein«, sagte Harper gereizt.

Während Harper den Geschirrspüler scheppernd belud, trank ich meinen Tee aus und betrachtete die eingekreisten Gesichter der Mädchen noch einmal eingehend. Natürlich halfen mir die Bilder nicht wirklich weiter, aber notfalls würde ich zumindest die Mädchen erkennen.

»Oh, mir fällt gerade noch etwas ein«, sagte ich. »Bei Fergus ist die Zeit der *Sesamstraße*-Kissen vorbei.«

»Ich liebe diese Kissenbezüge«, sagte Harper hitzig.

»Mein Gott, Harps. Ich behaupte doch nicht, dass du eine schlechte Mutter bist, aber Bibo muss verschwinden. Fergus wird auch älter.«

Empört rümpfte Harper die Nase. »Wer sagt das?«

Aber ich hörte ihr schon gar nicht mehr zu, denn ich hatte gerade einen Geistesblitz in puncto Sekten. Nach wie vor starrte ich auf die Klassenfotos mit den Namen. Namen? Eigentlich waren es gewöhnliche Namen … bis auf Peony vielleicht, aber so abseitig war er nun auch wieder nicht.

Um den Gedankenstrom anzuregen, schüttelte ich die Hände.

Endlich fiel der Groschen. Bacchus Erwachet war auf jeden Fall eine Sekte, nur hatte ich den Wald vor lauter Bäumen nicht gesehen. Sektenmitglieder hatten keine gewöhnlichen Namen, eher solche versponnenen wie Morgennebel, Irdischer Tau … und Himmlischer Bruder Excalibur. Das war der Beweis, nach dem ich gesucht hatte. Anhänger kultischer Gemeinschaften gaben sich gerne neue und fantasievolle Namen, um auch symbolisch ein neues Leben zu beginnen.

Was waren das noch gleich für Namen auf der Bacchus-Website? Heitere Wolke, Mystischer Meister vom Mars. Ganz eindeutig wunderliche Namen … und Tildy hatte die Polizei wissen lassen, dass sie sich nun Ewiger Schatten nannte. Ein untrügliches Zeichen, dass hinter Bacchus Erwachet mehr steckte als nur eine Website, auf der nutzloser Nippes vertrieben wurde.

Im Prinzip war alles so offenkundig, dass ich schon überlegte, ob ich es wohl mit Absicht übersehen hatte. Warnte meine innere Stimme mich? Jedenfalls deutete alles auf eine Sekte hin. Somit hatte ich grünes Licht für meine Story.

Glücklich lächelte ich Harper an.

»Das ist nicht witzig«, sagte sie verärgert.

14.

Das Gelände der Tattings High School erstreckte sich im Hinterland der Gold Coast über vierzig Hektar ursprünglichen Buschlands. Moderne Gebäude, schicke Uniformen, und in der Luft hing der unverwechselbare Duft von Treuhandfonds.

Um bei Mrs Prendergast Eindruck zu schinden, trug ich zur schwarzen Hose eine weiße Leinenbluse und schwarze Pumps – der klassische Look einer gut situierten Vorstadtmutter. Meine Verkleidung war ein voller Erfolg und bescherte mir umgehend den Prendergastschen Segen, schon jetzt waren wir die besten Freundinnen.

In ihrem Büro tranken wir Tee aus zierlichen Tässchen, während sie mir erklärte, wie die Schüler auf Tattings durch das breite und flexibel gehandhabte Unterrichtsangebot ermutigt würden, ihr Leistungsvermögen auszuschöpfen. Zustimmend nickte ich, beruhigt, die Zukunft des Landes in guten Händen zu wissen.

Mrs Prendergast war jünger, als ich erwartet hatte. Mitte dreißig und mollig, hatte sie kurzes dunkles Haar, ein freundliches Mondgesicht und makellos weiße Haut. Ihr dunkelgraues Kostüm war zwei Nummern zu klein und betonte ihre Fülligkeit noch.

»Wenn Sie Ihren Tee ausgetrunken haben«, sagte sie, »zeige ich Ihnen alles. Mrs Hathaway wird untröstlich sein, dass sie Ihren Besuch verpasst. Habe ich schon erwähnt, dass sie gerade in Singapur ist?«

Mir schoss ein Bild von Direktorin Hathaway in den Kopf, wie sie sich auf dem Rückflug im Quantas-Jet schluchzend in ihrem Sitz wand, und ich konnte mir das Grinsen nicht verkneifen. Mrs Prendergasts Gerede langweilte mich nicht die Spur, im Gegenteil, ich war ihr ausgesprochen dankbar. Der kleine Bildungsstreifzug kam mir wie gerufen, denn er lenkte mich von dem bevorstehenden Besuch bei der Polizei ab. Auch wenn ich mir gerne einen reifen und selbstbewussten Anstrich gab, bei dem Gedanken an den Termin am Nachmittag schlotterten mir doch die Knie.

Wir erhoben uns, und ich folgte Mrs Prendergast hinaus in die gleißende Sonne. Auf dem Weg nach draußen schnappte sie sich zwei Hüte und bot mir einen an.

»Danke«, sagte ich. »Ihre schöne Haut ist mir gleich aufgefallen.«

Mrs Prendergast errötete.

»Wir nehmen den Wagen«, sagte sie und deutete auf ein überdachtes Golfcart. In halsbrecherischem Tempo brausten wir los, ein paar Schüler sprangen in übertriebener Manier aus dem Weg. Mit einer Hand klammerte ich mich ans Fahrzeug, mit der anderen hielt ich den Hut fest. Mrs Prendergasts Hut hingegen rührte sich nicht vom Fleck, wahrscheinlich traute er sich nicht.

Das Mobil sauste auf einen großen, zweistöckigen Flachdachbau zu, der sich auf einer kleinen Anhöhe hinter dem Technologietrakt befand.

»Wir schauen uns die Räume der Tanz- und Theaterabteilung an, und danach führe ich Sie zum Schwimmbad«, brüllte sie. Sowohl das Mobil als auch Mrs P. gaben volle Pulle. Ich kam mir vor wie auf einem Karussell im Freizeitpark Dreamworld.

»Wie alt sind Ihre Mädchen?«, bellte Mrs Prendergast.

»Vierzehn«, log ich.

»Wir haben auf der Schule sieben Zwillingspärchen und ein Drillingspaar.«

»Toll«, brüllte ich.

Im Theatersaal fand gerade Tanzunterricht statt, und ich war voll des Lobes für die Schüler und den Schwingboden. Ein Schild in der Ecke wies den Weg zu den Umkleidekabinen.

»Darf ich mir die Umkleidekabinen einmal anschauen?«, fragte ich.

Mrs Prendergast legte den Kopf schief und sah mich verwundert an.

»Das sind doch bloß Umkleiden«, hielt sie dagegen.

»Ich weiß, aber meine Mädchen fragen bestimmt danach.« Mit einem Achselzucken bedauerte ich die Launen der heutigen Jugend. »Sie wollen wissen, wie die Duschen sind.«

»Verstehe«, sagte sie. »Wir haben Einzelduschen für unsere Schüler. Haben Ihre Mädchen in ihrer jetzigen Schule Gemeinschaftsduschen?«

Ich nickte, woraufhin Mrs P. einen zufriedenen Eindruck machte. Zum Glück wollte sie nicht wissen, auf welche Schule meine Töchter gingen.

Die Mädchenumkleide erwies sich als großer, rechteckiger Raum mit unverputzten Wänden. Die eine Hälfte der langen Wandseite war mit Toiletten versehen, die andere mit Einzelduschen, vor denen weiße Vorhänge hingen. Auf dem Boden lagen harte Gummimatten, die sicher so an den Füßen wehtaten, dass man keinesfalls zu lange duschte. Auf der gegenüberliegenden Seite befanden sich Waschbecken, Spiegel, Bänke und Haartrockner, die an der Wand befestigt waren.

In der Mitte standen Bänke mit mannshohen Kleiderhaken. Einige Klamotten hingen tatsächlich an den Haken, die meisten aber waren im Raum verstreut.

»Donnerwetter, hier gibt es ja sogar Haartrockner«, rief ich aus. »Die Mädchen werden begeistert sein.«

Mrs Prendergast glühte vor Stolz. Unsere Stippvisite hier war also doch keine vollkommene Zeitverschwendung gewesen. Beim Hinausgehen zog ich mir unauffällig das schwarze Band vom Zopf und ließ es in meiner Hosentasche verschwinden.

»Die Umkleidekabinen«, sagte Mrs Prendergast, die sich für das Thema zu erwärmen begann, »werden von den Mädchen der Schwimm- und Tanzklassen benutzt. Ich darf auch sagen, dass wir ausschließlich hypoallergene Seife und Shampoos verwenden. Auf dem Gelände gibt es noch weitere Umkleidemöglichkeiten.«

Als wir wieder am Golfcart standen, schwenkte ich den Zopf und sagte: »Uups, ich muss mein Haarband verloren haben.«

Ich flitzte zurück in die Umkleidekabine, zückte die Digitalkamera und schoss ein paar Fotos. In null Komma nichts spazierte ich wieder hinaus in die Sonne und hielt das Band hoch.

In der nächsten halben Stunde bewunderte ich das Schwimmbecken mit den zehn 50-Meter-Bahnen, den Reitplatz, das Labor, den Sportplatz, die voll ausgestattete Lernküche, den Medienraum, die hochmodernen Klassenräume, die Cafeteria und alle möglichen Sportfelder.

Es war beeindruckend. Die Schüler auf Tattings konnten sich glücklich schätzen, dass ihnen solche Anlagen zur Verfügung standen, und es machte mich wütend, dass die Peonys, Savannahs, Briannas und Kylies dieser Welt dieses Privileg mit Füßen traten. Nun konnte ich die Mädchen noch weniger ausstehen und gönnte ihnen die zerschnittene Unterwäsche regelrecht. Am liebsten hätte ich gleich selbst zur Schere gegriffen!

Unterwegs fiel mir auf, dass das Buschland ringsum Missetätern reichlich Möglichkeiten bot, heimlich zu rauchen, zu trinken oder sich anderweitig zu vergnügen. Ob das Gelände wohl überwacht wurde?

»Gibt es hier Videokameras?«, brüllte ich.

Mrs Prendergast klärte mich auf, dass es draußen auf dem Gelände welche gäbe, aber keine in den Gebäuden selbst. Das leuchtete mir ein. Welcher Lehrer wollte schon im Unterricht ständig überwacht werden? Das wäre extrem übergriffig. Andererseits würden so manchen Eltern die Augen über ihre lieben Kleinen geöffnet. Komisch, dass Harper die Videokameras mit keinem Sterbenswörtchen erwähnt hatte.

Die Bibliothek hatte Mrs P. bis zuletzt aufgespart. Tänzelnd trat sie vor mir in die riesige, klimatisierte Bibliothek und verkündete: »Fast jeden Monat haben wir einen Schriftsteller zu Gast. Tattings tut alles, um die Kreativität der Schüler zu fördern.«

Ich machte »oh« und »ah« und ließ hin und wieder noch ein »fantastisch« verlauten.

Mrs P. wandte sich mir zu und klatschte in die Hände. »Gibt es noch Fragen?«

Geistesgegenwärtig erkundigte ich mich nach Schulgebühren und Stipendien.

»Die Schule ist sich ihrer gesellschaftlichen Verpflichtung gegenüber den … na, wie soll ich sagen … weniger Privilegierten durchaus bewusst. Tattings vergibt zwei besonders vielversprechenden Schülern aus staatlichen Schulen ein Vollstipendium pro Jahr.«

Auf einmal wirkte sie leicht genervt. Offenbar sah sie gerade das doppelte Schulgeld entschwinden.

»Möchten Sie weitere Informationen zum Stipendium?«, fragte sie ängstlich.

»Nein, nein«, versicherte ich. »Mich hat es einfach mal interessiert. Schön, dass Tattings in dieser Hinsicht so großzügig ist.«

Daraufhin wirkte sie erleichtert.

Im Büro gab ich ihr den Hut zurück, im Gegenzug überhäufte sie mich mit Broschüren, Uniformlisten und der Gebührenordnung. Ich schwärmte von Tattings, dankte ihr, dass sie sich Zeit genommen hatte und gab ihr die Hand. Ich versprach, mich zu melden.

Draußen im Wagen hörte ich die Mailbox ab. Die erste Nachricht stammte von Miles und enthielt die Warnung, dass die Bullen hinter mir her seien. Unweigerlich musste ich schmunzeln. Die zweite war von Marcia, die mir dankte, und ich glühte vor Stolz. Warum fühlt man sich bloß so gut, wenn man nett zu anderen ist?

Eine weitere Nachricht stammte von Harpers Festnetz, sie war von Fergus: »Tante Scout, vergiss nicht mit Mum über die Kissen zu sprechen.«

Ein verpasster Anruf kam von einer mir unbekannten Nummer, doch damit würde ich warten, bis ich etwas zu schreiben hatte.

Fürsorglich, wie meine Schwester ist, hatte sie mir einen Gemüsewrap, ein Schüsselchen Bulgursalat und eine Wasserflasche eingepackt. Um das Wrap war ein Zettel gewickelt: *Danke für die Hilfe!* Noch jemand. Rutsch rüber, Mutter Teresa!

Da der Schulparkplatz ganz gemütlich war, testete ich meinen Blutzucker an Ort und Stelle und aß in aller Ruhe den Proviant. Dabei blätterte ich durch die Unterlagen, die mir Mrs P. gegeben hatte. Die Gebühren waren exorbitant, hoffentlich würde Harper für ihren

Fergus einen Rabatt bekommen, falls er je auf Tattings ginge.

Die Fahrt zurück nach Byron Bay verlief ohne besondere Vorkommnisse. Um mich von dem immer näher rückenden Termin auf der Wache abzulenken, legte ich aus Miles' Country- und Westernsammlung eine CD von Keith Urban ein. Während ich durch Tweed Valley Richtung Süden fuhr, drehte ich die Musik voll auf. So langsam fand ich Gefallen an dieser Musikrichtung.

Ich tankte den Wagen voll, saugte einmal rasch durch, und um eins hatte Miles den Schlüssel zurück. Nachdem ich Miau Zedong mit großem Buhei begrüßt hatte, ließ ich die Waschmaschine ein zweites Mal durchlaufen, weichte das Leinenkostüm in Fleckensalz ein und packte die Taschen aus. Wenn ich permanent beschäftigt war, hatte ich keine Zeit, mir wegen der Bullen einen Kopf zu machen.

Jedenfalls theoretisch.

15.

In Dave Fanshaws Anwaltskanzlei in Byron Bay herrschte wie immer Chaos. Dave saß in einem alten Korbstuhl am Schreibtisch, trank starken Kaffee und rauchte eine kubanische Zigarre. Ich saß ihm gegenüber in einem ähnlichen Korbmodell, trank dünnen Tee und konnte nur mit Mühe ein Würgen unterdrücken. Eben hatte ich ihm die Umstände des Autodiebstahls dargelegt.

Dave ist der Anwalt, dem ich meine Garage vermiete, und er ist einer der Guten. Neben seiner Kanzlei arbeitet er in Byron Bay unentgeltlich für gemeinnützige Organisationen und für Rentner. Und mich.

»Echt Kacke, das mit der Drogenfahndung«, sagte Dave und stieß eine riesige Rauchwolke aus. »Wenn du nicht so ein Geizknochen wärst, hättest du das Zeug in der Garage bunkern können.«

»Ha, ha«, sagte ich.

»Und du hast keine Ahnung, was sie in deinem Wagen gefunden haben?«

Ich zuckte die Achseln. »Keinen Schimmer.«

»Wahrscheinlich Spritzen und Kanülen.«

»Wahrscheinlich.«

»Das wäre dann dein Diabetikerkram, oder?«

Ich nickte.

Dave sah mich über die runden, randlosen Gläser seiner Brille an und strich sich über den gepflegten grauen Bart.

»Ich komme lieber mit zur Polizei«, sagte er, »sonst verprügeln die dich noch mit dem Rohrstock.« Er grinste bis über beide Ohren. Natürlich war klar, dass man mir eher einen Kräutertee anbieten würde.

Dennoch war ich erleichtert, dass er mich begleiten wollte. Während Dave telefonierte, um seinen Zwei-Uhr-Termin zu verlegen, sah ich mich ein wenig um.

In Daves Kanzlei bekam man die volle Hemingway-Packung. Den Großteil des Raumes nahm ein alter, ramponierter Schreibtisch ein, der mit Papieren übersät war; die Wedel einer großen Zimmerpalme rauschten sanft im Wind des Deckenventilators. An der Wand hing ein Foto von Hemingway, aufgenommen 1964 auf seiner Finca Vigia in Kuba, in einem Ariondack-Gartensessel. Ist das nicht seltsam? Seit Ewigkeiten waren mir die Ariondacks nicht mehr untergekommen und nun gleich zweimal innerhalb weniger Tage.

Daves Frau Daisy kauft ihm die Klamotten, dabei folgt sie einer schlichten Logik. Dave trug ein weißes Hemd, eine schwarze Krawatte und eine schwarze Hose. Morgen würde er die gleiche Kombination tragen, nur von anderen Herstellern. Daves weißes Leinensakko und sein Panamahut hingen an einem alten Garderobenständer in der Ecke. Daisy würde einen Anfall kriegen, wenn sie wüsste, dass ihr Mann in Byron Bay gerne im Safarianzug und mit Fliegersonnenbrille auf die Straße tritt, um Hemingway ähnlicher zu sehen.

Sicher ahnen Sie schon, dass es sich bei Dave, um einen gescheiterten Schriftsteller handelt. Ende vierzig, klein und untersetzt, das dichte graue Haar trägt er kurz und in die Stirn gekämmt ganz wie, na, Sie wissen schon. Zu allen möglichen Zeiten ist er im Beach Hotel anzutreffen, wo er bei einem kubanischen Mojito den nächsten großen australischen Roman in seinen Laptop hämmert.

»Dann wollen wir mal«, sagte Dave, schlug energisch auf den Tisch und erhob sich. Er zog das Sakko an und glättete sich das Haar, bevor er den weißen Panamahut aufsetzte. Ich kam mir ein wenig langweilig vor, da ich niemand Berühmtem glich.

Die frische Luft draußen tat gut, ich atmete tief durch die Nase ein und durch den Mund wieder aus, um meinen beschleunigten Puls zu beruhigen.

Von Daves Kanzlei bis zur Polizeiwache war es nur ein Katzensprung, unterwegs plauderten wir. Die Sonne brannte vom Himmel, und auf dem Bürgersteig drängten sich wie immer Touristen und Einheimische. Vor der Commonwealth Bank saß ein Straßenmusiker auf einem Hocker und spielte »Suzanne« von Leonard Cohen. Ich musste zweimal hinsehen, um mich zu vergewissern, dass es nicht Leonard Cohen war. In Byron ist alles möglich.

»Woran arbeitest du gerade?«, fragte Dave.

»Ich habe einen Tipp bekommen, dass sich eine amerikanische Sekte an der Gold Coast niedergelassen hat. Sieht auch ganz danach aus, nur dass sie ihren Namen geändert hat.«

»Hast du schon eine Spur?«

Während wir uns an einem Pulk von jungen Leuten vorbeidrängten, legte ich Dave die Situation in groben Zügen dar, einschließlich meiner Beziehung zu Tildy. Aufmerksam hörte er zu.

»Hast du vor, die junge Frau rauszuholen, falls sie sich der Sekte angeschlossen hat?«

»Ich weiß noch nicht so genau.«

»Nimm dich in Acht, Scout. Sekten sind in Australien nicht verboten, selbst wenn sie illegale Dinge tun. Wie heißt es doch so schön: Die Handlung zählt, nicht die Gesinnung. Ganz bestimmt haben diese Leute Tildy angeworben, aber sie wird behaupten, dass sie sich ihnen aus freien Stücken angeschlossen hat, also gilt das nicht als Kidnapping. Aber wenn du sie jetzt gegen ihren Willen befreist, dann ist das Kidnapping.«

»So habe ich das noch gar nicht gesehen«, räumte ich ein. »Und du hast recht, ich hatte eine Befreiungsaktion im Kopf.«

»So ganz habe ich eigentlich nie verstanden, wie sich Sekten von anderen Religionsgemeinschaften unterscheiden«, sagte Dave. »Aus eigener Erfahrung kann ich nur sagen, dass bei Sekten der Glauben das eigene Denken ablöst und einem die Kritikfähigkeit nimmt.«

»Aus eigener Erfahrung?« Die Frage drängte sich mir geradezu auf.

»Vor ein paar Jahren hat Ben mal mit einer Sekte in der Nähe von Adelaide geliebäugelt. War damals mit einer gewissen Bijou unterwegs. Monate hatten wir nichts von ihm gehört, da stand plötzlich diese Bijou auf der Matte und erzählte, Ben sei bei einer Sekte und sie habe sich aus dem Staub gemacht. Hat es wohl mit der Angst bekommen, weil die Sekte Waffen für den Tag des Jüngsten Gerichts bereithielt. Glaub mir, so was möchtest du nicht als Erstes samstagmorgens hören. Mit Ben haben wir ja schon so einiges mitgemacht, aber das war mit Abstand das Schlimmste.«

Der achtundzwanzigjährige Ben Fanshaw ist das einzige Kind von Dave und Daisy und außerdem der Grund, warum Dave mir unentgeltliche Rechtsberatung angedeihen lässt. Vor neun Jahren bin ich bei einem frühmorgendlichen Spaziergang in Clarks Beach auf einen bewusstlosen jungen Mann gestoßen. Es war der Neujahrsmorgen, und etliche Leute schliefen ihren Rausch am Strand aus, aber er lag in einem so seltsamen Winkel, dass ich aufmerksam wurde. Auf Knüffe und Ohrfeigen reagierte er nicht, sein Atem war flach und stockend. Ich brachte ihn in die Seitenlage und rief den Krankenwagen – offenbar hatte er irgendwelche Partydrogen nicht vertragen und wäre wohl gestorben, wenn man ihn nicht gleich behandelt hätte. Ich blieb damals bei ihm im Krankenhaus, bis seine Eltern kamen, die sich dann als Dave und Daisy Fanshaw entpuppten. Seitdem sind wir befreundet.

Beim Überqueren des stillgelegten Bahnübergangs blieb Dave kurz stehen, um seiner schmerzenden Hüfte eine Pause zu gönnen. Mir gegenüber behauptet er immer, die Hüftoperation hinauszuschieben, weil er hofft, eines Morgens ohne Schmerzen aufzuwachen.

»Wie hast du es geschafft, Ben aus den Fängen der Sekte zu befreien?«

»Neue Mitglieder werden in der Regel von der Außenwelt abgeschirmt. Obwohl Daisys Brustkrebs für uns damals ganz schrecklich war, hat es Ben doch wach gerüttelt. Hab mich in den Flieger gesetzt, mir in Adelaide einen Wagen gemietet und bin nach Bijous Beschreibungen losgefahren. Das Gelände war abgesichert wie ein Militärflughafen, mit hohen Zäunen und Überwachungskameras. Hab den Wagen geparkt und darauf gebaut, dass Ben irgendwann die Kippen ausgehen. Drei Nächte musste ich im Auto kampieren. Ben war echt geschockt, als er mich sah, aber ich bilde mir ein, dass sein Kopf danach wieder klar war.«

Mir war der Mund offen stehen geblieben. Ich legte die Hand auf Daves Arm.

»Ich hatte ja keine Ahnung.« Irgendwie war ich fassungslos, dass ich davon nichts wusste.

»Nein, niemand hat etwas erfahren. Alle haben Daisy doch schon wegen des Brustkrebs bedauert. Du kennst sie ja. Will kein Mitleid oder solchen Scheiß.«

Ich nickte und wartete, dass Dave weitersprach.

»Ben hat mich ignoriert, aber ich habe ihm trotzdem einen Brief von seiner Mutter in die Hand gedrückt. Hat ihn erst fallen lassen, aber dann hat er sich doch danach gebückt. Mehr konnte ich nicht tun, also bin ich zurück nach Hause. Alles Weitere habe ich dem Schicksal überlassen.«

»Mein Gott!«

Wir setzten uns wieder in Bewegung.

»Das Schicksal meinte es gut mit uns. Zwei Tage später kam Ben nach Hause, wobei er darauf bestand, nach Adelaide zurückkehren zu wollen. Doch er ist nie wieder gefahren und hat sich als echte Stütze erwiesen. Hat sich ums Haus und die Farm gekümmert und Daisy für ihre Behandlungen nach Queensland ins John-Flynn-Krankenhaus gefahren.«

»Hat Ben eine Therapie gemacht oder eine Beratungsstelle aufgesucht?«, fragte ich.

Dave schüttelte den Kopf. »Nein. Dr. Smithers hatte mir zwar eine Adresse gegeben, aber Ben ist nie hingegangen. Wir haben alle drei Bücher von Sektenaussteigern gelesen und uns die Köpfe heißgeredet. Allmählich ist Ben dann zur Besinnung gekommen und hat alles kritisch hinterfragt. Er musste das für sich selbst klären. Bringt ja nichts, ihm zu sagen, dass alles Blödsinn ist, wenn er nicht selbst drauf kommt. Inzwischen kann er ganz offen darüber reden. Ist jetzt übrigens Buddhist. Quatsch, war nur ein Witz!«

Wir lächelten uns an.

»Ist sonst jemand in eurer Familie gläubig?«

»Nicht, dass ich wüsste.«

»Ben ist dieses Wochenende zu Hause. Komm doch morgen Abend einfach zum Essen vorbei, dann kannst du dich mit ihm darüber unterhalten. Tildys Mutter darfst du gerne mitbringen, wenn dir das hilft.«

»Danke, ich komme gern. Wegen Tildys Mutter sag ich noch Bescheid. Sie heißt übrigens Marcia.«

Die restliche Strecke legten wir schweigend zurück. Als wir die Wache erreichten, hatte ich einen trockenen Mund und schwitzte wie verrückt. Eine unschuldige Frau auf dem Weg zum Schafott.

16.

Die Polizeiwache in Byron Bay ist ein hübscher, hell gestrichener Holzbau, der mit seiner überdachten Veranda und dem Giebeldach an ein altes australisches Schulhaus erinnert. Als ich die Stufen hinaufstieg, hätte es mich nicht gewundert, die Eingangsmelodie von *A Country Practice* zu hören.

Viel hatte sich hier seit meinem letzten Besuch vor fünf Jahren nicht geändert. Damals hatte ich meinen ältesten Neffen Max abholen müssen, der im Trubel seiner Schulabschlussfeiern mit dem Gesetz in Konflikt geraten war. Max und zwei weitere Jungs hatten sich dabei erwischen lassen, wie sie ein Spruchband mit der Aufschrift *Donuts im Dienst* an den aparten weißen Lattenzaun der Wache gehängt hatten. Obgleich Max ernsthaft verwarnt wurde, musste der Polizist, der uns hinausbegleitete, unentwegt grinsen, und als ich mich auf der Straße noch einmal umdrehte, sah ich ihn mit einem Passanten scherzen und ein Foto von dem Banner machen.

Im Gebäude nahm Dave den Hut ab und gab dem jungen Polizisten am Empfangsschalter seine Visitenkarte. Ich stand still neben ihm und versuchte, möglichst unschuldig zu wirken. Sarah Walters, eine Bekannte, mit der ich gelegentlich Tennis spiele, saß in einer Ecke am Computer. Dezent winkten wir uns zu. Sarah schien von meinem Besuch nicht überrascht, also hatte Rafe ihr schon von meinem Fall erzählt.

»Mrs Davis hat um zwei Uhr einen Termin«, teilte Dave dem Polizisten am Empfangsschalter mit.

Ich sah mich nach Rafe um, konnte ihn aber nirgends entdecken. Bestürzt stellte ich fest, dass ich mich auf ihn gefreut hatte.

Dave und ich wurden in einen Verhörraum gebracht, wo wir Platz nehmen und warten sollten, bis die Detectives bei uns wären. Für mich war es das erste Mal in so einem Verhörraum, und ich muss sagen, ein paar Stoffe von Laura Ashley hätten nicht geschadet.

»Keine Rohrstöcke, das ist schon mal ein gutes Zeichen«, sagte Dave, als wir uns nebeneinander an den Tisch setzten. Seine heitere Gemütsverfassung beruhigte meine angespannten Nerven zwar nicht gerade, aber ich wusste seine Bemühungen zu schätzen und nickte.

Zwei Polizisten in Zivil kamen herein, ein Mann und eine Frau. Die Frau trug einen Karton, den sie neben sich auf den Boden stellte. Beide nahmen uns gegenüber Platz. Wir gaben einander die Hand und stellten uns vor, Erwachsene beim Small Talk. Dave überreichte ihnen seine Visitenkarte, vor zwanzig Jahren hätte er ihnen noch Zigaretten angeboten.

Lange hielt die freundschaftliche Atmosphäre allerdings nicht vor.

Detective Senior Sergeant Andrea Wenborne war eine stattliche Frau in den Dreißigern, sie trug eine dunkelgrüne Hose und eine Bluse in der Farbe von Weintraubenfruchtfleisch. Ihre Gesichtszüge waren markant, sie war ungeschminkt und hatte das dunkle Haar in einer Banane straff hochgesteckt. Sie erinnerte mich an diese Supernanny aus dem Fernsehen, und ich rechnete jeden Augenblick damit, dass sie in die Hände klatschen und verkünden würde, dass ich ungezogen gewesen wäre. Na ja, ich musste gerade die Klappe aufreißen. In unserer schwarz-weißen Kluft sahen Dave und ich aus wie zwei Verkäufer.

»Sie haben aber Glück, dass Sie Ihr Fahrzeug gestohlen gemeldet haben, sonst hätten Sie jetzt eine Menge Ärger am Hals«, begann Detective Wenborne und verzog den Mund, als wäre ich etwas besonders Unappetitliches.

Alles in mir sträubte sich, auf Einschüchterungsversuche reagiere ich ziemlich allergisch. Ich machte den Mund auf, um Detective Wenborne die Meinung zu sagen, doch Dave kam mir zuvor. Er legte mir beschwichtigend die Hand auf den Arm.

»Mit Glück hat das nichts zu tun, Detective. Mrs Davis wurde der Wagen gestohlen, und das hat sie gemeldet.« Dave tätschelte mir den Arm und nahm dann die Hand weg.

Nun schaltete sich Detective Sergeant John Salvatore ein. Rein optisch war Salvatore der Inbegriff eines Polizisten mittleren Alters, leichter Speckansatz, Geheimratsecken, grauer Schnurrbart, vergilbtes Hemd mit Schweißflecken. Ich konnte seinen Schweiß riechen und fragte mich unwillkürlich, ob die anderen meinen auch riechen konnten. Denn es herrschte eine Bullenhitze. Kein Witz.

»Wir haben die Anzeige, die Sie gestern bei Senior Sergeant Kelly gemacht haben, vor uns liegen«, sagte Salvatore. »Könnten wir jetzt noch mal gemeinsam die Liste aller Gegenstände durchgehen, die sich zur Zeit des Diebstahls in Ihrem Fahrzeug befanden?« Salvatore seufzte, beinahe, als würde ihm die Frage leidtun.

Ich wartete, dass Dave etwas sagen würde. Als von ihm nichts kam, sagte ich: »Okay.«

Salvatore verlas die Liste, und ich sagte zu allen Gegenständen, die Rafe festgehalten hatte, ja. Falls die Wache eine Klimaanlage hatte, merkte man hier nichts davon. Wahrscheinlich ein Trick, damit man sich unwohl fühlte, was bei mir auch vorzüglich funktionierte. Jeden Augenblick würde ich mich als Lord Lucan zu erkennen geben.

Detective Wenborne beugte sich abrupt vor und wühlte in dem Karton am Boden. Beim Hochkommen warf sie einen großen durchsichtigen Plastikbeutel mit grünen Blättern auf den Tisch. Für mich sah es nach Marihuana aus, aber sicher war ich nicht. Genauso gut konnte es auch eine getrocknete Zimmerpflanze sein, Botanik war nicht gerade meine Stärke.

»Warum haben Sie nicht erwähnt, dass sich das ebenfalls im Fahrzeug befand?«, fragte Detective Wenborne mit grimmiger Miene.

Jetzt mischte sich Dave ein. »Na, weil es sich nicht dort befunden hat«, sagte er scharf. »Meine Mandantin hat weder Beutel noch Inhalt je gesehen.«

»Ach wirklich?« Detective Wenborne klang eindeutig sarkastisch.

Ich rang mir ein künstliches Lächeln ab und stellte mir vor, wie ich diese Wenborne vom Stuhl schubste, biss mir aber lieber auf die Lippe, schob die Hände unter die Oberschenkel und umklammerte den Stuhl so fest, dass die Finger schmerzten. Mit Genugtuung stellte ich fest, dass Dave die Polizistin mit finsteren Blicken strafte.

»Dann gehören diese wohl auch nicht Ihrer Mandantin?« Detective Wenborne förderte aus dem Karton einen weiteren Plastikbeutel zutage, dieser enthielt ein halbes Dutzend Spritzen und Kanülen. Sie knallte den Beutel mit solcher Wucht auf den Tisch, dass ich zusammenfuhr.

»Im Gegenteil«, sagte Dave und strich sich durch den Bart, »der Inhalt dieses Beutels könnte durchaus meiner Mandantin gehören.«

Wenborne und Salvatore wirkten verblüfft, mit dieser Antwort hatten sie nicht gerechnet.

»Sie geben also zu, dass Ihnen diese Sachen gehören?«, fragte Wenborne und hielt den Beutel mit Kanülen und Spritzen hoch. »Aber diese nicht?«, setzte sie nach und hielt mir den Beutel mit den grünen Blättern unter die Nase.

Ich nahm ihn ihr ab und betrachtete alles eingehend. Die Kanülen und Spritzen sahen genauso aus wie die, die ich überall aufbewahre – im Auto, bei Harper, in meinem Badezimmer, auf der Veranda, in jeder Handtasche und jedem Aktenkoffer.

»Ja«, sagte ich. »Ich glaube, das sind meine.«

Detective Wenborne lehnte sich selbstzufrieden im Stuhl zurück.

»Ist Ihre Sucht aktenkundig?«, fragte sie.

Dave nickte mir aufmunternd zu.

»Nein, ich bin weder süchtig noch aktenkundig.«

Wenborne hob die Brauen, offenbar um ihrer Skepsis Ausdruck zu verleihen.

»Wir können eine Hausdurchsuchung veranlassen, wenn Sie die Zusammenarbeit verweigern. Mal sehen, was wir bei Ihnen so alles finden«, sagte sie drohend.

Salvatore schien sich nicht wohl in seiner Haut zu fühlen.

Dave räusperte sich.

Und ich musste aufs Klo.

»Es steht Ihnen nicht zu, meiner Mandantin zu drohen. Mrs Davis hat nichts Unrechtes getan und weiß rein gar nichts über diesen Blätterbeutel. Höchste Zeit, dass Sie Ihre Einschüchterungsspielchen lassen und uns endlich sagen, warum wir hier sind und was genau Sie im Wagen gefunden haben.«

Wenborne machte ein triumphierendes Gesicht.

»Ihre Mandantin weiß ganz genau, was wir im Fahrzeug gefunden haben, Fanshaw.« Vorwurfsvoll sah sie mich an.

»Jetzt reicht's aber«, sagte Dave. »Wenn Sie meine Mandantin nicht unter Anklage stellen, wofür Ihnen ja wohl jegliche Beweise fehlen, wird sie keine weiteren Fragen beantworten. Mrs Davis ist in dem guten Glauben hergekommen, Sie könnte Ihnen bei der Aufklärung des Diebstahls behilflich sein, doch vom ersten Augenblick an musste sie sich Unterstellungen und abfällige Bemerkungen gefallen lassen.«

Gib's ihnen, Dave! Auf geht's!

Dave musste denselben Gedanken gehabt haben, er erhob sich, setzte den Hut auf und wandte sich zum Gehen.

O nein! Was hatte er vor? Er konnte mich doch nicht allein lassen. Die beiden Trottel hier würden mich für etwas einbuchten, das ich gar nicht getan hatte. Mir schnürte sich die Kehle zu.

»Wir sollten jetzt nicht die Nerven verlieren«, sagte Detective Salvatore und warf seiner Kollegin einen bösen Blick zu. »In Ihrem Fahrzeug wurden mehrere Cannabispflanzen gefunden, Mrs Davis. Können Sie sich vorstellen, wie sie dahin gekommen sind?«

Dave setzte sich wieder, nahm den Hut ab und legte ihn auf den Tisch.

»Nein«, sagte ich und hoffte, dass ich so schockiert wirkte, wie ich mich fühlte.

»Nehmen Sie illegale Drogen?«, fragte mich Detective Salvatore. Er sprach so schnell, als wollte er die Sache rasch hinter sich bringen.

»Nein«, sagte ich und machte ein möglichst empörtes Gesicht.

»Nachdem Sie Senior Sergeant Kelly am Telefon Ihre

Einwilligung gegeben hatten, haben wir das Fahrzeug auf Fingerabdrücke untersucht. Es wäre uns eine große Hilfe, wenn wir Ihre Fingerabdrücke nehmen könnten, um die schon mal auszuschließen«, sagte Salvatore.

Um die Sache möglichst schleunigst zu Ende zu bringen, wollte ich schon zustimmen, doch Dave ließ mich nicht. Er schlug mit der Faust auf den Tisch und sagte: »Nein, meine Mandantin lässt sich keine Fingerabdrücke abnehmen. Wann bekommt Mrs Davis ihren Wagen wieder?«

»Sobald wir damit fertig sind«, sagte Salvatore.

»Und wann wird das sein?«, drängte Dave.

Detective Salvatore zuckte mit den Achseln.

Wenborne nahm den Beutel mit den Spritzen. Sie hielt ihn an einer Ecke und schwenkte ihn vor meiner Nase hin und her.

»Sie sind uns noch eine Erklärung schuldig«, sagte sie.

»Meine Mandantin ist Diabetikerin«, sagte Dave. »Die Kanülen und Spritzen braucht sie, um Insulin zu injizieren.«

»Ha, das kriegen wir andauernd zu hören«, spottete Wenborne. »Da müssen Sie sich schon was Besseres einfallen lassen. Mrs Davis hat ja noch nicht mal Übergewicht.« Voller Abscheu betrachtete sie mich. »Und nur zur Information, die meisten Diabetiker verwenden Insulinpens. Kaum jemand benutzt heute noch Spritzen.«

»Ich schon«, sagte ich. »Ich bin eben altmodisch.«

Wenborne funkelte mich an.

Jetzt war ich stinkwütend. Wieder einmal legte Dave mir die Hand auf den Arm. Die größte Herausforderung besteht darin, nicht gleich in die Luft zu gehen, wenn behauptet wird, Diabetes sei selbst verschuldet, weil man zu fett ist. Mit vernünftigem Essen und gesundem Lebenswandel würde sich schon alles wieder einrenken.

Aber es gab gar keinen Grund, sich aufzuregen. Dave hatte alles bestens im Griff.

»Es ist ein weitverbreiteter Irrglaube, besonders im bildungsfernen Milieu«, sagte Dave und sah Detective Wenborne dabei direkt an, »dass Diabetiker selbst Schuld an ihrer Krankheit trügen, und diese durch schlechte Ernährungsgewohnheiten, Übergewicht oder andere Verhaltensweisen herbeigeführt würde. Sie sollten wissen, dass meine Mandantin mit Typ-1-Diabetes geboren wurde, dafür gibt es keine Auslöser, ihr Körper stellt schlicht und ergreifend kein Insulin her. Beim Typ-1-Diabetes gibt es keine Hoffnung auf Heilung. Meine Mandantin muss sich zeit ihres Lebens zwei- bis dreimal am Tag spritzen.«

Detective Wenborne wurde so rot wie ein Pavianhintern, und ich rutschte vergnügt auf meinem Stuhl hin und her. Dave war echt in Form. Mein Blick fiel auf Salvatore, der mich mit dem mir wohlbekannten mitleidsvollen Ausdruck bedachte.

»Ich bin ja nicht nur Diabetikerin«, erklärte ich dem Detective. »Auch wenn mich meine Krankheit tagtäglich vor neue Herausforderungen stellt.«

»Entschuldigen Sie vielmals, Mrs Davis«, sagte Salvatore. »Vielen Dank, dass Sie sich heute Zeit genommen haben. Wir melden uns, sobald wir mit dem Fahrzeug fertig sind. Allzu lange sollte es nicht mehr dauern. Es wird gleich ein Polizist bei Ihnen sein, der Ihre Aussage aufnimmt.«

Detective Wenborne kochte vor Wut. Schließlich erhob sie sich und fragte hämisch: »Falls Sie uns noch etwas zu sagen haben, sollten Sie mal lieber gleich mit der Sprache herausrücken.«

»Ja, da gibt es noch was«, sagte ich höflich.

Detective Wenborne setzte sich wieder.

»Was denn?«, fragte sie ungeduldig.

Mit einem süßlichen Lächeln erwiderte ich: »Vielen Dank, dass Sie meinen Wagen gefunden haben.«

17.

Am liebsten wäre ich mit ausgebreiteten Armen aus dem Polizeirevier gestürmt und hätte gebrüllt: »Frei, endlich frei!«

Sobald wir außer Hörweite waren, klärte mich Dave auf, dass die Polizei bereits alle Fingerabdrücke aus dem Wagen durch den Computer gejagt habe, und dass sie unter Ausschluss der am häufigsten gefundenen Abdrücke, also meiner, bestimmt schon einen einschlägigen Kandidaten am Wickel hätten.

»Das war eine reine Machtdemonstration«, sagte Dave. »Wenborne hätte dich nur zu gerne drangekriegt, zusammen mit dem Autodieb. Aber mach dir keine Sorgen, von der hörst du erst wieder, wenn sie mit dem Wagen fertig sind.«

»Die war aber scharf wie ein Bluthund«, sagte ich.

»Ja, die sollte man nicht mit rohem Fleisch füttern«, entgegnete Dave lachend.

»Warum wolltest du eigentlich nicht, dass sie meine Fingerabdrücke nehmen?«

»Das fragst du noch? Hast du mir nicht unlängst gestanden, dass du bei einer Entführung helfen willst?« Mit gespieltem Entsetzen sah er mich an.

»Oh!«

»Allerdings oh«, sagte Dave. »Ist ja klar, dass du dich an die Sekte ranmachen wirst.«

»Das tue ich ganz bestimmt nicht«, sagte ich.

»Schon klar. Und eine Enthüllungsjournalistin bist du auch nicht.«

Autsch! Da hatte er den Nagel auf den Kopf getroffen. Der Gedanke, die Sekte zu unterwandern, hatte mir bislang nur vage im Hinterkopf herumgespukt. Jetzt blinkte er so impertinent wie ein Glücksspielautomat.

Nachdem wir den Bahnübergang hinter uns gelassen hatten und in Richtung Innenstadt liefen, hielt ein dunkelgraues Polizeiauto neben uns an. Am Steuer saß Rafe. Ach du Schande, der hatte mir gerade noch gefehlt!

Er ließ das Fenster herunter und rief Dave zu sich. Da ich annahm, die zwei hätten etwas Persönliches zu besprechen, hielt ich mich dezent im Hintergrund, allerdings schenkte ich ihm mein Megawattlächeln, das er jedoch komplett ignorierte. Und dann fuhr er auch noch davon, ohne mich auch nur eines Blickes zu würdigen. Ich muss zugeben, ich war ein bisschen eingeschnappt.

»Bin ich etwa unsichtbar?«, fragte ich Dave. »Und wo wir schon beim Thema sind, warum hat der Idiot den anderen beiden Idioten denn nichts von meinem Diabetes erzählt? Das hätte mir eine Menge Ärger erspart.« Ich trat nach einer Muschel, die es irgendwie in die Innenstadt geschafft hatte, und traf damit den Reifen eines vorbeifahrenden Wagens. Unbeteiligt sah ich weg.

»Ach«, sagte Dave. »Nun bleib mal locker. Rafe war total erleichtert, dass ich bei dir war, und wollte nur wissen, ob du alles gut überstanden hast. Er meinte, dass Wenborne erst kürzlich hierher versetzt wurde und mit ihrer Art alle in den Wahnsinn treibt. Offenbar sind beim Anblick deiner Spritzen die Pferde mit ihr durchgegangen. Da hat er extra nichts von deinem Diabetes gesagt, um ihr eine Lektion zu erteilen. Hat doch bestens geklappt!«

»Oh.« Ich war kurzfristig nicht sicher, ob ich mich nun

freuen sollte, weil Rafe sich um mich sorgte, oder sauer auf ihn sein müsste, weil er mich benutzt hatte, um Wenborne einen Dämpfer zu verpassen.

»Also dieser Rafe steht glaube ich auf dich«, sagte Dave.

Röte stieg mir ins Gesicht, und in null Komma nichts sah ich aus wie eine überreife Tomate. Aus Angst, Dave könnte es bemerken, traute ich mich nicht, ihn anzusehen.

Auf der Jonson Street Ecke Lawson eröffnete Dave mir, dass er einen Termin im Beach Hotel habe. Sicher wollte er nur in Ruhe seinen Mojito trinken und ein paar weitere Absätze des »Großen Australischen Romans« schreiben. Ganz der Kavalier, bot mir Dave noch an, mich nach Hause zu begleiten, doch ich lehnte ab und umarmte ihn zum Dank. Dann machte ich mich in die Marvell Street auf, wo ich eigentlich hinwollte.

Auf dem Weg dorthin rief ich Sandy im Beach Hotel an und bestellte schon mal einen Mojito für Dave, die Rechnung würde ich später begleichen.

Die ehrenamtlichen Helferinnen in Vinnies karitativem Secondhandladen bekommen alles mit, was in der Stadt vor sich geht. Heute waren Beryl und Doreen im Einsatz, beide sind Ende siebzig und etwas füllig. Außer im Secondhandladen arbeiten sie auch noch unentgeltlich für Essen auf Rädern, dem Hospital Auxiliary und Telecross, einer Tochtergesellschaft des Roten Kreuzes, die sich täglich telefonisch bei alleinstehenden, alten Menschen meldet. Dienstags singen sie in einem Chor, um den Bewohnern eines Seniorenheims eine Freude zu machen. Unterdessen spielen ihre Ehemänner Golf, gehen angeln und kochen das Mittagessen.

Beryl und Doreen tranken Tee und inspizierten eine alte Brosche auf dem Tresen, als ich eintrat. Im Laden war es heiß und muffig, denn es gab nur einen einzigen Ventilator, der in der Ecke stand und die warme Luft durchwirbelte. Das Surren des Ventilators übertönte Sinatras Gesang im Radio. Zwei weitere Frauen, die ich nicht kannte, durchstöberten die Ständer. Wahrscheinlich Touristinnen.

»Hallo, Scout. Dich haben wir ja schon ewig nicht mehr gesehen«, sagte Beryl, und über ihr gepudertes Mondgesicht leuchtete ein strahlendes Lächeln. Knallroter Lippenstift klebte an ihren Schneidezähnen.

»Hi Beryl, hi, Doreen, schön euch mal wiederzusehen«, begrüßte ich sie.

Mit steifen arthritisgeplagten Gliedern kamen sie hinter dem Tresen vor und küssten mich auf die Wange. Ganz offensichtlich waren beide Damen unlängst beim Frisör gewesen, wo man ihr kurzes graues Haar in perfekte Löckchen gelegt hatte.

»Bist du wohlauf?«, fragte Doreen und tätschelte mir die Wange.

»Ja, danke.« Ich unterließ es tunlichst, mich nach ihrer Gesundheit zu erkundigen. Aus Erfahrung wusste ich, dass solch harmlose Fragen in einen umfassenden Bericht über sämtliche ihrer Krankheiten und die aller Familienmitglieder ausarten konnten. Beide Damen wirkten putzmunter. Das reichte mir.

»Siehst du dich nur um, oder können wir dir helfen?«, fragte Beryl.

»Oh ja, bitte.«

»Wo ist denn deine Schwester? Ihr kommt doch sonst immer zusammen her«, sagte Doreen.

Ein klitzekleines bisschen hatte ich ein schlechtes Gewissen, dass ich ohne Harper hier war. Doch schließlich wollte ich mir ja nichts kaufen, das wäre nämlich gegen unseren Secondhandpakt gewesen, mein heutiger Besuch zählte also nicht.

»Harper ist bei der Arbeit«, sagte ich. »Aber ich bin in ihrem Auftrag hier. Ich brauche vier alte BHs für ein Theaterstück in ihrer Schule.«

»Heiliger Strohsack!«, rief Beryl aus. »Was für Stücke werden denn heutzutage in der Schule aufgeführt?«

»Nein, nein, die sind bloß fürs Bühnenbild. Die sollen auf einer Wäscheleine hängen«, log ich. In Wirklichkeit hatte ich mit den BHs ein Experiment vor, aber um Beryl und Doreen alles zu erklären, fehlte mir die Zeit.

Jedenfalls schienen sich die beiden Damen mit meiner Erklärung zufriedenzugeben und machten sich eifrig ans Werk. Zehn Minuten später verließ ich den Laden mit einer großen Tüte »Wäsche für die Bühne«, darunter zwei Männerhemden, ein Rock, drei T-Shirts, vier BHs und ein Plastikbeutel mit Wäscheklammern aus Holz. Alles für zwanzig Dollar.

Wenn ich einmal in Doreen und Beryls Alter wäre, würde ich mir keine Dauerwelle machen lassen und meine Zähne auf Lippenstiftspuren untersuchen, bevor ich das Haus verließ. Außerdem versprach ich mir hoch und heilig, mich eher im Stil von Zandra Rohdes oder Vivienne Westwood zu kleiden, als in Klamotten vom Discounter herumzurennen.

Auf dem Nachhauseweg kaufte ich eine Packung rotbraune Haartönung. Mein Leben lang hatte ich blondes, zumeist sehr langes Haar gehabt, das ich zu einem geflochtenen Zopf über der rechten Schulter trug. Daran war ich jederzeit zu erkennen, und um den langsam in mir reifenden Plan möglichst risikofrei umzusetzen, musste dieses Markenzeichen verschwinden.

Als ich nach Hause kam, stand Miau Zedong zur Begrüßung schon oben auf der Treppe und folgte mir sogleich hinaus auf die Veranda. Laut maunzend rieb er sich an meinen Beinen. Ich nahm ihn auf den Arm und erzählte ihm alles von meinem Besuch bei der Bullerei.

Meine plötzliche Müdigkeit war hoffentlich nur eine Nachwirkung des heftigen Adrenalinschubs auf der Wache. Zur Sicherheit testete ich noch den Blutzucker, denn Unterzuckerung kündigte sich ebenfalls mit leichtem Schwindel an. In der Regel fällt mein Blutzucker nur stark ab, wenn ich zu viel Insulin spritze, nicht ausreichend esse, eine Mahlzeit verpasse oder es mit dem Sport übertreibe.

Auf dem Revier hatte mein Herz ziemlich schnell geschlagen, ich hatte gezittert und geschwitzt, eigentlich ganz normale Reaktionen für jemanden, der verhört wird. Doch es sind auch die ersten Anzeichen eines zu niedrigen Blutzuckers, und bei Langzeitdiabetikern können diese Symptome leicht übersehen werden. Übergangslos kann es zu Schwindelanfällen, Verwirrung und, wenn nichts unternommen wird, zu Krämpfen und Bewusstlosigkeit kommen. Mein Blutzuckerspiegel war ein wenig niedrig, deshalb trank ich ein Glas Milch, und fünf Minuten später ging es mir schon besser.

Zeit, den unbekannten Anrufer von vorhin zurückzurufen. Mit Zettel und Stift bewaffnet, setzte ich mich an den Schreibtisch und wählte die Nummer. Hoffentlich war es jemand wegen der Annonce, zur Sicherheit legte ich die Zeitung vor mich.

18.

Während ich wartete, dass jemand abnahm, schaltete ich den Ventilator auf dem Schreibtisch ein und trommelte ungeduldig mit dem Stift auf dem Mousepad herum. Eine Frauenstimme meldete sich, widerlich süß und gehaucht. Mehr kleines Mädchen als sexy Vamp.

»Hallo, willkommen in meinem wundervollen Tag«, sagte sie.

»Danke«, entgegnete ich. »Ich habe Ihren Anruf verpasst.«

»Danke, dass Sie mich zurückrufen.«

In meinen Augen war sie vollkommen übergeschnappt, aber vielleicht handelte es sich auch um eine neue Verkaufsmasche, und zwar um eine, die garantiert zum Scheitern verurteilt war. Meinen Namen würde ich auf keinen Fall preisgeben. Ich wartete, dass sie weitersprach, und als nichts kam, fragte ich mich, ob sie sich vielleicht vorübergehend in eine andere Dimension verabschiedet hatte.

»Und?«, fragte ich ermunternd.

»Ach, ja.« Sie kicherte so albern, dass bei mir der Wunsch aufkam, durch die Leitung zu kriechen, sie gehörig durchzuschütteln und zu brüllen, dass es Dumpfbacken wie ihr zu verdanken sei, dass wir Frauen so einen schlechten Ruf hätten.

»Haben Sie sich in der Zeitung nach der Strahlenden

Wiederkehr der erleuchteten Seelen erkundigt?«, fragte sie.

Auf einmal war ich hellwach.

»Können Sie mir sagen, auf welcher Seite die Anzeige gestanden hat?«, fragte ich. »Haben Sie die Zeitung vor sich?« Kerzengerade saß ich in meinem Stuhl, versuchte dennoch vollkommen gelassen zu wirken.

»Nein, die Zeitung ist drinnen. Wofür brauche ich die denn?« Sie klang überrascht. Die Süße war gewichen. Auch das Gehauche hatte aufgehört.

»Nur so eine Frage«, sagte ich höflich.

Natürlich brauchte sie die Anzeige nicht, aber dass sie sie nicht vor sich hatte, war für mich Beweis genug, dass sie zur Sekte gehörte. »Strahlende Wiederkehr der erleuchteten Seelen«, diesen verworrenen Namen konnte sich doch kein Mensch merken, es sei denn, man las ihn ab oder war eben sehr vertraut damit.

»Was möchten Sie denn wissen und warum?«, fragte sie misstrauisch.

»Ich, ähm … als ich vor ein paar Jahren in Saratoga war, habe ich ein paar Leute kennengelernt, mit denen ich mich echt gut verstanden habe. Nun hat mir eine Freundin erzählt, dass die an die Gold Coast gezogen sind. Ich bin frisch geschieden und habe mir hier ein Haus gekauft, jetzt hoffe ich, hier neue Leute kennenzulernen.« Ich machte einen auf Dummerchen. Auf einsames, reiches Dummerchen.

»Wie heißt du denn?«, fragte sie. Wo Saratoga lag, wollte sie gar nicht wissen.

Hektisch sah ich mich auf dem Schreibtisch um, ich brauchte eine Inspiration, mein Blick wanderte vom Ventilator zum Fenster.

»Fantasia Jonson. Und du?«

»Fantasia ist ein schöner Name«, sagte sie und überhörte meine Frage einfach. »Ist es dein Geburtsname oder dein Sonnenname?«

Was war denn bitte schön ein Sonnenname?

»Mein Geburtsname. Und wie heißt du?«

»Cara«, sagte sie. »Cara Mel.«

Alles klar.

»Es wäre einfach großartig, wenn wir uns treffen könnten.« Merkwürdigerweise klang ich auf einmal so amerikanisch, als würden Mund und Zunge ein Eigenleben führen.

Ich hatte das unbestimmte Gefühl, dass sie den Hörer zuhielt, deshalb lauschte ich angestrengt nach Stimmen im Hintergrund. Es klang, als würde sie sich mit jemandem beratschlagen. Ich meinte, eine weitere Frau zu hören.

»Hallo«, sagte sie, als sie wieder am Apparat war. Ihre Stimme hatte zur vollen Zuckrigkeit samt gehauchter Aussprache zurückgefunden. Womöglich witterte sie fette Beute. Eine potenzielle Anhängerin. Mit Geld.

»Ich würde dich sehr gerne treffen«, teilte sie mir mit.

Wir wollten uns kommenden Mittwoch um zwei Uhr in der Cavill Mall treffen, und zwar direkt unter dem Surfers-Paradise-Schriftzug, am Haupteingang zum Strand.

»Ich freue mich total«, sagte ich mit honigsüßer Stimme. Hilfe, das war ansteckend!

Als ich aufgelegt hatte, sah ich zu Tobys Foto auf meinem Schreibtisch und tat so, als würde ich mir den Finger in den Hals stecken und kotzen. Ich konnte förmlich hören, wie Toby sagte, dass er dieses Verhalten von Fantasia Jonson nicht erwartet hätte.

Manchmal fragt man sich, ob es nicht doch so etwas wie übersinnliche Kräfte gibt. Keine zwei Sekunden später klingelte das Telefon, und Toby war dran.

»Wie geht es meiner Süßen?« Es knisterte gewaltig in der Leitung, und Tobys dunkle, durchdringende Stimme hallte, als würde er vom Grund eines Brunnens anrufen.

Ich grinste. »Hüte deine Zunge, Sonnyboy.«

»Vor einer knappen Stunde wäre ich fast zum Sonnygirl geworden.«

»Wo bist du gerade?«, fragte ich, um das Thema zu wechseln. Dass er mal wieder ganz knapp, um Hodenbreite, entkommen war, verstärkte nur meine Angst.

»Darf ich nicht sagen, südlich von Markierung D.« Ich warf einen Blick auf die Karte von Afghanistan, die Toby vor seiner Kaffeefahrt mit geheimen Markierungen versehen hatte. Markierung D stand für Kabul.

Das Knistern in der Leitung wurde lauter. »Du fehlst mir«, brüllte ich. »Bist du warm genug angezogen? Bekommst du auch ausreichend zu essen?« Oh Gott, ich klang wie seine Mutter.

Wenn Toby mich aus einem Kriegsgebiet anruft, gerate ich immer in Panik, so, als stünde ich selbst unter Beschuss. Obwohl ich noch auf meinem Stuhl saß, hätte ich mich unter dem Schreibtisch bedeutend wohler gefühlt. Vollkommen lächerlich, ich weiß.

Ich brüllte: »Ich liebe dich, Toby«, denn so etwas sagt man bei solchen Anrufen gemeinhin, und ich wartete, dass er es erwidern würde.

»Kannst du meinen Eltern Blumen und eine Karte zum Hochzeitstag schicken?«, grölte Toby in den Hörer.

»Okay. Für wann?«

Er nannte mir das Datum, und ich wartete stumm, dass er mir sagte, wie sehr er mich liebte, wie ihn die Trennung schier quälte und dass er jede wache Minute an mich denken würde.

»Wie kommst du mit der Katze zurecht?«, schrie Toby.

»Warum hast du nur einer russischen Katze einen chinesischen Namen gegeben?«

Da war ich überfragt. Mir war das, ehrlich gesagt, gar nicht bewusst gewesen.

»Der Kater ist zweisprachig«, brüllte ich. »Öfter mal was Neues.«

Toby lachte und sagte, er würde gerufen. »Tschüss«, brüllte er noch, und das war es auch schon.

So viel zum Thema, die Liebe hat viele Gesichter …

Tobys mangelnde Liebesbekundungen störten mich nicht, jedenfalls nicht sehr. Wahrscheinlich stand er gerade inmitten eines Pulks aus Rambo-Verschnitten und wäre sich ziemlich dämlich dabei vorgekommen, süße Nichtigkeiten ins Telefon zu bellen. Dennoch war mir nicht verborgen geblieben, dass er eigentlich nur angerufen hatte, damit ich seinen Eltern Glückwünsche übermittelte. Das ärgerte mich zwar, aber nicht so sehr, dass ich die Gratulationen einfach vergessen würde. Aber die Karte würde billiger ausfallen.

Um gar nicht erst ins Grübeln zu geraten, machte ich mir Tee und überlegte, was ich vor meiner Schicht im Fandango noch alles erledigen könnte.

Bevor ich mich wieder an den Schreibtisch begab, hängte ich meine gründlich gewaschene Bettwäsche auf der Veranda auf und winkte den Rucksacktouristen auf dem Dach der Jugendherberge flüchtig zu. Bestimmt waren die überglücklich, ein bisschen Eingeborenenwäsche aufs Foto zu bekommen, ganz wie in den engen Gassen von Neapel.

Als ich mit dem Teetablett ins Arbeitszimmer trat, wartete Miau Zedong schon auf seinem Stuhl, bereit, sich einen Brief diktieren zu lassen, ein wenig Ordnung in die Ablage zu bringen oder ein spätes Nachmittagsschläfchen zu halten. In der Regel entschied er sich für Letzteres.

Als Erstes wollte ich bei Anzasia Media anrufen und Brians Assistentin um eine Kopie des anonymen Briefs bitten. Und, dreimal dürfen Sie raten! Die Assistentin war geschäftlich mit Brian unterwegs und würde vor Montag nicht zurück sein. Offenbar waren auch alle anderen, die gegebenenfalls hätten helfen können, in einer Besprechung, einer Telefonkonferenz oder auf der Autobahn. Mit anderen Worten, es war Freitagnachmittag, und die Belegschaft saß längst in der Kneipe. Mist!

Ich rief Bruce Denton an, der hier in der Stadt eine Autovermietung betreibt, und vereinbarte mit ihm, dass er mir kurz vor Geschäftsschluss, einen Toyota Corolla vorbeibringen würde. Höchstwahrscheinlich brauchte ich den Wagen nur übers Wochenende, aber ganz sicher war ich mir nicht. Bruce sagte, es täte ihm leid, dass mein Wagen gestohlen und Drogen auf dem Rücksitz gefunden worden seien. Ich seufzte. In Byron Bay blieb aber auch nichts geheim. Ein Wunder, dass Beryl und Doreen kein Wort darüber verloren hatten. Bruce versprach, durchzuklingeln, wenn er hinterm Haus vorfuhr.

Harper war die Nächste auf meiner Liste. Freitags verlässt sie die Schule eigentlich nie vor sechs, also musste sie noch dort sein. Sie sollte mir die Bänder der Überwachungskameras besorgen.

Leider erwischte ich nur ihren Anrufbeantworter. Ich hinterließ eine Nachricht, dankte ihr für die liebevolle Bewirtung, erinnerte sie an die *Sesamstraße*-Kissen und fragte, ob sie Zugriff auf die Aufnahmen der Kameras vom letzten Dienstag hätte. Und dann bat ich sie noch, mich am nächsten Tag mal anzurufen.

Als Nächstes lud ich sämtliche Fotos auf meinen Rechner. Die, die ich in der Schule gemacht hatte und auch die von der Kosmo-Karte, der Quittung und die von Marcia. Anschließend scannte ich das Foto von Tildy und ihren beiden Söhnen, Tommy und Christopher, und druckte alles in Farbe aus. Mit Klebepads befestigte ich die Schulfotos an der Wand und die restlichen Bilder am Whiteboard, das nach Ordnung schrie.

Auf den Fotos der Umkleidekabinen war klar zu erkennen, dass die meisten Kleider wild im Raum verteilt lagen, kaum etwas hing an den dafür vorgesehenen Haken. Für mich bestand kein Zweifel, dass die Person, die dreimal hintereinander erfolgreich die Unterwäsche derselben vier Mädchen zerschnitten hatte, mit im Raum gewesen sein und gesehen haben musste, wo die Mädchen ihre Wäsche hingeworfen hatten.

Es konnte sich nur um eine Klassenkameradin handeln, der es irgendwie gelungen war, während des Unterrichts im Umkleideraum mit der Schere zu hantieren.

Leider gab es einen Haken an dieser Theorie, denn Harper behauptete steif und fest, dass an jenen drei Tagen keiner der Schüler zwischendurch im Umkleideraum gewesen war. Trotzdem hatte ich eine ziemlich genaue Vorstellung davon, wie die Tat begangen worden war. Nur von wem und warum, wusste ich noch nicht.

Vor allem das »Warum« interessierte mich, und in der Regel führte es auch immer zum Täter. An meinen Schreibtisch gelehnt, sah ich aus dem Fenster und überlegte, was ein Mädchen wohl dazu bewegen könnte, die Unterwäsche ihrer Mitschülerinnen zu zerstören. Eifersucht vielleicht? Rache?

Draußen auf der Jonson Street ging es zu wie im Bienenstock. Die alte Mrs Delgado, bunt wie eine Farbkarte, stand gegenüber an der Bushaltestelle und bot Neuankömmlingen ihre Dienste an, schickte alle Unterkunftsuchenden in Richtung Stadtrand. Ihr ruhiges, sonnenverwöhntes Mekka Byron Bay wollte sie mit niemandem teilen. Der Frau konnte ich stundenlang zusehen.

19.

Das Foto von Marcia war nicht gerade brillant, aber es würde reichen, um jemanden wiederzuerkennen. Ich mailte meinen Töchtern die Fotos von Marcia und Tildy und gab ihnen noch eine Kurzfassung der Hintergründe. Obwohl ich mir sicher war, dass Marcia die war, für die sie sich ausgab, hatte mich die Erfahrung gelehrt, alles zu überprüfen.

Nebenbei berichtete ich den Mädchen noch, dass über Ostern bei uns im Gemeindezentrum ein Bollywood-Tanz-Workshop stattfände, und ob es nicht lustig wäre, wenn ich uns und Harper dafür anmeldete. Nach den obligatorischen mütterlichen Liebesbekundungen unterzeichnete ich die Mail: *Mit freundlichen Grüßen, Miau Zedong im Auftrag von Mrs S Davis, Direktorin.*

Anschließend rief ich Marcia an.

»Hallo, Scout. Schön, dass du dich meldest«, begrüßte sie mich fröhlich.

»Hi, du hörst dich ja schon wesentlich besser an.« Hoffentlich hatte mein Versprechen, ihr zu helfen, dazu beigetragen, ihre Laune aufzubessern. »Hat sich mit dem Postfach schon was ergeben?«

»Ja, irgendwie schon«, sagte sie. »Die Postfächer befinden sich in einem verglasten Raum ganz in der Nähe des Postamts, und ich habe meine Staffelei direkt neben dem Eingang aufgestellt. Der Bereich ist überdacht, und in den Blumenrabatten dahinter kann ich meine Ausrüstung unauffällig bunkern. Das Postfach der Sekte ist nicht direkt einzusehen, aber ich kann jeden beobachten, der rein- oder rausgeht. Ich habe Fotos von allen gemacht, die etwas seltsam aussahen.«

»Wie, du hast eine Staffelei aufgestellt?«

»Ist doch eine prima Tarnung. Ich glaube, du weißt nicht, dass ich Werbegrafikerin bin. So kann ich die Postfächer beobachten, ohne Aufsehen zu erregen.«

»Was malst du denn?«, fragte ich fasziniert.

»Das Stückchen zwischen dem Surfers International Apartmenthotel und der Esplanade. Ganz interessant, mit vielen Ecken und Winkeln, Bäumen, Autos und Menschen. Jedenfalls bin ich mit einem der Ladenbesitzer ins Gespräch gekommen, er hat mein Bild bewundert und erzählt, dass vorigen Sonntag Frauen, die wahrscheinlich einer Sekte angehörten, Flyer für Heilkurse verteilt hätten. Zwar hat er keinen dieser Zettelchen behalten, aber er konnte sich erinnern, dass ein Mann darauf abgebildet war, der wie Jesus aussah. Er meinte, die kämen hier jeden Sonntag vorbei. Ich habe ihm Tildys Foto gezeigt, aber er hat sie nicht erkannt.«

»Wir sollten mal am Sonntag in die Cavill Mall gehen«, sagte ich. »Hast du den Mann gefragt, wie er darauf kommt, dass sie zu einer Sekte gehören?«

»Ja, die Frauen haben alle die gleichen altmodischen, langen blauen Kleider getragen und hatten einen hohen Pferdeschwanz.«

»Marcia, meinst du, du könntest dich noch mal mit den zuständigen Polizisten von der Vermisstenabteilung in Verbindung setzen und ihn fragen, was Tildy damals anhatte?«

»Das habe ich bereits getan«, sagte sie selbstbewusst. »Tildy trug ein langes Kleid aus blauem Baumwollstoff und einen Pferdeschwanz.«

Still hörte Marcia zu, als ich ihr erzählte, was ich über die Website des amerikanischen Verbraucherschutzes herausgefunden hatte und auch, was dort über die unförmigen langen Kleider gesagt wurde. Das mit den Schwangeren behielt ich lieber für mich. Eins nach dem anderen.

Marcia stöhnte leise auf. »Tildy ist ernsthaft in Gefahr, nicht wahr?«

Was sollte man darauf antworten? Da ich unsicher war, versuchte ich es mit der Wahrheit.

»Ich fürchte, ja.«

»O Gott«, sagte Marcia leise.

»Ich muss dir noch was sagen. Es hat sich bei mir noch eine Frau auf die Anzeige gemeldet. Ich bin überzeugt, dass sie zur Sekte gehört. Kommenden Mittwoch treffe ich mich mit ihr in Surfers Paradise.« Während ich ihr von Cara Mel erzählte, versuchte ich, optimistisch zu klingen.

»Willst du dich tatsächlich mit ihr treffen oder ihr bloß heimlich folgen?«, fragte Marcia gefasster.

»Ich bin mir noch nicht sicher. Aber darüber können wir reden, wenn du morgen nach Byron kommst.«

»Was ist denn morgen?«

Ich erzählte ihr von Dave Fanshaw und seinem Sohn Ben und dass Dave und Daisy uns zum Abendessen zu sich nach Hause eingeladen hatten. Wir kamen überein, dass es ihr helfen könnte, mit Ben über seine Sektenerfahrung zu sprechen, außerdem meinte Marcia, dass es ihr guttäte, mal unter normale Leute zu kommen.

»Wenn du willst, kannst du bei mir übernachten, dann können wir am Sonntag gemeinsam zurück an die Gold Coast fahren«, sagte ich.

»Bist du dir sicher?«, fragte sie.

»Ja, ich habe viel Platz. Komm doch einfach schon morgen Nachmittag und bring dein Schwimmzeug mit, dann können wir noch baden, bevor wir die Fanshaws besuchen. Ich kann auch deine Geschmacksknospen mit einer meiner Teekreationen auf die Probe stellen.«

»Hört sich gut an«, sagte Marcia. »Wenn du mir Daisys Nummer gibst, ruf ich sie an und sage ihr, dass ich gerne mitkomme.«

Ich war überrascht. Und ehrlich gesagt auch etwas erleichtert, dass Marcia so viel Eigeninitiative an den Tag legte, wenn auch nur im Kleinen.

»Irgendwie wirkst du wieder zuversichtlicher«, sagte ich.

»Ja, dank dir«, beteuerte Marcia. »Ich war vollkommen ausgebrannt. Jetzt weiß ich wieder, dass ich es schaffen kann. Ich kann Tildy zurückbekommen.«

Sie notierte sich Daisys Nummer, und wir verabschiedeten uns. Als ich aufgelegt hatte, klingelte es erneut. Bruce war dran, er wartete mit dem Leihwagen hinterm Haus. Ich trat hinten auf die Veranda, öffnete das kleine Tor und sprang die hölzernen Stufen hinunter. Auf mich wartete kein Toyota Corolla, sondern ein glänzend schwarzer Lexus.

»Tada!«, rief Bruce. Mit ausgebreiteten Armen stand er neben dem Wagen, als hätte ich gerade einen Preis gewonnen.

Bruce ist ein Flüchtling aus Kambodscha. Er und sein Bruder sind vor dreißig Jahren in einem lecken Boot nach Australien gekommen. Beiden wurde Asyl gewährt, und sie arbeiteten sich halbtot, schrubbten Krankenhäuser, trugen die Post aus und lernten Englisch. Vom Ersparten kauften sie eine kleine Autovermietung, die dank ihres unermüdlichen Eifers und eines glücklichen Händchens fürs Geschäft mittlerweile ein großes Unternehmen ist. Die beiden Männer entschlossen sich, ihre Geburtsnamen abzulegen, um australischer zu klingen. Einer entschied sich für Bruce, der andere für Steve, keine Ahnung, woher der Name Denton kam.

»Wow, der Corolla hat sich echt gemausert!«, sagte ich.

Bruce grinste glücklich. »Nach dem was passiert ist, brauchst du besonderen Wagen. Ich mache dir guten Preis. Was die Versicherung zahlt?«

»Fünfzig pro Tag.«

»Reicht mir«, sagte Bruce.

»Danke«, sagte ich. »Das ist ja super. Ich bin fast froh, dass mein Wagen gestohlen wurde.«

Bruce glühte vor Stolz.

Miles tauchte an der Hintertür seines Restaurants auf, zündete sich eine Zigarette an und blickte sich auf der Straße um. Mrs Delgado näherte sich mit ihrem schottengemusterten Hackenporsche. Als sie fast auf gleicher Höhe mit Miles war, langte er unauffällig in die Küche und förderte ein Essenspaket hervor. Damit schlenderte er auf Mrs Delgado zu und legte es ihr ins Gefährt. Nach erfolgreicher Übergabe zog Mrs Delgado wortlos weiter.

Fragend schaute ich Miles an, der mir zuzwinkerte und sich dann dem Lexus widmete.

»He, Bruce. Was für ein schöner Wagen. Den stell mal lieber bei Mario unters Carport. Der Wagen passt noch gut neben das Motorrad, dann ist es sogar noch ein bisschen verdeckt.«

Mario ist Konditor im Fandango. Am liebsten würde er sein Motorrad mit in die Küche nehmen, damit er es immer im Blick hatte, er hätte bestimmt nichts dagegen, wenn der Lexus seinem Motorrad ein paar Tage Sichtschutz gewährte.

Nachdem ich den Papierkram erledigt und Bruce wiederholt gedankt hatte, setzte ich mich in den Wagen und bewunderte die Innenausstattung. Sah nobel aus und roch nach Neuwagen. Eigentlich haargenau das Auto, das eine wohlhabende Frau fahren würde, die gerade an die Gold Coast gezogen war. Eine frisch Geschiedene, die ein Haus gekauft hatte und nun Anschluss suchte.

Und kosmische Erleuchtung.

20.

Als ich am Sonntagmorgen erwachte, zierte der Abdruck des Kissens meine Wange. Nach meiner Schicht im Fandango war ich gegen Mitternacht ins Bett gefallen und hatte tief und offenbar reglos bis zum Morgen geschlafen, was dem Kissen Zeit genug gegeben hatte, tiefe Furchen in mein Gesicht zu graben.

Ich war gerade dabei, mir die Turnschuhe anzuziehen, um einen Morgenspaziergang zu machen, da klingelte das Telefon.

»Hallo.«

»Ich bin's«, flüsterte eine Stimme. Sofort wusste ich, dass Nadel aus der SG dran war, die mich wahrscheinlich aus der Bäckerei an der Gold Coast anrief, wo sie arbeitete. »Ich wollte dir nur sagen, dass ich gestern in Byron Bay eine unserer orangen Perücken gesehen habe. Am Hutständer einer Drogerie.«

»Das ist ja unglaublich. Ich habe schon seit einem Jahr keine mehr gesehen.«

Die Operation »Perücke« war uns damals ungeheuer wichtig gewesen, wir hatten uns eingeredet, damit die Stellung der Frau in der Politik zu fördern. Die perfekte Steilvorlage lieferten uns die Parlamentswahlen 2010 und die unverwechselbare Frisur der Labourkandidatin. Wir schnitten gleich lange Fäden aus dicker orangefarbener Wolle, befestigten sie mit doppelseitigem Klebeband an Gummibadekappen und stutzten sie zu einem klassischen

Bob. Zu diesem Zweck setzten wir die Dinger reihum auf, denn am lebenden Objekt war es leichter. Im Ganzen produzierten wir vierzig Perücken und steckten sie in der Wahlnacht auf jeden Pfosten und jeden Poller der Stadt.

Unsere Aktion stieß in den Medien auf große Resonanz, und unsere Perücken waren noch eine ganze Weile in verschiedenen Läden, Restaurants und sogar Frisörläden zu sehen.

»Ich hatte weder mein Handy noch eine Kamera dabei«, flüsterte Nadel. »Kannst du heute noch mal ein Foto machen, bevor das Ding wieder verschwindet?« Sie nannte mir den Standort und fragte dann: »Wie viele bunte Rechtecke haben wir für unsere nächste Aktion eigentlich gestrickt?«

»Zwölf. Das reicht dicke für das Zielobjekt«, versicherte ich ihr.

»Hat Bodkin ein Problem damit?«

»Er sagt, Nein.«

»Na, dann bis Dienstag«, murmelte Nadel und legte auf.

Bis vor zwei Jahren war Nadel unsere offizielle Schriftführerin gewesen, aber als ihre Tochter, die ohnehin schon drei Kinder unter fünf hatte, auch noch Zwillinge bekam, dankte sie ab. Mit ihrem Vollzeitjob in der Bäckerei und der ganzen Enkelschar hatte sie alle Hände voll zu tun, so wurde mir der Posten angeboten, und ich nahm mit Freuden an.

Zu meinen Pflichten gehört es, Fotobeweise zusammenzutragen, damit wir ein Archiv haben, in der unsere Aktionen sowie die Reaktionen darauf festgehalten werden. Schriftliche Aufzeichnungen verbietet unsere Satzung, und ich protokolliere unsere Treffen nicht, sondern sammele Zeitungsberichte über uns.

Außerdem teile ich jedem die richtige Wolle für die jeweilige Aktion zu, kümmere mich darum, dass alle Strickstücke rechtzeitig fertig werden, organisiere die Treffen, achte darauf, dass ausreichend Wermut für die Gin Slings zur Verfügung steht und erinnere Blut-und-Mut kurz vor dem Treffen daran, die Pizza abzuholen. Hey, das kriege ich hin.

Kein Wölkchen trübte den vogeleiblauen Himmel über Byron Bay, der an Tiffany-Geschenkpapier erinnerte. In der Nacht hatte es geregnet, und die ganze Stadt wirkte frisch und sauber.

Unwillkürlich musste ich schmunzeln, als ich die orange Perücke erspähte, die auf dem Hutständer hinter der Drogerietür einen Ehrenplatz einnahm. Ich gab vor, die übrigen Kopfbedeckungen zu bewundern, zückte meinen Fotoapparat und machte ein paar Großaufnahmen.

»Kann ich Ihnen behilflich sein?«, fragte mich eine junge Frau. In Drogerien wird man von Verkäufern geradezu überfallen, und ich fragte mich zum x-ten Mal, ob das Dienst am Kunden war oder eher verhindern sollte, dass sich der Kunde selbst bediente.

»Ich bewundere nur Ihre schönen Hüte. Dieser könnte meiner Tochter gefallen«, sagte ich und zeigte auf eine gelbe Scheußlichkeit. »Ich schicke ihr das Foto, und wenn ihr der Hut gefällt, komme ich wieder.«

Die Verkäuferin schaute mir verwirrt hinterher, als ich lässig aus dem Laden schlenderte. Ich wartete ein paar Minuten und knipste den Hutständer noch ein paarmal vom Gehweg aus, dann entfernte ich mich ein weiteres Stück und machte ein Bild vom Laden. Mein Name ist Blond. Scout Blond.

Ich verstaute den Fotoapparat und lief zum Strand.

Während ich gedankenverloren im Sand nach Katzenaugenschnecken suchte, blieb plötzlich ein Jogger neben mir stehen.

»Hallo, Scout«, sagte Rafe. »Hast du dich von deinem Zusammenprall mit Wenborne schon erholt?« Grinsend sah er mich an und war kein bisschen außer Atem.

Rafe trug schwarze Billabong-Surfshorts und sonst nichts. Er war muskulös und braun gebrannt, die schwarzen Locken nass vom Meer, im Sonnenlicht strahlten seine Augen so blau wie Lapislazuli. In diesen Augen konnte man sich wirklich verlieren. Mir war schmerzlich bewusst, dass ich nicht geduscht hatte, meine Khaki-Shorts ein Auslaufmodell waren und auf meinem weißen T-Shirt ein riesiger Fleck prangte.

Ich lächelte. Ich wurde rot. Ich war wieder siebzehn.

»Hallo, Rafe«, würgte ich hervor. »Du hast dich gestern wohl prächtig auf meine Kosten amüsiert.«

»Ja, das ist alles ziemlich gut gelaufen. Wenborne hat getobt«, sagte Rafe vergnügt. »War ja kein Risiko dabei. Ich wusste doch, dass du vollkommen unschuldig bist.«

Ich stapfte davon, als wäre ich sauer, und zu meiner Freude beeilte er sich, mit mir Schritt zu halten.

»Und woher wusstest du, dass ich unschuldig bin?«, fragte ich unterkühlt.

»Ach, komm schon, Scout. Die ganze Wache wusste, dass du mit dem Gras im Auto nichts zu tun hattest. Aber Wenborne lässt sich von niemandem was sagen, die ist ein Ein-Mann-Killer-Kommando und geht uns allen total auf den Wecker.«

»Mhmm. Und woher wusstest du, dass ich Donnerstagnachmittag die Stadt verlassen habe?«

»Ich habe gesehen, wie du in Miles' Auto über den Bahnübergang gefahren bist.«

»Der Himmel steh mir bei, wenn ich in dieser Stadt jemals ein Verbrechen planen sollte«, sagte ich lachend und gab die Scharade auf.

Rafe wirkte sichtlich erleichtert und zeigte auf das Café, das weiter unten am Strand unter Bäumen lag. »Kann ich das mit einem Kaffee wiedergutmachen?«

Mein erster Impuls war, Nein zu sagen, denn ich hatte eigentlich nicht vorgehabt, länger unterwegs zu sein. Aber irgendetwas hielt mich davon ab, vielleicht waren es die Lapislazuliaugen.

»Gerne«, sagte ich.

Was soll's!

Am Café wusch Rafe sich die sandigen Füße, und ich klopfte meine Schuhe aus, dabei tat ich so, als würde ich gar nicht bemerken, wie sich seine Muskeln bei jeder Bewegung spannten. Wir setzten uns an einen Tisch mit Blick aufs Wasser und bestellten zwei Flat Whites und einen Teller Obst, den wir uns teilen wollten. Rafe fragte Miranda, eine der Kellnerinnen, ob sie ein altes T-Shirt für ihn hätte.

Bis die Bestellung kam, machten wir Small Talk, sprachen über das Wetter und den Strand. Rafe schien keine Tattoos zu haben, jedenfalls konnte ich keine entdecken, hoffentlich hatte er keine an verborgenen Stellen. Wenn ich mich so umsah, waren wir im Café die einzigen Erwachsenen ohne Tätowierung.

»Genügt Ihnen das? Sauber ist es jedenfalls«, sagte Miranda und reichte Rafe ein graues T-Shirt.

»Danke«, sagte er und zog es sich über den Kopf. Und, war ja klar, das Grau brachte das Blau seiner Augen noch mehr zum Leuchten!

»Du siehst gut aus«, bemerkte Rafe und biss in ein Stück Wassermelone.

»Mir geht es auch gut, danke.«

»Besonders, wo du doch neulich Abend bei lebendigem Leib verschlungen worden bist.«

Ich legte die Stirn in Falten, darüber musste ich erst einmal nachdenken. Dann fiel mir ein, dass Angus mir ja ins Auto gesprungen war, während ich Rafe an der Strippe hatte.

»Ja, tut mir leid. Angus ist der Hund meiner Schwester Harper und völlig unerzogen. Da bin ich übrigens Donnerstag hingefahren, nach Robina, um Harper zu besuchen.«

»Sag mal, ist Scout eigentlich dein richtiger Namen?«

»Ja«, sagte ich, und wusste, was als Nächstes kam.

»Und deine Schwester heißt Harper?«

»Ja.«

»Hat das was mit *Wer die Nachtigall stört* zu tun?«

Ich nickte. »Meine Mutter hat den Roman gelesen, als Harper zur Welt kam. Kein Wunder also, dass ich zwei Jahre später dann Scout genannt wurde. Es hätte schlimmer kommen können, als Junge hätte sie mich womöglich Atticus genannt.«

»Oder Dill«, ergänzte Rafe.

Ich lachte. Ich hätte nicht gedacht, dass er den Namen des kleinen Jungen kannte, der die Ferien neben der fiktiven Familie Finch verbracht hatte.

Rafe muss mir die Überraschung angesehen haben. »Wir haben das Buch in der Schule gelesen.«

»Ach so.« Ich biss in eine große Erdbeere, und der Saft rann mir übers Kinn.

»Angeblich basiert die Figur des kleinen Dill auf Truman Capote. Hast du das gewusst?«, fragte ich und wischte mir den Saft vom Kinn. »Er und Harper waren Nachbarn und haben als Kinder zusammen gespielt.«

Rafe schüttelte den Kopf und lächelte mich an, ich gab

mein Möglichstes, um nicht gleich dahinzuschmelzen. Andere Frauen im Café sahen ständig zu ihm rüber, und ich konnte es ihnen nicht verdenken. Insbesondere ein blondes, üppig bestücktes Pamela-Anderson-Modell machte viel Aufhebens um die schöne Aussicht an unserem Tisch, Diskretion war nicht ihre starke Seite. Rafe bemerkte es offenbar gar nicht, wahrscheinlich war er es gewohnt. Kurz träumte ich davon, Pamela meine Gabel in die aufgeblähten Brüste zu rammen und sie dann wie einen zerstochenen Ballon im Café umherzischen zu sehen.

Wir unterhielten uns über Bücher und sprachen auch über Dave und sein Unterfangen, den »Großen Australischen Roman« zu schreiben. Später kamen wir auf Filme, Kunstausstellungen und Reisen zu sprechen, eigentlich streiften wir so fast jedes Thema, nur nicht Toby, um den sich unsere früheren, eher knappen Gespräche eigentlich immer gedreht hatten. Ich warf einen Blick auf meine Armbanduhr. Kaum zu glauben, aber wir saßen schon eine Stunde hier.

»Letztens hast du mich doch nach dieser Sekte gefragt, bist du da schon weitergekommen?«, fragte Rafe und brach ein großes Stück Wassermelone durch und hielt mir eine Hälfte hin.

»Ja, schon«, sagte ich und nahm ihm das Stück ab. »Darüber mache ich jetzt eine Geschichte.« Ich berichtete in groben Zügen, was ich bislang herausgefunden hatte. Marcia ließ ich dabei außen vor, ebenso unsere Absicht, ihre Tochter zu befreien. Die Polizei durfte auf keinen Fall von meinen Plänen erfahren. Hätte ich denn welche gehabt.

»Sieh dich bloß vor«, sagte er warnend. »Anscheinend reichen drei bis vier Tage, um einem gesunden Menschen das Gehirn zu waschen.«

»Wo hast du das denn her?« Ich machte keinen Hehl aus meinem Unglauben.

»Sagt dir der Name Amos Priest etwas?«

»War das nicht der Anführer einer Sekte aus Newcastle?«

Rafe nickte. »Die Propheten der Guten Hoffnung. Eine Splittergruppe der katholischen Kirche. Amos Priest behauptete, mit der Jungfrau Maria in Kontakt zu stehen, und dass sie oder der Papst, ich weiß nicht mehr genau, ihm erlaubt hätte, mit Minderjährigen zu schlafen. Ich war damals in der Nähe von Newcastle stationiert, als Priests Fall untersucht wurde. Es kam sogar ein Sektenfuzzi von der Uni, der uns geschult hat. Der alte Amos sitzt bestimmt immer noch irgendwo hinter Gittern.«

»Wenn du dich mit Sekten so gut auskennst, würde ich mir gerne ein paar Notizen machen«, sagte ich. »Hast du was dagegen?«

»Nein, hast du denn etwas zu schreiben?«

Ich schüttelte den Kopf, Rafe stand auf und verschwand in der Küche. Kurz darauf kehrte er mit Stift und Papier zurück.

»Danke«, sagte ich.

»Vor allem hat mich schockiert, wie leicht man einen Menschen in so kurzer Zeit umdrehen kann«, erzählte Rafe. »Subtile Manipulation wirkt auch bei hoch intelligenten Personen bewusstseinsverändernd. Schon eine ungewohnte Umgebung und das Wegschließen von Uhren können zu Orientierungslosigkeit führen. Auch Schlafentzug ist eine wirksame Methode.«

Rafe trank einen Schluck Kaffee, lehnte sich zurück und verschränkte die Hände im Nacken. »Sekten überschwemmen die Sinne mit rhythmischen Körperübungen und Gesängen, lassen permanent Hetztiraden gegen die alten Werte los. Jedes Wort und jede Tat verbreitet eine unterschwellige Botschaft. Schlüsselwörter werden so lange wiederholt, bis du keinen klaren Gedanken mehr fassen kannst und der Doktrin blind vertraust. Die Mitglieder werden nicht nur gegen die Außenwelt abgeschottet, die haben auch keine Privatsphäre mehr, um ja nicht irgendetwas infrage stellen zu können.«

Auf unserem Tisch landete ein Ibis und suchte mit seinem langen, krummen Schnabel nach Essensresten. Rafe verscheuchte ihn.

»Aber wenn man schlau genug ist, kann man sich der Indoktrinierung doch bestimmt entziehen.«

Rafe schüttelte den Kopf. »Du machst den gleichen Fehler wie alle anderen. Vergiss nicht, dass das selbst ernannte Gurus sind, die niemandem Rechenschaft schulden. Das sind Marketingprofis. Die appellieren nicht an deinen Intellekt, sondern an deine Gefühle. Mit Schuld und Angst setzen die dich unter Druck. An einem Tag wirst du für ein bestimmtes Verhalten belohnt und am nächsten vielleicht für das gleiche bestraft. Du weißt nie, woran du bist, und das verunsichert dich. Alle Sektenmitglieder müssen das Gleiche tragen, dadurch verlierst du Stück für Stück deine Individualität. Und du wirst gezwungen, persönliches Versagen preiszugeben, was schließlich dazu führt, dass du dich für einen schlechten Menschen hältst.«

Ich schrieb mir die Finger wund. »Ich hatte ja keine Ahnung, dass du so viel darüber weißt.«

»Ist ein spannendes Thema, deshalb habe ich so viel davon behalten.«

»Aber wenn Sekten so schrecklich sind, warum treten immer noch Menschen bei?«, fragte ich.

»Ah«, sagte Rafe, »neben dem ganzen Psychoscheiß gibt es ja auch noch das Liebesbombardement. In der Phase der

Anwerbung küssen und umarmen die Sektenmitglieder den Neuling, hören ihm zu und machen ihm Komplimente, sodass er sich verstanden und angenommen fühlt. Natürlich will er die neuen Freunde nicht vor den Kopf stoßen, wo sie doch so unglaublich warmherzig und nett sind.«

Bei mir hakte es kurz aus, und ich stellte mir vor, ich wäre ein Opfer von Rafes Liebesbombardement. Gewaltsam holte ich mich zurück in die Realität.

»Aber Liebesbombardement hat nichts mit Garnbombardement zu tun«, sagte Rafe leichthin, und als ich zu ihm aufsah, blitzte ihm der Schalk aus den Augen. Hilfe! Wie kam er denn jetzt auf Garnbombardement? Wusste Rafe etwa über meine nächtlichen Aktivitäten Bescheid? Als mein Wagen gestohlen wurde, hatte er mich da nicht gefragt, ob ich Wolle im Wagen aufbewahrte?

Schnell versenkte ich mich in die Aufzeichnungen, um meinen roten Kopf zu verbergen, ich wollte mir nicht anmerken lassen, wie sehr er mich aus der Fassung brachte.

Schließlich sagte ich in leicht provozierendem Tonfall, aber mit einer, wie ich hoffte, professionell klingenden Stimme: »Ich kann mir nicht vorstellen, dass man jemanden in nur drei Tagen umkrempeln kann.«

Rafe, der noch immer bis über beide Ohren grinste, zwinkerte mir zu und nahm noch einen Schluck Kaffee. Okay, anscheinend musste ich an einer professionell klingenden Stimme noch etwas arbeiten.

»Drei Tage würden reichen, hat der Prof uns gesagt. Dann hätte er uns mit bestimmten Techniken so weit, alles zu tun, was er verlangt. Danach sei es ein Selbstläufer, und wir würden ihm bald jedes Wort glauben.«

Diesmal las ich tatsächlich in meinen Aufzeichnungen, dabei spürte ich Rafes Blick auf mir. Es war auf keinen Fall unangenehm, und ich konnte mir ein Lächeln nicht verkneifen. Ganz offensichtlich flirtete er mit mir, aber ich wusste nicht, ob er es einfach aus Spaß tat oder sich wirklich zu mir hingezogen fühlte.

»Schön, dass ich dir behilflich sein konnte«, sagte Rafe. Er nahm den Obstteller und bot mir die letzte Erdbeere an.

Ich genoss die Situation und hätte sie gerne noch länger ausgekostet, deshalb wollte ich nicht diejenige sein, die den Teller leerte. Deshalb schüttelte ich den Kopf und widmete mich intensiv meinen Aufzeichnungen.

»Scout?«, sagte Rafe, und der Ernst in seiner Stimme ließ mich aufschauen. Golden funkelten die winzigen Sprenkel in seinen tiefblauen Augen, und für einen Moment vergaß ich alles um mich herum, und stellte mir vor, wie es wäre, ihm durch die Locken zu fahren. Wer konnte da schon widerstehen?

»Ich muss mich bei dir entschuldigen.« Rafes Stimme umschmeichelte mich wie warmer Honig. Er nahm meine Hand, und sofort tanzten Schmetterlinge in meinem Bauch, wurde es glühend heiß zwischen meinen Beinen.

»Es tut mir echt leid, dass ich dich damals Schickse genannt habe«, sagte Rafe, wobei ich natürlich nicht hundertprozentig sicher sein konnte, dass es ihm ernst war.

Normalerweise hätte ich meine Hand weggezogen und gesagt: *Das will ich aber auch hoffen.* Aber das tat ich nicht. Ich brachte kein Wort heraus. Saß einfach nur da, starrte Rafe an und ließ meine Hand, wo sie war.

Offenbar war ich von allen guten Geistern verlassen und hatte jegliche Kontrolle über die Situation verloren. Ich wusste ja noch nicht einmal, wie ich zu all dem stand.

Eines wusste ich allerdings: Rafe würde keine drei Tage brauchen, damit ich tat, was er verlangte.

Was sage ich: Drei Stunden würden wahrscheinlich reichen.

21.

Wer weiß, was aus unserem spontanen Rendezvous noch geworden wäre, wenn Miranda sich nicht in der Küche mit dem Tranchiermesser geschnitten hätte. Der Schnitt war tief und blutete stark, unter den Gästen breitete sich leichte Panik aus.

Aufgeregt rannten die Leute durcheinander und brüllten wahllos Kommandos, bis eine attraktive Frau in Aktion trat. Während sie sich den Weg durch die Menge bahnte, hörte ich förmlich die Titelmusik von *M*A*S*H*.

Mit beeindruckendem Geschick säuberte sie die Wunde und verarztete sie mit dem Verbandszeug aus dem Erste-Hilfe-Kasten, am Ende legte sie noch eine Tüte gefrorener Erbsen auf Mirandas Hand und wickelte einen Verband darum. Als sie fertig war, sah Mirandas Hand aus wie ein riesiger weißer Boxhandschuh.

»Die Erbsen dienen als provisorischer Eisbeutel«, erklärte die Frau, als sie meinen skeptischen Blick bemerkte. »Den Arm immer schön hochhalten«, sagte sie zu Miranda. Dann strich sie sich übers Haar und wandte sich mit einem gewinnenden Lächeln an Rafe: »Ob Sie wohl einen Wagen holen könnten, Süßer? Das Mädchen gehört ins Krankenhaus. Die Wunde muss genäht werden.«

Seinem gequälten Grinsen nach zu urteilen, war sich der Süße sehr wohl bewusst, dass die Frau ihm Avancen machte. Als er zu mir herübersah, wandte ich rasch den Blick ab. Ich wusste nicht, was das Grinsen bedeuten sollte. Amüsierte es ihn, dass ihm eine weitere Frau verfallen war, oder fand er es schade, dass unser kleines Intermezzo unterbrochen wurde. Und ehrlich gesagt, war ich mir nicht sicher, welche Alternative mir mehr behagte.

Kurz darauf fuhr Rafe Miranda in ihrem alten Datsun ins Krankenhaus. Mir bot er noch an, mich nach Hause zu fahren, aber ich gab vor, lieber laufen zu wollen. In Wirklichkeit brauchte ich unbedingt Abstand von Rafe, ich wurde das ungute Gefühl nicht los, dass wir gerade das erste Date hinter uns hatten.

Statt am Strand entlangzugehen, bummelte ich durch die Lawson Street Richtung Stadtkern, dabei ging ich den Vormittag im Café in Gedanken noch einmal durch. Zweifellos war die Stimmung durch den Unfall emotional aufgeladen gewesen. Viele Gäste, darunter auch Rafe und ich, hätten im Prinzip natürlich auch gewusst, wie man eine Blutung stillt, aber diese Frau war vorgetreten, und binnen Sekunden hatten wir alles einer Fremden überlassen. Auch wenn die Frau augenscheinlich kompetent war, hätte einer von uns doch wenigstens nach ihrer Qualifikation fragen müssen. Wir hatten ihr blind vertraut und waren ihren Anweisungen gefolgt.

Anders ausgedrückt hatte ich gerade am eigenen Leib erfahren, wie schnell man sich einer Autorität unterordnet, wenn Gefühle im Spiel sind. Allmählich konnte ich nachvollziehen, was Rafe im Sinn hatte, als er meinte, Sekten würden an die Gefühle, nicht an den Intellekt appellieren.

Ich nahm eine Abkürzung durchs Beach Hotel und zahlte Daves Mojito, dann kaufte ich in der Stadt noch ein paar Scheiben Schinken, ein paar Stücke Obstkuchen und eine Honigmelone.

Zu Hause stürzte sich Miau Zedong zur Begrüßung auf meine Füße, strich mir um die Beine und miaute lautstark.

Ich stellte die Einkäufe auf dem Tisch ab, nahm ihn hoch und gab ihm Küsschen zwischen die Ohren. Anschließend machte ich ihm Vorhaltungen, dass er mich mit einem großen Fleck auf dem T-Shirt und ohne Make-up hatte rausgehen lassen.

»Sieh zu, dass das nicht noch mal vorkommt.« Ich setzte ihn runter und ging duschen.

Bekleidet mit meinem neuen schwarz-goldenen Badeanzug und einem schwarzen Sarong machte ich mir zum Mittag ein Sandwich mit Brunnenkresse und dachte an das, was Rafe über Bewusstseinskontrolle gesagt hatte, doch unwillkürlich schweiften meine Gedanken immer wieder zu seinem Körper und den unglaublich schönen Augen ab.

Seit ich mit Toby zusammen bin, hat es ein paar Männer gegeben, die mir gefallen haben, und mit denen ich, vor allem auf Partys, ein wenig geflirtet habe. Allerdings war alles immer ganz harmlos, und mir wäre es im Traum nicht eingefallen, tatsächlich mit einem von ihnen etwas anzufangen.

Auch wenn ich auf diesem Gebiet keine Erfahrung hatte, war mir schon klar, dass mein Verlangen nach Rafe damit nicht zu vergleichen war. Es war so stark, dass ich gegen etwaige Annäherungsversuche wohl nicht gefeit wäre. Außerdem wurde ich das Gefühl nicht los, dass ich Toby schon allein durch meine Gedanken an Rafe untreu war, schließlich liebte ich Toby doch. Nein, es gab keinen anderen Ausweg, ich musste dafür sorgen, dass ich Rafe nicht mehr über den Weg lief. Und mit diesen Tagträumen war jetzt auch Schluss.

Um mich abzulenken, nahm ich das Sandwich mit ins Schlafzimmer und rief meine Eltern an, die als Rentner in Sydney leben. Wir unterhielten uns über die üblichen

Themen – ja, mir ging es gut, Harper und ihrer Familie ging es gut, das Wetter war toll, ich hatte zu tun – zwischendrin biss ich immer wieder von meinem Sandwich ab.

»Was bedrückt dich dann?«, fragte meine Mutter besorgt.

Woher wissen die das bloß? WOHER WISSEN DIE DAS?

»Gar nichts, Mum.«

»Ist was mit dem Diabetes?«, fragte sie. Sie wusste nur allzu gut, dass ich lieber auspacken würde, als sie glauben zu lassen, ich hätte gesundheitliche Probleme.

»Ja«, sagte ich listig.

»Stimmt doch gar nicht«, fuhr sie mich an.

»Woher willst du das wissen?«

»Harper hätte mich längst angerufen.«

»Oh.«

»Hast du Geldsorgen?«

Ich seufzte. Mir blieb keine Wahl, ich musste ihr die Wahrheit sagen, sonst würde sie sich in einer Tour Sorgen machen und meinen Vater mit irgendwelchen ausgedachten Horrorszenarien in den Wahnsinn treiben. Die mütterliche Macht, Informationen herauszukitzeln, ist wohl unübertroffen in der westlichen Welt, und es wundert mich, dass die CIA daraus noch kein Kapital geschlagen hat.

»Mum«, sagte ich vorsichtig, »hast du dich schon mal zu einem anderen Mann außer Dad hingezogen gefühlt?«

»Hast du dir deinen Vater mal angeschaut? Natürlich«, sagte sie und brachte mich damit zum Lachen.

»Ich glaube, ich mag diesen Mann noch nicht einmal, jedenfalls mochte ich ihn bis vor Kurzem noch nicht, aber, er sieht so wahnsinnig gut aus.«

»Und Toby ist in Afghanistan?«

»Ja.«

»Scout«, sagte sie ernst, »folge einfach mal deinem Herzen und nicht immer nur deinem Kopf. Das Herz tut immer das Richtige.«

»Danke, Mum«, murmelte ich, aber von ihr hatte ich auch nichts anderes erwartet, schließlich hatte sie *Meine Lieder, meine Träume* mindestens zwanzig Mal gesehen.

»Dein Vater und ich wollen uns vielleicht ein kleines Häuschen in den Blue Mountains kaufen«, sagte sie und wechselte damit das Thema. »In Katooma.«

»Hört sich gut an«, sagte ich und kam meiner Mutter, die Renovierungsarbeiten gerne in qualvollen Details besprach, zuvor, indem ich meinerseits das Thema wechselte. »Habt ihr die Mädchen gesehen?«

»Mittwoch waren sie zum Essen hier. Niska sieht gut aus, und sie hat Riesengarnelen vom Fischmarkt mitgebracht. Tasha hatte dunkle Ringe unter den Augen.«

»Das ist ja bei einer jungen Ärztin im Krankenhaus nicht anders zu erwarten«, erwiderte ich.

»Max kommt heute her, um deinem Vater beim Ölwechsel zu helfen.« Harpers Ältester war ihr erstes Enkelkind, und er und Dad haben immer gerne zusammen an Motoren herumgeschraubt.

Nachdem ich noch kurz mit meinem Vater geplaudert hatte, verabschiedeten wir uns, und ich lehnte mich zurück und schloss die Augen. Es war beruhigend, dass meine Eltern und meine Kinder ein Auge aufeinander hatten. In ein paar Wochen würden alle über Ostern in den Norden kommen. Max nach Hause zu Harper, die Zwillinge zu mir und meine Eltern hatten sich gleich um die Ecke im Lord Byron Resort eingemietet.

Ohne Miau Zedong zu wecken, der neben mir eingeschlafen war, hievte ich mich aus dem Bett und schlich ins

Arbeitszimmer. Die Jungs von gegenüber genehmigten sich gerade ein frühes Bierchen und prosteten mir zu.

Ich checkte die E-Mails, leider immer noch nichts von Brian. Niska schrieb, dass sie niemanden auf den Fotos erkenne und dass sie Lust auf den Bollywood-Kurs habe. Und nur damit ich Bescheid wüsste, bei Tasha im Krankenhaus sei alles im grünen Bereich, nur sähe sie eben aus, als hätte sie eine Woche lang nicht geschlafen, aber ich sollte sie lieber nicht darauf ansprechen.

Tashas Antwort war um zwei Uhr morgens abgeschickt worden. In Marcia und Tildy hatte sie sofort Gai und Matty erkannt. Sie fand, dass sich Matty kein Stück verändert hatte, und erinnerte sich auch ganz deutlich an Gai beziehungsweise Marcia, weil es immer Pizza gab, wenn sie dort übernachtet hatte, und bei uns nie. Aha! Vielleicht hatte ich deshalb bei Marcias Stimme gleich an Pizza gedacht.

Mütterliche Schuldgefühle.

Eine halbe Stunde später sah meine Veranda aus wie eine unordentliche Mädchenumkleide. Ich hatte die vier BHs und die anderen Sachen aus dem »Wäschesack« von Doreen und Beryl wahllos über Stühle und den Boden verteilt.

Beim Durchstöbern meiner Wäscheschublade stieß ich auf vier »sexy« Höschen, die mehr die Erinnerungen als das Material zusammenhielt, und eine fadenscheinige Strumpfhose. Jedem Höschen teilte ich einen BH zu und verstreute die Garnituren auf der Veranda, wie es wohl die Mädchen von Tattings beim Umziehen getan hätten. Die Strumpfhose warf ich in die Nähe einer Garnitur, kramte eine Schere und einen Turnbeutel hervor, verstaute die Schere im Beutel und legte ihn dann auf einen Stuhl. Nun war alles bereit für mein Experiment.

Ich öffnete das kleine Tor, stieg die Stufen hinab und lief etwa fünfzig Meter die kleine Straße hinter dem Haus hoch, das war in etwa die Entfernung zwischen Umkleideräumen und Schwimmbecken. Als Orientierungspunkt diente mir das blaue Gartentor eines Nachbarn.

Dann ging ich wieder zurück nach Hause und wartete, bis der kleine Sekundenzeiger meiner Armbanduhr auf zwölf stand.

Los!

In Windeseile öffnete ich den Turnbeutel, holte die Schere raus und schnappte mir den ersten BH. Ich wollte ihn zwischen den Körbchen durchschneiden, aber die Schere war stumpf, also musste ich den Steg gewaltsam auseinanderhacken. Dann zerschnitt ich die Träger und schleuderte die BH-Teile zu Boden. Mit einem Blick auf die Uhr trennte ich die Seiten der Unterhosen durch, bevor ich sie neben den BH warf.

Fünfunddreißig Sekunden …

Das Manöver wiederholte ich mit den anderen drei Garnituren. Und bei der letzten schnitt ich noch die Beine von der Strumpfhose.

Eine Minute und fünfzig Sekunden …

Ich schmiss die Schere in den Beutel. Und sah auf die Uhr … zwei Minuten … nahm die Treppenstufen und ging forschen Schrittes zum blauen Gartentor.

Zwei Minuten und fünfundvierzig Sekunden. Die Lösung war so einfach, dass ich mich wunderte, dass weder Harper noch ich darauf gekommen waren.

Zurück im Haus, wählte ich Harpers Nummer, ihr Anrufbeantworter sprang an.

»Ich weiß, wie sie es gemacht hat«, sagte ich.

22.

Interessiert beobachtete Miau Zedong, wie ich die Wohnung auf Vordermann brachte, mit Staubwedel und Staubsauger umherflitzte, das Badezimmer schrubbte und für Marcia ein Zimmer herrichtete. Derlei Aktivitäten waren ihm quasi unbekannt.

Um mir diese elende Schinderei, auch Hausarbeit genannt, etwas zu versüßen, spiele ich in Gedanken meist ein Spiel: Die Insel der Lust. Als Gast in einer Radiosendung werde ich aufgefordert, mir acht Männer auszusuchen, mit denen ich gerne auf einer einsamen Insel stranden würde.

»Es hat keinen Zweck«, sagte ich zu Miau Zedong, der wie wild um den Staubsauger sprang. »Ich habe acht Mal Rafe genommen.«

Mittlerweile war es fast zwei Monate her, seit ich Miau Zedong aus dem Tierheim geholt hatte. Trotz mancher Zweifel, ob ich auch zur Katzenfrau tauge, hatten wir uns auf Anhieb verstanden, achteten unsere Freiräume und teilten unsere Einsamkeit. Miau Zedong hat sehr schnell Besitzansprüche auf die besten Ausguck- und Schlafplätze angemeldet, den alten Windsor-Stuhl im Arbeitszimmer, den gepolsterten Korbsessel auf der Veranda, das schattige Fleckchen oben auf der Treppe und mein Bett.

Im Grunde war Miau Zedong ein Stubenhocker, Byrons Nachtleben interessierte ihn überhaupt nicht. Mit einem Satz hätte er hinten übers kleine Tor springen und mit einer flotten Streunerin durchbrennen können. Ich war froh, dass er es nicht getan hatte. Selbst nach dieser kurzen Zeit konnte ich mir ein Leben ohne ihn nicht mehr vorstellen.

Marcia kam um vier und brachte einen atemberaubend großen Strauß Gartenblumen für mich und eine Schachtel Pralinen und eine Flasche Wein für Dave und Daisy mit. Selbst in heller Dreiviertelhose, schwarzem Stretch-Shirt und flachen schwarzen Strandschuhen sah sie noch elegant und vornehm aus. Um den Hals hatte sie einen bunten Schal geschlungen, und sie duftete nach Maiglöckchen.

Für mich ist es immer ein Heidenspaß, zu beobachten, wie die Leute auf Byron Bay reagieren; bei Marcia kam ich ganz auf meine Kosten, denn während ich sie herumführte, war sie voll des Lobes. Ich kann gar nicht sagen, was Byron so besonders macht, es lässt sich nicht in Worte fassen. Abgesehen von der umwerfend schönen Natur ist es seine Seele, die einen gefangen nimmt. Byron ist eine wilde Mischung aus Kultur und Wildwuchs, Kamille und Gin, Tattoo und Gucci.

»Was ich nicht begreife«, sagte Marcia auf dem Heimweg durch die Jonson Street, »ist, wie Tildy so schnell mit der Sekte in Kontakt gekommen ist. Bronwyn vom Empfang hat ja gesagt, Tildy sei nur eine Nacht geblieben. Ich weiß, dass Tildy dieses ganze Schicki-Micki-Getue in Surfers Paradise überhaupt nicht mag, deshalb würde es mich extrem wundern, wenn sie ausgerechnet dort zufällig jemanden kennengelernt hätte.«

»Wäre gut, wenn wir das rausbekämen«, sagte ich.

»Mhmm«, machte Marcia.

»Was macht dich eigentlich so sicher, dass Tildy immer noch bei der Sekte ist?«, fragte ich.

»Ich weiß es einfach. Sonst hätte sie sich bestimmt bei mir oder Mark gemeldet. So läuft das doch in Sekten, nicht wahr? Die verbieten einem jeglichen Kontakt zur Familie.«

Genau. »Wäre auch interessant zu erfahren, ob Sektenmitglieder aus Amerika mit rübergekommen sind und wie die an eine Aufenthaltsgenehmigung gekommen sind. Das sind ja wohl kaum Flüchtlinge.«

»An die Aufenthaltsproblematik habe ich noch gar nicht gedacht«, sagte Marcia, »aber wenn es Amerikaner sind, würde man es ja gleich hören.«

»Es gibt so viele Aspekte.«

»Viel zu viele«, stimmte Marcia zu.

Da zwei Köpfen bekanntlich mehr einfällt als einem, entschied ich mich, Marcia von nun an nichts mehr zu verheimlichen. Auch wenn ich ihr damit wehtun würde, wollte ich ihr von dem amerikanischen Journalisten erzählen, dem aufgefallen war, dass viele Frauen in blauen Kleidern schwanger waren. Auch von Brians Mutmaßungen, dass die Sekte gefährlich sei, berichtete ich ihr, und von dem anonymen Schreiben, das ich aber selbst noch nicht gelesen hatte.

Marcia nahm es besser auf, als erwartet.

»Es tut mir leid, dass ich es dir nicht schon früher gesagt habe, aber ich wollte …«

»… meine Gefühle nicht verletzen«, ergänzte Marcia.

Ich nickte.

»Danke«, sagte sie, und es wirkte aufrichtig.

Vor der Haustür klopften wir uns den Sand von den Schuhen und stiegen die Treppe hinauf.

Marcia saß in der Küche, während ich einen streng riechenden Tee braute, den Harper »Käsemauke« nennt – eine Mischung aus Earl Grey und Lapsang Louchong. Ich schenkte Marcia eine Tasse ein, gab ein wenig Milch dazu und schob sie ihr hin.

Sie nahm einen Schluck und schloss die Augen. »Halb und halb?«, fragte sie, und ich bejahte. »Schmeckt super«, verkündete sie begeistert, und ich war außer mir vor Freude, mein Fanclub hatte soeben sein zweites Mitglied gewonnen.

Wir waren schon bei der zweiten Kanne Tee und aßen – da es bei Dave und Daisy mit dem Essen immer spät wurde – auf der Veranda noch rasch ein paar Schinkensandwiches und Honigmelone, als Rafe am Tor erschien. Mit zitternden Händen ließ ich ihn herein. Rafe war in Tobys Abwesenheit noch nie bei mir gewesen. Und schon war er dahin, mein schöner Plan, ihm nie wieder über den Weg zu laufen.

»Ich wollte nur rasch Bescheid sagen, wie es Miranda geht«, sagte Rafe und schob sich die Sonnenbrille ins Haar. In den schwarzen Bermudas, dem hellbraunen T-Shirt und den beige-blauen Segelschuhen sah er ziemlich umwerfend aus.

Als ich die beiden vorstellte, strich sich Marcia verlegen durchs Haar, und ich konnte mir ein Grinsen nicht verkneifen. Dieser Mann war einfach unwiderstehlich.

»Schöner Wagen. Gehört der Lexus Ihnen?«, fragte Rafe an Marcia gewandt.

Sie schüttelte den Kopf. Offenbar hatte es ihr die Sprache verschlagen.

»Ist meiner«, sagte ich. »Ich habe ihn mir für ein paar Tage von Bruce geliehen, bis ich den Avalon zurückhabe.«

Dieser unerwartete Besuch konnte nach hinten losgehen, besonders wenn die Sprache auf Sekten kam. Ich hatte Angst, Marcia könnte aus Versehen rausrutschen, dass wir beide drauf und dran waren, ihre Tochter aus der Sekte zu befreien. Dann hatte ich eine Eingebung und hoffte, Marcia würde den Wink verstehen.

»Rafe arbeitet bei der Polizei«, sagte ich beiläufig.

Marcia sah zu mir herüber und gab mir mit einer beinahe unmerklichen Geste zu verstehen, dass sie auf der Hut war.

»Ach, dann tragen Sie normalerweise Uniform?«, fragte sie anzüglich.

Rafe nickte, und ich verbiss mir das Lachen, denn ich konnte Marcias Gedanken lesen. Je mehr Zeit ich mit ihr verbrachte, desto besser gefiel sie mir. Sie war genau auf meiner Wellenlänge.

»Was ist denn jetzt mit Miranda?«, fragte ich Rafe und klärte Marcia kurz über den Vorfall im Café auf.

»Zum Glück sind die Sehnen nicht verletzt, aber sie wurde mit elf Stichen genäht und hat eine Tetanusspritze bekommen. Ich habe sie eben zu Hause abgesetzt.«

Ich machte neuen Tee für Rafe, diesmal Orange Pekoe, denn die Wahrscheinlichkeit, gleich zwei Leute an einem Tag mit meiner Käsemauken-Mischung zu begeistern, schien mir nicht besonders groß. Dann schnitt ich noch zwei Erdbeertörtchen durch und bot sie Marcia und Rafe an.

Miau Zedong stolzierte über die Veranda und sah sich um. Er schnupperte an den Stuhlbeinen und sprang Rafe auf den Schoß. Rafe kraulte den Kater hinter den Ohren und strich ihm mit langsamen, sinnlichen Bewegungen über den Rücken. Irgendwie schaffte ich es, nicht zu sabbern.

»Fährst du heute Abend zu Dave?«, fragte Rafe.

»Ja, Marcia und ich sind zum Essen eingeladen. Ben ist auch da.«

»Dann sieh dich vor, kurz vorm Ortsausgang wird geknipst.«

Marcia blickte verwirrt.

»Erklär ich dir später«, sagte ich.

Rafe sah auf die Uhr.

»Ich muss los, wusste gar nicht, dass es schon so spät ist.« Behutsam setzte er Miau Zedong auf den Boden und schüttelte Marcia die Hand. Dann fasste er mich bei den Schultern und küsste mich sanft auf die Wange.

»Pass auf dich auf«, sagte er. »Und danke für den Tee.«

Marcia und ich schwiegen, bis Rafe verschwunden war, dann seufzten wir gemeinsam.

»Oh. Mein. Gott«, sagte Marcia.

Später spülte Marcia in der Küche die Teetassen, und ich trocknete ab, ich wollte nicht, dass sie mitbekam, in welch erbärmlichen Zustand meine Geschirrtücher waren. Ich war gerade im Begriff, die Tassen in den Schrank zu stellen, als Harper anrief.

»Hi, Harps.«

»Fergus will ein Tattoo. Da siehst du, was du angerichtet hast!«, knallte sie mir zur Begrüßung an den Kopf. »Von wegen zu groß für die Kissen!«

Beeindruckend, wie lange mir meine Schwester wegen der Sesamstraßenbettwäsche nun schon grollte. Wehe, man übte auch nur die leiseste Kritik an ihren erzieherischen Fähigkeiten, dann wurde sie sofort stocksauer und war tagelang verstimmt. Darauf hatte ich jetzt gar keine Lust.

»Hast du schon einen Schlauch zum Abbinden bei ihm gefunden?«, fragte ich.

»Was soll das?«, keifte Harper. »Er ist sieben.«

»Eben.«

»Neues Thema«, sagte Harper. »Ich hätte mir die Überwachungsvideos gerne angeschaut, wenn in den verdammten Kameras auch Filme gewesen wären. Bestimmt hältst du mich jetzt für total dämlich, weil ich diese Möglichkeit nicht bedacht habe.«

Bitte nicht. Aus Erfahrung wusste ich, dass es das Beste war, ihre Sticheleien einfach zu übergehen und so zu tun, als wäre alles okay. Mitunter ging das aber auch schief und es brachte sie noch mehr auf. In solchen Momenten sehnte ich mich nach einer Zigarette, auch als Nichtraucherin.

»Willst du mir damit sagen, dass das Sicherheitssystem überhaupt nicht funktioniert?«, fragte ich ungläubig.

»Genau das will ich damit sagen. Die Schulkommission, in der nur hirnamputierte Idioten sitzen, befand, die Kameras seien schon Abschreckung genug. Offenbar so wirksam wie ein Schild mit *Vorsicht bissiger Hund*, auch wenn da gar kein Hund ist.«

»Du hättest dir mit einem billigen Schild also die Kosten für Angus sparen können?«, neckte ich sie und bereute meine flapsige Bemerkung sogleich wieder.

»Fick dich«, sagte Harper beleidigt.

»Wäre schön, wenn es mal wieder jemand täte. Ist schon lange her.«

Am anderen Ende der Leitung herrschte lange Zeit Stille, wahrscheinlich überlegte Harper, ob sie den Hörer aufknallen sollte.

»Und?«, fragte Harper schließlich.

»Und was?«

»Na, wie wurde die Unterwäsche nun kaputt gemacht? Deshalb hast du mich doch angerufen!«

»Ja, und außerdem wollte ich dir noch viel Spaß auf der Party heute Abend wünschen«, witzelte ich.

»Vielen Dank auch, Scout, in zwei Minuten muss ich los. Andrew fährt in ebendiesem Moment mit dem Wagen vor.«

Ich bekräftigte ihr gegenüber meine Meinung, dass es

sich um eine Mitschülerin handeln musste, und erklärte ihr mein Experiment.

»Ich hab's dir doch schon gesagt, aber ich wiederhole es auch gerne noch mal: Keines der Mädchen hat den Unterricht verlassen. Von denen kann es keine gewesen sein.«

»Die hätten den Unterricht ja gar nicht verlassen müssen, sondern nur ein bisschen später kommen brauchen.«

»Wie meinst du das?«

»Das Mädchen müsste nach dem Umziehen lediglich so tun, als ginge sie noch mal aufs Klo, was vorm Schwimmen ja das Normalste der Welt ist. Die anderen gehen schon mal ins Schwimmbad und denken sich gar nichts dabei. Sobald das Mädchen allein ist, zerschneidet sie die Sachen und ist dann nur ein paar Minuten nach den anderen in der Halle. Ich habe alles gestoppt. Das dauert nicht lange, und sicher fällt es dir nicht auf, wenn jemand nur ein paar Minuten später kommt.«

Im Hintergrund hörte ich Andrew wie wild hupen.

Ich wartete, dass Harper mich loben und mir sagen würde, wie genial ich doch war.

»Vollkommener Blödsinn«, sagte sie. »Und außerdem wurde Robert Arnold bereits vom Dienst suspendiert.«

23.

Es war Sonntagmorgen, Marcia und ich waren dabei, meine Haarfarbe zu verändern. Sollte Tildy tatsächlich noch bei der Sekte sein und zufällig mit Cara Mel am Treffpunkt aufkreuzen, wollte ich nicht auf Anhieb erkannt werden. Denn im Gegensatz zu Tildy, die inzwischen erwachsen geworden war, hatte ich mich kaum verändert, deshalb musste mein Erkennungsmerkmal, der blonde Seitenzopf, verschwinden.

Auf einem Stuhl kniend über die Küchenspüle gebeugt hörte ich Sting und wartete, dass Marcia mit einer weiteren Packung rotbrauner Tönung aus der Drogerie zurückkäme. Mitten in der Prozedur hatte sie festgestellt, dass eine Packung bei meinem langen und dicken Haar nicht reichen würde und war losgeflitzt, um Nachschub zu besorgen.

Ursprünglich hatte ich Harper fragen wollen, ob sie mir beim Färben hilft, aber wenn jemand so sauer ist, sollte man ihn nicht unbedingt an die kostbaren Locken lassen. Jedenfalls schien Marcia etwas vom Haarefärben zu verstehen, und auf diese Weise kamen wir uns noch näher.

Kopfüber konnte ich von der Spüle bis zum Tisch sehen, der mit den Erträgen von Daves und Daisys Farm beladen war. Wie erwartet hatte es erst sehr spät etwas zu essen gegeben, aber wir waren so ins Gespräch vertieft gewesen, dass es uns kaum aufgefallen war. Heute Morgen hatte Marcia mir gesagt, dass sie seit Monaten zum ersten Mal durchgeschlafen hätte. Und angeblich lag das an der netten Gesellschaft, der Jim Beam hatte rein gar nichts damit zu tun.

Irgendwann machte Dave den Vorschlag, ich könnte die Sekte unterwandern, woraufhin mehrere Leute am Tisch die Luft anhielten. Ben in seinem jugendlichen Leichtsinn war sofort Feuer und Flamme und wollte mich sogar begleiten. Auch wenn ich sein Angebot zu schätzen wusste, hatte ich vehement abgelehnt, sehr zur Erleichterung seiner Mutter.

Von Marcia und Daisy kamen die üblichen Bedenken hinsichtlich meiner Sicherheit.

»Scout ist Enthüllungsjournalistin«, sagte Dave daraufhin. »Das ist ihr täglich Brot.«

Tapfer nickte die kühne Scout. »Keine Sorge, ich weiß schon, worauf ich mich einlasse.« Was natürlich totaler Humbug war, aber Marcia und Daisy schienen beruhigt.

Kurz nach Mitternacht brachen wir auf und kamen unterwegs am Knipser, dem mobilen Blitzer der Polizei, vorbei.

»Nett von Rafe, dich zu warnen«, meinte Marcia.

»In der Kleinstadt hält man eben zusammen.«

»Nein«, sagte Marcia bestimmt, »Rafe steht total auf dich. Die Enttäuschung war ihm anzumerken, als du gestern nicht allein warst.«

»Meinst du?«

Marcia lachte laut auf. »Und ob.«

Wo blieb Marcia nur? Sie war schon eine ganze Weile weg, und allmählich tat mir der Nacken weh.

Zwei Minuten später wurde die Haustür aufgeschlossen, und Marcia rief fröhlich: »Bin wieder da!« Sie hatte noch einen Zwischenstopp im Buchladen eingelegt und ein Stoffbuch für Christopher und *Wo ist Walter?* für Tommy erstanden. Außerdem hatte sie sich noch kurz im Friseurladen von einem hilfsbereiten Herren namens Dante erklären lassen, wie man Augenbrauen färbt.

»Wenn, dann machen wir es auch gleich vernünftig«, sagte Marcia bestimmt.

Miau Zedong kam in die Küche gerast und blieb jäh stehen. Er beäugte die Vorgänge an der Spüle und sprang auf einen Stuhl, um besser sehen zu können. Wenig begeistert schoss er davon wie ein Hase, fürchtete wohl, als Nächster dran zu sein.

Eine Stunde und vier Handtücher später band Marcia mir das Haar zu einem dicken Pferdeschwanz zusammen. Ich besah mich im Spiegel. Einst im Besitz eines blonden Schopfs mit dezenten Augenbrauen, hatte ich nun dunkles Haar und zwei sehr akzentuierte Balken. Offen gestanden sah ich aus wie meine Mutter. Eine unglaubliche Verwandlung.

Einige Stunden später spazierten Marcia und ich durch die Cavill Mall, die Einkaufsstraße in Surfers Paradise, und hielten Ausschau nach Frauen in langen blauen Kleidern und Leuten, die Flyer verteilten.

Leider sahen wir weder das eine noch das andere, und ich hatte Kopfschmerzen. Vielleicht keine richtigen Kopfschmerzen, aber von dem festen Pferdeschwanz tat mir die Kopfhaut weh. Außerdem war es heiß und gleißend hell, der Wind pfiff um die hohen Gebäude, und dazu kam das permanente Rauschen der Brandung.

Marcia und ich trugen schlichte Shorts und T-Shirts, um möglichst nicht aufzufallen. Ha ha! Allein die Tatsache, dass wir über dreißig waren, reichte in Surfers Paradise, um unsichtbar zu werden.

Die Cavill Mall führte direkt zum berühmten Strand

von Surfers Paradise. Um diese Uhrzeit wimmelte es in der Einkaufsstraße nur so vor Urlaubern und Einkaufslustigen, in den Restaurants und Cafés war kein Stuhl mehr zu haben. Hier wurde zügellos konsumiert, und ich fragte mich laut, wie sich diese Gier wohl mit der spirituellen Weisheit der Bacchus-Bande vereinbaren ließe.

»Ach«, sagte Marcia, »ich glaube, die Sektenführer kommen nach Surfers Paradise, weil es hier so viele junge Leute gibt, besonders Ausreißer. Danach halten sie doch Ausschau, nach jungen Idealisten. Außerdem ist es ein Tummelplatz für einsame Herzen, Geschiedene und Witwen mit massig Geld.«

»Und wieso glaubst du das?«, fragte ich.

»Ben hat es mir gestern Abend erzählt. Sekten konzentrieren sich besonders auf zwei Gruppen – bei Leuten mit Geld wollen sie ans Vermögen, und junge, leicht zu beeindruckende Menschen sollen ihnen als ›Werkzeug‹ noch mehr Anhänger zuführen.«

»Das würde jedenfalls ihr Interesse an Tildy erklären«, sagte ich. »Ich habe mich schon gewundert, was sie mit ihr wollen, wo sie doch gar kein Geld hat.«

»Ich mich auch«, sagte Marcia, »obwohl ich den Gedanken furchtbar finde, dass meine Tochter Werkzeug sein soll. Hört sich schlimm an.«

Wir ließen die Cavill Mall hinter uns und schlenderten über die Promenade, irgendwann bogen wir in die stinkvornehme Elkhorn Avenue und blieben unschlüssig vor einer Auslage von Louis Vuitton stehen. Auf der anderen Straßenseite entdeckte Marcia eine junge Frau, die Handzettel verteilte, sofort rannte sie hinüber, doch es waren nur Werbeflyer für ein Restaurant.

Auf dem Surfers Paradise Boulevard sahen wir uns alle Zettel an Plakatwänden, Straßenlaternen und in Schaufenstern an. Um der Hitze einen Moment zu entkommen, betraten wir ein Geschäft mit Klimaanlage. Zehn Minuten später verließen wir den Laden wieder mit zwei ockerfarbenen T-Shirts mit Aborigine-Muster, die ich Tasha und Niska schenken wollte.

Wir liefen bis zum Wahrzeichen der Stadt, dem alles überragenden Wohnturm Q1, wo wir uns links hielten, ein paar rücksichtslosen Radfahrern auswichen und über die Esplanade den Rückweg antraten. Offenbar hatten die blauen Kleider heute ihren freien Tag.

Mit einem Kaffee und ein paar Sandwiches setzten wir uns in der Einkaufspassage auf eine Mauer und lauschten beim Essen den Jazztönen von Jack Nicols. Für heute wollten wir es gut sein lassen.

»Hast du dir schon überlegt, was du Cara Mel sagen willst?«, fragte Marcia.

»Mal sehen, wie es so läuft. Das überlege ich mir spontan«, sagte ich. »Vielleicht kommt sie ja auch gar nicht. Oder sie versteckt sich, um zu sehen, ob ich aufkreuze.«

Marcia nickte. »Das kann gut sein. Möchtest du, dass ich mitkomme?«

»Wir warten mal ab und entscheiden dann.«

»Also gibt es keinen Plan?«

»Doch, der Plan ist, abzuwarten und dann zu entscheiden.«

24.

Manchmal muss man mit dem anfangen, was man hat, und so fand ich mich im Robina Town Shopping Centre wieder, nachdem ich den Lexus in der Tiefgarage geparkt hatte.

Ich steuerte schnurstracks auf das Kaufhaus zu, in dem Mrs Berkelow angeblich arbeitete, musste aber fünf Verkäuferinnen ansprechen, bevor ich endlich auf jemanden stieß, der sie kannte.

»Die ist normalerweise bei der Damen-Unterbekleidung«, sagte mir ein stark geschminktes Mädchen, »aber ich weiß nicht, ob sie heute da ist.«

Vielleicht war das eine Spur. Mrs Berkelow, Mutter von Brianna Berkelow, der minderjährigen Besitzerin teurer Unterwäsche und Freundin von Besitzerinnen teurer Unterwäsche, arbeitete in der Damenwäscheabteilung eines Kaufhauses, das teure Wäsche verkaufte. Mitarbeiterrabatt? Oder Langfinger?

Mhmm.

In der Damenwäscheabteilung suchte ich drei BHs in meiner Größe heraus, zwei in lila und einen in schwarz. Meine Farbwahl war eher praktischen Erwägungen denn persönlichen Vorlieben geschuldet. Als meine Töchter noch im Teenageralter waren, war es immer ein Albtraum, die Unterwäsche auseinanderzudividieren, deshalb hatte sich jede zwei Farben ausgesucht. Niska wählte rosa und weiß, Tasha cremefarben und blau. Weil ich die Mutter bin, schummelte ich und bekam drei Farben: lila, schwarz und hautfarben für weiße Blusen.

Eine Verkäuferin, die zu jung war, um Mrs Berkelow sein zu können, wies mir eine Kabine zu und fragte, ob ich bei der Anprobe Hilfe bräuchte und sie mir die Ankleiderin schicken sollte. Dankend nahm ich das Angebot an, vielleicht bekäme ich ja Briannas Mutter zugewiesen.

Leider half mir eine gewisse Mrs Darlington, die beteuerte, welch großes Glück ich hätte, sie heute zu erwischen, wo sie doch sonntags eigentlich nie arbeitete. Auf der Nasenspitze saß eine Goldrandbrille, um den Hals hing ein Maßband, die Frau nahm ihren Beruf ernst.

Nachdem Mrs Darlington bei mir Maß genommen hatte, kontrollierte sie die Größen der drei BHs, die ich mir ausgesucht hatte. Sie schüttelte den Kopf und stöhnte ob der Hoffnungslosigkeit einer Welt, in der schon wieder eine Frau zwanzig Jahre lang die falsche BH-Größe getragen hatte.

»Warten Sie hier«, befahl sie und ließ mich im harschen Neonlicht halb nackt vor dem Spiegel stehen. Mal ehrlich, in diesen Kabinen brauchte jede Frau eine therapeutische Begleitung zum Thema Körperwahrnehmung.

Es dauerte gar nicht lange, da kam Mrs Darlington mit zwei schwarzen und zwei lilafarbenen BHs zurück.

»Das ist jetzt die richtige Größe«, sagte sie, »und tragen Sie keine zu weit ausgeschnittenen BHs, Sie sollten sich an gerade Schnitte halten. Sie haben eine schöne Brust, und die sollten Sie betonen und nicht in den Achselhöhlen verstecken.«

»Danke«, sagte ich und wartete, dass Mrs Darlington verschwand, damit ich die BHs anprobieren konnte, doch die dachte gar nicht daran, irgendwohin zu gehen. Ihre Lebensaufgabe bestand darin, mir beizubringen, wie man einen BH vernünftig anzog und die Träger korrekt einstellte. Wenn Harper jetzt hier gewesen wäre, hätte die sich schon vor Lachen in die Hose gemacht.

Als ich in den Spiegel schaute, war ich verblüfft, was ein richtig sitzender BH bewirken konnte.

»Unglaublich«, murmelte ich und drehte mich hin und her, darauf bedacht, nicht allzu selbstgefällig zu wirken.

Mrs Darlington sah zufrieden aus. »Dann lass ich Sie mal allein, damit Sie die anderen auch noch anprobieren können.«

»Ach, bevor Sie gehen, wollte ich Sie noch etwas fragen«, sagte ich schnell. »Wissen Sie vielleicht, ob in dieser Abteilung eine Mrs Berkelow arbeitet?«

»Oh, nein, also im Moment nicht, nein.« Mrs Darlington schien völlig aus dem Konzept gebracht.

»Es tut mir furchtbar leid, ich wollte Sie nicht in Verlegenheit bringen.«

»Nein, nein, das haben Sie auch nicht. Sind Sie eine gute Freundin von Mrs Berkelow?«, fragte sie nervös.

Ich spielte auf Risiko.

»Überhaupt nicht«, sagte ich geradeheraus. »Gab es Probleme hinsichtlich ihrer Arbeit?«

»Nein, eigentlich … na ja … schon, es gab Probleme mit Mrs Berkelow, und sie wurde entlassen.«

»Hat sie was mitgehen lassen?« Ich nickte verständig, als sei ich bestens mit den Problemen des Einzelhandels vertraut.

Unglücklich sah Mrs Darlington mich an. »Ich weiß es nicht genau, und ich sollte es Ihnen auch nicht sagen, aber an den Tagen, an denen sie gearbeitet hat, stimmten die Bestände nicht.«

»Gutes Personal ist heutzutage so schwer zu finden«, sagte ich und schüttelte traurig den Kopf, um meinem Wissen um die hoffnungslose Arbeitskraftsituation Ausdruck zu verleihen.

Ich erstand zwei BHs, einen lilafarbenen und einen schwarzen, und ließ Mrs Darlington mit der Aufgabe zurück, die Welt zu stützen, BH für BH.

Unter dem wolkenlosen Byroner Himmel trieb ich am späten Nachmittag auf dem Rücken im Meer. Mein Haar hatte ich unter einer schwarzen Gummibadekappe versteckt, und ich hoffte, dass mich niemand so sah. Für den Fall, dass mich doch jemand sah, und mit jemand meinte ich natürlich Rafe, hatte ich geübt, mir die Badekappe geschwind herunterzureißen und den Kopf so zu schütteln, dass mir die Haare in voller Pracht über die Schultern fielen. Um auf Nummer sicher zu gehen, trug ich einen tief ausgeschnittenen, weihnachtssternroten Badeanzug und wasserfeste Wimperntusche.

Am Strand war niemand, den ich kannte, aber dennoch riss ich mir die Badekappe herunter und schüttelte meine Mähne. Bedauerlicherweise rief niemand: »Boah ey!«

Ich schlang mir den Sarong um die Hüften, wusch mir die Füße am Hahn beim Surf-Club, schlüpfte in die Strandschuhe und lief nach Hause.

Als ich hinten auf der Veranda mit dem Kater spielte, steckte Miles den Kopf aus der Küche und rief: »Hey, tolle Haarfarbe.«

Ich beugte mich über die Brüstung und lächelte ihm zu. »Danke, ich gewöhne mich langsam dran.«

»Madame, heute Abend bietet Ihnen das Fandango Gemüsesuppe mit scharfer Tomatensoße, Seezungenröllchen, Osterlamm mit Fenchel oder Wachteln in Weinblättern. An Gemüsegerichten servieren wir Kartoffel-Lauch-Auflauf, frische Brechbohnen, Artischocken in Vinaigrette, Salat von gegrilltem Gemüse oder Caponata.«

»Nichts Anständiges also«, sagte ich.

»Wir stecken noch in den Anfängen.« Schmollend ließ Miles den Kopf hängen und lachte dann.

»Ich hätte gerne das Lamm und den gegrillten Gemüsesalat.«

»Gib mir zehn Minuten«, sagte er und verschwand wieder in der Küche.

Ich sauste hinein, duschte und zog mir Shorts, einen der neuen BHs und ein enges schwarzes Trägerhemd an. Nur dreimal lief ich zurück vor den Spiegel, um meine fantastische Oberweite zu bewundern. Nachdem ich den Blutzucker getestet hatte, setzte ich mir eine Spritze und ging dann nach unten, um das Abendessen in Empfang zu nehmen.

Das Lamm sah köstlich aus, und ich bedankte mich bei Miles und fragte ihn, ob es stimmen würde, dass seine Tochter Susie an der Heathlands House Academy in Sydney unterrichtete. Miles bejahte und schrieb mir gleich ihre Telefonnummer auf, damit ich sie anrufen konnte. Hoffentlich würde Susie mir sagen können, warum Brianna Heathlands hatte verlassen müssen.

Beim Essen sah ich mir die Nachrichten auf SBS an, während Miau Zedong mich dabei ansah. So ganz hatte er sich mit meiner neuen Haarfarbe noch nicht angefreundet. Ich ließ ihn links liegen und widmete mich ganz meinem Essen, das genauso köstlich schmeckte wie es aussah.

Anschließend rief ich Harper an.

»Könnte ich bitte Barbara Stanwyck sprechen?«, fragte ich.

»Am Apparat. Ist dort Miss Marple?«, konterte Harper.

»Wie war die Party?«

»Super. Ich habe zu viel gegessen, zu viel getrunken und zu viel getanzt. Und was hast du so gemacht?«

Eine Weile ging es so hin und her, bis ich sagte: »Was ist mit Robert Arnold?«

»Scout, ich fasse es nicht, die haben ihn doch tatsächlich suspendiert. Ich habe es am Samstagmorgen bei Fergis Fußballspiel erfahren. Morgen weiß ich mehr, aber offenbar hat die Schule am Freitag einen Brief erhalten, in dem schwere Vorwürfe gegen Robert erhoben werden. Er wird beschuldigt, sich einer Schülerin gegenüber unsittlich verhalten zu haben. Bislang weiß ich noch nicht, wer das sein soll. Und die Gerüchte, dass er für die Unterwäsche verantwortlich ist, werden immer lauter.«

»Damit hat er bestimmt nichts zu tun«, versicherte ich meiner Schwester.

»Das ist mir auch klar. Ich bin noch mal mit Andrew dein Experiment durchgegangen, und ich … wir beide können dir nur recht geben. Es muss eines der Mädchen gewesen sein.«

»Danke«, sagte ich. »Nun fehlt uns nur noch die Täterin und das Motiv. Na, die Täterin wirst du wohl am Dienstag beim Schwimmen entlarven, falls sie noch mal zuschlägt. Und denk daran, auch die vier Opfer sind verdächtig.«

»Warum sollte jemand seine eigenen Sachen kaputt machen?«, fragte Harper ungläubig.

»Keine Ahnung. Um sich interessant zu machen, um ihre Freundschaft zu stärken. Es ist völlig hirnverbrannt, aber das sähe diesen Mädchen ähnlich.«

»Andrew meinte, dieser Beschwerdebrief käme von einem Mädchen, das sich von der Hysterie mit der Unterwäsche hat anstecken lassen. Einfach auf den Zug mit aufgesprungen ist.«

»Halt mich auf dem Laufenden«, sagte ich. »Versuch

herauszubekommen, ob die Polizei eingeschaltet wurde, von welcher Schülerin die Anschuldigungen stammen, ob die Gewerkschaft Robert unterstützt, was genau ihm vorgeworfen wird und was dir sonst noch einfällt.«

Dann berichtete ich von meinem Ausflug ins Kaufhaus und Mrs Berkelows Kündigung. Wir spekulierten, dass vielleicht die Mädchen die teure Unterwäsche stibitzt hatten, und Briannas Mutter die Schuld nun auf sich nahm. Ich erzählte Harper auch, dass ich die Nummer einer Lehrerin von der Heathlands House Academy hätte.

»Vielleicht bringt es ja was, dort anzurufen«, sagte Harper zweifelnd, »obwohl ich mir kaum vorstellen kann, dass die Lehrerin auspackt. Von wegen Schweigepflicht. Bestimmt sind die wahren Gründe für Briannas Schulwechsel nicht einmal Tattings bekannt.«

»Ich habe mir die Haare gefärbt«, verkündete ich wie aus heiterem Himmel.

»Das wurde aber auch Zeit«, sagte Harper. »Im Winter brauchst du einfach Highlights.«

»Mum und Dad geht es gut, ich habe mit ihnen telefoniert. Max macht heute für Dad den Ölwechsel.«

»Wieso wechselst du das Thema? Hast du das Haar selbst gefärbt, und jetzt sieht es scheiße aus?«, fragte Harper.

So daneben lag sie damit gar nicht. Ha, ha!

»Nein, Marcia hat es mir gefärbt.«

»Die Frau, die mit der Sekte zu tun hat?«

»Ja.«

»O nein, dein Haar ist jetzt schwarz, und du willst der Sekte beitreten!«

Einen Moment lang war ich fassungslos.

»Okay, gib mir einen Anhaltspunkt. Wem siehst du ähnlich?«

»Edward mit den Scherenhänden.«

25.

Am frühen Montagmorgen saß ich mit einer Tasse Tee am Schreibtisch, sah aus dem Fenster und lauschte dem Tuten des Telefons. Ich wollte Brian Dunfey fragen, warum er mir den Brief noch nicht geschickt hatte. Am stahlblauen Himmel zogen kleine Blumenkohlwölkchen vorbei.

Ich sah schick aus in meinem schwarzen knielangen Bleistiftrock, der weißen Bluse mit den Punkten und der Silberkette, dazu hatte ich einen Spritzer Mitsouko aufgetragen. An der Bluse standen die obersten Knöpfe auf und zeigten gerade genug Dekolleté. Miau Zedong hatte auf dem Windsor-Stuhl Posten bezogen, an seinem Hals prangte ein aquamarinfarbenes Halsband mit Strasssteinen und zierlichem Silberglöckchen. Ich finde es wichtig, als professionelles Team aufzutreten, wenn man im Begriff ist, jemandem den Marsch zu blasen.

»Wen darf ich melden?«, fragte die Telefonistin der Anzasia Media Group.

»Fantasia Jonson«, sagte ich. »Ich rufe an, um Mr Dunfeys Anmeldung für den postkoitalen Teppichknüpfkurs zu bestätigen.«

Sekundenlang herrschte Stille, bevor sie sagte: »Bitte bleiben Sie am Apparat.«

Im Sonnenlicht tanzte der Staub auf meinem Schreibtisch. Ich nahm einen Schluck Tee und hörte das Klicken, als mein Anruf durchgestellt wurde.

»Danke, Scout. Bis heute Mittag weiß es die ganze Belegschaft.« Brian klang amüsiert.

»Woher wusstest du, dass ich es bin?«

»Postkoitales Teppichknüpfen? Der Anruf kann doch nur aus Byron Bay kommen«, sagte er.

»Hast du einfach nur vergessen, mir den Brief zu schicken, oder hältst du ihn mir mit Absicht vor?«, fragte ich, bemüht, meiner Stimme den angemessenen Grad an Empörung zu verleihen.

»Nun reg dich mal ab. Ich habe auch meinen Teil getan und herausgefunden, von wem der Brief stammt.«

»Na, das hätte ich auch selbst geschafft, wenn ich ihn denn nur gehabt hätte. Das ist nämlich mein Job, Brian.«

Am anderen Ende der Leitung war ein geschäftiges Rascheln zu vernehmen, und ich hörte, wie Papiere durchwühlt wurden.

»Das ist hoffentlich der Scanner«, sagte ich warnend.

Brian ignorierte meine Verärgerung einfach. Typisch.

»Wie gesagt, der Brief war anonym. Allerdings steckte er in einem offiziellen Umschlag mit der Adresse eines Schulbezirks. In Amerika sind staatliche Schulen in Schulbezirke eingeteilt und werden von einer Schulbehörde verwaltet, die in der Regel aus gewählten Vertretern der Gemeinde besteht.«

»Das ist mir bekannt«, sagte ich unwirsch.

»Jedenfalls musste der Absender älter sein, weil er sich als Großvater ausgegeben hat. Und da habe ich mir überlegt, dass er vielleicht ein Vertreter der Schulbehörde sein könnte, also habe ich mir aus dem Netz eine Liste besorgt und heute morgen ein paar Anrufe getätigt. Ich hatte Glück. Einer der Jungs konnte sich an Harold Steinman erinnern, dessen Enkelin einer Sekte beigetreten ist. Vor einer Stunde habe ich Steinman angerufen, ein netter alter

Knabe, pensionierter Bauingenieur, und er hat sich zu dem Brief bekannt. Er freut sich schon auf deinen Anruf, seine Skype-Adresse habe ich auch.«

Ich schrieb mir alles auf.

»Woran lag's denn jetzt? Hast du's vergessen oder den Brief mit Absicht zurückgehalten?«, fragte ich.

Wieder ging Brian nicht auf meine Frage ein. »Ich gebe dir jetzt auch noch den Namen eines Beamten der Einwanderungsbehörde. Wenn es dir gelingt, die Sekte ausfindig zu machen, sollte man denen vielleicht mal auf den Zahn fühlen, wie die Mitglieder überhaupt an australische Aufenthaltsgenehmigungen gekommen sind.«

Brian buchstabierte den Namen Gerry Dunfey und rasselte eine Telefonnummer herunter.

»Dein Bruder?«

»Cousin. Also, wie kommst du voran?«

»Gar nicht bislang«, log ich. »Ohne den Brief hatte ich ja kaum Anhaltspunkte. Wie gesagt, auf Steinman wäre ich schon selbst gekommen, wenn du mir den Wisch nur geschickt hättest. Und zwar bereits vor vier Tagen!«

»Meinst du nicht, du hast mich schon genug gestraft? Eigentlich ist es nicht meine Art, die Schuld jemand anderem in die Schuhe zu schieben, aber diesmal tue ich es mit Freuden. Ich habe letzte Woche eine Praktikantin angewiesen, Brief und Umschlag zu scannen und dir zu mailen. Weiß der Geier, an wen sie ihn geschickt hat. Warscheinlich wundert sich jetzt irgendeine Scout, was das soll. Wir werden es wohl nie erfahren. Erst als ich gestern Nachmittag ins Büro kam, um Liegengebliebenes aufzuarbeiten, wurde mir klar, dass du die Mail nicht bekommen hast. Deshalb habe ich selbst ein paar Nachforschungen angestellt, ich hatte ein schlechtes Gewissen.«

»Wenn dem so ist, komme ich gut voran«, sagte ich.

Aufmerksam hörte mir Brian zu, während ich die Ergebnisse irgendwelcher erdichteter Nachforschungen zum Besten gab. Ich dachte nicht im Traum daran, ihn zu diesem Zeitpunkt an meinen kostbaren Erkenntnissen teilhaben zu lassen. Immer wieder warf Brian »Oh, Mann« und »Wahnsinn« ein, also war er gebührend reuig und von meiner Arbeit überzeugt. Ich hörte erst auf zu reden, als die Mail mit dem Anhang bei mir einging. Dann verabschiedete ich mich eilig von Brian.

»Wir sehen uns beim Teppichknüpfen«, rief er noch.

Die Mail leitete ich gleich an Marcia weiter und bat sie, mich anzurufen, wenn sie alles gelesen hatte.

Dann las ich den Brief selbst.

Und noch einmal.

Sehr geehrte Damen und Herren,

mit diesem Schreiben möchte ich Sie von der Existenz einer gefährlichen religiös verblendeten Hippiesekte in Kenntnis setzen, die sich Die Strahlende Wiederkehr der erleuchteten Seelen nennt. Soweit mir bekannt ist, hat der Himmlische Bruder Excalibur, ihr Anführer, die Sekte an die australische Gold Coast verlegt. Dieser Mann hat mehrere Gefolgsleute mitgenommen, und ich vermute, dass sich unter ihnen auch meine wunderschöne zwanzigjährige Enkelin Casey befindet. Die Sekte lebte abgeschieden in den Ariondack-Mountains. Ich glaube, mittlerweile sind alle Anhänger von dort verschwunden. Warum der Anführer nach Australien umgezogen ist, vermag ich nicht zu sagen. Es hieß, er habe große Geldmengen veruntreut. Von Diebstahl und dergleichen war die Rede.

Casey war ein kluges, aufgewecktes Kind und eine gute Schülerin. Ich kann mir nicht erklären, wie das passieren konnte.

Mit achtzehn hat sie das College verlassen und hat sich dieser Sekte angeschlossen. Als wir sie endlich ausfindig gemacht hatten, war es schon zu spät. Sie hatte sich bereits dem Verbrechen verschrieben, gehörte zu einer Diebesbande und wurde beim Stehlen gefasst. Das Diebesgut verbargen die jungen Frauen in den Taschen ihrer Kleider.
Mein Sohn, meine Schwiegertochter und ich wollten Casey vor dem Gericht zur Rede stellen. Auf dem Arm hielt sie ein Baby. Ich weiß nicht, ob es ihr Kind war. Hasserfüllt hat sie uns angesehen und gesagt, wir wären nicht mehr ihre Familie. Der Himmlische Bruder Excalibur wäre nun ihre Familie, und er würde sie lieben, und sie würde ihn lieben.
Caseys Eltern sind gebrochene Menschen. Sie schlafen nicht mehr. Sie streiten nur noch. Zur Kirche gehen sie auch nicht mehr. Sie sind voller Wut und Trauer.
Ich wünsche keiner Familie, dass sie ihr Kind an diesen gottlosen Mann verliert. Ich wünsche keiner Familie diesen Schmerz und diese Traurigkeit.
Bitte geben Sie diese Warnung weiter.
Gott segne Sie.
Ein trauriger und besorgter Großvater

26.

Um neun Uhr hatte ich eine Liste mit Fragen für Mr Steinman zusammengestellt. In New York war es jetzt Sonntagabend, wie mir die Weltzeituhr im Netz verriet. Kurz spielte ich mit dem Gedanken, Mr Steinman über Skype zu kontaktieren, aber vielleicht war er nicht online, deshalb rief ich ihn zur Sicherheit lieber auf dem Festnetz an. Dafür wählte ich zunächst die Nummer der Telefongesellschaft, die ich für Überseegespräche verwende, tippte mein Kennwort und dann Mr Steinmans Nummer ein. Eine Automatenstimme teilte mir mit, dass ich hundertsechsundvierzig Freiminuten in die USA hätte. Viel Zeit zum Plaudern.

»Steinman«, meldete sich eine freundliche ältere Stimme.

Nachdem ich mich vorgestellt und ihm den Grund meines Anrufs genannt hatte, entschuldigte ich mich für die Störung am Sonntagabend.

»Ich freue mich doch, dass Sie sich melden«, sagte er. »Seit ich mit Mr Dunfey gesprochen habe, warte ich eigentlich auf Ihren Anruf.«

»Da bin ich aber froh. Ich habe Ihren Brief gelesen, und es tut mir wirklich leid, was mit Ihrer Familie passiert ist«, sagte ich.

Mr Steinman schwieg lange. Als er schließlich wieder etwas sagte, zitterte seine Stimme.

»Die Sekte hat meine Familie zerstört, und ich möchte nicht, dass dies auch anderen widerfährt.«

»Ich werde alles tun, um die Machenschaften der Sekte aufzudecken, Mr Steinman«, versicherte ich ihm. »Wären Sie bereit, mir ein paar Fragen zu beantworten?«

»Mr Dunfey hat mir schon erzählt, dass Sie ein richtiger Sherlock Holmes sind. Ich beantworte gerne Ihre Fragen«, sagte Mr Steinman, »und bitte nennen Sie mich Harold.«

Beinahe hätte ich gesagt: »Und Sie dürfen mich Sherlock nennen«, aber ich konnte mich gerade noch bremsen. Stattdessen sagte ich: »Danke, Harold. Ich bin sicher, dass die Sekte, die Sie unter Strahlende Wiederkehr der erleuchteten Seelen kennen, hier in Australien unter dem Namen Bacchus Erwachet operiert. Allerdings weiß ich weder, ob Himmlischer Bruder Excalibur ihr Guru ist, noch ob er überhaupt mitgekommen ist. Die Sekte lebt irgendwo an der Gold Coast, wo genau, habe ich noch nicht herausgefunden. Auf jeden Fall benutzen sie vor Ort ein Postfach.«

Ich nannte Harold den Namen der Website, gab ihm meine ganzen Daten durch und wartete ab, bis er sich alles notiert hatte.

Harold räusperte sich und sagte: »Meine Enkelin heißt Casey Steinman. Wenn ich Ihnen ein Foto von Casey schicke, würden Sie mich dann benachrichtigen, wenn Sie sie sehen? Ich wüsste gerne, ob sie … ob sie … noch am Leben ist, und es ihr gut geht.«

»Ich werde mein Bestes tun. Und wenn Sie mich darum bittet, helfe ich auf jeden Fall.«

»Danke«, sagte Harold, »wobei ich noch nicht einmal weiß, ob Casey überhaupt in Australien ist. Wir haben keine Ahnung, ob sie einen Pass hat und unter welchem Namen sie lebt.«

»Welchen Namen benutzt Casey denn in der Sekte?«

»Harmonie Herz«, sagte er. »Ein schöner Name, nicht wahr?«

»Ja, sehr schön. Warum haben Sie den Brief eigentlich nicht unterschrieben?«

»Es gab keinen besonderen Grund. Eine Laune des Alters vielleicht. Hätte ich gewusst, dass Zeitungen keine anonymen Briefe abdrucken, hätte ich meinen Namen daruntergesetzt. So einfach ist das.«

»Wie haben Sie erfahren, dass Casey der Sekte beigetreten ist?«, fragte ich.

»Durch einen Privatdetektiv. Casey war neunzehn und volljährig, also waren uns die Hände gebunden. Nach dem Vorfall vorm Gerichtsgebäude haben wir unsere Versuche, Casey nach Hause zurückzuholen, eingestellt. Sie schien uns regelrecht zu hassen. Ihrer Mutter hat es das Herz gebrochen, der ganzen Familie eigentlich. Wir hatten alles Erdenkliche unternommen, doch wenn wir weitergemacht hätten, hätte sie uns nur noch mehr gehasst.«

»Wie war Casey damals gekleidet?«

»Sie trug ein langes blaues Kleid. Alle Frauen hatten vor Gericht das Gleiche an. Und die Haare zu einem hohen Zopf gebunden wie Judy Jetson. Ich habe ein Foto von Casey und dem Baby. Das schicke ich Ihnen. Offenbar haben die Frauen die Kleider benutzt, um gestohlene Ware zu verbergen. In den Röcken sind große Taschen.«

»Im Brief sprechen Sie von einer Diebesbande.«

»Ja, das ist so ungefähr die Größenordnung. Wahrscheinlich hat der Himmlische Bruder Excalibur alles organisiert, wurde aber nicht angeklagt. Unter den Angeklagten war kein Mann.«

»Was für Sachen haben die Mädchen denn gestohlen?«

»Alles, was man sich vorstellen kann. Von Laptops bis zu Batterien.«

»Und wurde eine von ihnen zu einer Haftstrafe verurteilt?«

»Nein, es gab nur Geldstrafen, die wahrscheinlich der Himmlische Bruder gezahlt hat, und dann wurden sie noch zu gemeinnütziger Arbeit verdonnert. Es war ja das erste Mal. Jedenfalls das erste Mal, dass man sie erwischt hat.«

»In Ihrem Brief ist von Gerüchten die Rede, dass der Himmlische Bruder Excalibur Geld entwendet hat. Was genau haben Sie damit gemeint?«

»Es war Dorfklatsch, dass er mit dem Sektengeld durchgebrannt ist. Offenbar hat er Liegenschaften bei Saratoga verkauft, die der Sekte gehörten, Konten geplündert und ist mit seinen Lieblingsfrauen ab nach Australien. Grundstücke und Häuser sind teuer in dieser Gegend, da wird ein hübsches Sümmchen zusammengekommen sein. Keiner weiß, was aus den Mitgliedern geworden ist, die in Amerika zurückgeblieben sind. Haben sich die Wunden geleckt und sind zurück nach Hause, würde ich mal vermuten.«

»Wurde die Polizei wegen der geplünderten Konten eingeschaltet?«

»Nicht, dass ich wüsste.«

»Ist irgendeine Zeitung der Sache mit dem Geld mal nachgegangen?«

»Nein, als das Vögelchen ausgeflogen war, haben sie das Interesse verloren. Ehrlich gesagt waren alle so froh, die Sekte endlich los zu sein, dass keiner mehr darüber lesen wollte. Anfangs haben sich einige Zeitungen auf die Sache der freien Liebe gestürzt, um Schlagzeilen zu haben. Dabei wollten diese Schmierfinken nur ihre Zeitungen verkaufen. Nichts gegen Sie!«

»Schon gut«, versicherte ich ihm.

»Niemand hat sich ernsthaft mit den religiösen Überzeugungen der Sekte befasst oder ist ihren Aktivitäten nachgegangen«, sagte Harold. »Im Netz gibt es ein paar Artikel darüber, aber das war es auch schon.«

»Die habe ich gelesen, aber da steht nicht viel drin, außer dass deren Kinder die örtlichen Schulen besucht haben. Was mich sehr gewundert hat.«

»Das ist frei erfunden. Ich gehörte ja zur Schulbehörde und von den Sektenkindern ging bestimmt keines in unserem Bezirk zur Schule. Das Risiko, dass die Kinder etwas ausplaudern, wäre doch viel zu groß gewesen«, sagte Harold.

»Stimmt.«

»Haben Sie sich schon mal gefragt, wie es dem Himmlischen Bruder Excalibur gelungen ist, nach Australien einzureisen und sich dort niederzulassen?«

»Ja, natürlich. Haben Sie eine Idee?«

»Eigentlich nicht, aber er hatte einen seltsamen Akzent. Eine Mischung aus aufgesetztem amerikanischen Akzent und noch irgendwas, was auch gut australisches Englisch sein könnte.«

»Haben Sie etwa mit ihm gesprochen?«, fragte ich.

»Nicht direkt. Kleinstadt eben. Ich habe ihn in einem Geschäft mit den Angestellten reden hören.«

»In Ihrem Brief bezeichnen Sie die Sekte als religiös verblendet. Was meinen Sie damit?«

»Also, das habe ich eigentlich nur vom Aussehen des Sektenführers abgeleitet. Ohne jetzt blasphemisch sein zu wollen, aber der Himmlische Bruder Excalibur sieht aus wie Jesus.«

Wow. Haargenau so wurde der Mann auf den Flyern in Surfers Paradise beschrieben.

»Wie alt mag er sein?« Ich versuchte ganz ruhig zu bleiben, aber mein Puls raste.

»Mitte bis Ende fünfzig.«

»Können Sie ihn mir beschreiben? Vielleicht haben wir unterschiedliche Vorstellungen von Jesus.«

»Ich kann sogar noch mehr tun, als ihn beschreiben«, sagte Harold.

»Wie meinen Sie das?«

Harold gluckste. »Ich habe Fotos.«

»Super! Wie sind Sie da nur rangekommen?«

»Nachdem wir rausgefunden hatten, dass Casey zur Sekte gehört, habe ich den Mann auf Schritt und Tritt verfolgt und Fotos gemacht. Dabei habe ich mich immer gefragt, ob das mal nützlich sein könnte. Ich schicke sie Ihnen gerne.«

»Sie haben mir wirklich geholfen, Harold. Darf ich Sie vielleicht noch mal anrufen?«

»Aber immer doch. Ich würde gerne wissen, wie Sie vorankommen. Und wenn Sie Casey sehen, dann sagen Sie ihr, dass ich sie lieb habe.«

27.

Der Fall hatte mehr überraschende Wendungen als eine Tüte Salzbrezel, so viel stand fest.

Inzwischen suchte ich schon nach zwei verschwundenen Frauen, Tildy Wilding und Casey Steinman. Die Crux daran war, dass keine offiziell als vermisst galt. Ob nun freiwillig oder gezwungenermaßen, beide waren einer totalitären Sekte beigetreten und dahingehend manipuliert worden, dass sie sich von der Gesellschaft und von ihren Familien, die sie vorbehaltlos liebten, losgesagt hatten. Für mich bestand kein Zweifel, dass die sogenannte Liebe in der Sekte ausschließlich auf dem ökonomischen und sexuellen Wert der Frauen basierte.

Kurzum, Tildy und Casey waren Opfer. Auch wenn sie offiziell nicht als vermisst galten, fehlten sie doch ihren Familien.

Miau Zedong, der mich die ganze Zeit angestrengt beobachtet hatte, sprang nun mit einem Satz auf meinen Schoß. Bevor er sich niederließ, drehte er sich mehrmals um die eigene Achse, und dann saßen wir einträchtig da und dachten über das Gespräch mit Harold Steinman nach.

Der Doktrin oder der Botschaft der Sekte war ich zwar noch kein Stück nähergekommen, dennoch wusste ich jetzt mit ziemlicher Sicherheit, dass der Himmlische Bruder Excalibur hier in Australien der Guru war. Und auch wenn Harold das Thema Sex nicht direkt angeschnitten hatte, stand es offenbar ganz oben auf Excaliburs Prioritätenliste. Irgendwie hatte das was vom Marquis de Sade und seinen Gespielinnen. Natürlich ist es einem älteren Mann nicht verboten, sich mit attraktiven, willfährigen jungen Frauen zu umgeben, doch ist es auch nicht gerade der Stoff für eine Vorabendserie. Der Ladendiebstahl war noch einmal eine ganz andere Geschichte.

»Na«, sagte ich zu Miau Zedong, »wie es aussieht, ist unser Himmlischer Bruder Excalibur ein ausgemachter Fagin. Und ein Lustmolch noch dazu!«

Wie sollte ich nun weiter vorgehen? Mich mit dem amerikanischen Journalisten in Verbindung setzen, der die Artikel über die Sekte ins Netz gestellt hatte, lohnte sich sicher nicht, da vertraute ich Harolds Urteil, dass es nur darum gegangen war, die Sensationslust der Leser zu befriedigen.

Noch war es nicht zu spät, Tobys Cousin, den Arzt aus Saratoga, New York, mal kurz anzurufen. Beim dritten Klingeln nahm er ab.

»Hi!«, sagte Dan fröhlich.

»Hallo, Dan. Hier ist Scout aus Byron Bay. Wie geht es dir?«

»Gut, gut. Und euch?«

»Bei uns ist auch alles bestens. Toby ist gerade beruflich in Afghanistan, aber ihm geht es gut. In zwei Monaten kommt er nach Hause.«

»Warum schreibt er eigentlich nicht für irgendeine Gartenzeitung?«

Ich lachte. »Schön wär's.«

»Was kann ich für dich tun?«

In knappen Worten schilderte ich ihm die Sache mit der Sekte und wie weit ich mit meinen Nachforschungen bislang gekommen war.

»Ja klar, von denen habe ich gehört, aber die sind längst weg. Eine meiner Patientinnen war eine Zeit lang dabei. Später hat sie dann in Wellspring Aussteiger beraten. Ich kann sie fragen, ob sie mit dir telefonieren will. Vielleicht weiß sie etwas über den Verbleib der anderen. Aber versprechen kann ich nichts.«

»Angeblich ist der Himmlische Bruder Excalibur mit dem Geld der Sekte durchgebrannt. Weißt du etwas darüber?«

»Einige Mitglieder haben ihm im Tausch für spirituelle Erleuchtung ihr gesamtes Vermögen überschrieben. Gerüchten zufolge hat er davon Immobilien gekauft, angeblich für die Sekte, aber am Ende hat er sich alles allein unter den Nagel gerissen. Offenbar ließ sich nichts dagegen unternehmen. Die Leute wurden betrogen, aber so läuft es doch bei allen Sekten, oder? Die bringen die Menschen um Geld und Verstand.«

»Leider«, sagte ich.

Dan versprach, sich zu melden, sobald er mehr wusste. Ich dankte ihm und beteuerte, mich in Zukunft häufiger zu melden. So wie man das eben macht.

Es ging auf Mittag zu, und ich kam gut voran. Überraschenderweise hatte ich schon seit drei Stunden nicht mehr an Rafe gedacht. In meinen Gedanken wälzten wir uns schon engumschlungen im flachen Wasser am Strand so wie Burt Lancaster und Deborah Kerr in *Verdammt in alle Ewigkeit*, nur dass ich knackigere Bademode trug als Miss Kerr.

Da Beschäftigung das beste Mittel gegen unerwünschte Tagträumerei ist, rief ich gleich bei der Polizei an, um mich nach meinem Wagen zu erkundigen. Dabei war es mir keine Sekunde auch nur in den Sinn gekommen, dass Rafe an den Apparat gehen könnte, ehrlich nicht, und ich war es auch nicht, die aufstöhnte, als jemand anders dran ging. Eine Polizistin teilte mir mit, dass ich den Wagen im Laufe der Woche wiederbekäme.

Ich setzte mich mit Bruce in Verbindung und fragte ihn, ob ich den Lexus noch ein bisschen behalten könnte.

»Sicher, kein Problem«, sagte Bruce. Bestimmt wusste er noch vor mir, wann ich meinen Wagen zurückbekäme.

Nachdem ich meinen Blutzucker gemessen hatte, machte ich mir einen üppigen Salat und brachte das Whiteboard auf den neuesten Stand.

Ich malte einen neuen Kasten für Bacchus Erwachet, schrieb *erhalten* neben den Vermerk mit dem anonymen Brief und kritzelte *stimmt nicht* über den Kasten, in dem stand, dass die Sektenkinder örtliche Schulen besuchten. Ergänzend schrieb ich in den Kasten des Himmlischen Bruders Excalibur: *sieht aus wie Jesus – vermutl. austral. Akzent – mit getürmt – in Australien – Visum? – unterhält Diebesbande. Kleider mit tiefen Taschen zum Klauen* bekam ein eigenes Kästchen und über *NY-Provinzblätter* schrieb ich *unbrauchbar.* Dann erhielt Harold Steinman einen Kasten mit den Eintragungen: *Enkeltochter Casey Steinman/ Harmonie Herz – 20 J. – evtl. in Australien – evtl. Kind.*

Mich traf es wie aus heiterem Himmel.

»Oh, nein! Ich habe das Baby vergessen«, rief ich aus. Wenn das Kind auf Caseys Arm damals tatsächlich ihr eigenes gewesen war, dann war ich genau genommen auch noch auf der Suche nach einem Kind.

Ungeduldig schaute ich in mein Posteingangsfach. Noch nichts von Harold.

Gib ihm Zeit, Scout.

Ich packte die T-Shirts für meine Töchter ein und marschierte in dem schicken schwarzen Rock und der gepunkteten Bluse hinunter zur Post, um die Päckchen aufzugeben. Die neue Haarfarbe schien eine gelungene Verkleidung zu sein, denn ich ging an zwei Nachbarn vorbei, ohne dass sie mich erkannten.

Nachdem ich bei Woolies ein Grillhähnchen, eine Wassermelone und verschiedene Salate eingekauft hatte, rief ich im Gemeindehaus an und meldete die ganze Truppe für den Bollywood-Tanzkurs an. Auf dem Nachhauseweg lief ich Rafe auf der Jonson Street in die Arme. Den Gedanken, einen unschuldigen Passanten zu vermöbeln, nur um von Rafe verhaftet zu werden, verwarf ich allerdings gleich wieder.

Rafe erkannte mich auf Anhieb und schenkte mir ein vielsagendes Lächeln. Ich habe mich ausführlich mit diesem Lächeln befasst, und der Ablauf fasziniert mich immer wieder aufs Neue. Mit einem leichten Zittern im Mundwinkel begann es, breitete sich langsam über den gesamten Mund aus, die Lippen öffneten sich, und die Augen glitzerten wie Sonnenstrahlen auf einem Wasserfall. Sofort bekam ich weiche Knie.

»Darf ich Ihnen die Tüten abnehmen, Miss?«, fragte Rafe und lief neben mir her.

Ich wurde rot wie ein Schulmädchen. Und stolperte.

»Nein, danke«, sagte ich.

»Du siehst hübsch aus.«

»Danke, das sind ganz alte Sachen.«

Mann! Was redete ich für einen Blödsinn!

»Na, so alt können die aber nicht sein. Wirkt vielmehr, als hättest du eine Verabredung.«

»Nö, war nur kurz bei Woolies«, sagte ich.

Bitte lieber Gott, mach, dass ich mich nicht weiter wie ein Vollidiot aufführe.

»Dann begleite ich dich nach Hause«, sagte Rafe.

»Oh, vielen Dank, aber ich muss hier noch rein.« Ich

zeigte aufs nächste Geschäft, unglücklicherweise eine Dönerbude.

Rafe hob die Brauen.

»Hast du Angst, dass ich dich bespringe?«, fragte er.

Dann grinste er mich verschmitzt an und zwinkerte mir noch einmal zu, bevor er lässig davonging.

Irgendwie schaffte ich es auf meinen Marshmallowbeinen nach Hause.

28.

Als ich den Schlüssel in die Haustür steckte, hörte ich das Telefon klingeln und rannte die Treppe hoch. Harper war dran.

»Hast du draußen die Pferde scheu gemacht?«, fragte sie.

»So schlimm ist es mit den Haaren nun auch wieder nicht. Gerade hat mir noch jemand gesagt, wie gut ich aussehe. Und was für ein Jemand.«

»Mrs Delgado?«, flötete Harper.

»Sehr witzig. Gibt es schon Neuigkeiten in Sachen Robert Arnold?«

»Ja. Verrückte Sache. Brianna Berkelows Vater ist Anwalt, und der beschuldigt Robert nun, seine Tochter während eines Hockeyspiels unsittlich berührt zu haben. Als ich bei dir in Byron war, hatte ich Robert gebeten, das Hockeytraining zu übernehmen. Vollkommen absurd, diese Anschuldigung.«

»Beim Hockey bleibt es ja wohl kaum aus, dass man jemanden irgendwo berührt«, überlegte ich.

»Eben!«

»Gab es denn Zeugen, die bestätigen, dass er es mit Absicht getan hat?«

»Ja, Peony, Kylie und unsere Flecki.«

»Was sagt Robert dazu?«

»Keine Ahnung. Ich habe dir doch gesagt, dass er suspendiert wurde.«

»Und wer untersucht den Fall?«, fragte ich.

»Auch das weiß ich nicht, aber ich kann dir garantieren, dass das schulintern ablaufen wird, von außen lassen die da keinen ran.«

»Und lass mich raten«, sagte ich, »inzwischen glaubt schon die ganze Schule, dass er für die zerschnittene Unterwäsche verantwortlich ist!«

»Ganz genau. Es ist schrecklich. Ich … ich habe das Gefühl, es ist alles meine Schuld. Wenn … wenn ich an dem Tag nicht blaugemacht hätte, wäre das nie passiert«, jammerte sie.

»Harper!«, fuhr ich sie an.

»Was?«

»Hier geht es nicht um dich.«

Tiefes Schweigen.

»Du hast ja recht«, sagte Harper schließlich. »Tut mir leid.«

»Bist du auf den Schwimmunterricht morgen vorbereitet?«

»Ja, Julia aus dem Sekretariat hilft mir. Ich habe ihr erklärt, warum es eines von den Mädchen aus der Klasse gewesen sein muss, und Julia glaubt auch nicht, dass Robert es war. Zumal er ihr Mann ist.«

»Das ist doch nicht dein Ernst!«

»Doch. Für Julia muss es schlimm sein, jeden Tag zur Schule kommen zu müssen.«

»Wie willst du morgen vorgehen?«, fragte ich.

»Ich werde als Letzte die Umkleide verlassen, außer der Täterin natürlich, die auf der Toilette sein wird, vorausgesetzt, sie schlägt morgen wieder zu, wovon ich aber ausgehe. Ich glaube, sie will gefasst werden. Nachdem ich aus der Umkleide raus bin, zählt Julia bis dreißig und kommt dann mit einem Fotoapparat herein, um das Mädchen in flagranti zu erwischen.«

»Nein!«, rief ich. Ich sah bereits die Schlagzeile vor mir: LEHRER VERGEHT SICH AN SCHÜLERIN – EHEFRAU BEIM FOTOGRAFIEREN DES MÄDCHENS GEFASST.

»Warum nicht?« Harper klang verzweifelt.

»Zunächst einmal glaube ich, dass es verboten ist, Fotos in Umkleidekabinen zu machen. Und zweitens könnte Julia auch noch ihren Job verlieren, wenn sie perverse Bilder knipst. Nicht, dass ihr noch vorgeworfen wird, mit ihrem Mann gemeinsame Sache zu machen. Stell dir nur mal vor, Brianna steckt hinter der ganzen Sache.«

»Verdammt, daran habe ich nicht gedacht«, sagte Harper. »Hast du einen anderen Vorschlag?«

Ich dachte eine Weile nach.

»Julia dabeizuhaben, ist eine gute Idee. So kann sie hundertprozentig sicher sein, dass ihr Mann wirklich nichts damit zu tun hat. Ganz gleich, was sie sagt, bestimmt sind ihr doch leise Zweifel gekommen.«

»Und?«, fragte Harper ungeduldig.

»Julia und du, ihr solltet gemeinsam zurück in die Kabine gehen und zusätzlich noch eine weitere Lehrerin als Zeugin mitnehmen. Und bitte keine Fotos, okay?«

»Okay.«

»Ich rufe mal Miles' Tochter an. Höchste Zeit, dass wir erfahren, warum Brianna die Heathlands House Academy verlassen hat.«

»Und ich rufe Julia noch mal an. Nicht, dass sie diese Nacht um zwei aufwacht und ihr plötzlich klar wird, dass ich sie mit der Aktion ins offene Messer rennen lasse.« Harper seufzte tief. »Gott sei Dank habe ich es mit dir noch mal besprochen.«

»Ruf mich nach dem Unterricht an«, sagte ich.

»Wie kommst du mit deiner Sekte voran?«, fragte Harper, und ich brachte sie auf den neuesten Stand.

»Sag mir bloß Bescheid, wenn du undercover ermittelst«, befahl Harper im Lehrerinnenton. »Ich bin davon gar nicht begeistert.«

»Das ist mein Job!«

»Und mein Job ist es, deine große Schwester zu sein. Also, halt mich gefälligst auf dem Laufenden.«

Ich schrieb Toby eine Mail, berichtete ihm von der Familie, der Sekte, dem Unterwäsche-Verbrechen und meinem Auto. Nur dass ich mich mit Rafe getroffen hatte, erwähnte ich nicht. Eigentlich war es ja total dumm, warum sollte ich Toby verschweigen, dass ich mit seinem Freund einen Kaffee getrunken hatte? Der Grund war offensichtlich, aber vielleicht flirtete Rafe einfach gerne, und ich deutete zu viel hinein.

Schuldbewusst warf ich Tobys Foto einen Kuss zu und überlegte, ob man zwei Männer gleichzeitig lieben konnte. Theoretisch, und man sollte hier lieber bei der Theorie bleiben, liebte ich den einen und begehrte den anderen. Die Frage war nur, ob ich Letzterem je Taten folgen lassen würde. Hätte ich überhaupt eine Chance? Diese Ungewissheit hatte ihren Reiz – rein theoretisch natürlich.

Puh, war das heiß heute, jedenfalls nahm ich an, dass das Wetter an meiner plötzlichen Hitzewallung schuld war. Um Durchzug zu erzeugen, öffnete ich alle Fenster; dann kontrollierte ich das Handy, ob sich noch jemand wegen des Zeitungsinserats gemeldet hatte oder Marcia versucht hatte, mich zu erreichen.

Es gab nur eine Nachricht, und die stammte von Rafe: »Braun steht dir.«

Unwillkürlich zupfte ich an meinen Locken herum.

Dann löschte ich die Nachricht in einem Anfall von Schuldgefühlen.

Ich kochte mir eine Kanne Darjeeling und klickte mich auf der Bacchus-Website zum Internetshop durch. Miau Zedong strich mir jedoch so laut maunzend um die Beine, dass ich mich kaum konzentrieren konnte.

»Was ist denn los mit dir? Willst du auch Tee?«

Ich goss ihm Tee mit Milch in eine Schale, häufte Zucker in die Mitte und stellte sie neben den Schreibtisch auf den Boden. Miau Zedong schnupperte daran und machte sich dann wie ein Berserker über den Tee her. Wie schön, Fünf-Uhr-Tee mit Katze.

Marcia hatte recht gehabt. Bei genauerer Betrachtung entpuppten sich die silbernen Anhänger als Tannenzapfen. Der Begleittext warb damit, dass jeder Tannenzapfen mit der Energie sämtlicher Chakren und Bacchus' Hochfrequenzstrahlen aufgeladen sei. Die versilberten Zapfen kosteten achtundfünfzig Dollar.

Auf einmal hatte ich eine Art Déjà-vu und mit Erinnerungen an meine Schulzeit hatte es diesmal nichts zu tun. Irgendwo hatte ich kürzlich etwas Ähnliches gesehen. Ich machte mir einen Ausdruck vom Tannenzapfenanhänger und pinnte ihn neben das Whiteboard an die Wand.

Früher oder später würde ich schon darauf kommen.

29.

Harolds E-Mail landete genau in dem Moment in meinem Postfach, als es an der Tür klopfte. Unwillig riss ich mich vom Computer los und sprang die Treppe hinunter, um nachzusehen, wer es war.

Vor der Tür stand Marcia in gelben Shorts, grünem T-Shirt und einem Strohhut mit leuchtend gelbgrünem Band. Gesicht, Arme und Klamotten waren mit Farbklecksen übersät, und sie hatte eine Leinwand, einen Strandbeutel, eine Plastiktüte und eine Flasche Wein im Arm. Fröhlich lächelte sie mir zu.

»Ich muss mit jemandem feiern«, sagte sie und hielt den Wein hoch. »Ich habe nämlich gerade ein Bild für zweitausend Dollar verkauft!«

Es freute mich, sie so glücklich zu sehen, ich umarmte sie und half ihr, die Sachen hochzutragen.

»Unterwegs habe ich noch im Tweed Heads angehalten und dir für Mittwoch einen Hippierock gekauft«, sagte sie und reichte mir die Plastiktüte.

Der Rock war bodenlang und aus aufwendig gemusterten beigen und grauen Baumwollquadraten im Patchworkmuster zusammengesetzt. Typisch 60er Jahre und perfekt für Fantasia Jonsons Treffen mit Cara Mel.

»Der Rock ist super«, sagte ich. »Danke.«

»Keine Ursache.« Marcia beugte sich zu Miau Zedong hinunter und begrüßte ihn überschwänglich, woraufhin der Kater laut schnurrend das Köpfchen an ihren Beinen rieb.

»Hat jemand die Post in Surfers Paradise abgeholt?«, fragte ich.

Marcia schüttelte den Kopf. »Bei den Postfächern herrscht ein reges Kommen und Gehen. Das Fach der Sekte habe ich ja leider nicht direkt im Blick, aber immer wenn mir jemand seltsam vorkommt, laufe ich hinterher. Bislang hat sich von diesen schrägen Vögeln noch keiner dem Postfach der Sekte genähert, sicherheitshalber mache ich aber von allen Fotos. Schon merkwürdig, dass die Bacchus-Leute ihre Post nicht abholen, da müssen doch auch Schecks eingehen!«

Ich nickte.

»Tee?«

»Oh, ja«, sagte sie.

Da Marcia heute noch nicht in ihre Mails geschaut hatte und somit den Brief von Harold Steinman noch nicht kannte, öffnete ich ihr das Dokument und ließ sie allein im Arbeitszimmer, während ich Tee machte. Dabei nutzte ich die Gelegenheit und warf einen Blick auf die Leinwand, ihr Talent verschlug mir schier die Sprache. Im Stil von Art-déco-Plakaten der 30er Jahre war der Strand von Surfers Paradise abgebildet. Es sah fantastisch aus.

»Ist das Bild so ähnlich wie das, was du verkauft hast?«, fragte ich, als ich mit dem Teetablett ins Arbeitszimmer trat.

»Mhmm, gefällt es dir?« Marcia wirkte bedrückt, was nach Harolds Brief nicht weiter verwunderlich war.

»Es ist unglaublich schön, Marcia.«

»Das andere, was ich verkauft habe, soll im Foyer einer neuen Wohnanlage hängen. Ich hoffe, es stört dich nicht, dass ich das Bild mit reingebracht habe. Die Farbe ist noch nicht ganz trocken, und da wollte ich es nicht im heißen Wagen lassen.«

»Macht mir gar nichts aus. Bleibst du zum Essen? Ich habe Hühnchen und Salat da, das könnten wir nachher mit zum Wategos Beach nehmen.«

»Ja, gerne«, sagte Marcia. Sie zeigte auf Harolds Brief am Bildschirm. »Das ist ja so traurig.«

Ich berichtete Marcia von meinen Gesprächen mit Brian Dunfey, Harold Steinman und Tobys Cousin Dan und erklärte ihr auch, warum Harold den Brief nicht unterschrieben hatte.

»Er tut mir so leid, der Ärmste«, seufzte Marcia. »Und dann ist wahrscheinlich auch noch sein Urenkel verschwunden.«

»Harold hat gerade eben die Fotos geschickt«, sagte ich und stellte den Computer auf Diashow ein. Mit den Teetassen in der Hand starrten wir angespannt auf den Rechner. Miau Zedong sprang auf Marcias Schoß und fixierte ebenfalls den Bildschirm, eine willkommene Ablenkung, die uns zum Schmunzeln brachte.

Vom Himmlischen Bruder Excalibur gab es zwei Fotos. Auf dem ersten saß er in einem Café mit drei blaugewandeten jungen Frauen, die ihn bewundernd ansahen. Auf dem zweiten stand er vor einem Gebäude, das wahrscheinlich das Gericht war, von dem Harold gesprochen hatte.

Ich hielt die Diashow an, sodass man beide Bilder gleichzeitig auf dem Bildschirm sehen konnte. Mit dem traditionellen Jesus hatte der Himmlische Bruder Excalibur eigentlich kaum etwas gemein, aber ich konnte nachvollziehen, wie jemand in Harolds Alter, der eher konservativ war, Ähnlichkeiten feststellte. In Byron Bay, wo lauter ältere Männer mit langem weißen Haar in Hippiekluft herumlaufen, hätte man den Vergleich nie angestellt.

Der Mann auf den Fotos war Anfang sechzig, nicht sonderlich groß, ziemlich fett und schwabbelig. Er hatte einen großen Quadratschädel, einen kurzen, dicken Hals, schulterlanges, dünnes weißes Haar und einen gestutzten weißen Bart. Eine riesige Goldrandsonnenbrille und ein weißer Hut verdeckten den Großteil seines Gesichts. Die Hände sahen aus wie Bananenstauden, an jedem Speckfinger steckte ein protziger Ring.

Auf beiden Bildern war er in weißen Slippern, langer weißer Baumwollhose und oranger Kurta zu sehen, die ihm bis zu den Waden reichte. Er trug eine altmodische Schultertasche, einen langen weißen Schal, dessen Enden verknotet waren, und mehrere Perlen- und Muschelketten.

»Nicht gerade ein Mister Gold Coast«, sagte Marcia.

Ich verkniff mir das Lachen, obwohl die Vorstellung, dass dieser Mann möglicherweise mit ihrer Tochter schlief, für Marcia wohl nur mit Humor zu ertragen war. Ein schauerlicher Gedanke.

»Mensch, das hätte ich doch beinahe vergessen.« Marcia sprang auf, und der Kater landete unsanft auf dem Boden. Marcia stürmte in die Küche und kam kurz darauf mit einem blauen Flyer zurück. Sie entschuldigte sich bei Miau Zedong, doch der Kater stolzierte beleidigt und erhobenen Hauptes davon.

»Ups«, sagte Marcia und sah ihm hinterher. »Den habe ich bei den Postfächern gefunden.« Sie reichte mir den Flyer.

Darauf war ein stilisiertes Bild eines Mannes namens Heitere Wolke, Mystischer Meister vom Mars abgebildet, der Mann, der eventuell mit Himmlischer Bruder Excalibur identisch war. Keine hundertprozentige Übereinstimmung, aber eine große Ähnlichkeit. Wenn ich die Augen zusammenkniff, konnte ich mir vorstellen, warum der Ladenbesitzer ihn mit Jesus verglichen hatte.

»Heitere Wolke ist der Typ von der Bacchus-Website«, sagte ich mehr zu mir selbst. »Der mit den Hochfrequenzstrahlen.«

»Herold der Verkündung«, murmelte Marcia.

Der Flyer warb für »Wege zum Licht«, ein Wochenende bei den Bacchus-Jüngern am kommenden Samstag. Für tausend Dollar bekam man die bedingungslose Liebe des Mystischen Meisters, höhere kosmische Energie und ein gesteigertes Selbstwertgefühl und erlebte die Freuden eines erfüllten Daseins durch Meditation, Unterweisung, Gedankenübertragung, Gruppentherapie, Lichttherapie, Klangbäder und Lesungen. Leider stand nirgendwo eine Adresse, nur der Name Titania und eine Handynummer für die Buchung waren vermerkt.

»Ich glaube, das ist er. Meinst du nicht?« Marcia hielt den Flyer neben das Bild vom Himmlischen Bruder Excalibur auf dem Bildschirm.

Ich nickte. »Dieses Wochenende ist unsere Eintrittskarte zur Sekte, die kommt wie gerufen.«

Marcia rutschte auf ihrem Stuhl vor und zog ein dickes Bündel Fünfzig-Dollar-Scheine aus der Hosentasche.

»Tausend Dollar habe ich«, verkündete sie. »Natürlich kann ich nicht hingehen, Tildy würde mich gleich erkennen, aber wenn du gehst, ist es nur gerecht, dass ich zahle. Die Sache ist geritzt!«

»Die haben dich bar bezahlt?«, fragte ich überrascht.

»Und ob«, sagte Marcia. »Die anderen Tausend sind in dieser Tasche.« Und sie schlug sich auf die andere Hosentasche.

»Oh, Marcia«, sagte ich lachend. »Du bist mir vielleicht eine.«

Während wir unseren Tee tranken, sahen wir uns Harolds Fotos der weiblichen Sektenmitglieder an. Alle Frauen trugen das obligatorische blaue Kleid und einen Judy-Jetson-Pferdeschwanz, die meisten hatten einen leeren Blick, als hätte man ihnen das innere Licht ausgeknipst. Etliche waren schwanger, aber ich sprach es nicht an, und Marcia sagte auch nichts.

»Du hast nicht zufällig jemanden gesehen, der so angezogen war?«, fragte ich, aber Marcia hörte mir gar nicht zu. Sie hatte sich vorgebeugt und starrte wie gebannt auf das Bild von Harolds Enkelin Casey, wie sie mit Baby auf dem Arm vor dem Gerichtsgebäude stand. Dann kam das nächste Foto.

»Noch mal!«, rief Marcia.

Ich ließ die Diashow rückwärtslaufen und hielt bei dem Bild mit der schlanken jungen Frau und dem Säugling an. Sie war wunderschön mit ihrem aschblonden Haar, den weit auseinanderstehenden blauen Augen, den vollen Lippen und makellosen Zähnen. Irgendwie war es Harold gelungen, sie lächelnd zu erwischen.

Marcia sprintete in die Küche und kam mit ihrer Kamera zurück, setzte sich wieder und ging hektisch die Bilder durch.

»Ich bin mir ganz sicher, dass ich das Mädchen schon gesehen habe. Ihre Kopfform, ihre Haltung. Sie läuft wie eine Tänzerin, die Füße leicht ausgestellt. Und sie hat so traurig geguckt. Ja, hier ist sie.«

Marcia reichte mir die Kamera. Auf dem Bild sah man, wie eine junge Frau, mittelgroß und schlank, durch eine Tür trat. Gekleidet war sie in Jeans und weißem T-Shirt. Ihr dickes blondes Haar fiel ihr offen über die Schultern.

»Ich kann ihr Gesicht nicht richtig erkennen«, sagte ich. »Ich weiß nicht.«

»Du brauchst das Gesicht gar nicht erkennen. Manchmal ist es leichter, jemanden von hinten zu sehen. Anhand der Silhouette und der Art, wie sich jemand bewegt. Die meisten Mütter erkennen ihre Sprösslinge schon von Weitem an der Körperhaltung.«

»Tut mir leid, ich erkenne sie nicht«, sagte ich.

»Glaub mir, Scout. Ich male nun schon seit vielen Jahren Menschen, und das ist sie, das ist Harold Steinmans Enkelin.«

30.

Marcia und ich kamen überein, Harold noch nichts zu sagen. Obgleich sich Marcia zu neunzig Prozent sicher war, dass es sich um Casey handelte, wollten wir nicht riskieren, den alten Mann unnötig aufzuregen.

Wir beluden die Kühlbox mit Hähnchen, Salat, Brie, Kräckern, Oliven und Wassermelone, als unten der Schlüssel in die Haustür gesteckt wurde. Die Einzigen, die außer mir noch einen Schlüssel haben, sind Miles, Toby, Harper, meine Töchter, meine Eltern und meine drei ältesten Neffen. Nicht zu knapp!

Miau Zedong sauste zur Treppe, um nachzusehen, wer kam.

»Hey, Tante Scout, bist du zu Hause?«

Es war Sam, Harpers zwanzigjähriger Sohn, der mit den langen blonden Locken, der männlichen Statur und dem verheerenden Charme. In der Hand hielt er einen Bügel mit meinem schwarzen Saks-Kostüm, frisch aus der Reinigung und in Plastik eingeschweißt.

»Wow, du hast die Haare ganz anders«, sagte er fröhlich. »Siehst aus wie Oma.«

»Danke. Wenn du deiner Mutter erzählst, dass ich fantastisch aussehe, darfst du mit uns picknicken.«

»Du siehst fantastisch aus. Und von Mum soll ich dir danken.«

Sam überreichte mir das Kostüm und drückte mir links

und rechts einen Kuss auf die Wange. Hinterm Rücken zog er einen Strauß Kornblumen hervor.

»Von Mum«, fügte er hinzu. »Ich glaube, die sind echt.«

Sam wandte sich Marcia zu und lächelte sie herzlich an.

»Hallo«, sagte er. »Ich bin Sam Blaine-Richardson, nicht gerade der schönste Neffe meiner Tante, aber sicher derjenige, der sie am meisten enttäuscht hat.«

Marcia lachte. Ich stellte sie als Mutter einer von Tashas Freundinnen vor, und sie gaben sich die Hand.

»Fährst du noch nach Hause, oder bleibst du über Nacht?«, fragte ich Sam. »Ich habe Ginger Ale, falls du noch zurückmusst. Und am Wategos Beach gibt es einen Wasserspender.«

»Ich bin bei einem Freund zum einundzwanzigsten eingeladen. Wir feiern in der Buddha Bar. Kann ich hier pennen?«

»Klar, aber allein«, sagte ich warnend. »Und schick deiner Mutter eine SMS, damit sie Bescheid weiß.«

Sam spielte mit Miau Zedong, während ich die Kühltasche mit weiterem Essen und ein paar Flaschen Bier füllte und noch Picknickteller, Gläser, Besteck, Servietten, Tortilla-Chips, Insektenspray und die Flasche Rotwein in den Korb packte.

Ich überließ es Marcia, die Kornblumen in eine blaue Vase zu stellen, die Toby mir aus der Türkei mitgebracht hatte, und ging ins Badezimmer, um den Blutzuckerspiegel zu testen. Der Wert war gut, und in Vorbereitung auf das Picknick setzte ich mir eine Spritze.

Wahrscheinlich war es an der Zeit, Marcia von meinem Diabetes zu erzählen, wobei ich das nicht so gerne an die große Glocke hänge und eigentlich gab es auch keinen zwingenden Grund, es ihr zu sagen. Doch aus Erfahrung weiß ich, dass je länger ich damit warte, desto pikierter sind die Leute am Ende, dass ich nicht schon früher damit rausgerückt bin. Einige empfinden es fast als Verrat, als würde ich ihnen nicht trauen. Und manchmal wurde die Krankheit einfach dadurch aufgebauscht, dass ich sie verschwiegen hatte.

Sam bestand darauf, dass wir Miau Zedong in Tante-Scouts-Picknickwelt einführten, und so befestigten wir eine Leine am Halsband und setzten uns alle in den Lexus, um das kurze Stück zum Wategos Beach zu fahren. Am Wasser ergatterten wir einen Picknicktisch direkt vor Rae's, wo schon ein paar Glückliche dinierten.

Wategos ist wohl der schönste Strand Australiens, eine kleine geschützte Bucht mit tropischen Bäumen, weichem weißen Sand und kristallklarem Meer. Ein echtes Paradies, aber sagen Sie es nicht weiter, sonst finde ich hier bald keinen Parkplatz mehr.

Beim Anblick des Meeres verwandelte sich Miau Zedong in ein zitterndes Häufchen Elend und verkroch sich unter dem Tisch. Jedes Mal, wenn sich eine Welle am Ufer brach, zuckte er zusammen, also trug ich ihn zum Wagen zurück und platzierte ihn auf den Rücksitz mit heruntergelassenen Scheiben.

»Echt schade«, sagte Sam. »Der hätte schön die Mädchen anlocken können.«

»Die Mädchen hier könntest du dir gar nicht leisten, Sam«, sagte ich scherzend.

Es war ein herrlicher Abend, warm mit einer leichten Meeresbrise. Buschhühner suchten zwischen den Tischen nach Futter, und ein einsamer Rieseneisvogel saß im Eukalyptusbaum und hielt Ausschau nach Essensresten. An einem der Nachbartische wurde ein Kindergeburtstag gefeiert, an die Tischbeine waren Ballons gebunden. Die Erwachsenen tranken und lachten, während sich die Kinder juchzend einen Ball zuschossen.

Wie ein gefiederter Blitz stieß der Eisvogel herab und schnappte sich eine Wurst vom Elektrogrill, woraufhin die Umstehenden kreischten und lachten. Der Eisvogel ließ sich in einem Baum nieder und schlug die Wurst immer wieder gegen den Ast, um sicherzugehen, dass sie auch tot war.

Das Thema Diabetes kam sehr bald auf den Tisch.

Als wir die Kühltasche auspackten, fragte Sam Marcia unverblümt: »Hat Ihnen meine Tante eigentlich schon erzählt, dass sie Diabetikerin ist und jeden Moment tot umfallen könnte?« Erwartungsvoll sah er uns beide an.

Marcia war perplex. »Darüber haben wir bislang noch nicht geredet«, sagte sie bedächtig.

»Hab ich's mir doch gedacht«, sagte Sam. »Das erzählt sie nie jemandem.«

»Nun weißt du es jedenfalls«, sagte ich zu Marcia. »Und ich werde nicht auf der Stelle tot umfallen, Sam, ich bin gut eingestellt. Außerdem ist es meine Sache, wem ich es erzähle oder nicht.«

Spielerisch knuffte ich ihm gegen die Schulter.

»Jetzt wissen Sie auch, warum ich für sie die größte Enttäuschung bin«, sagte er zu Marcia. Er beugte sich zu mir, legte den Arm um mich und entschuldigte sich.

Ich küsste ihn auf die Stirn. Diesem Jungen konnte man einfach nicht böse sein.

Wir badeten, aßen und redeten, bis es dunkel wurde, dann luden wir alles in den Wagen, weckten Miau Zedong, der auf dem Fahrersitz eingeschlafen war, und fuhren nach Hause.

Als wir die Stufen zur Veranda hinaufstiegen, klemmte zwischen den Latten des Tors eine rote Hibiskusblüte.

»Ich kann mir schon denken, von wem die ist«, sagte Marcia.

»Von wem denn?«, wollte Sam wissen.

»Geht dich nichts an«, sagten Marcia und ich wie aus einem Munde.

31.

Marcia fuhr um acht, und Sam legte sich vor der Party noch einmal hin, ich hatte Anweisung, ihn um zehn zu wecken. Miau Zedong verschwand mit Sam im Gästezimmer, und ich schaltete den Fernseher ein, holte aus der Schreibtischschublade im Arbeitszimmer einen Schlüssel und öffnete damit das Vorhängeschloss des großen blauen Überseekoffers, der vor dem Sofa steht.

Der Koffer gehörte meinem Großvater, als er vor vielen Jahren in der britischen Handelsmarine diente. Ich verwahre dort die Utensilien für die Strickguerilla, daher das Schloss. Mit einer Schicht Wedgewood-Blau hatte ich den Koffer ganz clever als orginellen Couchtisch getarnt. Und sollte mich jemand auf das Schloss ansprechen, würde ich einfach behaupten, dass dort lauter Krimskrams drin wäre und ich den Schlüssel verloren hätte.

Ich holte mein Strickzeug heraus und schloss den Koffer wieder. Ein lila Rechteck, 60 x 10 cm, musste noch zu Ende gestrickt werden, dann wäre alles für die nächtliche Mission am kommenden Abend bereit.

Um zehn packte ich das fertige Rechteck zurück in den Koffer, verriegelte ihn, versteckte den Schlüssel und weckte Sam.

»Party-Time!«

Ich schnappte mir den Kater und trug ihn zu mir ins Wohnzimmer, wo ich mich durch die Kanäle zappte, um eine Sendung zu finden, in der die Leute nett zueinander waren. Albern, ich weiß. Schließlich begnügte ich mich mit einer Wiederholung von *QI*.

Kurz darauf kam Sam ins Wohnzimmer und baute sich vor dem Fernseher auf.

»Wie sehe ich aus?«, fragte er.

Er trug schwarze Shorts, ein schwarzes Che-Guevara-T-Shirt und einen langen Haifischzahn an einem Lederband. Das schlichte Outfit betonte seine üppigen blonden Korkenzieherlocken.

»Wie Shirley Temple, nur gefährlicher.«

Er runzelte die Stirn. »Ich sehe aus wie ein Cocktail?«

»Du siehst gut aus«, sagte ich. »Wirst du jungen, leicht zu beeindruckenden Frauen weismachen, dass du den Hai selbst erlegt hast?«

Sam grinste. »Nur denen, die nicht von hier sind.« Er küsste mich und versprach, mich beim Nachhausekommen nicht zu wecken.

Um eins riss mich das Telefon aus dem Schlaf. Die Mädchen? Toby? Meine Eltern? Sam?

Mit einem Schlag war ich hellwach und griff nach dem Hörer auf dem Nachttisch. Es war Tobys Cousin Dan aus Saratoga.

»Tut mir leid, dass ich so spät noch anrufe. Meine Patientin hat sich einverstanden erklärt, mit dir zu reden, aber sie will anonym bleiben, kein Name und auch keine Adresse oder Telefonnummer. Bist du damit einverstanden?«

»Aber wie soll ich sie denn ohne Nummer überhaupt erreichen?« Ich stand auf und ging hinüber ins Arbeitszimmer, Miau Zedong folgte mir dicht auf den Fersen.

»Sie ist jetzt hier bei mir.«

»Wie viel Zeit habe ich?« Ich spürte die Aufregung und

ein vertrautes Kribbeln. Im Nu hatte ich auf Detektivin umgeschaltet.

»Du hast alle Zeit der Welt. Bei uns ist jetzt Morgen.«

»Danke, Dan. Echt nett von dir.«

Ich schlug mein Notizbuch auf, zog einen Stift hervor und wartete. Im Hintergrund hörte ich Dan, dann wurde eine Tür geschlossen.

»Hi, der Doktor sagt, dass Sie wegen des Himmlischen Bruders und der Sekte und so Fragen haben.« Ihr amerikanischer Akzent war nicht sonderlich ausgeprägt, sie sprach recht deutlich. Der Stimme nach zu urteilen war sie Anfang zwanzig.

»Ja, das stimmt. Und ich danke Ihnen, dass Sie sich bereit erklärt haben, mit mir zu reden. Sicher ist das nicht leicht für Sie, und ich hoffe, dass ich mit meinen Fragen keine … keine … unangenehmen Erinnerungen wecke.«

»Ich habe Hilfe bekommen und ähm, da dachte ich, dass ich auch jemandem helfen sollte.«

Bei den Fragen ließ ich mich von meinen Notizen am Whiteboard inspirieren.

»Wissen Sie, wie der Himmlische Bruder in Wirklichkeit heißt oder aus welchem Land er ursprünglich kommt?« Ich gab mir Mühe, deutlich zu sprechen und sie mit meinem australischen Englisch nicht zu verwirren.

»Sein richtiger Name ist mir nie zu Ohren gekommen, Miss, aber er ist Australier, hundertpro. Er hat immer Crocodile Dundee geguckt und Heimweh gekriegt.«

»Wissen Sie, warum der Himmlische Bruder mit seiner Sekte Saratoga verlassen hat? Und wann genau?«

»Vor einem Jahr oder so, aber ich bin schon vorher ausgestiegen. Der Himmlische Bruder hat die Ranch und die Häuser verkauft, und dann sind alle weg. Ein paar sind nach North Carolina, andere nach Pennsylvania. Der

Himmlische Bruder ist mit dem ganzen Geld und seinen drei Frauen nach Australien abgedampft. Angeblich in Urlaub, aber ohne Rückfahrkarte. Den Mamas wird es das Herz gebrochen haben, ihre Kinder zurückzulassen.«

»Was ist denn aus den Kindern geworden? Wie viele sind zurückgeblieben?«, fragte ich und schrieb eilig mit.

»Sechs, sie wurden aufgeteilt und woanders hingebracht. Manche sind in North oder South Carolina und manche in Pennsylvania oder so. Die armen Würmer, so ihre Mamas zu verlieren.«

»Ist der Himmlische Bruder der Vater?«

Sie lachte auf. »Sektenkinder haben viele Väter. Der Himmlische Bruder bestimmte, wann wir bei wem schlafen sollten, also könnte jeder der Vater sein. Manchmal hat er uns auch zugesehen und dabei an sich rumgespielt, uns befohlen ... schmutzige ... perverse Dinge zu tun. Wenn neue Männer hinzukamen, hat er uns Mädchen den ganzen Tag oben ohne rumlaufen lassen, wie eine Horde Wilder.«

Sofort fiel mir ein, was ich über eine andere Sekte gelesen hatte, da wurden zum Geburtstag eines männlichen Mitglieds alle pubertierenden Mädchen mit nacktem Oberkörper in eine Reihe gestellt, damit das Geburtstagskind sie nacheinander befummeln konnte. Unwillkürlich schüttelte ich mich.

»Erzählen Sie weiter.«

»Wenn frisch Verheiratete der Sekte beitraten, hat der Himmlische Bruder sie sofort getrennt und den Mann nicht mehr in die Nähe seiner Frau gelassen. Die musste dann beim Himmlischen Bruder schlafen, weil es so geschrieben steht.«

»Was war mit älteren Paaren, die sich der Sekte angeschlossen haben?«

»Von denen hat er nur das Geld gewollt. Die älteren Frauen hat er zusammen mit den Kindern woanders hingesteckt. Und wir jungen Mädchen mussten dann mit den alten Knackern schlafen, damit die auch ja blieben, und dabei hat der Himmlische Bruder auch noch zugesehen, damit wir es auch richtig machen. Uns hat er benutzt, um die reichen Säcke zu ködern. Die älteren Frauen haben es nie lange ausgehalten.«

»Und waren beim Sex auch ... Kinder involviert?«

»Nee. Der Himmlische Bruder kann Kinder nicht ausstehen. Kinder und Frauen über vierzig. So steht es geschrieben, aber das hat er von allem möglichen Scheiß behauptet. Klar, ich weiß jetzt, dass alles gelogen war. Da bin ich ganz allein drauf gekommen.«

»Wenn Sie von ›geschrieben‹ sprechen, meinen Sie damit die Bibel?«, fragte ich.

»Die Bibel! Soll das ein Witz sein? Dieser Scheißkerl, Entschuldigung Miss, aber der könnte über einen Christen stolpern und würde ihn nicht erkennen. Meinte, er steht in direktem Kontakt mit den kosmischen Kräften. Von wegen! Er hat den ganzen Kram selbst geschrieben.«

»Kennen Sie eine Frau mit dem Namen Harmonie Herz?«

»Klar. Wir haben oft gemeinsam bei ihm geschlafen und mussten seinen kosmischen Saft trinken.«

Bei dieser Vorstellung sträubte sich alles in mir, aber die Informationen waren wichtig. Mir war klar, dass der Himmlische Bruder auf Geld und Sex aus war. Erstaunlich, wie offenherzig diese junge Frau mit mir sprach.

»Ist Harmonie Herz mit nach Australien gegangen?«

»Ja. Sie gehört zu seinen Lieblingen, nur hat er ihr die Vorderzähne ausgeschlagen, weil sie nicht wollte, dass ihr Kind bei den Frauen wohnte.«

Innerlich krümmte ich mich. Das arme Mädchen ... ihr Großvater wäre untröstlich.

»Sie hat ein Kind bekommen?«

»Klar. Einen Jungen. Der müsste jetzt fast zwei sein. Clark hat sie ihn genannt, der kleine Superman.« Sie lachte über ihren Witz und bekam dann einen Hustenanfall.

Ich wartete, bis sie sich wieder beruhigt hatte. »Wissen Sie, wo das Kind jetzt ist?«

»In North Carolina, vielleicht aber auch in Pennsylvania. Harmonie hat den Jungen über alles geliebt, Miss. Ihn zurückzulassen, hat ihr sicher das Herz gebrochen.«

»Erzählen Sie mir von der Diebesbande«, sagte ich und schlug eine neue Seite im Notizbuch auf.

»Es hat ihn angemacht, wenn wir geklaut haben, wissen Sie. Geil gemacht. Was wir genommen haben, war ihm egal, damit hatte er uns in der Hand. Der Himmlische Bruder hat so getan, als wäre er der Ladenbesitzer, der uns beim Stehlen erwischt, und dann haben wir es ihm besorgt, und er hat uns laufen lassen. Ein Spiel war das.«

»Was hatten die Frauen an?«

»Er hat uns alle in weite blaue Kleider gesteckt, bodenlang wie früher bei den Siedlern. Wir haben sie selbst genäht. Mit großen Innentaschen zum Klauen.«

»Hat er je vom Ende der Welt gesprochen? Davon, dass Sie die Einzigen sind, die gerettet werden? Irgendetwas in der Art?«

»Ständig und immerzu hat er davon geredet. Deshalb hatten wir ja auch solche Angst, die Sekte zu verlassen. Alle würden sterben, hat er gesagt, nur wir, die wahren Gläubigen, würden überleben. Die Polizei und die Regierung wären die Soldaten des Teufels, die würden versuchen, uns aufzuhalten. Wer Fragen stellte, wurde beschuldigt, mit dem Teufel gemeinsame Sache zu machen, und für einen Monat bei Wasser und Suppe in ein Zimmer gesperrt. Er hat uns mit dem Stock geschlagen und andere Sachen getan, um uns die Fragen auszutreiben.«

»Was denn für andere Sachen?«

Lange Zeit schwieg sie und sagte schließlich: »Sachen eben.« Offenbar wollte sie es mir nicht erzählen, also machte ich mit meinen Fragen weiter.

»Kennen Sie noch andere Frauen, die mit nach Australien gegangen sind?«

»Wenn Sie mir die Namen nennen, sage ich Ihnen, ob die dabei waren. Sonst erfahren Sie keine Namen von mir«, sagte sie. »Auf keinen Fall.« Sie war wie ausgewechselt, auf einmal hatte sie vor irgendetwas Angst.

»Gab es eine Frau namens Cara Mel?«

»Nein. Nicht, solange ich da war.«

Ich spürte, dass sich unser Gespräch dem Ende näherte.

»Gibt es irgendetwas, was Sie mir noch über den Himmlischen Bruder erzählen können?«

»Klar.«

»Was denn?«, fragte ich.

»Der hat einen winzigen Schwanz. Pickelig wie eine Essiggurke.«

32.

O*h, mein Gott …*

Wie betäubt von den schrecklichen Dingen, die ich eben erfahren hatte, saß ich am Schreibtisch. Das romantische Bild einer bacchantischen Orgie von lachenden jungen Männern und Frauen mit schönen Körpern, die sich der Lust hingaben, einander mit reifen Trauben fütterten und Wein aus silbernen Kelchen tranken, löste sich in Luft auf.

Wie sollte ich das nur Marcia beibringen? Wie viel würde sie wissen wollen?

Abermals klingelte das Telefon. Es war Dan.

»Das Meiste habe ich mitgehört«, sagte er ohne Umschweife. »Und ich muss dir einfach sagen, was sie meiner Meinung nach mit diesen ›anderen Sachen‹ meint, von denen sie dir nicht erzählen wollte. Ich habe mich mit einem Kollegen kurzgeschlossen, der auch etliche Sektenmitglieder als Patienten betreut hat. Und alle kamen mit entzündeten menschlichen Bisswunden an Gesäß und Armen, daneben zeugten Narben von früheren Bissen. Keiner wollte zugeben, dass er gebissen wurde, alle haben behauptet, die Wunden rührten von Stürzen oder sonstigen Unfällen her, und Anzeige wollte auch keiner erstatten. Allerdings ist mein Kollege überzeugt, dass der Himmlische Bruder sie regelmäßig gebissen hat.«

»Warum sollte er das tun? Ist das etwas Sexuelles?«

»Mein Kollege hält das für unwahrscheinlich. Die Bisse

waren tief und mit deutlichen Abdrücken, während Sexbisse die Haut eigentlich kaum verletzen und die Stelle vom Saugen lediglich rot und erhaben ist. Diese Bisse haben mit sexueller Stimulation nichts mehr zu tun, sie waren sadistischer Natur und sollten heftige Schmerzen verursachen. Leider gibt es noch nicht viele forensische Studien über diese Art krankhaften Verhaltens, aber möglicherweise benutzt der Himmlische Bruder das Beißen als Strafe. Es ist eine Form von Aggression, die sein Bedürfnis nach Dominanz und Kontrolle befriedigt, vielleicht ein Mittel der Unterwerfung. Menschliche Bisswunden sind an zahlreichen Gewaltopfern gefunden worden. Lies mal bei Gelegenheit etwas über den Serienmörder Ted Bundy. Den haben sie letztendlich anhand von Bissspuren überführt, die er bei einem Studenten aus Florida hinterlassen hatte.«

Ich atmete tief ein und aus. »Oh, Dan«, seufzte ich. »War eines der Sektenmitglieder HIV positiv?«

»Nicht, dass ich wüsste. Mein Kollege hat auch nichts gesagt. Aber sei vorsichtig, Scout. Der Kerl ist gefährlich.«

Nachdem ich aufgelegt hatte, stand ich lange Zeit unter der Dusche – zur Hölle mit dem Wassersparen. Ich trocknete mich ab und schlüpfte in meinen alten Lieblingsschlafanzug und hätte ich Puschen besessen, hätte ich die auch noch angezogen. Ich brauchte dringend Wohlfühlklamotten und … eine schöne Tasse Tee.

Um vier wurde ich erneut vom Telefon geweckt. Diesmal war Rafe dran.

»Kein Grund zur Panik. Ist nichts Dramatisches. Hab hier einen Jungen aufgelesen, der behauptet, zu dir zu gehören.«

Ich zwang mich, ruhig zu bleiben, und fragte: »Ist er

groß, sieht aus wie Roger Federer in Blond und hört auf den Namen Sam?«

»Das kommt hin. Er ist sternhagelvoll«, sagte Rafe.

»Muss ich Dave mitbringen?« Woher sollte ich wissen, was Sam wieder ausgefressen hatte, vielleicht brauchten wir einen Anwalt.

»Nein, komm einfach vorbei und hol Pavarotti hier ab, der macht uns wahnsinnig. Er und seine Freunde haben ›Advance Australia Fair‹ aus Leibeskräften auf der Straße gegrölt. Die anderen sind weggelaufen, aber Sam hatte seine Schuhe verloren. Vorsichtshalber haben wir ihn mitgenommen, sonst hätten ihn die Zuhörer noch plattgemacht.«

»Wird ihm irgendwas zur Last gelegt?«

»Ja, dass er keinen Ton trifft.«

»Ich bin gleich da«, sagte ich.

Nachdem ich mich dreimal umgezogen hatte, entschied ich mich für ein schwarzes T-Shirt und einen schwarzbeigen Sarong. Vom Hals aufwärts waren aufwändige Reparaturarbeiten vonnöten, ich bürstete mir das Haar, machte einen neuen Zopf und trug bronzefarbenen Puder auf. Den Lippenstift wischte ich gleich wieder ab, das wirkte seltsam um diese Zeit. Ich putzte mir die Zähne, tuschte mir ganz leicht die Wimpern und gab noch einen Spritzer Mitsouko hinters Ohr. Dann setzte ich noch einen zweiten hinterher, sicher ist sicher. Keine Ahnung, wie viel Parfum bei einer frühmorgendlichen Stippvisite auf dem Revier angemessen war.

Auf dem Weg nach draußen schnappte ich mir noch einen Eimer und ein altes Handtuch, falls die Rückfahrt in einer Schweinerei endete.

»Warum hat das denn so lange gedauert?«, fragte Rafe, als ich die Wache betrat. Er stand hinter dem Tresen mit einem Becher in der einen und einem Stift in der anderen Hand. Müde sah er aus – müde und verdammt gut, meine Knie wurden weich.

»Ich musste noch einen Anruf aus den USA entgegennehmen«, sagte ich beiläufig und hoffte, den Eindruck zu erwecken, als würde ich an Fällen von internationaler Tragweite arbeiten und wäre dabei auch noch wahnsinnig entspannt.

»Ich dachte, du erscheinst hier im Schlafanzug«, sagte Rafe. Er ließ sich Zeit, mich von oben bis unten zu mustern.

»Schlafanzug«, schnaufte ich verächtlich. »Also bitte!«

»Schwarz steht dir nachts gut«, sagte Rafe und fügte noch hinzu: »Zum Glück.«

Ganz ruhig bleiben, Scout!

Das war jetzt das dritte Mal, dass Rafe eine Bemerkung machte, die gut und gerne auf meine nächtlichen Garnbombardements gemünzt sein könnte, und das behagte mir gar nicht. Hatte er mich etwa in meiner schwarzen Kluft bei einer unserer Missionen erkannt, womöglich auf einer Überwachungskamera? Las ich zu viel in seine Worte hinein? Oder sollte ich schon mal für Sibirien packen?

Ein lautes Trällern, das vom Flur her kam, rettete mich aus dieser misslichen Lage.

»Ist er das?«, fragte ich, verzog das Gesicht und wurde gleichzeitig rot.

»Ja, gerade hat er sich zweimal an der Marseillaise versucht. Keinen Schimmer, aus welchem Land dieses Lied jetzt stammt. Hoffen wir mal, dass er nicht wieder versucht, aufzustehen und zu salutieren.«

Ich folgte Rafe in den Raum, in dem die Polizisten mich verhört hatten. Sam saß in der Ecke auf dem Boden, und ich muss sagen, er hatte schon mal besser ausgesehen.

»Danke, dass du ihn nicht in eine Zelle gesperrt hast«, sagte ich.

Rafe zuckte die Achseln, als ob nichts dabei wäre.

»Das ist sie.« Sam hörte mit dem Singen auf und zeigte auf mich. »Das ist meine Tante.«

»Hier sind seine Schlüssel«, sagte Rafe und reichte sie mir. »Ich helfe dir, ihn ins Auto zu bugsieren.«

Sobald Sam sicher auf dem Beifahrersitz des Lexus angeschnallt war, ließ ich das Fenster herunter, legte ihm das Handtuch über den Schoß, gab ihm den Eimer in die Hand und schloss die Tür.

Als ich mich umdrehte, nahm Rafe meine Hand und zog mich hinter den Wagen. Sanft hob er mein Kinn und küsste mich leicht auf den Mund. Durch meinen Körper ging ein elektrischer Schauder, als hätte mich ein Blitz getroffen. Er strich mir übers Gesicht, und mit den Lippen an meinem Ohr flüsterte er: »Du siehst zum Anbeißen aus.«

»Rafe, du hast mich um vier Uhr morgens aus dem Bett gerissen!«

Aus den Wackelpuddingknien wurden Wackelpuddingbeine, und ich musste mich am Wagen abstützen, um nicht den Halt zu verlieren. Rafes Berührung hatte mein Verlangen geweckt und nun stellte ich mit Erschrecken fest, dass ich vor Erregung zitterte. Oh, oh. Meine Abwehr war gebrochen, und Mutter Natur ließ bereits die Zugbrücke herunter.

»He, das habe ich genau gesehen«, brüllte Sam aus dem Fenster. »Lass sofort meine Tante los!«

»Bring ihn bloß nach Hause«, sagte Rafe lachend. »Kriegst du ihn auch allein die Treppe hoch, oder soll ich mitkommen?«

»Danke, geht schon.«

Irgendwie gelang es mir, in den Wagen zu steigen, rückwärts aus der Lücke zu setzen und nach Hause zu fahren.

»Ist das der Hibiskus-Mann?«, fragte Sam.

Und übergab sich in den Eimer.

33.

Der Dienstag versprach heiß und feucht zu werden, der Himmel war bedeckt, und es sah nach Regen aus. Nicht gerade das Wetter, das wir uns für unsere Strickguerilla-Eskapade erhofft hatten, wobei uns Wolkendeckung willkommen war. Trotzdem wäre es eine Ironie des Schicksals, wenn es ausgerechnet während dieser Mission regnen würde. Unweigerlich musste ich grinsen.

In aller Frühe ließ ich den schnarchenden Sam zurück und machte mich auf, um in der Nähe der Buddha Bar nach seinen Schuhen Ausschau zu halten. Neben einer Mauer in der Burns Street fand ich ein verwaistes Paar, und so unglaublich es klingt, aber in einem der Schuhe steckte Sams Portemonnaie. Meine Schwester hätte einen Anfall bekommen, wenn sie gewusst hätte, wie Sam mit den teuren Turnschuhen und dem Portemonnaie umging.

Als ich wieder nach Hause kam, saß Sam auf dem Sofa, an einem Ohr ein Kühlpack, am anderen sein Handy. Verlegen sah er mich an.

»Mum wäre bestimmt stolz auf mich«, sagte er. »Ich glaube, ich habe mein Portemonnaie verloren. Ich ruf gerade bei der Buddha Bar an, um zu fragen, ob es jemand abgegeben hat, aber da geht keiner ran.«

Feixend hielt ich Schuhe und Portemonnaie hoch.

»Du bist die Größte«, sagte Sam. »Du hast nicht noch

zufällig meinen Autoschlüssel, oder? Um zehn habe ich nämlich eine Vorlesung.«

»Als ob ich dich in dem Zustand fahren ließe.« Ich reichte ihm Schuhe und Portemonnaie.

»Oh.« Sam kratzte sich am Kopf.

»Mach dir keine Sorgen, ich bringe dich hin«, sagte ich. »Und anschließend hole ich dich auch wieder ab, und dann bekommst du noch etwas zu essen. Danach solltest du wieder fahrtüchtig sein.«

Ich verschwand im Schlafzimmer und band mir die Queensland-Uhr um. Mit ein bisschen Glück würde ich Sam bei der Griffith University absetzen und noch ein wenig von der Aktion in Harpers Schule mitbekommen können.

Vom Campus der Griffith University in Southport fährt man eine halbe Stunde bis zur Tattings High School. Ich hatte Sam an der Uni abgesetzt und versprochen, ihn in vier Stunden an derselben Stelle wieder abzuholen. Nun wartete ich im Auto auf dem Schulparkplatz. Es regnete, und ich musste immer wieder den Scheibenwischer einschalten, um etwas sehen zu können.

Nicht lange, und Harper lief über den Parkplatz, sie trug einen beigen Regenmantel und einen Regenschirm mit der New-Yorker-Skyline, auf dem die Türme, na, Sie wissen schon. Ich betätigte kurz die Lichthupe, und sie kam sofort angelaufen und stieg ein.

»Wurde der Schwimmunterricht wegen Schlechtwetters abgesagt?«, fragte ich.

Harper schüttelte den Kopf. Mit einem leichten Stirnrunzeln inspizierte sie mein Haar.

»Steht dir eigentlich ganz gut«, sagte sie schließlich. »Du siehst aus wie Mum.«

»Habt ihr sie geschnappt?«, fragte ich und ignorierte den Kommentar.

Harper nickte.

»Und?«

»Es war eine Stipendiatin. Mary Niles. Sie ist vierzehn und wurde sofort der Schule verwiesen. Ihre Mutter hat sie eben gerade abgeholt. Die tut mir so leid, sie ist alleinerziehend, und ihre andere Tochter ist behindert.«

»Hat Mary gesagt, warum sie es getan hat?«

»Nein, keinen Ton hat sie von sich gegeben. Die Spanischlehrerin Mrs Betts war dabei, als Julia und ich in die Umkleidekabine gegangen sind. Mary hat uns nur groß angesehen, sich hingesetzt und die Schere neben sich auf die Bank gelegt. Sie hat nicht mal geweint, saß einfach nur da und hat … irgendwie erleichtert gewirkt. Beinahe, als wäre sie froh, erwischt zu werden.«

Die Scheiben beschlugen, und ich stellte das Gebläse an.

»Kannst du dir vorstellen, warum sie das getan haben könnte?«

»Ja, schon. Mary ist eine gute Schülerin, klug … aber … plump. Klein und unscheinbar mit Akne. Vielleicht war sie einfach neidisch.« Harper zuckte mit den Achseln.

»Na, da wird die Schule ja Trauer tragen«, sagte ich. »Ich nehme mal an, dass Mary zu den Schülern gehört, mit denen sich Tattings ein soziales Image verschafft, weil weniger Bemittelte ein Stipendium erhalten.«

Wieder legte Harper die Stirn in Falten. »So ist das gar nicht.«

»Ach, komm schon, genau so ist das. Wenn Mary die vollen Schulgebühren zahlen würde, dann säße sie jetzt beim Schulpsychologen und würde mit ihm die Gründe für ihr Verhalten durchkauen. Und man hätte sie beurlaubt, nicht rausgeworfen.«

»Da irrst du dich«, entgegnete Harper.

»Fühlt sich die Schule nicht irgendwie verpflichtet, herauszufinden, warum sie es getan hat? Offenbar ist hier ja etwas schiefgelaufen.«

»Hör zu, Scout. Ich bin dir wirklich dankbar für deine Hilfe. Und ich gebe auch gerne zu, dass ich es ohne dich nicht geschafft hätte, aber damit ist das Thema erledigt. Das Leben geht weiter.«

Ich biss mir auf die Zunge. Wenn Harper jetzt noch von einem »befriedigenden Abschluss« spräche, würde ich ausrasten.

»Ich fasse es nicht, dass du so denkst«, sagte ich kopfschüttelnd.

Darauf ging Harper nicht weiter ein, und ich ließ die Sache fürs Erste auf sich beruhen. Meine Schwester ist der reflektierteste Mensch auf Erden und würde garantiert zur Besinnung kommen. Auch wenn das ein paar Stunden dauern konnte.

»Was machst du hier überhaupt?«, fragte Harper.

Mhmm. Über die Antwort dachte ich lange und gründlich nach. Es war schon verlockend, ihr an den Kopf zu knallen, dass auch sie Mutter eines Kindes war, das einen Fehler gemacht hatte.

Am Ende brachte ich es nicht übers Herz. Das konnte ich Sam nicht antun.

»Sam wollte nicht selbst fahren, also habe ich ihn zur Uni gebracht. Er hatte Angst, dass er von der Party noch Alkohol im Blut haben könnte, und da wollte er lieber nichts riskieren.« Stimmte sogar fast.

»Sam ist so erwachsen und verantwortungsbewusst«, sagte Harper stolz.

»Ja, da sagst du was.«

Ich fuhr runter nach Southport, parkte in der Nähe der Broadwater-Bucht und beobachtete, wie die Boote im Regen vorbeituckerten. Vom Hubschrauberlandeplatz auf der gegenüberliegenden Landzunge stieg gelegentlich ein Hubschrauber auf. Der Sea-World-Vulkan spuckte Feuer. Im Regen wirkte alles etwas trostlos.

Nachdem ich meinen Blutzuckerwert getestet hatte, zog ich mir eine Regenjacke über, verriegelte den Wagen und betrat ein Café. Alle Tische waren besetzt, bei dem Wetter nicht weiter verwunderlich, was sollte man sonst auch tun? Ich bestellte mir einen Flat White und ein Sandwich mit Tomaten und Salat zum Mitnehmen und ließ den Blick sehnsüchtig über die Baklavas wandern.

Ich nahm das Essen mit ins Auto und aß und schaute derweil aufs Wasser.

Jetzt brauchte ich einen klaren Kopf.

34.

Wie geplant holte ich Sam ab, und keine fünf Minuten später war er im Auto eingeschlafen. Als wir Byron Bay erreichten, wachte er wieder auf und verkündete, dass er immer noch zu viel Alkohol im Blut hätte und noch eine Nacht bleiben müsste.

Mhmm. Sosehr ich auch an Sam hing, stellte sein überraschend vernünftiger Entschluss für unsere SG-Mission ein Problem dar. Schließlich hatte ich mich darauf schon so lange gefreut, doch die Familie ging vor. Entweder müsste ich alles verschieben oder aber Sam von meinen nächtlichen Eskapaden erzählen.

Als Sam am späten Nachmittag zum Baden an den Strand ging, simste ich den Mitgliedern der Strickguerilla, erklärte die Lage und bat um Rückmeldung. Dann schob ich das Problem kurzerhand beiseite und rief Miles' Tochter Susie wegen Brianna Berkelow an.

»Dad hat erzählt, dass du anrufen würdest«, sagte sie. »Wie geht es dem alten Knaben?« Susie klang so fröhlich, als wäre sie im Urlaub.

»Großartig«, sagte ich. »Ich kann mir keinen besseren Nachbarn wünschen.«

»Das höre ich gern. Wie kann ich helfen?«

Ich erzählte ihr die traurige Geschichte von der zerschnittenen Unterwäsche und dem Vorwurf der sexuellen Belästigung durch einen Lehrer, doch nannte keine Namen. Tattings ließ ich auch unerwähnt, erklärte nur, dass die Schülerin, um die es mir ging, zwar Opfer des Vandalismus geworden sei, aber hinter der Beschwerde gegen den Lehrer steckte. Auch dass ich die Anschuldigung für reine Schikane hielt, sagte ich.

»Und nun glaubst du, dass die Schülerin vorher auf die Heathlands House gegangen ist?«, fragte Susie. »Und dass es einen ähnlichen Vorfall gegeben hat?«

»Ja.«

Susie schwieg eine Zeit lang, womöglich überlegte sie, wie viel sie mir erzählen durfte.

»Lass mich raten. Der Lehrer ist jung und attraktiv, die Anklägerin ist ein unangenehmes, fades Mädchen, deren Vater Anwalt ist«, sagte sie schließlich.

»Weißt du, wen ich meine?«

»Ich glaube schon. Die Schülerin, die ich im Kopf habe, müsste mittlerweile fünfzehn sein. Nachdem sie bei uns rausgeflogen ist, kam sie an eine Schule in Queensland, Tattings. Wie mache ich mich?«

»Treffer, versenkt«, sagte ich.

»Der Vater hatte Heathlands damals mit einer Verleumdungsklage gedroht, sollte Tattings irgendetwas erfahren.«

»Wenn du nicht mehr preisgeben darfst, verstehe ich das gut.«

»Die können mich mal«, sagte Susie. »Dieses Mädchen hat die Karriere eines ganz wunderbaren und engagierten Lehrers ruiniert und hätte fast auch noch dessen Ehe zerstört. Ganz abscheuliche Lügen hat sie sich ausgedacht, dass er ihr auf den Busen starren, sie angrabschen und sich an ihr reiben würde … Rubbelsau haben sie ihn daraufhin genannt … schrecklich. Der arme Mann ist immer noch beurlaubt, so fertig ist er mit den Nerven. Ich glaube nicht, dass der jemals wieder unterrichten wird.«

»Woher weißt du, dass die Beschuldigungen aus der Luft gegriffen waren?«, fragte ich.

»Irgendwann wurde sie bei einem ihrer Spielchen überführt«, sagte Susie. »Dieses Mädchen hat alle tyrannisiert. Und andere auch noch zum Mitmachen angestiftet. Immer hatte sie es auf die Schwächsten abgesehen, die Dicken, die Einsamen, die mit Sprachstörungen … Und die Opfer hat sie dann dazu gebracht, sich als Zeugen der vermeintlichen sexuellen Übergriffe zu melden. Es war schon fast krankhaft.«

»Jetzt lass mich mal raten«, sagte ich. »Hat eine Zeugin Gewissensbisse bekommen?«

»Zwei sogar. Die Schülerinnen sind mit ihren Eltern zur Direktorin und haben ein volles Geständnis abgelegt. Dieses Mädchen hat die beiden durch die Hölle geschickt. Zur Rede gestellt, hat sie irgendwann zugegeben, sich die Vorwürfe gegen den Lehrer nur ausgedacht zu haben, nur so aus Spaß. Sie musste sofort die Koffer packen.«

Wenn ich Robert Arnold und seiner Frau helfen wollte, durfte kein Zweifel daran bestehen, dass es sich tatsächlich um dieselbe Schülerin handelte. Um den Fall weiterzuverfolgen, musste ich ganz sicher sein, also biss ich in den sauren Apfel.

»Sprechen wir hier über Brianna Berkelow?«, fragte ich.

Susie schwieg, und ich wartete. Als sie sich schließlich äußerte, klang sie selbstsicher, und ihre Worte waren sorgfältig gewählt.

»Mein Vater hat mir etwas beigebracht. Wenn ich unsicher bin, soll ich mich fragen, wie ich in fünf Jahren darüber denken würde, und ob ich mir rückblickend wünschen würde, etwas unternommen zu haben, als ich noch die Möglichkeit hatte. In diesem Fall lautete meine Antwort Ja, ich würde es mir ganz bestimmt wünschen. Deshalb lautet meine Antwort auf deine Frage ebenfalls Ja, es handelt sich um Brianna Berkelow.«

»Danke«, sagte ich. »Was wollen wir jetzt tun?«

Eine Zeit lang berieten wir und kamen überein, dass Susie bei ihrem Kollegen vorfühlen würde, ob er bereit wäre, Robert Arnold in Queensland anzurufen. Ich wiederum würde besagten Robert Arnold ausfindig machen und fragen, ob er den Anruf auch entgegennehmen würde, und ihn dann um Erlaubnis bitten, seinen Namen und seine Telefonnummer an Susie weiterzugeben. Danach würden Susie und ich uns aus der Sache heraushalten.

Für mich war das so in Ordnung.

Sam und ich aßen unten im Fandango zu Abend. Ich hatte mich immer noch nicht entschieden, ob ich die näheren Umstände meiner nächtlichen Streifzüge preisgeben sollte. Alle Mitglieder der Strickguerilla hatten auf die SMS geantwortet. Die übereinstimmende Meinung war, dass die Aktion heute Nacht wie geplant vonstatten gehen sollte, und wenn ich überzeugt wäre, dass Sam nichts ausplaudern würde, sollte ich ihn bitten, mitzumachen, und ihn vereidigen. Mit anderen Worten, die Entscheidung lag allein bei mir.

Im Lokal herrschte reger Betrieb, besonders Familien, die hier ihre Ferien verbrachten, taten sich etwas Gutes an diesem grauen Regentag. Sam aß gegrillten Snapper, während ich mich über Krebse mit Chilisoße hermachte. Dazu tranken wir Oyster Bay Sauvignon blanc, den Sam spendierte.

»Kann ich das behalten?«, fragte Sam und zeigte auf das T-Shirt von Black Sabbath, das er trug und das Toby gehörte.

»Nein.« Ich schüttelte den Kopf.

»Hast du meiner Mutter von gestern Abend erzählt?«

»Was glaubst du denn?«

»Nein, das würdest du nicht tun. Aber bestimmt erwartest du, dass ich es ihr erzähle.«

Ich nickte. »Und?«

»Klar. So in einem Jahr.«

Als ich mich von dem Lachanfall erholt hatte, fiel mir wieder das Gespräch mit Harper ein, und ich fragte Sam, ob ihm seine Mutter irgendetwas von den Vorfällen auf Tattings erzählt hätte.

»Meinst du Wäschegate?«, fragte Sam.

»Ja. Deine Mutter hat die Täterin heute geschnappt.«

»Echt jetzt?« Sam war offensichtlich beeindruckt.

Möglicherweise war es hilfreich, die Dinge einmal aus der Perspektive eines jungen Menschen zu betrachten, also erzählte ich Sam, was ich von Harper wusste.

»Es ergibt keinen Sinn, dass diese Mary Dingenskirchen neidisch war«, bemerkte er.

»Niles«, verbesserte ich ihn. »Wie meinst du das?«

»Na offensichtlich hasst doch jeder diese vier Mädchen. Man wird doch nicht neidisch auf Leute, die keiner ausstehen kann. Das ist unlogisch.«

Erstaunt sah ich ihn an. »Red weiter.«

»Man beneidet Mitschüler, die super Noten haben, top im Sport sind oder bei allen beliebt. Aber doch keine fiesen Zicken.«

»Dann nenn du mir Gründe, warum Mary es getan haben könnte.«

Sam nahm einen Bissen Fisch, trank einen Schluck Wein und legte dann das Besteck beiseite. Er stützte die Ellenbogen auf und faltete die Hände genau wie sein Vater. Ich konnte mir ein Lächeln nicht verkneifen.

»Ich glaube, dass die Mädels sie schikaniert haben«,

schloss er. »Und zwar so schlimm, dass sie zurückgeschlagen hat. Mary bietet doch offensichtlich jede Menge Angriffsfläche, sie ist eine moppelige Stipendiatin mit einer alleinerziehenden Mutter und einer behinderten Schwester. Ich wette, dass die ihr das Leben zur Hölle gemacht haben. Das machen doch so fiese Zicken, die stürzen sich auf die Schwachen.«

»Bist du auch schon mal schikaniert worden?«, fragte ich.

»Ja, in der Grundschule.«

»Was war da los?«

»Ich bin täglich von so einem Jungen in die Mangel genommen worden. Einmal hat er mein Schulbrot geklaut, es auf den Boden geworfen und ist darauf herumgetreten. Als Max davon erfuhr, haben er und zwei seiner Freunde den Jungen an den Schulzaun gebunden und ihn angepinkelt. Danach hatte ich nie wieder Probleme.«

Ich lachte laut auf. »Weiß deine Mutter davon?«

»Bist du wahnsinnig? Max wäre wahrscheinlich heute noch in Therapie.«

Eine Weile aßen wir schweigend, und ich ließ mir Sams Theorie über Mary Niles durch den Kopf gehen. Irgendwie leuchtete mir das ein.

»Du hast mir sehr geholfen«, sagte ich.

»Gut«, sagte er. »Kann ich das T-Shirt behalten?«

Als wir später vor dem Fernseher saßen, kam ich ohne viel Federlesens zur Sache.

»Ich bin ein Garnbomber«, verkündete ich. »Ich gehöre einer geheimen Gruppe an, die sich Strickguerilla, kurz SG, nennt. Nachts ziehen wir los und schmücken die Stadt mit Gestricktem, eigentlich könnte man es als Graffiti bezeichnen, aber wir nennen unsere Aktionen lieber Verschönerung. Wir bestricken Bäume, Zäune, Straßenschilder. Aber sag deiner Mutter bloß nichts davon.«

Sam sah mich an, als käme ich vom Mars.

»Du bist was?«

Junge Leute zu schockieren, macht richtig Spaß, vor allem wenn es Verwandte sind.

»Du hast richtig gehört. Und heute Nacht trifft sich die SG bei mir auf der Veranda. Dann schlagen wir los. Mir bleibt nichts anderes übrig, als dich einzuweihen, weil ich die Aktion nicht mehr abblasen kann. Du hast jetzt zwei Möglichkeiten, aber in beiden Fällen musst du dich zu absolutem Stillschweigen verpflichten.

»Krass«, sagte er, nachdem er sich vom Schreck erholt hatte. »Die alte Tante Scout ist eine Graffiti-Künstlerin!«

»Ich meine es ernst, Sam, du darfst es niemandem erzählen.« Streng sah ich ihn an.

»Du meinst das wirklich ernst, oder?«

Ich nickte. »Du kannst dich entscheiden, nichts zu tun und nichts zu sagen, oder du schließt dich uns an. Unsere Aktivitäten verstoßen gegen das Gesetz, obwohl wir nie etwas tun, das dauerhaft Schaden anrichtet. Alles lässt sich leicht wieder entfernen. Aber überleg es dir gut, bevor du dich entscheidest, denn unsere Fadenoffensiven könnten unerwünschte Konsequenzen mit sich bringen. Du solltest auch wissen, dass es bei unserer heutigen Aktion um das Polizeirevier geht, in dem du gestern festgehalten wurdest.«

»Weiß dein Hibiskus-Mann davon? Gehört er auch dazu?«

Ich schüttelte den Kopf. »Spinnst du.« Aus unerfindlichen Gründen erhöhte die Vorstellung, dass Rafe heute auf dem Revier Nachtwache schieben könnte, den Nervenkitzel für mich nur.

»Habt ihr auch Tags oder Pseudonyme wie echte Sprayer?«, fragte Sam.

»Haben wir. Ich heiße Wollküre. Die anderen Mitglieder sind Bodkin, Linke Masche, Nadel und Blut-und-Mut.«

»Das glaube ich nicht. Du verarschst mich doch?«

»Nein, Ehrenwort«, versicherte ich ihm. »Willst du mitmachen?«

Mit der Entscheidung hatte er kein Problem, ihm war anzumerken, dass er vor Aufregung brannte.

»Keine zehn Pferde könnten mich davon abhalten, dabei zu sein«, sagte er. »Weiß Toby davon?«

»Niemand weiß davon, du bist der Einzige. Die Mitglieder der Strickguerilla benutzen nie ihre richtigen Namen, also musst du dir auch einen ausdenken, womit ich dich den anderen vorstellen kann.«

Während ich Sam mehr über die Strickguerilla erzählte, stattete ich ihn mit schwarzen Klamotten von Toby aus. Dann öffnete ich den Überseekoffer, holte die Tüte mit den gestrickten Rechtecken, eine Rolle mit knallorangem Band und zwei schwarze Sturmhauben heraus. Eine der Sturmhauben reichte ich Sam.

»Wo hast du die alle her?«, fragte Sam mit Blick auf das riesige Bündel Sturmhauben im Koffer. »Sieht aus, als würdest du einen groß angelegten Banküberfall planen.«

»Linke Masche strickt sie während unserer Treffen«, erklärte ich. »Ihr macht es Spaß, und sollte es eine neue Eiszeit geben, sind wir vorbereitet.«

Miau Zedong sprang vom Sofa in den Überseekoffer und maunzte empört, als ich ihn heraushob und den Deckel schloss.

»Du hast mir noch gar nichts über die anderen Mitglieder erzählt«, sagte Sam, zog die Sturmhaube über und drehte den Kopf hin und her. »Was für Leute sind das so?«

»Abgebrühte Verbrecher. Bodkin, der einzige Mann in der Truppe, ist Anwalt; Nadel ist Oma und arbeitet in einer Bäckerei; Blut-und-Mut ist Chirurgin und ihre Freundin Linke Masche ist Goldschmiedin.«

»Der Abschaum der Gesellschaft also«, sagte Sam schmunzelnd.

»Während des Treffens brauchst du die Sturmhaube noch nicht. Die setzen wir erst auf, wenn wir aufbrechen. Und wenn die Polizei kommt, läufst du, so schnell du kannst, und du musst mir schwören, dass du die Identität der anderen nicht preisgibst.«

Sam zog sich die Sturmhaube vom Kopf, wuschelte die Locken zurecht und legte sich die Hand aufs Herz. »Ich schwöre.«

»Dein Herz ist übrigens auf der anderen Seite«, sagte ich. »Hast du jetzt noch Fragen?«

»Bin ich der Jüngste?«

»Ja, du bist unser Nachwuchs.«

»Bringt Nadel Kuchenreste aus der Bäckerei mit?«

Ich nickte. Jungs!

Auf einmal sah Sam ganz geknickt aus.

»Was ist denn los?«, fragte ich, ganz die besorgte Tante.

Sam ließ sich aufs Sofa plumpsen, vergrub den Kopf in die Hände und stöhnte: »Ich kann nicht stricken.«

Als ich mich vor Lachen endlich eingekriegt hatte, sagte ich: »Glaub mir, Sam, das ist das geringste Problem.«

35.

Um zehn vor zwölf warf ich mich in meine schwarze Kluft, dann zündeten Sam und ich auf der Veranda Zitronella-Kerzen an und stellten Schalen mit Oliven und Nüssen auf den Tisch. Miau Zedong hatte sich den Korbstuhl in der Ecke neben der Waschmaschine gekapert, damit ihm auch ja nichts entging.

»Soll ich noch Wasser und Gläser rausstellen?«, fragte Sam.

»Nein, wir trinken Gin Slings.«

Sam machte ein anerkennendes Gesicht. »Weiter so, Tante Scout.«

»Wollküre.«

Um Mitternacht trafen Bodkin, Linke Masche, Nadel und Blut-und-Mut ein, alle in Schwarz und mit Präsenten bewaffnet. Bodkin brachte eine Flasche Gin, Linke Masche eine Flasche Wermut, Nadel eine große Tüte voll mit Brot und Kuchen und Blut-und-Mut drei Pizzen und ein Netz Zitronen.

»Du musst Sam sein«, sagte Nadel lächelnd.

»Henker«, verbesserte Sam sie, woraufhin Blut-und-Mut lachte.

Fragend sah ich Sam an, später sollte er mir bitte mal erklären, was ein Henker mit Wolle zu tun hatte. Offenbar hatte Blut-und-Mut die Verbindung gleich hergestellt.

»Hat er schon den Schwur abgelegt?«, fragte Linke Masche.

Ich nickte. »Ich habe ihm alles erklärt, und er möchte bei der SG mitmachen.«

Nacheinander stellten sich alle mit ihren Decknamen bei Henker vor und schüttelten ihm die Hand. Bodkin und Blut-und-Mut mixten die Gin Slings, ich legte Servietten für die Pizza auf den Tisch, und Miau Zedong begrüßte jeden und hüpfte dann zurück auf seinen Eckplatz.

Um halb eins begann das Treffen offiziell, und mir entging nicht, dass Sam sich mit großen, staunenden Kinderaugen umsah. Kein Wunder. Mitten in der Nacht saßen wir schwarz gekleidet bei Gin Slings und Pizza zusammen und hielten im Kerzenschein flüsternd unsere Versammlung ab. Als Sam meinen Blick bemerkte, grinste er bis über beide Ohren und prostete mir zu. In diesem Moment fühlte ich mich ihm sehr nah.

Nadel führte den Vorsitz und ging leise, Schritt für Schritt, den Ablauf unseres heutigen Gaunerstücks durch, beruhigte uns in puncto Regen, vergewisserte sich, dass auch alle ihre bunten Rechtecke dabei hatten, ließ sich von Bodkin bestätigen, dass er mit der Mission einverstanden war und wies alle noch einmal darauf hin, keinen Ausweis und kein Handy mitzunehmen. Dabei sah sie Sam durchdringend an.

Sam schüttelte den Kopf. »Das Einzige, womit man mich identifizieren könnte, ist meine DNA, denn die ist die gleiche wie bei Wollküre«, sagte Sam, und Nadel hielt die Daumen hoch.

»Hier«, sagte ich zu Sam und reichte ihm das orangefarbene Garn, ein Maßband und eine Schere. »Schneide dreißig gleich lange Bänder à dreißig Zentimeter ab.«

Die restliche Zeit schwelgten wir in Erinnerungen an die orangen Perücken, zeigten Fotos herum, aßen, tranken, verteilten OP-Handschuhe (die von Blut-und-Mut stammten) und kontrollierten, ob wir auch alle Hundekuchen dabeihatten.

Um zwei nahm sich jeder ein paar orange Bänder vom Tisch; wir zogen uns Sturmhauben und Handschuhe über und reichten uns feierlich die Hand. Das war das Startsignal.

Sam lachte laut auf.

»Schhh!«, zischten wir im Chor.

»Sorry«, flüsterte er und machte eine entschuldigende Geste. »Sorry.«

»Muss dir nicht leidtun, Junge. Lach so viel du willst, aber tu es leise«, raunte Bodkin. »Vor allem wollen wir Spaß haben, das Establishment provozieren und unser Adrenalin hochtreiben. Seid ihr bereit? Dann auf in den Kampf!«

Lautlos folgten wir Nadel durch das Gässchen hinter dem Haus bis über den Bahnübergang, dabei drückten wir uns an Häuser und Straßenlaternen wie verkappte Stalker. In der Shirley Street kam uns auf einmal ein Wagen entgegen. Gerade noch rechtzeitig duckten wir uns hinters Gebüsch und entgingen so den Scheinwerfern. Als die Luft wieder rein war, stieß Nadel leise einen Eulenruf aus, und wir schlichen weiter.

Wie ich Sam erzählt hatte, galt unsere Aktion dem Polizeirevier, genauer gesagt dem Parkplatz. Ziel war es, die Scheibenwischer der Polizeifahrzeuge mit den gestrickten Rechtecken einzuhüllen und mit dem knallorangen Garn gut festzubinden. Ein von Nadel brillant ersonnener Plan – schwierig, gefährlich und absolut albern. Damit erfüllte er die wichtigsten Kriterien.

Da Ästhetik bei unserer Stadtverschönerung eine wichtige Rolle spielte, mussten die Farben zusammenpassen, und weil Sam und ich die längeren lila Rechtecke hatten, wies Nadel uns den großen Mannschaftswagen zu. Bodkin und seine leuchtend rosa Rechtecke wurden zum Wagen direkt an der Einfahrt geschickt, Linke Masche mit ihren roten Stücken sollte den daneben übernehmen, Blut-und-Mut mit ihren Regenbogenrechtecken bekam das Fahrzeug in der Ecke zugeteilt, und Nadel selbst machte sich mit ihren strahlend gelben Rechtecken am letzten Wagen zu schaffen, der gleich neben der Treppe zur Wache stand.

Sam und ich waren gerade dabei, unsere lila Strickteile am Scheibenwischer festzuknoten, als wir Nadels Eulenruf vernahmen. Ich packte Sam am Arm. Sekunden später kam ein Polizist die Treppen hinunter auf den Hof. Geräuschlos ließen Sam und ich uns auf den Boden fallen und robbten in Soldatenmanier unter den Wagen.

Von meiner Warte aus hatte ich den Mann gut im Blick, es war nicht Rafe und auch sonst niemand, den ich kannte. Der Polizist blickte sich um, zündete sich eine Zigarette an und vertrat sich die Beine. Ich versuchte, ganz ruhig zu bleiben, atmete durch die Nase ein und durch den Mund wieder aus, wenn er die Überzüge an den Scheibenwischern bemerkte, wären wir geliefert. Dann würde er garantiert die Kollegen rufen, und einer von ihnen würde uns bestimmt entdecken. Zudem bestand auch noch die Gefahr, dass ein weiteres Polizeifahrzeug auf den Hof fuhr, oder schlimmer noch, dass dieser Polizist, nachdem er zu Ende geraucht hätte, in eines der Fahrzeuge steigen und einen von uns über den Haufen fahren würde.

Mir rutschte das Herz in die Hose, und wenngleich ich Bodkin nicht sehen konnte, wusste ich, dass sein Herz gerade Salsa tanzte. Was auf ihn zukäme, wenn er als Anwalt für Strafrecht erwischt würde, wie er mit Sturmhaube vor einer Polizeiwache herumlungerte, wollte man sich lieber nicht ausmalen.

Nachdem der Polizist aufgeraucht hatte, trat er die Kippe mit seinen Riesengaloschen aus und schnippte sie ins Gebüsch. Dann vergrub er die Hände in den Taschen und stieg die Treppen hinauf.

Erleichtert atmete ich auf und legte Sam eine Hand auf den Arm, um ihm zu bedeuten, dass er sich noch nicht rühren sollte. Wir verharrten noch weitere fünf Minuten reglos, bis Nadels Entwarnungsruf ertönte, dann kamen die Mitglieder nacheinander lautlos unter den Autos und hinter den Büschen hervor. Bodkin tauchte mit erhobenen Händen auf, als würde jemand mit der Pistole hinter ihm stehen.

Per Handzeichen gab Bodkin uns anderen zu verstehen, dass wir uns ranhalten sollten, dann eilte er in geduckter Haltung davon, Nadel folgte ihm. Linke Masche und Blut-und-Mut banden geschwind ein paar Schleifen, sodass alles hübsch aussah. In Windeseile schnürte ich die lila Überzüge an die Scheibenwischer des Mannschaftswagens und schlich mit Sam vom Polizeigelände. Die anderen warteten schon in der Shirley Street auf uns. Stumm und möglichst unauffällig traten wir den Rückzug über die Schienen an, Nadel ging voraus, Bodkin bildete die Nachhut.

Ecke Jonson Street gaben wir uns schweigend die Hand und trennten uns wie Diebe in der Nacht.

»Was Besseres gibt es nicht«, sagte ich zu Sam, während wir lachend den ganzen Weg nach Hause rannten. Auf der Veranda nahmen wir sofort die Sturmhauben ab.

»Und wenn sie uns nun geschnappt hätten?«, fragte Sam und krümmte sich keuchend.

»Das macht doch gerade den Kitzel aus«, behauptete ich großspurig.«

»Das war einfach genial«, Sam schüttelte den Kopf und grinste mich an. »Fast noch besser als …«

»Ja, ja, schon gut«, unterbrach ich ihn und grinste zurück. Sams Augen sprühten vor Begeisterung, und ich wurde von einer innigen Tantenliebe ergriffen. Ich hätte nie gedacht, dass es solchen Spaß machen könnte, mein Geheimnis mit Sam zu teilen.

»Weiß denn der Hibiskus-Mann nichts davon?«, fragte Sam.

»Ich habe dir doch schon gesagt, außer dir weiß keiner was.« Ganz sicher war ich allerdings nicht, dass der Hibiskus-Mann nicht zumindest einen gewissen Verdacht gegen mich hegte.

»Also bin ich der Einzige in der Familie, dem du traust«, sagte er selbstgefällig.

Ich nickte. Dann sagte ich: »Henker? Das kapier ich nicht.«

»Na am Strick hängen, verstehst du jetzt?«

»Oh, ja«, sagte ich. »Ziemlich gut.«

»Ich würde euch niemals verraten«, sagte Sam, mit einem Mal todernst.

»Wie kannst du dir da so sicher sein?«

»Na, dann ist doch der ganze Spaß hin, wie bei *Das scharlachrote Siegel*, als Sir Percey Blakeney allen seine wahre Identität verraten hat. Das macht doch die Spannung kaputt«, sagte er.

»Ich bin stolz auf dich!«

36.

Am Mittwochmorgen durchforsteten Sam und ich die Websites der Lokalzeitungen nach unserer Aktion, aber noch stand nichts drin. Sam versprach auf dem Nachhauseweg den örtlichen Radiosender zu hören und sich gegebenenfalls gleich zu melden.

Nachdem Sam weg war, rief ich bei Marcia an. Gestern war ihr niemand Verdächtiges in Surfers Paradise aufgefallen, aber wegen des Regens war sie auch nur kurz geblieben. Wir vereinbarten, dass ich sie gegen Mittag in Burleigh Heads abholen würde, um gemeinsam mit ihr nach Surfers Paradise zu fahren, wo ich mich mit Cara Mel treffen wollte.

Kurz spielte ich mit dem Gedanken, Marcia zu erzählen, was ich von Dan und seiner Patientin erfahren hatte, doch das war sicher nicht das passende Thema für ein Telefonat am Morgen. Wie bei allem anderen würde ich mich an meinen heutigen Masterplan halten: abwarten und die Entscheidung auf später verschieben.

Die dunklen Regenwolken von gestern Nachmittag waren meerwärts gezogen, und die Sonne lugte hinter weißen Zuckerwattewölkchen hervor. Nachdem ich Miau Zedong gefüttert hatte, machte ich eine Kanne Käsemauken-Tee, setzte mich damit auf die Veranda und betrachtete das Foto von Tildy Wilding, prägte mir ihre feinen Gesichtszüge, die warmen braunen Augen und den kleinen Leberfleck am Auge ein. Anschließend knöpfte ich mir das

Bild von Casey Steinman alias Harmonie Herz vor, blondes Haar, weit auseinanderstehende blaue Augen, breites Lächeln und perfekte Zähne: der Inbegriff einer amerikanischen Cheerleaderin.

Das Klingeln des Festnetztelefons riss mich aus den Gedanken. Ich rannte rasch hin, falls es Marcia war, die es sich wegen heute Mittag anders überlegt hatte. Doch nicht Marcia, sondern Rafe meldete sich. Wie die Heldin in einem Liebesroman legte ich unwillkürlich die Hand an den Hals. Zu allem Übel stahl sich noch ungebeten ein Bild von Rafe in meinen Kopf: Nur mit einem weißen Handtuch um die Hüften fuhr er sich mit schlanken Fingern durch das feuchte Haar und entblößte die ebenfalls noch feuchten dunklen Härchen unter der Achsel …

»Wie geht es unserem Pavarotti?«, fragte Rafe.

»Gut, danke. Sam ist heute Morgen nach Hause gefahren«, sagte ich fröhlich. »Und wie geht es dir so?«

»Ich hatte gestern Nachtschicht, und jetzt kann ich nicht schlafen. Mich beschäftigt nämlich etwas.«

Hilfe! Garantiert wusste er von der Sache mit den Scheibenwischern. Rief er deswegen an? Hatte uns jemand gesehen? Hatte Rafe mich erkannt?

»Wahrscheinlich bist du nur übermüdet«, sagte ich lässig.

»Na, du musst auch ganz schön müde sein«, sagte er hinterlistig.

»Warum sollte ich denn müde sein?« Ich hielt den Atem an.

»Sag du's mir.«

»Keinen Schimmer, was du meinst, Rafe. Ich habe heute Nacht richtig gut geschlafen, danke der Nachfrage.«

Er lachte. »Und was machst du jetzt?«

»Arbeiten, warum?«

»Ich liege gerade im Bett und betrachte den Deckenventilator. Willst du dich vielleicht zu mir legen?«

Mir wurde ganz heiß, und das Bild in meinem Kopf wurde noch einen Zacken erotischer: ein auf einem breiten Himmelbett ausgestreckter Rafe … Schweißperlen auf der nackten Haut … schwarze Locken und kräftige Schultern auf weißem Kissen … die sanften Bewegungen ruhiger Atemzüge … die schmale dunkle Linie unter dem Nabel …

Mein ganz persönlicher Bacchus …

Ein paar Schläge musste mein Herz wohl ausgesetzt haben.

»Bist du noch dran?« Rafes Stimme klang rau und heiser.

»Mhmm.«

»Danach könnten wir mittagessen.«

»Wonach?«, fragte ich neckisch, irgendwie konnte und wollte ich von diesem Spiel köstlicher Zweideutigkeiten nicht lassen.

»Nachdem wir den Deckenventilator betrachtet haben«, sagte er langsam.

»Und wenn nun der Strom ausfällt?«

Rafe lachte. »Dann fang besser gleich an, für einen Stromausfall zu beten.«

Ich war sprachlos. Ich fühlte mich geschmeichelt. Ich war durcheinander. Aber vor allem wollte ich zu Rafe, mir die Klamotten vom Leib reißen und mich mit ihm unter den Ventilator werfen.

»Was ist jetzt?«, fragte er.

Ich war so was von scharf – wenn das verbale Vorspiel noch länger anhielt, würde es gewiss nicht bei Worten bleiben, da konnte ich auch gleich alle moralischen Bedenken über Bord schmeißen.

»Mittagessen wäre super, aber da habe ich noch einen Termin. Gegen sechs bin ich wieder zurück. Falls du nicht arbeiten musst, könnten wir zusammen abendessen.« Ich versuchte, cool zu bleiben, so als würden mir die Männer tagtäglich Avancen machen.

»Und was mach ich so lange?«, fragte Rafe.

»Du hast ja noch den Ventilator.«

Um dem Treffpunkt in Surfers Paradise möglichst nah zu sein, stellte ich den Lexus in der Vista Street ab, dort durfte man tagsüber uneingeschränkt parken. Marcia und ich saßen bei laufender Klimaanlage im Wagen und aßen Brötchen mit Tomaten und Salat.

Meine Kluft bestand aus einer eklektischen Mischung aus Jesuslatschen, dem Patchworkrock, einem schwarzlila Gürtel aus Südamerika, den ich mir zweimal um die Hüfte geschlungen hatte, einer weißen Tunika mit Silberstickereien, einer olivgrünen Weste, einem Sammelsurium silberner Armreifen und Ketten und einem riesigen keltischen Kreuz. Ein farbenfroher Beutel aus Nepal hing mir wie ein Munitionsgürtel quer über der Brust. Durchs Haar hatte ich mir einen bunten Batikschal geflochten und anschließend alles hochgezwirbelt, überall guckten Fransen vom Schal und einzelne Haarsträhnen hervor. In meinem Haar steckten so viele Klammern, dass ich mir vorkam wie eine wandelnde Werbung für die Australische Stahlgesellschaft. Um der Sache den letzten Schliff zu verleihen, hatte ich noch eine Tonne Haarspray auf die Kreation gesprüht und Patschuliöl aufgelegt.

Fantasia Jonson hatte das Licht der Welt erblickt.

»Sehe ich aus wie Sideshow Bob?«, fragte ich Marcia.

»Nein, eher wie Dritte Welt trifft Woodstock. Die Vereinten Nationen wären stolz auf dich.«

»Wenn Cara Mel kommt, wäre es doch schade, nicht mit ihr zu sprechen. Nach dem ganzen Aufwand«, sagte ich.

Marcia runzelte die Stirn. »Bist du dir sicher?«

Ich nickte. »Ja, bin ich.«

»Mark hat gestern Abend angerufen«, sagte sie, um das Thema zu wechseln. »Die Bücher, die ich den Kindern geschickt habe, sind angekommen. Tommy und Christopher sind ganz begeistert. Na ja, Christopher versteht natürlich noch nicht so recht, was ein Buch ist, aber du weißt schon, wie ich es meine. Tommy hat sein *Wo ist Walter?* gleich zum Vorstellen mit in die Schule genommen.«

Das war ein schönes Gespräch über die Familie. Unverfänglich. Normal. Wichtig.

Ein älteres Pärchen im Partnerlook mit passenden dunkelblauen Trainingsanzügen und blauen Wasserflaschen walkte am Wagen vorbei. Die Frau war mit Goldschmuck behangen, in ihrer riesigen Schildpattbrille funkelten Diamanten. Der Mann trug eine protzige Goldkette und telefonierte mit dem Handy. Marcia und ich grinsten uns an. Typisch Gold Coast.

»Wie geht es Marks Mutter?«, fragte ich.

»Den Umständen entsprechend ganz gut.«

»Und Mark?«

»Ist ein Wrack. Ich habe ihm erzählt, was wir vorhaben. Natürlich wollte er sofort kommen und uns helfen.«

»Was hast du ihm gesagt?«

»Er soll bleiben, wo er ist, und sich um seine Mutter und die Jungs kümmern«, sagte Marcia. »Und dass wir beide die Sache im Griff hätten.«

»Kann ich gut verstehen, dass er bei der Suche helfen will.«

»Ja, ich auch. Er wünscht sich seine Tildy ganz verzweifelt zurück.«

Wir sprachen über die Möglichkeit, dass Tildy Cara Mel zu dem Treffen mit mir begleiten könnte. Wenn Ben mit seiner Vermutung richtig lag und Tildy ihnen als Werkzeug diente, um neue Mitglieder zu werben, war der Gedanke gar nicht so weit hergeholt. Hoffentlich war sie dabei, dann hätte Marcia endlich Gewissheit, dass ihre Tochter noch bei der Sekte und vor allem noch am Leben war.

Wir entwarfen einen Schlachtplan, wie sich Marcia verhalten sollte, falls sie auf Tildy träfe. Auf allen Websites, die sich mit derartigen Situationen beschäftigten, wurde massiv davon abgeraten, seiner Wut Luft zu machen, also vereinbarten wir, dass Marcia überrascht und erfreut auf Tildy reagieren würde. Immerhin besaß Marcia ja eine Ferienwohnung an der Gold Coast, warum sollte sie also nicht zufällig dort sein. Auf gar keinen Fall würde Marcia offenbaren, dass wir uns kannten, oder versuchen, Tildy gewaltsam fortzuschaffen. Keine Dramen.

Marcia, die sich die ganze Nacht im Netz schlaugemacht hatte, instruierte mich, Cara Mel gegenüber neugierig, aber dennoch vorsichtig zu sein, und immer daran zu denken, dass Nichtsektenmitglieder als die Gesandten Satans galten.

Nach dem Essen gestand ich Marcia, dass ich besorgniserregende Informationen über den Himmlischen Bruder Excalibur hatte. Natürlich bekniete mich Marcia, ihr sofort alles zu erzählen.

Alle Farbe wich ihr aus dem Gesicht, als ich ihr von dem Beißen erzählte. Ich nahm ihre Hand.

»Oh, Gott …«, murmelt sie. »Meine Tildy …«

Stumm rannen ihr die Tränen über die Wangen und fielen auf ihr blaues Top. Sie wiegte sich vor und zurück, und ich hielt ihre Hand ganz fest. Nach einer Weile richtete sie sich wieder auf, trocknete sich die Tränen mit einem Taschentuch und schnäuzte sich.

»Ich muss mir ein dickeres Fell zulegen«, mahnte sie sich selbst. »Das kann ja alles noch schlimmer werden.«

Darauf wusste ich nichts zu sagen.

Um zehn vor zwei verriegelten wir den Wagen, liefen Richtung Strand und bogen dann in die Esplanade ein. Zur Tarnung und zum Schutz vor der Sonne trug Marcia einen weiten blauen Schlapphut. Leider gab es keinen Hut, der groß genug gewesen wäre, um auf meine momentane Haartracht zu passen.

»Wenigstens eine gute Nachricht«, sagte Marcia.

»Und die wäre?«

»Der Himmlische Bruder steht nicht auf Frauen über vierzig.«

37.

Vom nächtlichen Regen reingewaschen, erstrahlte Surfers Paradise in frischem Glanz. Die Sonne knallte auf den noch feuchten Strand, schillerte in allen Farben auf den vielen Fenstern entlang der Esplanade. Auf dem weiten Meer glitzerten Schaumkronen.

Marcia und ich hielten uns im Schatten der hohen Häuser und wichen den dampfenden Pfützen aus. An der Leycock Street trennten wir uns.

Als ich Marcia hinterhersah, wie sie vor mir über die Straße ging, dachte ich, dass es ihr trotz aller Vorbereitung wohl kaum gelänge, ruhig zu bleiben, sollte Tildy auftauchen. Ginge es um Tasha oder Niska, würde ich sie notfalls auch mit vorgehaltener Waffe zwingen, mitzukommen, keine Frage.

Dummerweise hatte ich keinen Schirm dabei, deshalb wartete ich in der prallen Hitze unter dem berühmten Surfers-Paradise-Schriftzug, dem Tor zu Sonne, Wellen und Partys. Ich finde, es ist ein merkwürdiges Willkommensschild, denn die Pfosten erinnern an Haifischflossen, eine seltsame Wahl für einen Urlaubsort, aber vielleicht sehe nur ich das so.

Um Viertel nach zwei kamen zwei Frauen in identischen langen blauen Kleidern auf mich zu. Die hochgewachsene dunkelhaarige Frau mit dem Leberfleck erkannte ich auf Anhieb. Es war Tildy, und sie bewegte sich mit der gleichen katzenhaften Anmut wie ihre Mutter. Ich riss mich zusammen und sah mich beiläufig nach Marcia um, aber ich konnte sie nirgends entdecken.

Tildy sah schrecklich aus. Verwahrlost und unterernährt, die Wangen ihres einst so hübschen Gesichts waren eingefallen, die Augen ausdruckslos. Traurigerweise lag auch auf ihrem bleichen Gesicht dieser leere Blick, den ich schon bei den Frauen auf Harolds Fotos gesehen hatte. Falls sie Bisswunden an den Armen hatte, so waren die von den langen Ärmeln verborgen. Ich warf einen Blick auf ihren Bauch und stellte mit Erleichterung fest, dass es keine Anzeichen für eine Schwangerschaft gab.

Dagegen war die andere Frau, die wohl Cara Mel sein musste, hochschwanger. Sie war klein und blond, mit einem rosigen Schweinchengesicht, John-Lennon-Sonnenbrille und hässlich schiefen Zähnen. Es heißt, in der Schwangerschaft ist jede Frau schön, offensichtlich gab es aber Ausnahmen.

Beide trugen weiße Söckchen und Turnschuhe, das Haar war zu absurd hohen Pferdeschwänzen gebunden. Um den Hals trugen sie Silberkettchen mit Tannenzapfen so groß wie Kirschen, wobei ich stark bezweifelte, dass ihnen die Bedeutung der Anhänger überhaupt bewusst war.

Mit gespielter Unsicherheit lächelte ich die beiden an.

»Ist eine von euch vielleicht Cara Mel?«, fragte ich mit zuckersüßer Stimme. »Ich bin Fantasia Jonson.«

»Woher weißt du, dass wir es sind?«, fragte Cara Mel geziert, und sofort erkannte ich ihre atemlose Stimme.

»Wild drauflos geraten«, entgegnete ich. »Und dann die schönen Kleider, wie in Amerika.«

Cara Mels Backen blähten sich, und ihre Lippen verzogen sich zu einem schiefen Lächeln. Ihr Mund erinnerte leider an einen grinsenden Halloweenkürbis. Ob auch sie eine Familie hatte, die am Boden zerstört war, und sie vermisste?

»Das ist Ewiger Schatten«, sagte sie und deutete mit einer lässigen Handbewegung auf Tildy.

Ich begrüßte sie, und Tildy nickte mir kurz zu, nahm mich aber gar nicht wirklich wahr.

Ohne ein weiteres Wort marschierte Cara Mel über die Straße, ignorierte dabei die rote Fußgängerampel, und lief die Cavill Mall hinunter. Tildy und ich warteten wie zwei verantwortungsvolle Bürger am Bordstein. Als die Ampel auf Grün umsprang, überquerten wir die Straße und folgten schweigend.

Vor einem Restaurant blieb Cara Mel stehen und sah sich um, dann ging sie weiter zu einem Straßencafé gleich nebenan. Sie drehte sich zu uns um und deutete auf die weißen Tische und Stühle.

»Setz dich, Fantasia«, befahl sie mir. »Du auch, Ewiger Schatten. Ich bin gleich zurück.«

Cara Mel ging hinein, wahrscheinlich war sie auf der Suche nach einem Klo, während Tildy und ich an einem freien Tisch im Schatten einer Norfolktanne Platz nahmen. Wir sahen uns weder an, noch wechselten wir ein Wort.

Zwei blonde *Gold Coast Meter Maids* kamen in ihren goldenen Lycra-Bikinis, auf Pfennigabsätzen und mit weißen Cowboyhüten vorbeigestöckelt. Seit über vierzig Jahren schon stöckeln die *Meter Maids* entlang der Gold Coast und füttern die Parkuhren, damit die Touristen keine Strafe zahlen müssen. Erstmalig hatte ich sie outfitmäßig an Albernheit noch überboten.

Als Cara Mel zurück war, bestellten wir drei Tassen Kamillentee und eine Flasche Wasser. Wir mussten zu dritt wirklich ein seltsames Bild abgeben, denn die Vorbeigehenden stießen sich belustigt an. Ich konnte sie nur zu gut verstehen, hoffentlich hielten mich die Leute wenigstens nicht für Cara Mels Mutter.

»Wann soll das Kind denn kommen?«, fragte ich Cara Mel, und sie fasste sich an den dicken Bauch.

»In drei Wochen. Hast du Kinder, Fantasia?«, fragte Cara Mel.

»Nein«, log ich, »und ich bin geschieden, also ganz allein. Deshalb habe ich ja auch die Annonce aufgegeben, um rauszukriegen, ob jemand aus Saratoga Springs in Australien ist. Mit den Frauen habe ich mich super verstanden, die waren echt gut drauf. Weißt du, ich habe überall in Australien Anzeigen aufgegeben, und ich konnte es nicht fassen, dass ihr hier in Surfers seid. Ist doch Schicksal, dass ich auch hier bin.«

Ich war ins Schwafeln geraten, also hielt ich kurz den Mund. Ich konnte förmlich hören, wie Marcia mich maßregelte: *»Scout! Neugierig, aber trotzdem vorsichtig.«*

»Ja«, sagte Cara Mel. »Heitere Wolke ist ausgeflippt, als er die Anzeige gesehen hat. Hat gedacht, du wärst Journalistin. In den USA hatte er eine Menge Ärger, weil so viele Lügen über ihn verbreitet wurden.«

»Das ist ja schrecklich«, sagte ich. »An einen Mann namens Heitere Wolke kann ich mich nicht entsinnen, aber ihr habt ihm doch hoffentlich gesagt, warum ich inseriert habe. Ich will hier wirklich niemandem auf die Füße treten.«

Ich setzte eine besorgte Miene auf und gratulierte mir innerlich, dass ich mir die Zeit genommen hatte, die Annonce so zweideutig zu formulieren.

Cara Mel nickte. Tildy knetete die Hände, ihren Tee hatte sie bisher nicht angerührt.

»Der Himmlische Bruder Excalibur hat sich in Heitere

Wolke, Mystischer Meister vom Mars, umbenannt, als er in Australien die Bacchus-Sekte gegründet hat. Wenn man ein neues Leben beginnt und so wichtige Dinge tut wie Heitere Wolke, braucht man einen neuen Namen.«

Oder wenn man vor den Behörden flieht.

Cara Mel hatte nicht nur eine nervtötende Stimme, sie war auch ein richtiges Plappermaul. Mich wunderte es, dass der Himmlische Bruder jemandem mit einem solch losen Mundwerk auf die Allgemeinheit losließ. Und wenn ich nun doch Journalistin wäre? *Ach, ja …*

Ich hätte mir in den Hintern beißen können, dass ich das Aufnahmegerät zu Hause gelassen hatte.

»Sind auch Frauen aus Amerika mit dem Himmlischen Bruder … uups, ich meine mit Heiterer Wolke gekommen?«, fragte ich. »Eine hatte ich besonders gern … eigentlich war sie noch ein Mädchen.«

Ich beschrieb Casey Steinman, verzichtete aber auf Details wie fehlende Vorderzähne oder den Sektennamen Harmonie Herz. Wäre auch zu peinlich, wenn sie bei einer Begegnung wahrheitsgemäß sagen würde, dass sie mich noch nie im Leben gesehen hätte. Bei einer bloßen Beschreibung konnte man sich schon mal vertun, diesen Sicherheitsspielraum brauchte ich.

»Klingt nach Symphonie Stern«, sagte Cara Mel. »Heitere Wolke hat sie und noch zwei weitere Frauen mitgebracht. ›Seine amerikanischen Frauen‹, so nennt er sie, auch wenn sie natürlich nicht wirklich seine Frauen sind.«

Also hielt sich Casey Steinman womöglich tatsächlich in Australien auf, und vielleicht hatte auch sie sich einen neuen Namen zugelegt. Woher hatten die nur alle diese albernen Namen? Aus dem Rassehunde-Zuchtregister?

»Bist du auch eine der Frauen von Heitere Wolke?«, fragte ich ermunternd.

Cara Mel glühte vor Stolz. »Das bin ich, und das ist sein Kind.« Sie rieb sich über den Bauch und sagte: »Das Baby kann sich glücklich schätzen, einen so inspirierenden und mitfühlenden Vater zu haben.«

»Oh, wie toll«, sagte ich schwärmerisch. »Darf ich mal anfassen?«

Stolz nickte Cara Mel.

Es war ein glänzender Schachzug. Ich legte die Hand auf ihren Bauch, schloss die Augen und summte leise vor mich hin. Nach ein paar Sekunden legte Cara Mel ihre Hand auf meine und summte mit.

»Danke«, sagte ich und zog die Hand weg. »Das war schön.«

Dann wandte ich mich Tildy zu und fragte: »Hast du auch Kinder?«

Tildy knetete die Hände so verzweifelt, dass ich fürchtete, ihre Finger könnten jeden Moment brechen. Sie biss sich auf die Unterlippe und sah aus, als wollte sie die Flucht ergreifen.

Cara Mel legte die Hand auf Tildys Arm und sagte: »Fantasia, ich muss dir was Schlimmes sagen. Ewiger Schatten hat ihre beiden Kinder verloren, aber sie spricht nicht darüber. Bis jetzt hat sie noch nicht das Glück gehabt, von Heitere Wolke schwanger zu werden. Ich sage ihr immer, sie muss ihn mehr lieben, so wie ich, dann klappt das auch.« Gönnerhaft tätschelte sie Tildys Arm.

Ich gab Laute des Bedauerns von mir, während ich insgeheim dem Himmel dankte, dass Tildy nicht schwanger war.

Cara Mel beugte sich über den Tisch, räusperte sich und legte mir die Hand auf den Arm. Allmählich wurde mir das etwas zu kuschelig, aber ich ließ mir mein Unbehagen nicht anmerken und biss die Zähne zusammen. Verstohlen blickte sich Cara Mel um, bevor sie mich ansah, als wollte sie mir ein Staatsgeheimnis anvertrauen.

»Heitere Wolke hat mich gebeten, dich zu unserem Workshop an diesem Wochenende einzuladen, Wege zum Licht. Das wird eine ganz tolle Erfahrung für dich mit sehr netten Menschen. Du wirst lernen, zwischen Licht und Dunkel zu unterscheiden, du kannst deine zarte Seele von allem Ballast befreien und spüren, was du wirklich fühlst. Ich verspreche dir, dass es dein Leben verändert. Wenn du kommen willst, ruf ich gleich mal Titania an und reservier dir einen Platz. Kostet auch nur tausend Dollar.«

Wenn ich den Preis nicht schon vorher gewusst hätte, wäre ich vor Schreck vom Stuhl gefallen. Der offensichtliche Widerspruch zwischen einer Einladung und den Eintrittsgebühren schien den wenigen grauen Zellen von Miss Mel nicht aufzufallen. Beim genetischen Roulette waren ihre Chips unter den Tisch gefallen.

»Oh, ja«, flötete ich. »Da wäre ich unglaublich gerne dabei.«

Cara Mel zog ein Handy aus der Tasche ihres Kleides und wählte eine Nummer, die wohl Titania gehörte. Mir war schleierhaft, warum sie das jetzt tat, außer vielleicht, um ihre Stellung innerhalb der Gruppe zu demonstrieren und vor mir professionell zu wirken. Bei Schwindlern zählt nur der Schein.

»Du musst mir sagen, wann es losgeht, was ich mitbringen soll und wie ich dort hinkomme«, rief ich begeistert.

»Mit Wegbeschreibungen habe ich es nicht so«, sagte Cara Mel flapsig. Wandelte sich ihr Verhalten mir gegenüber, weil sie den Deal unter Dach und Fach hatte?

»Normalerweise haben wir einen Treffpunkt, an dem wir die Leute mit einem Kleinbus abholen. Titania ruft dich Freitagabend an und sagt dir, wo ihr euch trefft.«

In dem Moment entdeckte ich Marcia, die mit ausgebreiteten Armen auf unseren Tisch zusteuerte und Matilda anlächelte, als … als hätte sie ein lang verschollenes Familienmitglied wiedergefunden.

38.

»Matilda, meine Kleine, wie schön, dich zu sehen!«, sprudelte es aus Marcia hervor und sie beugte sich über den Tisch, um ihr einen Kuss zu geben.

Vehement wich Tildy vor ihr zurück, doch Marcia zuckte nur seufzend mit den Achseln, als hätte sie es mit einem bockigen Kind zu tun.

»Ach, sei doch nicht so, mein Kind, ich habe dich doch so lange nicht mehr gesehen«, sagte Marcia.

Tildy machte ein finsteres Gesicht. »Hau ab«, fauchte sie. »Ich bin nicht mehr dein Kind. Ich kann deinen Anblick nicht ertragen. Ich hasse dich.«

Es war das erste Mal, dass Tildy gesprochen hatte, und ich war entsetzt über so viel Verbitterung. Irgendwie bewahrte Marcia aber die Fassung, bewies eine innere Stärke, zu der ich wohl nicht imstande gewesen wäre. Cara Mel grinste Marcia höhnisch an, am liebsten hätte ich ihr eine runtergehauen, aber ich saß nur reglos da. Wenn Marcia sich an den Plan halten konnte, dann konnte ich es auch.

»Darf ich mich zu euch setzen?«, fragte Marcia, und als niemand antwortete, nahm sie sich einen Stuhl.

»Du bist nicht mehr meine Mutter.« Mit einer grausamen Klarheit sprach sie jedes einzelne Wort aus. Ihr Atem ging schwer, und sie ballte die Faust, als wollte sie jeden Augenblick zuschlagen. Ich wappnete mich schon mal, Marcia beizustehen, sollte Tildy sich auf sie stürzen.

»Wo ist denn deine Brille, mein Kind? Du kannst doch ohne gar nicht sehen«, sagte Marcia unbeeindruckt.

»Hau ab«, schrie Tildy und schlug auf den Tisch. »Ich liebe dich nicht, und du liebst mich nicht. Jedenfalls nicht richtig. Und ich gehöre nicht zu deiner Familie. Das Leben mit dir war grässlich. Bacchus Erwachet ist jetzt meine Familie. Die lieben mich, und ich liebe sie.«

Tildy trat unter dem Tisch nach Marcia und traf sie am Schienbein. Marcia kippte zur Seite und konnte sich gerade noch am Tisch festhalten, sonst wäre sie umgefallen. Cara Mel lachte, und ich hatte alle Mühe meine Wut zu unterdrücken.

Würdevoll richtete sich Marcia auf und legte ganz ruhig eine Hand auf Tildys Arm.

»Es war sehr schön, dich zu sehen«, sagte sie. »Und wenn du das willst, gehe ich jetzt.«

Tildy riss den Arm weg, schnappte sich die Wasserflasche vom Tisch, goss Wasser über ihren Unterarm und schrubbte wie verrückt darauf herum, als wollte sie einen hartnäckigen Fleck abwaschen.

»Fass mich ja nicht wieder an, du Hexe«, sagte Tildy drohend.

Mittlerweile hatten wir die Aufmerksamkeit der anderen Gäste auf uns gezogen, ein Kellner hatte sich am Eingang des Cafés postiert und beobachtete unseren Tisch. Mir schnürte es die Kehle zusammen, mein Mund war trocken. Keine Mutter sollte je solche Worte von ihrer Tochter hören.

Mit einer beinahe übermenschlichen Stärke erhob sich Marcia und ging ruhig davon. Über dem Café hing eine schreckliche Stille, alle sahen ihr nach.

Zu spät fiel mir ein, dass ich Marcia die Wagenschlüssel hätte geben sollen, damit sie im Lexus auf mich warten konnte. Sie würde einen Rückzugsort brauchen, um sich mal so richtig auszuheulen.

Tildy und Cara Mel sahen sich triumphierend an, sie hatten es geschafft, die Sekte hatte wieder einmal gewonnen. Wenn es etwas Böses gab, dann saß ich ihm gerade gegenüber.

»Wir gehen jetzt besser«, sagte Cara Mel zu Tildy. »Ich will nach Hause, um mit Heiterer Wolke zu ruhen.«

Obwohl ich innerlich kochte, blieb ich freundlich. Noch war ich ein Neuling auf dem Gebiet der gefühlsduseligen Gesten und legte deshalb Tildy nur die Hand auf den Arm. »Tut mir echt leid, was eben passiert ist«, sagte ich und versuchte herzlich zu klingen. »Manchmal ist es eben schwer, die Vergangenheit loszulassen.«

Daraufhin schenkte mir Tildy ein flüchtiges Lächeln, doch dann regte sich etwas in ihr. Plötzlich legte sie den Kopf schief, und ihr Blick wanderte über meine Frisur zu meinen Klamotten. Stirnrunzelnd stützte sie einen Ellenbogen auf, legte das Kinn in die Hand und starrte mir ins Gesicht.

Auweia! Nichts wie weg hier, bevor der Groschen noch fiel. Ich sah auf die Uhr und tat überrascht. »Oh Gott, kann das sein? Schon so spät? Ich habe noch einen Zahnarzttermin.«

Ich dankte den beiden, machte ein paar belanglose Kommentare, wie glücklich ich wäre, wieder im Kontakt mit der Gruppe zu sein, wie sehr ich mich aufs Wochenende freute und dass ich das Geld mitbringen würde.

Meine freundlichen Worte Tildy gegenüber hatten offenbar Cara Mels Zustimmung gefunden. Sie rappelte sich mühsam hoch, drückte mich mit ihrem riesigen Babybauch an sich und küsste mich auf die Wange. Mit der Umarmung ging auch ein fleißiges Rückenstreicheln einher, und als sie mir über die Arme strich und mich bei den Händen nahm, bemerkte sie hoffentlich nicht, wie es mich schauderte.

Cara Mel legte mir die Hand an die Wange. »Titania ruft dich am Freitag an und sagt dir Bescheid, wo du Samstag abgeholt wirst. Vertrau mir, Fantasia, dieses Wochenende wird dein Leben verändern.«

Tildy war sitzen geblieben und betrachtete mich noch immer neugierig. Hilfe. Schnell weg. »Tschüüüß«, trällerte ich. »Bis Samstag.« Ich warf ihnen eine Kusshand zu und stürzte davon.

Unterwegs ließ ich mir noch einmal alles durch den Kopf gehen. Insgesamt war das Treffen gut verlaufen, denn ich war jetzt schlauer als zuvor. Ich hatte herausbekommen, dass Tildy noch zur Sekte gehörte, Himmlischer Bruder und Heitere Wolke ein und dieselbe Person waren und dass er drei Amerikanerinnen mitgebracht hatte. Leider wusste ich auch, dass dieser alte Widerling nach wie vor junge Frauen schwängerte.

Ich spielte mit dem Gedanken, Cara Mel und Tildy hinterherzugehen, um herauszufinden, ob sie sich noch mit anderen trafen, doch in meiner Aufmachung hätte ich ihnen niemals unbemerkt folgen können. Eine Sahnetorte auf zwei Beinen wäre unauffälliger gewesen.

Als ich von der Einkaufspassage aus nicht mehr zu sehen war, ging ich zügigen Schrittes die Promenade hinunter, zwischendurch sah ich mich immer wieder um, ob mir auch niemand auf den Fersen war. Ich bog in die Vista Street ein, zählte bis fünfzig und lugte um die Ecke. Die Luft war rein, also sprintete ich zum Wagen.

Marcia war nirgends zu sehen, aber unter dem Scheibenwischer steckte ein gefaltetes Stück Papier. Darauf stand: *Hol mich am Picknickplatz in der Old Burleigh Road ab. M.*

Offenbar war auch Marcia der Gedanke gekommen, dass mir jemand folgen könnte, und wir durften ja auf keinen Fall zusammen gesehen werden.

Als zusätzliche Vorsichtsmaßnahme fuhr ich mit dem Wagen zum Strand und weiter Richtung Norden, dann bog ich nach Westen ab, hielt an einem Hotel an und kaufte eine Flasche Kognak. Anschließend machte ich mich in südliche Richtung auf, um Marcia aufzulesen.

An der Old Burleigh Road fand ich sie auf einer Bank am Straßenrand, zusammengekauert, die Hände überm Kopf verschränkt. Mit dem Oberkörper schaukelte sie rhythmisch vor und zurück, und beim Näherkommen hörte ich ihr Wimmern. Sie hatte sich im Rinnstein übergeben.

Ich setzte mich neben sie, umarmte sie behutsam und hielt sie einfach fest. Marcia klammerte sich an mich, tiefe Schluchzer schüttelten sie. Eine Weile saßen wir so da, als ich das Gefühl hatte, ihre Tränen ebbten etwas ab, drehte ich den Verschluss der Kognakflasche auf und drückte sie ihr in die Hand. Sie versuchte zu trinken, verfehlte aber die Lippen.

»Marcia!«, sagte ich entschlossen, und sie beruhigte sich so weit, dass ich ihr die Flasche an den Mund führen konnte.

»Trink, dann geht es dir besser«, befahl ich.

Zwei Jungs mit tief hängenden Jeans-Shorts und T-Shirts von Mumford & Son flanierten vorbei. Sie sahen uns groß an, wie wir dort Arm in Arm mit der Flasche Kognak saßen.

»Nehmt euch doch wenigstens ein Zimmer«, rief einer.

39.

Es dauerte eine halbe Ewigkeit, bis wir endlich bei Marcia ankamen. Auf dem Gold Coast Highway war viel Verkehr, und ich musste zwischen Surfers Paradise und Burleigh Heads praktisch an jeder roten Ampel halten. Ich verfluchte mich, dass ich nicht landeinwärts über den Pacific Motorway gefahren war.

Marcia wurde wellenartig von ihrem Kummer erfasst. Eine Zeit lang weinte sie still vor sich hin, dann heulte sie erneut laut auf. Zum Glück waren die erdbebenartigen Schluchzer von vorhin versiegt, und nach einer Weile gab es auch Phasen, in denen sie ganz ruhig war. Ich schob es auf den Kognak.

Den Lexus parkte ich in der Tiefgarage, die zu Marcias Apartmentkomplex gehörte, und wir nahmen den Fahrstuhl nach oben.

»Mir geht es gut«, versicherte Marcia. »Danke.«

Mein gesunder Menschenverstand sagte mir, dass es ihr alles andere als gut ging.

»Wenn es dir nichts ausmacht, bleibe ich einfach hier«, sagte ich. »Ich kann jetzt ein wenig Gesellschaft gebrauchen, und du auch.«

Hinter tränennassen, geschwollenen Augen rang sie sich ein Lächeln ab, und ich folgte ihr in die Wohnung. Reumütig fiel mir ein, dass Rafe heute Abend wohl allein würde essen müssen. Vielleicht wollte mir meine gute Fee damit zu verstehen geben, dass meine Absichten ihm gegenüber nicht gerade ehrenhaft waren, auch wenn ich das schon längst wusste.

»Was ist mit deinem Insulin?«, fragte Marcia.

»Ist alles im Auto. Das habe ich immer dabei. Und auch Wechselsachen. Alles geregelt.«

»Danke«, murmelte Marcia. »Ich glaube, ich muss mich mal kurz hinlegen.«

Ich half ihr aufs Bett, zog ihr die Schuhe aus und deckte sie mit einem leichten Baumwollplaid zu. Es war zu windig, um die Fenster zu öffnen, deshalb drehte ich die Klimaanlage runter und machte ihr einen Tee.

Als ich nach ein paar Minuten wieder ins Schlafzimmer kam, schlief Marcia bereits, also nahm ich den Tee mit ins Wohnzimmer und trank ihn selbst. Später holte ich mein Notizbuch hervor und protokollierte das Gespräch mit Cara Mel und Tildy.

Danach trat ich hinaus auf den Balkon und bewunderte die Aussicht. Gerade überlegte ich, ob mir dieser Meeresblick lieber wäre als mein belebtes Straßenbild in Byron Bay, da fiel mir ein, dass ich das Handy vor dem Treffen ausgeschaltet hatte.

Ich hatte zwei SMS. Eine von Miles' Tochter Susie: *Ruf mich bitte zurück.* Die andere von Harper: *Dringend!! Wo bist du?*

Harper konnte warten. Ihre »dringenden« Nachrichten waren mir wohlvertraut. Dringend bedeutete, dass sie mich nicht gleich beim ersten Versuch erreicht hatte, ein Rezept nicht finden konnte oder Fergus ein Augenbrauenpiercing wollte. Wenn es wirklich dringend wäre, hätte sie schon gesagt, worum es ging.

Ich rief Susie Cameron an.

»Hey, Scout. Nett, dass du zurückrufst. Mein Lehrer ist

bereit. Ich habe ihm versichert, dass es dieselbe Schülerin ist, die nun einen Kollegen mit ähnlichen Unterstellungen quält. Er will unbedingt mit ihm reden, und seine Frau möchte mit der Frau des Lehrers reden. Sie wissen genau, was die jetzt durchmachen.«

»Damit hätte ich gar nicht gerechnet«, sagte ich. »Viele würden am liebsten alles vergessen und sich damit nicht weiter auseinandersetzen.«

»Mich hat es nicht überrascht. Er ist einfach unglaublich nett. Hast du deinen Lehrer schon ausfindig gemacht? Die Schule brauchst du übrigens gar nicht erst zu fragen. Persönliche Daten über Lehrer geben die nie und nimmer raus.«

»Meine Schwester hat bestimmt seine Nummer, aber ich will sie nicht einweihen. Vielleicht muss ich mich einfach durchs Telefonbuch ackern. Er lebt bestimmt an der Gold Coast, aber der Name ist leider nicht so selten. Sobald ich ihn erreicht habe, sage ich dir Bescheid. Ich bin froh, dass du angerufen hast. Das wird den Lehrer bestimmt ermutigen, wenn er erfährt, dass er nicht alleine dasteht.«

»Dann warte ich einfach ab, bis du dich meldest«, sagte Susie. »Grüß meinen Dad ganz lieb.«

Ich rief Miles an, richtete Susies Grüße aus, und bat ihn, Miau Zedong zu füttern, weil ich die Nacht über bei einer Freundin bleiben würde.

»Was führt ihr Mädels eigentlich im Schilde?«, fragte Miles.

»Nur Gutes. Ich erzähle es dir morgen, wenn ich wieder da bin. Und danke, dass du dich um die Katze kümmerst.«

Als Nächstes rief ich Bruce an und fragte, ob ich den Lexus noch bis Freitag behalten könnte, weil sich die Polizei bezüglich meines Wagens immer noch nicht gemeldet hätte. Bruce sagte, ich solle den Lexus ruhig noch genießen, und wir würden uns dann Ende der Woche sehen. Gut, dass er nicht wusste, dass sein Wagen rund um die Uhr als Rettungsfahrzeug für verängstigte Katzen, betrunkene Studenten und emotional misshandelte Mütter im Einsatz war.

Ich durchstöberte Marcias CD-Sammlung, die zum Großteil aus Jazz bestand, und wählte einen Sampler als Hintergrundmusik für meinen Anruf bei Rafe. Es dauerte eine ganze Weile, bis ich herausgefunden hatte, wie der CD-Spieler funktionierte, aber nachdem ich wild irgendwelche Knöpfe gedrückt hatte, erscholl plötzlich Dianne Kralls Stimme mit »All or Nothing at All«.

Ich machte es mir auf dem Sofa bequem und malte mir aus, wie Rafe und ich den Strand entlanggingen. Die Liebesszene von *Verdammt in alle Ewigkeit* hatte ich ja schon durchgespielt, und als mir keine schlüpfrigen Strandszenen mehr einfallen wollten, veränderte ich die Fassung etwas und ließ Rafe nackt aus dem Meer steigen. Auf der CD sang Silje Nergaard gerade treffenderweise »Me Oh My«.

Ich rief Rafe an.

»Kalte Füße?«, fragte er.

Beim Klang seiner Stimme durchfuhr mich ein mächtiges Verlangen. Und meine Füße waren in dem Moment alles andere als kalt.

»Nein, ich weiß nicht. Vielleicht. Ich kann hier jedenfalls nicht weg. Tut mir leid wegen des Essens.« Ich klang wie ein zauderndes Schulmädchen. Männer wir Rafe ließen sich nicht gerne hinhalten, und ich war gerade Meisterin des Hinhaltens, wobei es nicht allein meine Schuld war.

»Scout«, sagte Rafe, »wir müssen uns mal entscheiden.« Seine Stimme war warm und tief, und die nicht ganz unschuldige Flirterei verstärkte den Effekt noch. Ich wusste genau, was in seinem Kopf vor sich ging. Toby war sein

Freund, und ich war mit Toby zusammen. Irgendwie war das alles aus dem Ruder gelaufen. Damit musste endlich Schluss sein.

»Ich habe den ganzen Tag darüber nachgedacht«, sagte er.

»Und?«

»Und ich kann mich nicht entscheiden, ob ich die Stiefel anlassen oder ausziehen soll, wenn ich Milady beglücke.«

Unwillkürlich stahl sich ein Lächeln in mein Gesicht. Mein Unterleib zog sich lustvoll zusammen, und in den Kniekehlen kribbelte es.

»Was sind das denn für Stiefel?«, fragte ich.

40.

Verflixte Verantwortung, ich musste all meine Selbstbeherrschung aufbringen, um nicht in den Lexus zu springen und über den Highway nach Byron Bay zu brettern.

Die sinnliche Musik machte es nicht besser, also stellte ich sie ab und ging in die Küche. Bei all dem Frust konnten Marcia und ich jetzt ein gutes Essen vertragen, außerdem würde mich das Kochen von anderen Gelüsten ablenken. Hoffentlich war Marcias Kühlschrank gefüllt, denn ich war nicht sonderlich erpicht darauf, wie eine Zweitbesetzung aus *Hair* durch die Läden zu stromern.

Doch ich hatte Glück, ich fand Rinderhack und gefrorene Erbsen im Tiefkühlfach, Möhren und Kartoffeln im Gemüsefach und Rinderfond und Worcester-Soße in der Speisekammer. Alle Zutaten für Shepard's Pie, nur mit Rind statt mit Lamm. Während das Hackfleisch in der Mikrowelle auftaute, ging ich nach unten in die Garage, um das Diabetesset, die Wechselsachen und einen Badeanzug zu holen.

Um sieben Uhr Queensland-Zeit schwamm ich eine Runde im Meer, duschte mir den ganzen Hippieklimbim ab, zog Jeans-Bermudas und ein graues Polo-Shirt an, machte Shepard's Pie und kümmerte mich um meinen Blutzuckerspiegel. Im Netz suchte ich nach Berichten über die SG-Aktion, aber da war nichts. Wenn Marcia nicht bald aufwachte, würde ich schon mal ohne sie mit dem Essen anfangen, denn meine innere Uhr war auf South Wales gepolt, und da war es bereits acht. Außer Hunger wollte mir mein Körper noch etwas anderes sagen, aber ich gab mir große Mühe, mich wie eine Erwachsene zu verhalten, und ihn zu ignorieren. Leider scheiterte ich kläglich.

Ich öffnete leise Marcias Schlafzimmertür und sah, dass sie noch schlief.

Abermals ging ich ihre CDs durch, legte Ella Fitzgerald auf, aß Sherpard's Pie mit Erbsen, schaute aufs Meer hinaus und gab mich erotischen Fantasien hin, in denen Rafe als Musketier auftrat. Die Stiefel kamen gut, aber der Hut mit Feder war nicht so ganz mein Ding. Deshalb versuchte ich es mit ihm als römischer Legionär. Vor Aufregung konnte ich gar nicht mehr weiteressen. Diese erotischen Träumereien waren Gift für meinen Blutdruck.

Nach dem Essen knöpfte ich mir das Telefonbuch vor und suchte nach den Arnolds. Eine Viertelstunde später sprach ich schon mit Robert Arnolds Frau Julia. Ich stellte mich als Scout Davis, Schwester von Harper Blaine-Richardson, vor.

»Wer ist am Apparat?«, fragte Julia. Sie klang argwöhnisch.

Ich wiederholte meinen Namen.

»Ach, ja«, sagte Julia. »Entschuldigung, aber bei Telefonaten bin ich gerade etwas vorsichtig. Ich weiß, wer Sie sind. Harper hat mir von Ihnen erzählt. Sie haben uns bei dieser Vandalismusgeschichte geholfen. Die Schule hat doch tatsächlich gedacht, es wäre Robert gewesen!«

»Ich weiß«, sagte ich.

»Wissen Sie, dass Harper und ich die Schülerin gestern auf frischer Tat ertappt haben?«

»Ja, und ich freue mich, dass Ihr Mann nun nicht länger verdächtigt wird. Es muss schlimm gewesen sein.«

»Danke«, sagte Julia. »Gibt es einen bestimmten Grund für Ihren Anruf?«

»Ist Ihr Mann zufällig zu sprechen? Ich würde ihn gerne etwas fragen.«

»Er bringt gerade die Kinder zu meiner Mutter. Sie können aber auch gerne mich fragen. Wir haben keine Geheimnisse voreinander.«

»Es ist ein wenig heikel«, sagte ich. »Und wenn Sie lieber in Ruhe gelassen werden wollen, verstehe ich das, aber ich kann Ihnen bestimmt helfen … bei dieser anderen Sache.«

Am anderen Ende herrschte zunächst einmal Schweigen.

»Dann lassen Sie mal hören«, sagte sie endlich.

»Harper weiß nichts davon und auch sonst niemand auf Tattings. Aus sicherer Quelle habe ich erfahren, dass Brianna Berkelow schon einmal einen Lehrer in Sydney der sexuellen Belästigung beschuldigt hat. Auch damals haben sich die Vorwürfe als vollkommen haltlos erwiesen. Wie ich es verstanden habe, ist Briannas Vater Anwalt und hat der Schule in Sydney damals mit einer Verleumdungsklage gedroht, deshalb wurden keine Informationen an Tattings weitergegeben.«

»Ich habe in ihre Akte geschaut, da ist überhaupt nichts vermerkt. Ist sie von dieser Schule geflogen?«

»Ich glaube schon«, sagte ich.

»Kennen Sie vielleicht den Namen des Lehrers?« Auf einmal hatte sie es ganz eilig. Offenbar sah sie ein Licht am Ende des Tunnels. Ein normales Leben winkte.

»Ich habe über Dritte einen Kontakt hergestellt. Ich kenne den Lehrer nicht, aber meine Kontaktperson. Von der weiß ich auch, dass sich der Lehrer aus Sydney sehr gerne mit Ihrem Mann austauschen würde. Wenn Ihr

Mann möchte, kann ich meiner Kontaktperson seine Nummer geben und die gibt sie dann an den anderen Lehrer weiter. Ihr Mann muss auch nicht seinen Namen nennen. Es ist alles ein wenig kompliziert, aber nur so ist auch unsere Anonymität gewährleistet.«

Erst als ich das Schniefen im Hintergrund hörte, wurde mir klar, dass Julia weinte. Ganz gleich, wie sehr sie ihrem Mann auch vertraute, der Zweifel war geblieben, und nun hatte ich ihn zerschlagen. Ein schönes Gefühl.

»Außerdem würde seine Frau gerne mit Ihnen reden. Sie weiß genau, was Sie gerade durchmachen.«

»Ich kann das gar nicht glauben.« Die Erleichterung war ihrer Stimme anzuhören, sie klang beinahe heiter. »Unfassbar, wie haben Sie das nur alles herausbekommen?«

»Ich bin eine neugierige Journalistin, aber keine Angst, über Ihren Fall würde ich nie schreiben«, versicherte ich ihr. »Ich helfe Ihnen, weil ich helfen kann und Sie Kollegen meiner Schwester sind.«

»Danke.«

»Gern geschehen. Wollen Sie noch mal mit Ihrem Mann reden, oder soll ich Ihre Nummer meiner Kontaktperson einfach geben?«

»Nur zu, geben Sie sie weiter«, sagte Julia, »und den Namen dürfen Sie auch gerne nennen.«

Nachdem ich das Handy zusammengeklappt hatte, lief ich im Wohnzimmer auf und ab und versuchte, immer nur auf die Fliesen und nicht auf die Fugen zu treten. Gelangweilt ging ich auf den Balkon und atmete die salzige Luft tief ein. Irgendwie war ich rastlos und zappelig. Ich ging wieder hinein, rief Susie an und gab ihr Robert Arnolds Namen und Telefonnummer durch.

41.

Marcia schlief bis halb neun. Als sie aus dem Schlafzimmer kam, waren ihre Augen zwar noch geschwollen, aber nicht mehr so rot. Auch wenn ich selbst noch nie solche Gefühlswirrungen durchlebt hatte und hoffentlich auch nie würde durchleben müssen, wusste ich, dass es das Beste war, einfach bei ihr zu bleiben.

»Schön, dass du noch da bist«, sagte sie. »Es wäre schrecklich gewesen, jetzt allein in der dunklen Wohnung zu sein.«

»Das habe ich mir auch gedacht, außerdem bin ich gerne hier. Wenn du noch mal runter zum Baden willst, wärme ich dir solange etwas Shepard's Pie auf?«

»Riecht gut«, sagte sie. »Hausmannskost?«

Ich nickte.

Nachdem Marcia zum Pool aufgebrochen war, rief ich Harper an. Ich konnte mich auf einen Anpfiff gefasst machen, und Marcia musste ja nicht unbedingt die Zankereien zwischen mir und meiner Schwester mitbekommen.

»Wo warst du denn?«, fragte Harper giftig. »Ich versuch schon seit Stunden, dich zu erreichen.«

Na, die letzten beiden jedenfalls nicht, dachte ich bockig. »Ich war in einer Besprechung und hatte das Telefon ausgeschaltet. Was gibt es denn so Dringendes?«

»Es geht um Mary Niles. Sie hat eine Überdosis genommen. Die Mutter hat die Schule benachrichtigt.« Harper hatte einen Ton am Leib, als wäre alles meine Schuld.

»Geht es ihr gut?«

»Natürlich geht es ihr nicht gut, verdammt. Sie liegt auf der Intensivstation im Gold Coast Hospital!«

Harper kann ein echter Hitzkopf sein. Mit dem Ablauf war ich wohlvertraut: Zunächst würde sie mich eine Weile anschreien und mich gründlich runterputzen, um mir dann zu verkünden, dass ich recht gehabt hätte und die Schule Mary Niles Hilfe hätte anbieten müssen, statt sie hinauszuwerfen. Nach all den Jahren kannte ich das Drehbuch praktisch auswendig.

»Ist sie bei Bewusstsein?«, fragte ich.

»Ihre Mutter hat sie noch rechtzeitig gefunden, und im Krankenhaus haben sie ihr den Magen ausgepumpt. Mehr weiß ich auch nicht, und ich habe auch keine Ahnung, was sie geschluckt hat.«

Meine Gedanken wanderten zu den beiden Mädchen von der Heathlands, die von Brianna Berkelow gezwungen worden waren, Falschaussagen zu machen. Ob auch Mary Niles genötigt worden war, Lügen über Robert Arnold zu verbreiten? Die Mädchen von der Heathlands High hatten sich schließlich gemeldet, Mary Niles hingegen hatte versucht, sich das Leben zu nehmen. Aber die Heathlands-Mädchen waren auch zu zweit gewesen, zu zweit ist man stark. Mary war ganz allein.

»Willst du sie im Krankenhaus besuchen?«, fragte ich.

»Natürlich gehe ich sie besuchen! Immerhin trägt die Schule Verantwortung. Mary mag zwar von der Schule geflogen sein, aber als erstklassige Bildungseinrichtung müssen wir ihr und ihrer Mutter unsere Unterstützung anbieten. Es muss eine Therapie her, notfalls auch finanziert aus Schulmitteln. Man kann das arme Mädchen ja nicht einfach sich selbst überlassen.«

Hoppla! Das Drehbuch hatte eine unvorhergesehene Wendung genommen. Wenn Harper erst mal in Fahrt war, konnte sie nichts und niemand stoppen.

»Und das hast du der Direktorin auch so gesagt?«, fragte ich mit unverhohlenem Vergnügen.

»Mehr oder minder«, räumte Harper ein. »Und sag ja nicht, das habe ich doch gleich gesagt.«

»Kann ich mitkommen, wenn du Mary im Krankenhaus besuchst?«

»Darauf habe ich gehofft. Hol mich morgen früh um zehn Uhr, Queensland-Zeit, ab. Ich will auch mal im Lexus fahren«, sagte sie. »Und vielleicht kannst du mir dann auch erklären, warum Sam stricken lernen will.«

Nachdem Marcia gegessen hatte und das Geschirr abgeräumt war, legte ich Robbie Coltrane auf, und wir setzten uns zum Teetrinken auf den Balkon. Draußen war es stockdunkel, nur die Lichter eines auslaufenden Krabbenkutters waren zu sehen. Alle paar Sekunden schlug eine Welle an die Küste, und vom Nachbarbalkon zog Zigarettenrauch herüber.

Ich fragte Marcia, ob sie hören wollte, worüber ich mit Cara Mel und Tildy gesprochen hätte; sie sagte, dass sie es auf jeden Fall hören wollte, also schlug ich mein Notizbuch auf und gab das Gespräch wieder.

»Tildy war nicht sie selbst«, sagte ich. »Du weißt doch, dass das eigentlich nicht deine Tochter war, oder?«

Marcia nickte, sie stieß einen tiefen Seufzer aus.

»Sie von der Sekte loszueisen, wird nicht leicht sein. Tildy muss von sich aus mit uns kommen, das könnte ein Problem werden.«

Hastig nahm ich einen Schluck Tee. Dieses Gespräch war notwendig, aber es machte die Situation auch nicht leichter. Marcia blieb still, während ich mich Wort für Wort vorwärtskämpfte.

»Am Wochenende versuche ich, so viel wie möglich über Tildy herauszufinden. Je mehr wir wissen, desto größer unsere Chancen, sie zur Vernunft zu bringen. Irgendwie ist sie nicht klar im Kopf. Muss an den Sektenriten in Kombination mit dem Geburtsdingsbums liegen.« Mir wollte das richtige Wort nicht einfallen, denn allmählich wurde mir mulmig, wenn ich an das Wochenende dachte.

Marcia lehnte sich zurück und sah mich fragend an.

»Postnatale Depression ist der Fachbegriff. Hast wohl noch andere Sachen im Kopf.«

»Ja, tut mir leid.« Weiter wollte ich mich dazu nicht äußern.

»Lass mich raten. Einsneunzig, schwarze Locken, blaue Augen, und auch ansonsten gut bestückt, ein Panther auf zwei Beinen.«

»Marcia!«

Sie grinste, und ich musste lachen. Sie ebenfalls. Schon bald hielten wir uns die Bäuche und trampelten wie wildgewordene Esel. Ich konnte mich gar nicht mehr erinnern, wann ich zuletzt so gelacht hatte.

»Nun reißt euch mal zusammen!«, brüllte der einsame Raucher vom Balkon nebenan.

»Halt die Luft an«, brüllte Marcia zurück.

42.

Mitunter klären sich Fragen, wenn man am wenigsten damit rechnet, so ging es mir, als ich am Donnerstagmorgen die Zeit totschlug, bis Marcia aufwachte.

Die Nacht über hatte ich im Gästezimmer verbracht, mit angelehnter Tür, um immer mit einem Ohr nach Marcia horchen zu können. Stattdessen war ich aber in einen tiefen und sehr erholsamen Schlaf gefallen, was einer wunderbaren Erfindung namens Klimaanlage zu verdanken war. Zum Glück war Marcia nicht aufgewacht, den Job als Nachtschwester konnte ich knicken.

Es war noch früh, und nachdem ich meine Morgenroutine mit Blutzuckermessen und spritzen absolviert hatte, aß ich eine Schale Müsli und eine Banane. Ich hinterließ Marcia eine Nachricht, nahm den Fahrstuhl hinunter in die Lobby und schlenderte um die Ecke zu den Geschäften, wo ich eine *Australian Women's Weekly*, *New Idea*, *Dolly*, eine Packung Tim-Tam-Kekse, vier Plunder, einen Zweierpack Karamellpudding, Erdbeermilch, Obstsalat, Brötchen und Käse erstand. In zwei Tüten schleppte ich die Einkäufe zurück, zwischendurch musste ich die Tüten immer wieder absetzen, weil mir die Henkel in die Hände schnitten.

Als ich den Apartmentkomplex wieder betrat, stöckelte Tracy, die tussige blonde Empfangsdame, auf grotesk hohen Hacken durch die Lobby. Ihre frisch aufgespritzten

Lippen glänzten wie eine Schneckenspur. Ich schenkte ihr ein strahlendes Lächeln, aber eigentlich nur, um sie zu ärgern. Mit viel Gewese sortierte sie die Broschüren an der Wand neu und ignorierte mich einfach.

Aus irgendeinem Grund gebärdete ich mich heute Morgen komplett infantil, in null Komma nichts hatte ich die Einkäufe abgestellt und mir eine Handvoll Broschüren aus der Auslage genommen. Nachdem ich sie durchgeblättert hatte, steckte ich sie alle falsch zurück. Ich kann natürlich nicht für Tracy sprechen, aber ich amüsierte mich köstlich.

Plusterlippe hielt eine ganze Weile durch, bis sie schließlich seufzend die Broschüren wieder an ihren richtigen Platz zurückstellte.

»Gäste können ganz schön lästig sein, finden Sie nicht?«, fragte ich und schenkte ihr mein schönstes Zitronenlächeln.

»Manche schon«, versetzte sie. Ich wies sie freundlichst darauf hin, dass ihr Auftreten für jemanden im Dienstleistungsbereich ein klein wenig zu feindselig war.

Als sie sich zum Empfangstresen umdrehte, fiel das Sonnenlicht auf ihren Silberanhänger. Offenbar hatte er sich durch die Armbewegungen beim Einsortieren aus den Tiefen ihres Dekolletés befreien können.

Ich hielt den Atem an.

Tracy sah mich an.

»Was ist denn nun schon wieder?«, keifte sie mit rotem Gesicht.

»Nichts«, sagte ich. »Nur der Ischias.« In der Hoffnung, grob die Stelle zu treffen, griff ich mir ins Kreuz, auf den einen oder anderen Meter kam es ja wohl nicht an.

Schlagartig wurde mir klar, wie Tildy im Dezember gleich am ersten Tag mit der Sekte in Berührung gekommen war. Oder besser gesagt, wie die Sekte sie aufgespürt und angeworben hatte. Neulich hatte ich doch das Gefühl gehabt, solch einen Tannenzapfen schon einmal gesehen zu haben, nun wusste ich auch wo: versenkt zwischen Tracys Brüsten. Ich schnappte mir die Tüten und stürmte zum Fahrstuhl.

Marcia lehnte am Küchentresen und aß eine Mandarine. Sie hatte geduscht und war angezogen, hatte Mascara aufgetragen, was ich für ein gutes Zeichen hielt. Atemlos berichtete ich ihr von meiner Beobachtung.

»Bist du wirklich sicher, dass es auch ein Tannenzapfen war?«, fragte Marcia.

Ich nickte.

»Und wenn es nun Zufall ist? Sie hat den Anhänger im Netz gesehen, er hat ihr gefallen, sie hat ihn gekauft?«

»Das glaube ich nicht«, sagte ich.

»Ich auch nicht«, stimmte Marcia zu.

Natürlich wollte sie sofort nach unten stürzen und Tracy die Visage polieren, doch sie musste mir versprechen, bis zum Wochenende keine Dummheiten zu machen. Danach würden wir sie dann gemeinsam lynchen.

Marcia lief in der Küche auf und ab. »Jetzt weiß ich auch, warum sich Tracy mir gegenüber so kühl verhält.« Marcia biss sich auf die Lippe. »Ich habe mir einfach nicht vorstellen können, dass diese Sektenleute auch arbeiten gehen und gewöhnliche Jobs haben, aber das ist wohl so.«

»Die Frau, die du für Casey Steinman hältst, war ja auch ganz normal angezogen«, gab ich zu bedenken. »Die passen nicht alle in diese Lange-blaue-Kleider-Schublade!«

»Tracy hat Zugang zu meiner Wohnung. Sie könnte meine Sachen durchsucht und meine Notizbücher gelesen haben. Die sind ziemlich ausführlich, das heißt, sie weiß auch, dass du dich bei Bacchus Erwachet einzuschleusen versuchst. Und warum. Es ist zu riskant. Lass es lieber.«

»Ich komme schon klar«, sagte ich. »Außerdem haben sich bestimmt auch noch andere Leute angemeldet. Im Beisein von Zeugen werden die nichts riskieren.«

Wir wussten beide, dass meine Tapferkeit nur vorgespielt war. Auf einmal hatte sich das Kräfteverhältnis gewandelt, und das Wochenende konnte richtig gefährlich werden. Marcia zuliebe versuchte ich, mir nichts anmerken zu lassen, und packte ganz ruhig und gelassen meine Sachen zusammen. Für mich war es jetzt Zeit, aufzubrechen und Harper abzuholen, damit wir Mary Niles im Krankenhaus besuchen konnten.

Als ich ging, telefonierte Marcia gerade mit dem Schlosser, der das Schloss in der Haustür austauschen sollte.

Um Punkt zehn kam ich bei Harper an. Meine Schwester saß im Schatten auf den Eingangsstufen und trank Kaffee aus einem Bart-Simpson-Becher. Als ich aus dem Auto stieg, kläffte Angus fröhlich und sprang auf mich zu. Ich wuschelte ihm über den Kopf und unterhielt mich mit ihm, er war im Hundesalon gewesen, und außer dem Büschel auf dem Kopf war er ratzekahl geschoren. Vergnügt fragte ich mich, ob Andrew wohl ein ähnliches Schicksal widerfahren war.

»Bist du bereit?«, fragte ich.

»Ja, aber du nicht«, sagte sie. »In dem Aufzug kannst du doch nicht ins Krankenhaus.«

In dem ärmellosen schwarzen Kleid, der roten Kette im Pharaonenstil und meinen roten Jimmy-Choo-Schuhen sah meine Schwester schick und geschäftsmäßig aus. Ich dagegen trug noch die Bermudas und das graue T-Shirt vom Vorabend.

Aus Harpers Kleiderschrank suchte ich mir einen schwarzen Rock, ein dunkelgraues Stretchtop und ein zauberhaftes Paar schwarz-weißer Schuhe von Bruno Magli mit flachen Absätzen aus. Ich nahm mir fest vor, sie nicht zurückzugeben.

Um Viertel nach zehn sprangen wir in den Lexus und fuhren zum Gold Coast Hospital in Southport.

»Nette Karre«, sagte Harper. »Wann bekommst du deinen Wagen zurück?«

»Morgen, hoffe ich. Hast du dir schon überlegt, was du zu Mrs Niles sagen willst?«

»Mhmm. Ich biete ihr die Unterstützung der Schule hinsichtlich einer Therapie an, damit Mary ihre Probleme aufarbeiten kann. Es war ja gerade noch rechtzeitig, deshalb stehen die Behandlungschancen gut. Und außerdem möchte ich ihr sagen, wie leid es mir tut, dass Mary im Krankenhaus liegt.«

Zum Teufel, die Schule hatte das Mädchen doch schon angeklagt, verurteilt und bestraft, und nun drängten sie ihr auch noch eine Therapie auf.

»Und was machst du, wenn Mrs Niles mit einer Machete auf dich losgeht?«, fragte ich lässig.

Ich warf einen Seitenblick auf meine Schwester.

Harper hatte die Stirn in Falten gelegt. »Warum sollte sie das tun?«

»Weil ihre Tochter gerade versucht hat, sich das Leben zu nehmen, nachdem *deine Schule* sie einfach so rausgeworfen hat«, sagte ich. »Weil Mrs Niles ihre Tochter besser kennt und weiß, dass sie die Unterwäsche nur zerschnitten hat, weil ihr an *deiner Schule* Schlimmes angetan wurde.«

Daraufhin verschränkte meine Schwester die Arme vor der Brust und schnaubte laut. »Dann sag mir, was ich tun soll.« Und mit einem Zögern fügte sie noch hinzu: »Bitte.«

Ich seufzte. »Na, so schwer ist es doch nicht. Denk nicht nur daran, was passiert ist, sondern auch warum. Denk über die Gründe nach. Du hast der Direktorin gesagt, die Schule hätte eine Verantwortung gegenüber den Schülern und jedem Fehlverhalten müsse auf den Grund gegangen werden. Damit warst du schon auf der richtigen Fährte. Und das Schlüsselwort ist Motiv. Und stell Mary und ihre Bedürfnisse in den Vordergrund und nicht die Schule.«

»War's das?« Harper beugte sich vor und drehte die Klimaanlage einen Tick runter.

»Ja. Das war's. Hat Sam dir erzählt, dass wir über Mary Niles gesprochen haben?«

»Sam ist einundzwanzig, der erzählt mir überhaupt nichts.«

»Sam glaubt, dass Mary möglicherweise schikaniert wurde. Das mit dem Neid hält er für unwahrscheinlich, denn niemand ist neidisch auf Mädchen, die keiner ausstehen kann. Irgendwie hat mir das eingeleuchtet.«

»Mhmm«, murmelte Harper. »Und absolut niemand kann die fiesen Vier leiden.«

»Irgendwie einleuchtend, oder?«

Harper nickte. »Weißt du, auf Tattings gelten sehr strenge Regeln, was Mobbing angeht, aber ich habe schon immer befürchtet, dass all die Vorschriften und Regeln nur dazu führen, dass es noch verdeckter stattfindet.«

»Hältst du es für möglich, dass Mary sich einfach nur revanchiert hat?«, fragte ich.

»Ihre Leistungen sind in diesem Jahr schlechter geworden, und gefehlt hat sie auch oft. Wenn sie gemobbt wurde, würde das natürlich einiges erklären. Und ich kann mir lebhaft vorstellen, wie Brianna Berkelow und ihre Freundinnen andere tyrannisieren.«

Den restlichen Weg schwieg Harper, und ich überließ sie ihren Gedanken. Sie brauchte Zeit, alles zu verarbeiten.

Nachdem ich in die Nerang Street eingebogen war, begann ich, nach einem Parkplatz Ausschau zu halten, was in dieser Gegend nicht so leicht war, denn es gab drei Krankenhäuser und eine Schule. Dreimal fuhr ich um den Block, bis ich einen Platz fand, auf dem man zwei Stunden parken durfte, mühsam quetschte ich mich in die kleine Lücke.

Harper schaute aus dem Seitenfenster und sagte: »Ist okay, bis zum Bürgersteig kann ich laufen.« Ich zog die Nase kraus und streckte ihr die Zunge raus.

»Was hast du denn in der Tüte«, fragte Harper, als ich die Plastiktüte vom Rücksitz fischte.

»Zeitschriften, Karamellpudding, Plunder und Erdbeermilch.«

Die Tim Tams, einen Plunder und die *Australian Women's Weekly* hatte ich für Marcia dagelassen, die sich einen gemütlichen Tag vor dem Fernseher machen wollte. Weiter die Postfächer in Surfers Paradise zu beobachten, lohnte sich für sie nicht, es sei denn, sie wollte noch mehr Bilder verkaufen. Es stand ja jetzt fest, dass Tildy bei den Bacchus-Jüngern war, und wo genau sie sich aufhielten, würde ich auch bald in Erfahrung bringen.

»Meinst du, Mary wird überhaupt irgendetwas von dem Zeug essen können?« Harper klang unwirsch.

»Darum geht es doch gar nicht«, sagte ich. »Ihre Mutter und ihre Schwester sind ja auch noch da.«

Harper verstummte, und bis zum Krankenhaus sprachen wir kein Wort. Als wir in den Fahrstuhl stiegen, der uns hinauf auf die Intensivstation bringen sollte, sagte Harper:

»Wie kommt es, dass du an all solche Sachen denkst? Mir ist es gar nicht in den Sinn gekommen, ihr etwas mitzubringen.«

Dass sich meine Schwester unzulänglich vorkam, fand ich beinahe rührend.

»Tja, vielleicht hat es ja damit zu tun, dass ich heute Morgen nicht noch Andrew, Sam, Jack und Fergus versorgen und aus dem Haus bugsieren musste. Nur so eine Vermutung.«

Über Harpers Gesicht breitete sich ein Lächeln aus.

»Stimmt«, sagte sie und drückte mich.

43.

Da ich als Kind viel Zeit in Krankenhäusern verbracht habe, reagiere ich allergisch auf quietschende Räder und lange Flure, und als sich die Fahrstuhltüren zur Intensivstation öffneten, verkrampfte ich mich unwillkürlich. Harper spürte mein Unbehagen, und in ihrer liebevoll fürsorglichen Art, die mir aus der Kindheit noch gut in Erinnerung war, zerrte sie mich aus dem Aufzug und sagte: »Nun stell dich nicht so an.«

Wir nahmen wieder Haltung an und wandten uns an einen Krankenpfleger, der wissen wollte, ob wir Angehörige seien. Harper sagte, sie sei Marys Lehrerin und wolle sich nach ihrem Befinden erkundigen.

Der Krankenpfleger rückte keine Informationen heraus, gab nicht einmal zu, dass Mary eine Patientin war. Insgeheim war ich beeindruckt, als Mutter würde ich auch wollen, dass die Privatsphäre meines Kindes geschützt wurde. Höflich zeigte er uns einen Raum mit ein paar Stühlen, in dem wir warten sollten, und entfernte sich mit quietschenden Schuhen.

Wir waren die Einzigen in dem Warteraum, Harper setzte sich drei Stühle weiter, falls ich sie kneifen wollte. Wichtig aussehende Menschen in weißen Kitteln liefen vorbei, ohne uns eines Blickes zu würdigen. Wagen wurden in einer Tour vorbeigeschoben, ich stand auf und nahm mir einen kleinen Pappbecher mit Wasser. Wir blätterten Zeitschriften durch und sahen Leute mit Handys neben Schildern telefonieren, die den Gebrauch von Handys ausdrücklich untersagten. Ich hatte meine Vormittage schon besser herumgebracht.

»Da kommt Mrs Niles!«, rief Harper plötzlich, legte ihre Zeitschrift weg und erhob sich, um die Frau zu begrüßen, die auf uns zukam. Ich sollte unbeteiligt sitzen bleiben, bis Harper mir ein Signal gab.

Marys Mutter war eine resolut und nüchtern wirkende Frau in den Vierzigern, sie hatte kurzes, braun gewelltes Haar und ein paar Pfunde zu viel auf den Rippen. Ihre Garderobe bestand aus der typischen Gold-Coast-Sommerkluft: cremefarbener Caprihose, hübscher Bluse mit Kirschen und praktischen braunen Sandalen, die ich nicht einmal tragen würde, wenn ich tot überm Zaun hinge.

Leider machte Mrs Niles nicht gerade den Eindruck, als wäre sie scharf auf eine Begrüßung, Harpers ausgestreckte Hand übersah sie geflissentlich. Angriffslustig stand sie meiner Schwester gegenüber.

»Was wollen Sie hier?«, fragte sie.

»Danke, dass Sie gekommen sind«, sagte Harper. »Ich verstehe, dass Sie böse sind und sich Sorgen machen. Mary ist eine meiner besten Schülerinnen. Sie ist fleißig, klug, und es macht Freude, sie zu unterrichten. Ich wollte mich nur erkundigen, wie es ihr geht und ob es in der Schule vielleicht Probleme gegeben hat, bei denen ich helfen kann.«

Weiter so, Harper …

»Dafür ist es ja wohl ein bisschen spät«, sagte Mrs Niles.

»Ich weiß, und es tut mir leid«, sagte meine Schwester. Sie bückte sich und nahm die Plastiktüte mit den Süßigkeiten, die ich besorgt hatte. »Bitte geben Sie das Mary.« Harper reichte ihr die Tüte. »Ich hoffe, sie erholt sich schnell.« Dann warf Harper mir einen Blick zu und sagte: »Komm, Scout, wir gehen jetzt besser.«

Wir hatten zehn Schritte getan, als Mrs Niles rief: »Warten Sie!«

Harper und ich machten kehrt, und Mrs Niles bedeutete uns, wieder auf den Stühlen Platz zu nehmen. Schließlich setzte sie sich neben Harper.

»Tut mir leid, dass ich so unhöflich war«, sagte sie. »Der Arzt geht davon aus, dass Mary keine bleibenden Schäden davontragen wird. Morgen, nach einem Gespräch mit dem Psychiater, kann sie nach Hause.«

Harper schenkte ihr ein herzliches Lächeln und sagte mit Blick auf mich: »Das ist meine Schwester Scout Davis. Sie hat mit der Schule nichts zu tun. Wir würden Ihnen und Mary gerne helfen. Ich ... wir ... glauben, dass andere Schüler Mary etwas angetan haben, das sie bewogen hat, zurückzuschlagen.«

»Meinen Sie, meine Tochter wurde unter Druck gesetzt?«

Harper nickte. »Ja.«

»Mary hat nie erwähnt, dass sie Ärger in der Schule hatte, aber es muss doch einen Grund geben, warum sie die Unterwäsche kaputt gemacht hat. Das sieht ihr gar nicht ähnlich. Ich verstehe es einfach nicht.«

»Uns geht es genauso«, sagte Harper leise.

Mrs Niles sah erst mich und dann Harper an. In ihrem Verhalten war eine deutliche Veränderung spürbar, beinahe wirkte sie erleichtert.

»Das mit den Sachen ist mir eigentlich egal«, gestand Mrs Niles. »Am schlimmsten finde ich, dass Mary versucht hat, sich das Leben zu nehmen, weil sie geglaubt hat, ich würde mich schämen und sei sauer, weil sie der Schule verwiesen wurde. Dabei sollte sie mich doch besser kennen. Wir haben nicht viel Geld. Das Leben ist ... schwer für uns. Marys Schwester hat ...«

Ihr Satz blieb unvollendet. Mrs Niles vergrub den Kopf in den Händen, und Harper legte einen Arm um sie.

»Mrs Niles, hat Mary Ihnen gesagt, dass sie sich deshalb umbringen wollte?«, fragte ich.

Sie schaute auf und schüttelte den Kopf. »Nein, aber das ist die einzige Erklärung. Mary sagt gar nichts. Sie will nicht reden.«

Da kniete ich mich vor Mrs Niles und nahm ihre Hände.

»Ich glaube nicht, dass Mary sich etwas angetan hat, weil sie dachte, Sie wären wütend oder würden sich schämen. Ich glaube eher, dass Mary unter Druck gesetzt wurde, vielleicht wollte man sie zwingen, etwas zu tun, was sie ganz klar als falsch erkannt hat. Und dann wusste sie nicht weiter. Mary ist jung und unerfahren. Da hat sie den einzigen ihr vorstellbaren Ausweg gewählt.«

»Und woher wollen Sie das wissen?«, fragte Mrs Niles und zog eine Hand weg, um sich die Tränen abzuwischen.

Harper starrte mich ungläubig an.

»Mit Mobbing kenne ich mich aus. Ich habe oft mit heiklen Fällen zu tun und kann Mary bestimmt helfen. Wenn Sie erlauben, würde ich gerne mit ihr sprechen. Selbstverständlich in Ihrem Beisein.«

Harper und ich warteten, während sich Mrs Niles meine Worte durch den Kopf gehen ließ. Harper warf mir seltsame Blicke zu, die wohl Ich-hoffe-du-weißt-was-du-tust bedeuten sollten. Nach ein paar Minuten erhob sich Mrs Niles und nahm mich beim Arm.

»Okay, dann mal los«, sagte sie zu mir. Und zu meiner Schwester: »Tut mir leid, aber Sie müssen hier warten. Es dürfen immer nur zwei Besucher gleichzeitig hinein.«

Harper sah etwas mürrisch drein. Derweil schaltete ich, die Auserwählte, ihr Handy aus und betrat erhobenen Hauptes hinter Mrs Niles die Intensivstation.

44.

Mary lag in dem Bett am Fenster, der Kopf ruhte auf einem frischen weißen Kissen, und sie hatte die Augen geschlossen. Das kurze braune Haar war strähnig, die kalkig weiße Haut betonte noch die wütend roten Pubertätspickel auf den Wangen.

Ich nahm mir einen Stuhl, und Mrs Niles und ich setzten uns nebeneinander ans Bett. Mrs Niles nahm Marys Hand. Mary bewegte sich nicht, doch ihre Lider flatterten, also tat sie nur so, als ob sie schlief.

»Ich habe jemanden mitgebracht, Mary«, sagte Mrs Niles. »Ich möchte, dass du hörst, was sie zu sagen hat. Vielleicht kann sie uns helfen.«

Ich räusperte mich.

»Ich bin Scout Davis, meine Schwester Mrs Blaine-Richardson ist Lehrerin bei euch. Ich aber habe mit der Schule nichts zu tun. Meine Schwester macht sich nur Sorgen um dich. Was du getan hast, also die Unterwäsche zu zerschneiden, ist gar nichts im Vergleich zu dem, was man dir in der Schule antut. Ich glaube, dass du dich nur für etwas ganz Gemeines gerächt hast.«

Mary presste die Lippen aufeinander und wandte den Kopf ab.

»Du bist ein guter Mensch, Mary. Als du gemerkt hast, dass Kylie ohne ihre Strumpfhose friert, hast du sie nicht mehr angerührt. Ein schlechter Mensch wäre nie so mitfühlend.«

Ich sah zu Mrs Niles hin, die mir ermunternd zunickte.

»Ich glaube, dass man dich in den letzten Tagen aufgefordert hat, zu behaupten, etwas gesehen zu haben, was du nicht gesehen hast. Vielleicht hat man dir auch Schlimmes angedroht, wenn du nicht mitmachst. Ich glaube, dass du es nicht übers Herz gebracht hast, das zu behaupten. Statt einem anderen Menschen wehzutun, hast du dir lieber selbst wehgetan. So benimmt sich nur jemand, der gut ist. Und tapfer. Jemand, der es wert ist, dass sich die Erwachsenen für ihn einsetzen und die Situation klären.«

Nachdem ich meinen Teil gesagt hatte, lehnte ich mich im Stuhl zurück und hoffte, dass ich mit meinen Vermutungen richtig lag.

»Mary? Mary, Schatz«, drängte ihre Mutter. »Hast du das gehört?« Sie tätschelte Marys Hand, doch Mary reagierte nicht.

Also fuhr ich das große Geschütz auf.

»Mary«, sagte ich. »Deine Mutter denkt, du hättest dir was angetan, weil du Angst hattest, sie könnte wegen der Schule böse sein. Aber wenn das nicht stimmt, ist es für deine Mutter nicht schön, das zu denken. Sie gibt sich nämlich die Schuld an deinem Selbstmordversuch.«

Eine stumme Träne rann über Marys Wange, und da wusste ich, dass ich zu ihr durchgedrungen war. Ich legte den Finger auf die Lippen und bedeutete Mrs Niles, nichts zu sagen. Lautlos formte ich die Worte: »Warten Sie.«

Wir warteten.

Marys Abwehr bröckelte, und sie begann zu weinen, erst leise, doch dann hatten sich die Schotten geöffnet. Nach wie vor hatte sie die Augen geschlossen, doch die Tränen rannen ihr nur so übers Gesicht.

»Mary«, sagte ich. »Ich stelle dir jetzt ein paar Fragen. Du musst nicht antworten, du kannst einfach nicken oder den Kopf schütteln, okay?«

Ein knappes Nicken.

»Bist du von den vier Mädchen, deren Unterwäsche du zerschnitten hast, gemobbt worden?«

Nicken.

»Kannst du mir sagen, wie sie dich unter Druck gesetzt haben?«

Heftiges Kopfschütteln. Das musste furchtbar gewesen sein.

»Hast du die Wäsche zerschnitten, damit sie endlich aufhören, dich unter Druck zu setzen?«

Mary nickte.

»Also wussten sie, dass du dahintersteckst. Haben sie dich damit erpresst? Haben sie gedroht, es allen zu sagen?«

Mary schüttelte den Kopf.

»Mit was anderem also?«

Darauf reagierte sie nicht. Sie verzog das Gesicht, als hätte sie Schmerzen. Was konnte für einen Teenager so schlimm sein, dass er es nicht sagen wollte? Ich riet wild darauf los.

»Haben sie schlimme Fotos von dir gemacht und gedroht, sie überall herumzuzeigen? Ins Internet zu stellen?«

Mary stieß einen herzzerreißenden Schrei aus. »Ja«, weinte sie. »Ja … oh, Mum …«

Mrs Niles hatte sich blitzschnell erhoben und ihre Tochter fest an sich gedrückt. Schluchzend hing ihr Mary in den Armen. Eigentlich rechnete ich damit, dass mir Mrs Niles nun ein Zeichen geben würde, aufzuhören, aber das tat sie nicht. Sie hielt ihre Tochter nur noch fester und nick- te mir zu.

»Haben sie dir auch noch andere Dinge angetan, Mary?«, fragte ich.

Ich sah, wie sie mit dem Kopf an ihre Mutter gelehnt nickte.

»Solltest du behaupten, etwas gesehen zu haben, was du nicht gesehen hast?«

Nicken.

»Aber das konntest du nicht, weil du gar nichts gesehen hast?«

Erneutes Nicken.

»Aber wenn du es nicht sagst, dann stellen sie die Bilder ins Internet?«

Mary löste sich aus den Armen ihrer Mutter.

»Sie hat mir gesimst, dass mich alle hassen. Die anderen hat sie dazu gebracht, mich auf dem Klo festzuhalten, und dann hat sie Fotos von mir mit runtergelassener Hose gemacht. Das in der Toilette hat sie auch fotografiert. Sie wollte die Bilder auf Facebook stellen, wenn ich nicht sage, dass Mr Arnold sie betatscht hat. Aber der würde so etwas doch niemals tun. Nichts habe ich gesehen. Nein, nein, nein …«

Mary war außer sich. Eine Krankenschwester kam angelaufen, doch Mrs Niles schickte sie wieder fort, wir würden uns schon darum kümmern. Die Schwester wirkte skeptisch, ließ uns aber in Ruhe. Mrs Niles hielt ihre Tochter im Arm und flüsterte ihr zu, dass alles wieder in Ordnung käme.

Ich wartete, bis Mary sich beruhigt, die Nase geputzt und ein paar Schlucke Wasser getrunken hatte.

»Diese Sie, von der du hier sprichst, ist das Brianna Berkelow?«, fragte ich.

Entgeistert sah Mary mich an. »Ja«, murmelte sie.

»Woher wissen Sie das?«, fragte Mrs Niles.

Ich holte tief Luft. »Sie hat schon einmal etwas Ähnliches getan.«

Mrs Niles setzte sich wieder hin und nahm Marys Hand.

»Mein Schatz«, sagte sie, »hast du die Fotos noch oder eine der SMS?«

Ich sandte ein Stoßgebet zum Himmel, dass Mary wenigstens noch eine SMS aufgehoben hatte, auch wenn ich gut nachvollziehen könnte, wenn sie alles gelöscht hätte. Ich hätte bestimmt gleich alle Fotos vernichtet.

Mary warf ihrer Mutter einen ängstlichen Blick zu, offenbar war sie sich der Tragweite ihrer Antwort bewusst.

»Macht nichts, wenn du alles gelöscht hast, Schatz«, sagte Mrs Niles tröstend. »Ich kann das gut verstehen.«

Zum ersten Mal erschien der Hauch eines Lächelns in Marys Mundwinkel.

»Brianna hat mir die Fotos gemailt. Die sind noch bei mir auf dem Computer«, sagte sie.

»Und was ist mit den Drohungen?«, fragte ich.

»Zu Hause. Auf meinem Handy.«

»Gut gemacht«, sagte Mrs Niles.

»Das ist noch nicht alles, Mum«, flüsterte Mary.

»Wie meinst du das?«

»Die haben unter falschem Namen ein Myspace-Konto eingerichtet und so getan, als wären sie ein Junge, der mich mag. Wochenlang habe ich geglaubt, wir wären befreundet. Dann haben Brianna und die anderen angefangen Bemerkungen fallen zu lassen, sodass ich schließlich wusste, dass es den Jungen gar nicht gibt und sie dahintersteckten.«

»Oh, mein Schatz«, sagte Mrs Niles. Sie setzte sich neben ihre Tochter aufs Bett und legte den Arm um sie.

»Ich dachte, er wäre mein Freund«, rief Mary aus, und die Tränen flossen von Neuem. Zwischen tiefen Schluchzern wollte sie uns etwas mitteilen, brachte es aber nicht heraus.

»Was ist denn Mary? Sag es uns bitte«, drängte Mrs Niles. Sie packte ihre Tochter an den Schultern und sah sie direkt an. »Sag schon!«

Mary nahm einen tiefen Atemzug und schlug die Hände vors Gesicht. »Es gibt eine Website: Kill Mary Inc.«

45.

Ich ließ Mrs Niles bei Mary zurück, damit sie ihre Tochter trösten konnte. Eine ausgesprochen gekränkt wirkende Harper lief draußen den Flur auf und ab.

»Sagst du mir jetzt endlich, was passiert ist?«, fragte Harper. »Schließlich bin ich Marys Lehrerin.«

Streng genommen war sie es nicht mehr, aber das rieb ich ihr lieber nicht unter die Nase.

»Lass uns noch kurz auf Mrs Niles warten«, sagte ich. »Die kommt bestimmt gleich.«

Harpers Handy klingelte und ersparte mir eine weitere Befragung, Harper ging ans andere Ende des Flurs, um den Anruf entgegenzunehmen. Als Marys Mutter erschien, telefonierte Harper immer noch.

»Sie schläft jetzt«, sagte Mrs Niles. »Die Schwester hat ihr etwas gegeben. Ich glaube, Mary ist unglaublich erleichtert. Vielleicht ist es noch ein wenig zu früh, Ihnen zu danken, aber ich weiß Ihre Hilfe wirklich zu schätzen.«

Ich legte meine Hand auf ihren Arm. »Mary ist ein tapferes Mädchen.«

»Ich muss mir genau überlegen, wie ich vorgehe«, sagte Mrs Niles. »Was Brianna und die anderen meiner Tochter angetan haben, ist einfach unfassbar. Am meisten machen Mary die Fotos zu schaffen. Sie will natürlich nicht, dass irgendjemand sie zu sehen bekommt. Die Droh-SMS zeigt sie mir, sobald wir zu Hause sind.«

»Hat Mary gesagt, ob sie wieder an die Schule zurückmöchte?«, fragte ich.

»Ja, sie möchte zurück, ich bin selbst ganz überrascht. Sie will, dass die Schikanen aufhören und für Mr Arnold alles wieder in Ordnung kommt. Mary macht sich große Sorgen um ihn.«

»Da können Sie Ihre Tochter beruhigen, das klärt sich auch gerade alles.«

»Gleich morgen spreche ich mit dem Psychiater«, sagte Mrs Niles. »Nun wissen wir endlich, wo wir ansetzen müssen, denn allein kann ich ihr da nicht heraushelfen. Darf ich Sie vielleicht anrufen, wenn ich von Mary Neues erfahre?«

Ich nickte und schrieb ihr meine Nummer auf. »Rufen Sie mich an, wenn Sie entschieden haben, was Sie tun möchten. Ich helfe gerne, wenn ich kann.«

Harper kam auf uns zugelaufen und hielt ihr Telefon hoch. Ihrem aufgeregten Gesicht nach zu urteilen, konnte sie es kaum abwarten, uns die Neuigkeiten zu übermitteln.

»Das war die Direktorin«, sagte Harper. »Sie hat mir erzählt, dass die Mütter von Peony, Savannah und Kylie samt einer Anwältin namens Margo Mitchell morgen früh einen Termin mit ihr ausgemacht haben. Offenbar haben die Mädchen der Schule etwas Wichtiges mitzuteilen. Neuerliche Vorwürfe gegen einen der anderen Lehrer, vermute ich.«

»Vielleicht auch nicht«, sagte ich. »Könnte doch sein, dass sie Gewissensbisse bekommen haben, nachdem Mary versucht hat, sich etwas anzutun.«

Harper sah mich fragend an. »Wovon redest du?«

»Nur zu, weihen Sie Ihre Schwester ein«, sagte Mrs Niles. »Aber mir wäre es lieb, wenn es unter uns bliebe, bis ich entschieden habe, was ich unternehmen will.«

Wir zogen uns in den Warteraum zurück, wo wir Harper berichteten, was wir von Mary erfahren hatten.

»Das arme Kind«, sagte Harper. »Soll sich Tattings IT-Beauftragter mal mit dem Betreiber der Internetseite in Verbindung setzen und sie löschen lassen?«

»Gerne, damit wäre uns sehr geholfen, aber vorher soll er eine Kopie machen, als Beweismaterial«, sagte Mrs Niles. »Wissen Sie, dass Briannas Vater Mary wegen Sachbeschädigung verklagen will? Ich weiß gar nicht, was ich da machen soll.«

Mich überraschte es keineswegs, dass Briannas Vater Anklage erheben wollte. Brianna schikanierte andere gern, ihr Vater offenbar auch.

»Mrs Niles«, sagte ich. »Mary ist unter sechzehn, und man hat kompromittierende Fotos von ihr per Mail verschickt. Mr Berkelow wird es sich sicherlich anders überlegen, wenn er erfährt, dass seine Tochter Kinderpornografie im Netz verbreitet.«

Harper und ich saßen im Wagen mit Blick auf die Broadwater-Bucht und aßen die Käserollen, die ich gemacht hatte. Beim Obstsalat mussten wir uns abwechseln, weil ich nur eine Gabel hatte.

Höchste Zeit, dass ich ihr alles erzählte, denn die Geschichte wurde immer verworrener, und ich bekam allmählich Probleme, mir zu merken, wer was wusste. Mit vollem Mund erklärte ich Harper, dass Brianna Berkelow schon einmal einen Lehrer beschuldigt und andere Schüler gezwungen hatte, ihre Falschaussage zu bestätigen. Und dass der betroffene Lehrer sich telefonisch mit Robert Arnold in Verbindung setzen würde.

»Wie hast du das nur alles rausgefunden?«, fragte Harper.

»An mir ist halt eine Detektivin verloren gegangen«, sagte ich und strahlte wie ein Honigkuchenpferd.

»Mensch, wenn du dich erst einmal in etwas verbissen hast, dann lässt du dich nicht so schnell abschütteln!«

»Stimmt.«

Harper seufzte. »Die arme Mary. Und dann ist ihre ältere Schwester auch noch schwer körperbehindert. Die hat es wirklich nicht leicht.«

Ich nickte. »Aber Mrs Niles ist taff. Die hilft ihrer Tochter da schon durch.«

»Meinst du, sie geht zur Polizei?«

»Das wäre keine Garantie für Gerechtigkeit«, sagte ich. »Vor dem Gesetz ist auch Brianna noch minderjährig. Und außerdem will Mary nicht, dass irgendjemand die Bilder sieht. Ihre Wünsche müssen auch ernst genommen werden.«

»Also warten wir ab, wie sich Mrs Niles entscheidet?«

»Das wird das Beste sein. Und du kannst versuchen, herauszukriegen, was sich morgen früh bei dem Treffen mit den Mädchen ergibt. Falls es wirklich um Mary geht, sag Mrs Niles Bescheid. Sie sollte über alles informiert sein, damit sie die richtige Entscheidung treffen kann.«

»Ich kann doch keine Schulinterna preisgeben«, versetzte Harper.

»Hier geht es um Mary und nicht um die Schule.«

Harper nickte und sah mich entschuldigend an. »Manchmal verliere ich die Hauptsache aus den Augen.«

Aus der Fressalientasche förderte ich einen Plunder zutage und reichte ihn Harper.

»Hier, iss, und ich sehe dir dabei zu, dann habe ich auch etwas davon.«

Harper nahm den Kuchen. »Weißt du noch, wie ich

mich früher immer mit einem Mars vor dir aufgebaut und genüsslich daran gelutscht habe?«

»Klar. Kinder können ja so grausam sein.«

46.

Nachdem ich Harper zu Hause abgesetzt hatte, machte ich mich auf dem Pacific Motorway in Richtung Heimat auf. Im Norden von New South Wales brauten sich in der Ferne dunkle Gewitterwolken zusammen. Mit ein wenig Glück würde ich Byron noch im Trockenen erreichen.

Mir ging die Geschichte mit Mary so sehr im Kopf herum, dass ich kaum auf den Weg achtete. Wie sollte eine Vierzehnjährige nur über eine so massive Verletzung der Intimsphäre hinwegkommen? Ich fand es einfach nur schrecklich und sandte Stoßgebete zum Himmel, dass die Fotos noch nicht allgemein zugänglich waren.

Um mich aufzuheitern, schob ich eine CD in die Anlage. Dabei fiel mir ein, wie Fergus im Alter von drei Jahren versucht hatte, sein Vegemite-Sandwich loszuwerden, und ich musste laut lachen. Fasziniert hatte ich zugesehen, wie er das Ding platt gedrückt und in den CD-Schlitz von Harpers nagelneuer Autoanlage gequetscht hatte. Wahrscheinlich wird die Geschichte an seinem einundzwanzigsten Geburtstag für allgemeine Erheiterung sorgen, bis dahin ist meine Schwester vielleicht auch darüber hinweg.

Als James Taylor ertönte, sang ich aus vollem Hals mit, verscheuchte die Dämonen, dachte an was Schönes, zählte unterwegs die Pferde auf den Koppeln und freute mich auf Miau Zedong und meine Wohnung. Mir kam es vor, als wäre ich tagelang fort gewesen.

Mein Handy klingelte, und ich fuhr auf den Seitenstreifen, um den Anruf entgegenzunehmen.

»Scout, Susie Cameron hier. Die Männer haben miteinander gesprochen. Mein Kollege fliegt am Montag nach Coolangatta. Robert wollte für das Treffen noch einen Anwalt besorgen.«

»Klingt doch gut«, sagte ich.

»Ich bin richtig stolz auf uns, dass wir es den Bürokraten gezeigt haben.«

Lachend versprach ich, mich nach dem Wochenende bei ihr zu melden.

Von meiner Mutter kam eine SMS: Alles in Ordnung? Gruß und Kuss. Zu meiner Enttäuschung hatte Rafe nichts von sich hören lassen, nicht, dass ich es erwartet hätte. Schließlich waren wir ja nicht verabredet, und ich wusste nicht einmal, ob er heute Abend Dienst hatte. Oder wohin unser Flirt führen würde oder ob er überhaupt irgendwohin führen würde.

Ich fädelte mich wieder auf die Autobahn ein und dachte an die Schachszene in *Thomas Crown ist nicht zu fassen.* Rafe war Steve McQueen und ich Faye Dunaway. Was mir an Einzelheiten abhandengekommen war, improvisierte ich; bei gedämpfter Beleuchtung tranken wir Cognac Napoléon, im Hintergrund spielte Pachelbel. Von dieser Vorstellung gebannt, überlegte ich, wie lange es wohl dauern würde, Schachspielen zu lernen.

An der Grenze zu New South Wales erwischte mich dann doch das Gewitter. Dicke Tropfen platschten auf die Windschutzscheibe, gefolgt von einem monsunartigen Platzregen – es schüttete wie aus Kübeln. Der Lärm war ohrenbetäubend, und die Sicht schlecht. Ich verwarf das Schachspiel, drosselte das Tempo und schaltete die Scheinwerfer ein.

Als ich in Byron Bay von der Autobahn fuhr, war aus dem Wolkenbruch ein Dauerregen geworden. Am Ortseingang hielt ich bei einem Supermarkt an, um meine Vorräte aufzufüllen, denn Sam hatte alles aufgefuttert; beim Schlachter holte ich noch ein paar Wagyu-Steaks. Sollte Rafe doch zufällig vorbeikommen, wollte ich spontan ein Gourmetessen aus dem Hut zaubern können. Was tut man nicht alles!

Miau Zedong wartete schon laut maunzend oben auf der Verandatreppe. Ich stellte die Einkäufe nur kurz in der Küche ab und nahm ihn auf den Arm, wir begrüßten uns begeistert.

Nachdem ich die Einkaufstüten ausgepackt hatte, sprang ich unter die Dusche, zog mir eine kurze Hose und ein schwarzes Trägerhemd an und machte Tee. Dann stieg ich mit zwei Tassen die Verandatreppe hinunter, rief durch die Küchentür vom Fandango und setzte mich auf die Treppe.

Miles steckte den Kopf aus der Tür und lächelte mich an.

»Hallo«, sagte er. »Ich hol mir nur rasch eine Kippe, bin gleich zurück.«

Miles setzte sich eine Stufe höher, damit mir der Rauch nicht ins Gesicht zog, aber eigentlich störte mich das nicht. Er knuffte mich.

»Susie hat angerufen und mir erzählt, was ihr zwei da ausgeheckt habt«, sagte er. »Ich finde es toll. Keine Sorge, Namen hat sie nicht genannt.«

Ich drehte mich zu ihm um. »Ja, vielleicht können wir so einen Lehrer retten. Und eine Ehe.«

»Das hat Susie auch gesagt. Hast du mal wieder von Toby gehört?«

Du liebe Güte! An Toby hatte ich nicht mehr gedacht seit … seit … ich konnte mich nicht einmal erinnern, wann ich das letzte Mal an ihn gedacht hatte.

»Er hat angerufen und mich gebeten, seinen Eltern eine Karte zu schicken«, murmelte ich.

»Aber Rafe habe ich hier gesehen«, bemerkte Miles trocken. »Der kommt doch sonst nie, wenn Toby unterwegs ist.«

»Mhmm.«

Eine Weile tranken wir schweigend unseren Tee, während der Regen von der Veranda tropfte.

»Findest du das falsch?«, fragte ich Miles.

»Du bist erwachsen«, sagte er. »Erwachsene tun so was manchmal.«

Abermals schwiegen wir, eine kleine Hundemeute jagte durch die Gasse.

»Französische Sitten«, sagte Miles, und als ich zu ihm aufsah, grinste er übers ganze Gesicht.

47.

Um 18.00 Uhr kehrten die monsunartigen Regenfälle mit aller Wucht zurück. Zwischendurch hatte ich im Netz vergeblich nach Berichten über unsere SG-Aktion gesucht, nun saß ich am Schreibtisch und blickte abwechselnd vom Whiteboard zur Fensterscheibe, gegen die der Regen trommelte, als das Telefon klingelte. Rafe war dran.

»Das richtige Wetter für Enten«, sagte er, und seine sanfte tiefe Stimme verlieh selbst diesen harmlosen Worten etwas Aufregendes.

»Mhmm. Gibt es was Neues von meinem Auto?«

»Noch nicht.«

»Musst du heute arbeiten?«

»Nein, ich habe frei.« Rafe lachte. »Willst du dir vielleicht meinen Deckenventilator anschauen?«

Mir war klar, dass er mir mit seinem Gelächter die Möglichkeit bot, den Vorschlag als albernen Scherz abzutun und das Gespräch wieder auf Themen wie Wetter, mein Auto und Arbeit zu lenken. Doch damit stieß er bei mir auf taube Ohren.

Ich schluckte. »Wie wär's mit einem Abendessen?«

Rafe zögerte. »Okay, willst du irgendwo hin?«

Schon wieder ermöglichte er mir auf überraschend ritterliche Art, einen Rückzieher zu machen, den Schutz eines öffentlichen Restaurants zu suchen, mir noch einmal die Konsequenzen dessen, war wir zu tun gedachten, klarzumachen.

Für mich und wohl auch für Rafe war dies die letzte Chance, Standhaftigkeit und Charakter zu beweisen, und die Sache abzublasen. Aber ich sehnte mich so sehr nach ihm, dass ich es nicht fertigbrachte. Ich leistete keinerlei Widerstand, und meine Prinzipien hinsichtlich meiner Treue Toby gegenüber ließen mich komplett im Stich. Bislang hatte es nur zwei Männer in meinem Leben gegeben – ich war also nicht gerade leicht zu haben, was die Sache auch nicht ehrenhafter machte.

Ich holte tief Luft. »Wir können auch hier essen. Ich habe alles da.«

»Für wie viele Tage?«

»Nur für einen«, sagte ich, dennoch nahm mich die Vorstellung vollends gefangen.

»In zehn Minuten bin ich bei dir«, sagte er und legte auf.

Zehn Minuten! Zum Glück hatte ich schon geduscht. Make-up. Haare. Offen oder Zopf? Zopf. Unterwäsche? Neuer lila BH und schwarzer Slip. Klamotten? Enge schwarze Caprihose und schwarzes Spitzentop. Der lila BH passte nicht darunter. Top aus. Neuer schwarzer BH her. Top an. Abgestoßenen Nagellack an Zehen ausbessern. Sieben Minuten. Tief durchatmen.

Ich sprühte mich und die Kopfkissen mit Mitsouko ein, tauschte die grelle Birne in der Nachttischlampe gegen eine Vierzig-Watt-Leuchte aus, zündete die Kerzen im Wohnzimmer an, legte Norah Jones auf, stopfte Charles de Gaulle (den französischen Koala) und Rudyard (meinen Teddy) in den Schlafzimmerschrank und räumte das Badezimmer auf.

Miau Zedong folgte mir auf Schritt und Tritt, während ich die Wohnung nach Hinweisen auf meine SG-Tätigkeiten absuchte. Nachdem ich mich davon überzeugt hatte, dass nirgendwo Wollreste oder herrenlose Stricknadeln herumlagen, kontrollierte ich im Badezimmer meinen Blutzuckerwert, der glücklicherweise stabil war.

Normalerweise machte ich mir wegen meines Diabetes keinen Kopf, aber heute Abend sollte er mir auf keinen Fall in die Quere kommen. Erwog ich also irgendwelche … ähm … körperlichen Aktivitäten, musste ich vorher etwas essen, sonst könnte mein Blutzucker in den Keller gehen. Und wenn ich wie bei einem richtigen Date gleich mit Rafe zusammen Abendessen wollte, brauchte ich vorher noch Insulin. Timing war manchmal alles.

Ich war gerade dabei, in der Küche den Salat zu waschen, als Rafe am Verandator erschien. Schnell trocknete ich mir die Hände ab und rannte hinaus, um ihn nicht länger im Regen stehen zu lassen. Er sah atemberaubend aus mit seinem schwarzen T-Shirt mit weißem Aufdruck, schwarzen Jeans, einem schwarzen Gürtel mit Harley-Davidson-Schnalle und einer schwarzen Bomberjacke. Und mir entging nicht, dass seine Stiefel von R. M. Williams waren. Rafe zog die Jacke aus, warf sie über einen der Verandastühle und fuhr sich durch die dunklen Locken.

»Brauchst du ein Handtuch?«, fragte ich.

Er grinste. »Noch nicht.«

»Ich meine für die Haare«, sagte ich und grinste zurück.

»Ist okay. Ich habe ein Taxi genommen.«

Rafe kam auf mich zu, legte mir die Hände auf die Schultern und gab mir einen freundschaftlichen Kuss auf die Wange. Erwartungsvoll schloss ich die Augen, doch er trat wieder einen Schritt zurück und hielt mich auf Armeslänge. Als ich die Augen öffnete, musterte er mich ganz ungeniert von Kopf bis Fuß, und betrachtete ganz intensiv meine Brüste. Beinahe vergaß ich zu atmen.

»Du siehst toll aus«, sagte er und ließ mich stehen. »Und du riechst auch gut. Was gibt es zum Essen?«

Sein Anblick verschlug mir die Sprache. Zu allen Zeiten und an allen Orten muss es Männer wie Rafe gegeben haben, sinnliche, kräftig gebaute Männer mit Locken, muskulösen Schultern und markantem Kinn, deren Blicke einem die Kleider vom Leib sengten und deren volle Lippen Leidenschaft verhießen. Seit Kleopatra Mark Anton traf, haben solche Männer uns im Sturm erobert.

Mir hatte das Verlangen offenbar die Stimme verschlagen, also gab ich Rafe einen Wink, mir in die Küche zu folgen, wo ich einen Schluck Wasser trank und versuchte, die Hormone in den Griff zu kriegen.

Nachdem ich mich einigermaßen gefangen hatte, fragte ich: »Möchtest du was trinken?«

»Ich mache schon«, erbot sich Rafe. »Was willst du?«

»Weißwein, bitte.«

Rafe war schon unzählige Male mit Toby bei mir in der Küche gewesen. Aus dem Kühlschrank nahm er eine Flasche Taylor's Clare Valley Riesling und hielt sie fragend hoch. Ich nickte, und er schenkte ein Glas ein, anschließend nahm er sich noch ein Bier aus dem Kühlschrank. Er reichte mir den Wein.

»Auf uns«, sagte er, und wir stießen klirrend an, dabei lächelten wir uns zu. Und hätte sich ins Lächeln nicht eine gewisse Lüsternheit geschlichen, hätten wir auch einfach nur Freunde sein können, die gemeinsam kochten.

Wir liefen in der Küche umher, machten Salat, toasteten Fladenbrot, nippten an unseren Drinks und vermieden es, uns zu berühren oder über Toby zu sprechen. Hin und wieder ließ Rafe seinen Blick über meinen Körper wandern, und er machte keinen Hehl daraus. Im Gegenteil, wenn ich ihn dabei ertappte, schmunzelte er fröhlich.

Nachdem er den Gasgrill auf der Veranda angezündet hatte, kam Rafe mit Miau Zedong auf dem Arm in die

Küche. »Und was bekommt der chinesische Maunzer zu fressen?«

»Dem müsstest du eine neue Dose aufmachen«, sagte ich und zeigte zum Schrank, wobei ich still in mich hineinkicherte. Dieses häusliche Theater erinnerte stark an Landlust.

Es war zu nass, um draußen auf der Veranda zu essen, also deckte ich in der Küche, während Rafe den Kater fütterte. Ich reichte ihm die Steaks und sagte, ich müsse kurz ins Bad zum Spritzen. Rafe legte die Steaks auf den Tisch und nahm meine Hand.

»Darf ich dir die Spritze geben?«

Zunächst war ich sprachlos. Das war etwas sehr Privates und Intimes. Ich ging ins Badezimmer und stand eine Weile unschlüssig am Waschbecken.

Ach, was soll's!

Zitternd trug ich Spritze, Kanüle und Alkoholtupfer in die Küche. Fürs Aufziehen des Insulins brauchte ich länger als sonst, anschließend reichte ich Rafe Spritze und Tupfer.

»Wohin?«, fragte er heiser.

Ich hielt mich am Küchentisch fest und zeigte auf eine Stelle am Bauch, ich wagte kaum zu atmen.

»Erst der Tupfer, dann nimmst du eine Hautfalte und stichst zügig ein. Dann drückst du den Kolben langsam bis zum Anschlag runter«, sagte ich.

Rafe legte die Spritze auf den Tisch, kniete sich hin und nahm behutsam mein Trägerhemd hoch. Ich stützte mich auf seinen Schultern ab. Er streichelte meinen Bauch und platzierte zarte Schmetterlingsküsse rund um meinen Nabel. Dabei wanderten seine Hände langsam nach oben, und er stöhnte leise. Ich schloss die Augen und griff in sein Haar, wünschte, seine Hände würden noch weiter vordringen, doch leider taten sie das nicht.

Nachdem er meine Haut sanft gereinigt hatte, nahm Rafe die Spritze und setzte mir die Nadel schnell in den Bauch, injizierte mir ganz langsam das Insulin. Er zog die Nadel heraus und verteilte kleine Küsse um die Einstichstelle. Dann stand er auf, küsste mich zärtlich auf den Mund und biss mir spielerisch in die Lippe. In diesem Moment waren wir uns so nah, dass es kaum auszuhalten war, und ich kam fast um vor Verlangen.

»Wow«, sagte er, »ziemlich erotisch.«

Ich lächelte. Mit zitternden Händen nahm ich die Spritze und warf sie in den Container in der Küchenschublade.

»Müssen wir jetzt essen?«, fragte er.

Ich reichte ihm die Teller mit den Steaks.

»Müssen wir«, sagte ich. »Ab mit dir.«

48.

Unter Miau Zedongs begehrlichen Blicken aßen Rafe und ich am Küchentisch. Die Steaks waren zart, der Wein gut und die Unterhaltung frivol. Zum Spaß machte ich einen auf Faye Dunaway, statt einer Schachfigur nahm ich die Pfeffermühle.

»Wie soll ich mich denn da aufs Essen konzentrieren?«, fragte Rafe, während er auf meine Hand starrte und unruhig hin und her rutschte.

Wir redeten so lange miteinander, dass ich schon fast glaubte, er hätte es sich anders überlegt. Rafe hatte kaum etwas gegessen, und ich überlegte, ob ich etwas Dummes gesagt haben könnte, da stand er plötzlich auf und spazierte ins Wohnzimmer.

»Jetzt hätte ich gerne einen Kognak«, rief er. »Und du solltest vielleicht die Zaungäste loswerden.«

Mit einem nervösen Kichern trug ich Miau Zedong hinaus auf die Veranda. Ich setzte ihn auf seinen Korbsessel, dann schloss ich die Tür, verriegelte die Katzenklappe und kehrte zurück in die Küche.

Dort schenkte ich ein Glas Kognak ein und trug es ins Wohnzimmer. Im sanften Kerzenlicht sang Bob Dylan »Just like a woman«. Rafe fläzte unbekümmert auf dem Sofa, einen Arm lässig auf die Lehne gelegt, als würde ihm hier alles gehören. Mich erinnerte die Pose an das selbstherrliche Getue britischer Offiziere, die sich nach dem Essen im Bombay Yacht Club entspannten. Sexy.

Ich reichte ihm den Drink.

Rafe holte tief Luft, nahm einen Schluck und sah mich an. »Du weißt gar nicht, wie lange ich von diesem Moment geträumt habe«, raunte er mit schwerer Stimme.

Meine Sinne waren wie elektrisiert, und ich sehnte mich nach seiner Berührung. Kein Gedanke mehr an Toby. Ich hörte die Musik nicht länger, vielmehr fühlte ich sie in mir, als würde ihr Rhythmus meinen Herzschlag bestimmen.

Rafe kippte den Kognak hinunter, erhob sich und trat hinter mich. Sanft umfasste er meine Hüften und zog mich an sich, gemeinsam bewegten wir uns zum Klang der Musik. Er vergrub das Gesicht seufzend in meinem Nacken. Bedeckte meine Schultern mit Küssen und biss mir zärtlich in den Hals. Ich hatte so etwas noch nie erlebt und fürchtete, mein Herz könnte aussetzen.

Als mein letztes Kleidungsstück auf den Boden fiel, gaben meine Knie nach, Rafe hob mich hoch und trug mich ins Schlafzimmer, wo er mich aufs Bett legte und eingehend betrachtete.

»Willst du dich nicht ausziehen?«, fragte ich.

Er schüttelte den Kopf.

»Noch nicht«, sagte er. »Erst werde ich Milady in Stiefeln beglücken.«

Anschließend lagen wir eng umschlungen im Bett, erschöpft, die Beine in den Laken verheddert. Längst hatte ich Rafe die Kleider vom Leib gerissen, und wir hatten einander zunächst wild und ungestüm, später liebevoll und zärtlich erkundet. Unser Atem ging schwer, und wir waren schweißgebadet.

Rafe rührte sich.

»Jetzt kann ich auch etwas essen«, verkündete er fröhlich. Er schlug die Decke zurück und ging ins Bad. Noch betört von seinem Duft und den Berührungen betrachtete ich seine geschmeidigen Bewegungen, das Spiel der Muskeln in Licht und Schatten. Rafe war ein schöner Mann.

Ich schlang mir einen Sarong um und tappte in die Küche, um eine Kanne Earl Grey zu machen. Gerade schenkte ich mir eine Tasse ein, als Rafe nur mit einem weißen Handtuch bekleidet in die Küche kam. Ich kicherte, hatte ich mit meinen Fantasien doch goldrichtig gelegen.

Rafe nahm sich noch ein Bier aus dem Kühlschrank, setzte sich mir gegenüber, und wir redeten, während er aß. Es gab keine peinlichen Momente, ich berichtete von Harpers Schule, von Mary und den Schikanen und Robert Arnold. Dann erzählte ich ihm von Marcia, Tildy und dem Himmlischen Bruder Excalibur.

Rafe sagte eine Weile nichts, aß den restlichen Salat.

»Woran denkst du?«, fragte ich.

»An Nonnen.«

»Die verbotenen Früchte?«

Rafe lachte. »Nein, daran habe ich nicht gedacht. Eher, ob es einen Unterschied gibt, wenn man einem Orden oder einer Sekte beitritt.«

»Was meinst du?«

»Mit der Einheitskleidung legt man seine Individualität ab, obwohl heute längst nicht mehr alle Nonnen Ordenstracht tragen. Man bekommt einen neuen Namen, und der Tagesablauf ist streng geregelt. Manchmal dürfen die Mitglieder nicht einmal sprechen. Sie bekennen ihre Sünden vor anderen und schwören ihrem Herrn blinden Gehorsam.«

Überrascht sah ich Rafe an. Von Anfang an hatte ich bei dieser Recherche Schwierigkeiten gehabt, zwischen Kirchen und Sekten zu trennen. Womöglich waren sie gar nicht so verschieden.

»Red ruhig weiter.«

»Nonnen treten einem Orden bei, weil sie die Gemeinschaft mit Gott suchen. Aber ich glaube, sie suchen auch Geborgenheit, Glück und Gleichgesinnte. Wegen dieser Dinge bleiben sie. Und in einer Sekte ist es doch im Prinzip genauso.«

»Also findest du, dass Religionen und Sekten genau gleich funktionieren?«

»Keinesfalls«, sagte Rafe. »Es gibt einen Riesenunterschied.«

»Und der wäre?«

»Die Zielgruppe.«

Ich runzelte die Stirn. »Das verstehe ich nicht.«

»Nonnen und Vertreter anderer Religionen kümmern sich um die Armen, die Bedürftigen, Kranken und Sterbenden. Und dafür verlangen sie keine Gegenleistung. Sekten sind gar nicht daran interessiert, den Armen, Hilfsbedürftigen und Kranken zu helfen. Jedes Mitglied muss dem Meister dienen, um die Sekte voranzubringen. Die Armen und Kranken wären ja eher eine Bürde.«

Ich stand auf, ging um den Tisch, vergrub das Gesicht in Rafes Locken und drückte ihm einen Kuss aufs Haar.

»Gebt mir eure Müden, eure Armen, eure geknechteten Massen …«, murmelte ich.

Rafe zögerte. »Die Inschrift auf der Freiheitsstatue?«

Ich nickte. »Danke. Über diesen Unterschied zerbreche ich mir schon seit Tagen den Kopf.«

»Ich habe nur versucht, zu verstehen, was Leute antreibt, sich Gruppen anzuschließen.«

Ich räumte Rafes leeren Teller weg und sagte: »Aus all den Gründen, die du gerade genannt hast, Geborgenheit,

Glück, Gleichgesinnte. Dazu kommt noch der Wunsch, seinem Leben einen Sinn zu geben. Und schließlich möchte jeder irgendwo hingehören, nur dass manche sich die falsche Gruppe aussuchen.«

Auf einmal stand Rafe auf und ging Richtung Schlafzimmer.

»Komm«, sagte er. »Ich will dir was zeigen, dieses Gerede von der Freiheitsstatue bringt mich auf Gedanken.«

49.

Um sechs Uhr morgens ging das Telefon. Im Halbschlaf beugte ich mich über Rafe und nahm ab.

»Ich bin's, Marcia. Tommy ist verschwunden!«

Vor Schreck fuhr ich hoch. Rafe saß sofort kerzengerade neben mir und sah mich besorgt an.

»Toby?«, formte er lautlos. Ich schüttelte den Kopf.

»Oh Gott«, sagte ich. »Warte mal kurz, Marcia. Ich bin noch gar nicht richtig wach.«

Rafe stand auf, wickelte sich meinen Sarong um die Hüfte und ging in die Küche. Mit Notizblock und Stift bewaffnet kehrte er zurück, gab sie mir und verschwand gleich wieder.

»Dann erzähl mal«, sagte ich, als ich mich besonnen hatte.

»Gestern spätabends hat Mark angerufen. Tommy ist nach der Schule nicht nach Hause gekommen. Mark hat alle Freunde abtelefoniert, ob er irgendwo mitgegangen ist, dann hat er im Park nach ihm gesucht. Abends um sechs hat er schließlich die Polizei eingeschaltet.«

»Geht die Polizei davon aus, dass Tommy weggelaufen ist oder entführt wurde?«, fragte ich.

»Mark glaubt, die Polizei hat ihn im Verdacht, so wie sie ihn vernommen haben. Er hat ja schließlich vor drei Monaten auch Tildys Verschwinden gemeldet.«

»Ja, aber Tildy wurde doch gefunden. Denkt Mark, dass Tommy weggelaufen ist?«

»Ja. Es fehlen Anziehsachen und sein Stoffhase. Das Bargeld aus dem Einmachglas in der Küche ist auch verschwunden.«

»Weiß Tommy denn überhaupt, wo seine Mutter ist?«

»Er weiß, dass sie jetzt an der Gold Coast lebt. Die Melbourner Polizei hat die Kollegen an der Gold Coast alarmiert, und die sind dann raus zur Bacchus-Sekte, aber Tommy haben sie nicht gefunden. Die Polizei hat Mark gegenüber angedeutet, dass sich dort überhaupt keine Kinder befänden und Tildy keinerlei Interesse an Tommys Verschwinden bekundet hätte. Den Polizisten soll sie gesagt haben, Tommy gehöre nicht mehr zu ihrer Familie.«

»Wie hätte Tommy die Sekte überhaupt finden sollen? Außer der Polizei kennt doch keiner deren Unterschlupf.«

»Weiß ich doch. Mark wollte mir keine Angst machen, deshalb hat er sich nicht gleich gemeldet. Hat gehofft, dass Tommy wieder auftaucht. Aber dann fiel ihm ein, dass sich Tommy vielleicht zu mir nach Burleigh Heads aufgemacht hat, deshalb hat er mich doch angerufen.«

»Ist Tommy schon mal weggelaufen?«

»Nein.«

»Als ich dich damals nach Tommys Vater gefragt habe, hast du gesagt, du wüsstest nicht, wer er sei. Kann es sein, dass Tommy es weiß und zu seinem Vater will?«

»Ich habe wirklich keine Ahnung, wer Tommys Vater ist; ich fürchte fast, nicht einmal Tildy weiß es. Ausgeschlossen, dass Tommy es weiß. Oh Scout, er ist doch erst neun! Selbst wenn er weggelaufen ist, was, wenn ihn nun irgend so ein Verrückter verschleppt?«

»Reiß dich zusammen, Marcia«, sagte ich fest. »In zwei Stunden bin ich bei dir.«

»Nein, bleib bitte, wo du bist. Mark hat mich nämlich gebeten, Christopher zu holen. Mark fürchtet, die Polizei könnte ihn für weitere Verhöre einbestellen, und seine Mutter ist zu krank, um sich um den Kleinen zu kümmern. Er möchte, dass ich Christopher zu mir nehme. Um 7.35 Uhr nehme ich den Flieger nach Melbourne. So gegen 17.00 Uhr Queenslander Zeit sollten wir zurück sein. Kannst du dann kommen? Und über Nacht bleiben?«

»Natürlich. Bevor du gehst, könntest du am Empfang ein Foto von Tommy hinterlegen. Wenn er kommt, während du noch unterwegs bist, sollen sie ihn dort so lange festhalten und die Polizei informieren.«

»Und wenn Tracy Dienst hat?«, fragte Marcia.

»Stimmt, lass das lieber mit dem Foto. Ich bin um fünf bei dir.«

Als ich aufsah, stand Rafe mit zwei Teebechern im Türrahmen. Er setzte sich neben mich aufs Bett und reichte mir einen Becher. Möglichst knapp gab ich mein Gespräch mit Marcia wieder.

»Wenn ein Kind verschwindet, gilt der erste Verdacht immer den Eltern«, sagte Rafe. »Aber in diesem Fall glaube ich, dass der kleine Racker selbst dahintersteckt.«

»Wie kommst du darauf?«

»Der Hase. Ein neunjähriger Ausreißer lässt eben sein Lieblingskuscheltier nicht zurück. Wahrscheinlich hatte er den Hasen schon in der Schule dabei und ist von dort los. Ich wette, dass er seine Mutter sucht. Die ersten vierundzwanzig Stunden sind entscheidend. Sein Foto wird im Fernsehen, in den Zeitungen gezeigt. Irgendjemand wird ihn erkennen.«

»Wie soll er denn allein von Melbourne an die Gold Coast kommen?«, fragte ich.

»Wenn er clever ist, hat er den Bus oder die Bahn genommen. Einen Flieger eher nicht. Bahn ist wohl das naheliegendste, denn neunjährige Jungen lieben Züge. Die Polizei wird sich schon drum kümmern.«

Der Tee war überraschend gut.

»Wo hast du denn gelernt, Tee zu machen?«

»Meine Mutter ist Engländerin«, sagte er. »Weißt du, Tommy könnte auch die Bacchus-Jünger gefunden haben. Kinder sind im Internet oft fitter als Erwachsene. Vielleicht hat er über die Bacchus-Website Kontakt zu jemandem aufgeommen.«

»Meinst du etwa, jemand hat versucht, sich an ihn ranzumachen? Ein Erwachsener an den Jungen? Ach, Rafe!«

»Eher umgekehrt. Wahrscheinlich hat Tommy sich als Erwachsener ausgegeben und die Initiative ergriffen. Klappt ja auch so rum. Wenn er es geschickt genug angestellt hat, ist er vielleicht an die Adresse gekommen. Womöglich hat er dazu einen Computer in der Schule benutzt oder den eines Freundes, damit man zu Hause auf den Rechnern nichts findet. Die würde sich die Polizei nämlich vorknöpfen.«

Eine Weile tranken wir schweigend unseren Tee.

»Was hättest du getan, wenn es Toby gewesen wäre?«, fragte ich.

Rafe stellte den Tee beiseite. Nahm auch mir den Becher ab und setzte ihn auf den Nachttisch. Mit beiden Händen fasste er mein Gesicht und küsste mich leidenschaftlich.

»Und?«, fragte ich atemlos.

»Darjeeling?«, sagte er.

Wütend funkelte ich ihn an. Ich wollte eine Antwort.

»Es wäre mir egal, wenn Toby am Telefon gewesen wäre«, gestand Rafe. »In der Liebe und im Krieg ist alles erlaubt, besonders, wenn es um dich geht.«

»Aber warum hast du denn so besorgt geguckt?«

»Ich dachte schon, ihm wäre was zugestoßen, so was wie ›Leider müssen wir Ihnen mitteilen …‹ Was für ein Glück, dass es nicht so ist.«

»Oh!«

»Hast du ein schlechtes Gewissen?« Rafe klang nervös.

Auf die Frage konnte ich ihm nicht sofort antworten. Keine Sekunde bereute ich, mit Rafe geschlafen zu haben, aber hatte ich jetzt ein schlechtes Gewissen? Mhmm. Ich bin ja auch nicht von gestern. Toby ist monatelang in Regionen unterwegs, in denen es ständig um Leben oder Tod geht. Er ist ein gut aussehender Mann. Von der Ärztin aus der Erste-Hilfe-Station in Somalia weiß ich. Und von der schönen Reporterin in Angola auch. Um sein Gewissen zu erleichtern, hatte Toby mir die Affären gebeichtet. Was mich am meisten aufbrachte, war die Tatsache, dass er sich nach der Beichte besser fühlte. Vielleicht hatte es danach noch andere Frauen gegeben, aber darüber schwieg er sich aus.

Aber hier ging es nicht darum, Toby eins auszuwischen. Hier ging es um mein Zusammensein mit diesem wunderschönen Mann, um Rafe und mich. Noch einmal dachte ich an Susies weise Worte, ob ich mir in fünf Jahren wohl wünschen würde, nicht mit ihm geschlafen zu haben? Die Frage erübrigte sich.

Zärtlich strich ich ihm übers Gesicht und küsste ihn sanft auf den Mund.

»Nein, ich habe kein schlechtes Gewissen«, sagte ich. »Ich fühle mich toll. Und du?«

Rafe nickte zustimmend.

»Toll und ziemlich fertig.« Mit einem verschlagenen Grinsen zog er mich in seine Arme.

»Willst du nun morgen auf dieses Sektentreffen?«, fragte er.

»Ja, das geht das ganze Wochenende. Heute Nachmittag fahre ich zu Marcia und übernachte dort.«

Ich machte mich auf die üblichen Chauvisprüche gefasst, von wegen, ich sollte bloß vorsichtig sein, ja nicht alles glauben und Bescheid geben, wenn ich Hilfe bräuchte; aber er ließ keine derartigen Plattitüden vom Stapel.

»Hast du denn gar keine Angst um mich?«, fragte ich leicht angesäuert. Dass er sich nun gar keine Sorgen machte, war mir auch nicht recht. Frauen!

»Warum sollte ich denn Angst haben?«, fragte er. »Der Einzige, der hier Angst haben sollte, ist doch Heitere Wolke.«

»Und wenn die dort eine Orgie veranstalten?«, fragte ich.

»Dann mach dir Notizen. Vielleicht können wir ja noch was lernen.«

50.

Als Rafe weg war, schaltete ich den Fernseher ein und zappte durch die Nachrichten. Überall tauchten Bilder vom vermissten Tommy auf. Noch immer durchkämmten Suchmannschaften die Gegend um sein Elternhaus. Gestern war er auf dem Weg zur Schule verschwunden. Man hatte Lehrer und Nachbarn befragt, Computer und Handys des Vaters konfisziert und verbreitete ununterbrochen Beschreibungen des Jungen. Tildy wurde mit keinem Wort erwähnt.

Auf der Website des *Sydney Morning Herald* schaute ich mir sein Foto an. Ein niedlicher Junge. Wie etwa die Hälfte aller neunjährigen Jungen in Australien sah er gesund aus, hatte blondes Haar, rosige Bäckchen und Sommersprossen auf der Nase. Ich stellte mir lieber nicht vor, was ihm zugestoßen sein könnte.

Bevor ich nach Burleigh Heads aufbrach, gab es noch einiges zu tun. Ich rief Bruce an und handelte mit ihm aus, dass ich den Lexus noch bis Montag behalten könnte. Dann ging ich mit einer Flasche Scotch hinunter zu Miles und bat ihn, den Kater bis Sonntagabend zu versorgen. Das mit dem Scotch sei nicht nötig, sagte er, er helfe gern. Noch dazu, wo ich so strahlen würde. Verlegen stammelte ich was von wegen erholsamen Schlaf, und dass er den Scotch als Dankeschön sehen sollte, weil er mich mit seiner Tochter Susie bekannt gemacht hatte.

Draußen war schönstes Herbstwetter. Nicht zu heiß und nicht so feucht wie gestern. Allerdings konnte sich das zu dieser Jahreszeit im Nu ändern. Auf dem Weg zu Woolworth wich ich auf der Jonson Street einem lautstark schnatternden Pulk von Touristen und Backpackern aus, die gerade aus dem Bus gestiegen waren. Als hätte Byron Bay zum Kongress der Crocs und Birkenstocksandalen geladen.

Bei Woolie war ordentlich was los. Ich besorgte Windeln, Babygläschen, kleine Saftpackungen, Säuglingsnahrung, Kinderzäpfchen, alles, was man für Spaghetti Bolognese brauchte und eine große Tube Zahnpasta. Auf dem Nachhauseweg kaufte ich in einem Asia-Laden zwei Batik-T-Shirts und einen Hut in Regenbogenfarben, um meine Fantasia-Jonson-Garderobe aufzustocken. Im Secondhandladen wäre ich sicher billiger davongekommen, doch ich war nicht in Stimmung für einen Plausch mit Beryl und Doreen. Sicher hätten sie mein »strahlendes« Aussehen gleich bemerkt, wären bis zum Nachmittag der Sache auf den Grund gegangen, und spätestens morgen früh hätte es am Schwarzen Brett im Tennisverein gestanden.

Zu Hause sah mir Miau Zedong aus sicherer Entfernung zu, wie ich Korb und Kühlbox belud. Die Nacht auf der Veranda hatte ihm gar nicht behagt und nun fürchtete er wohl, dass ihm ein weiteres Abenteuer bevorstand. Ich nahm ihn auf den Arm, kuschelte mit ihm und nahm ihm das Versprechen ab, Miles nichts von unserem Besucher zu erzählen. Bei Katzen weiß man nie.

Aus dem Wäscheschrank nahm ich einige Babylaken und Decken, die ich in einer Tüte für Besucher verwahre. Ich packte einen Rucksack für das Sektenwochenende, füllte das Diabetesset auf und verstaute es im Bauchgürtel.

Wenn ich unterwegs bin, ist meine größte Sorge, dass mir jemand das Diabetikertäschchen wegnimmt und ich mit Zuckerschock und ohne rettende Glukagonspritze dastehe, deshalb packe ich zu besonderen Anlässen immer noch ein Notfallkit ein.

Vorsichtig schnitt ich den Boden der Zahnpastatube mit einer Rasierklinge auf und drückte den Inhalt heraus. Nachdem ich die Tube mit einer Zahnbürste unter fließendem Wasser gründlich ausgewaschen hatte, föhnte ich sie trocken und befüllte sie mit zwei Spritzen, Insulin, Glukagon und Alkoholtupfer. Dann klebte ich den Boden wieder zusammen. Mit zufriedenem Blick stellte ich fest, dass sie aussah wie eine stinknormale Zahnpastatube, und packte sie in meinen Kulturbeutel. Hoffentlich würde ich das Notfallkit nicht brauchen.

Aus der Schreibtischschublade nahm ich eine leere Puderdose, deren Unterteil sich wie ein Deckel auf- und zuschieben ließ. Dann schaltete ich das voll aufgeladene Notfallhandy aus, wickelte es in Papiertaschentücher, steckte es in die Puderdose und verstaute sie im Rucksack.

Anschließend rief ich Marcia zu Hause bei Mark in Melbourne an. Die Polizei war da, aber es gab noch keine Neuigkeiten von Tommy. Marks Mutter war mit Verdacht auf einen Herzinfarkt ins Krankenhaus eingeliefert worden, und Mark wusste nicht mehr, wo ihm der Kopf stand. Marcia wollte gerade mit Christopher zum Flughafen Tullamarine aufbrechen. Schlüsselkarte und Schlüssel für das neue Riegelschloss hatte sie in einem Umschlag an der Rezeption für mich hinterlegt.

Nach dem Mittag machte ich mir eine Kanne Tee – halb Orange Pekoe, halb Earl Grey – und legte mich damit im Schlafzimmer aufs Bett. Miau Zedong sprang zu mir aufs Bett, schnupperte an den Kissen und Laken und warf mir einen missbilligenden Blick zu. Schnüffelnd schlich er zum Fußende und wieder hinauf zu den Kissen, dann sprang er mit einem Satz vom Bett und schoss aus dem Zimmer. Wahrscheinlich ging er zu Miles petzen.

Um 16.00 Uhr Queenslander Zeit erreichte ich Marcias Apartmentanlage. Beim Aussteigen sah ich mich überall um, ob nicht irgendwo ein neunjähriger Junge wartete, doch vergeblich.

In der Lobby war es still und kühl, und die sechzigjährige Dame am Empfang hatte ich noch nie gesehen. Auch trug sie keinen Tannenzapfen um den Hals, auf ihrem Schild stand Bronwyn. Sie gehörte wohl zu den Guten, deshalb stellte ich mich vor. Mit einem liebenswürdigen Lächeln reichte Bronwyn mir den Umschlag mit den Schlüsseln. Irgendjemand hatte ein Foto von Tommy ans Schlüsselbrett geklebt. Bronwyn bemerkte meinen Blick und sagte, dass Tommy leider noch nicht aufgetaucht wäre und wie schrecklich sie doch alles fände.

Ich öffnete das Tor mit der Schlüsselkarte, fuhr den Wagen in die Tiefgarage und nahm den Fahrstuhl hinauf zu Marcias Wohnung. Nachdem ich die Lebensmittel ausgepackt hatte, warf ich einen Blick auf die Uhr. Mir blieb noch Zeit zum Baden.

Der Außenpool war hübsch angelegt, mit Palmen, Liegen und großen Sonnenschirmen. Auf der einen Seite sprudelten die Massagedüsen, auf der anderen zischten die Kinder auf einer Rutsche ins Wasser. Ich suchte mir einen Liegestuhl im Schatten, neben mir spielte ein Junge Gameboy. Als ich mich niederließ, schaute er auf und lächelte mich an.

»Hallo«, sagte ich. »Gefällt es dir hier im Urlaub?«

Er nickte.

Ich war neugierig, was für ein Spiel er spielte. Vielleicht könnte ich Fergus eines zu Ostern schenken und ihn so von Tattoos und harten Drogen abbringen.

»Macht das Spiel Spaß?«, fragte ich. »Ich möchte meinem siebenjährigen Neffen auch eins kaufen.«

»Ja«, sagte er. »Ich habe es von der Frau vorne an der Rezeption. Die hat eine große Kiste mit Spielen, und die sind ganz billig. Mein Bruder hat auch schon zwei Spiele und noch DVDs gekauft.«

Das musste ich erst einmal verdauen.

»Welche Frau meinst du denn?«, fragte ich beiläufig, wobei ich die Antwort natürlich schon kannte.

»Tracy. Aber Sie dürfen es nicht weitersagen. Meine Mutter darf nichts davon erfahren. Tracy hat auch noch andere Sachen zu verkaufen: iPods, Fotoapparate, Handys.«

Das glaubte ich ihm gern. Jede Wette, dass sie eine ganze Kiste voll mit Dingen hatte, die gut in die Taschen von langen blauen Kleidern passten.

51.

Als ich zurück in Marcias Wohnung war, kontrollierte ich als Erstes mein Handy. Harper hatte wegen des Treffens mit der Direktorin noch nicht angerufen, also schickte ich ihr eine SMS, dass ich mich nach acht bei ihr melden würde. Ich wollte nicht, dass sie mitten im Ankunftstrubel von Marcia und dem Kleinen anrief.

Die Notizen waren schnell auf den neuesten Stand gebracht. Was mir der Junge am Pool erzählt hatte, konnte der entscheidende Hinweis sein. Ich klappte das Notizbuch zu und schaltete den Fernseher ein, ich wollte die Nachrichten sehen, während ich mich an die Bolognese machte.

Wie erwartet bestimmte Tommys Verschwinden die Berichterstattung. Zum jetzigen Zeitpunkt ging die Polizei davon aus, dass sich der vermisste Schüler in Queensland aufhielt. Die Mutter Matilda Wilding lebte vermutlich an der Gold Coast. Nachforschungen in der direkten Nachbarschaft in Melbourne hatten zu keinem Ergebnis geführt. Der Vater Mark Wilding half bei den Ermittlungen. Die Sekte wurde nicht erwähnt.

Als ich den Schlüssel in der Tür hörte, eilte ich Marcia zu Hilfe. Sie war mit Taschen bepackt und schob Christopher im Kinderwagen, der zum Glück schlief. In der kurzen Zeit, in der wir uns nicht gesehen hatten, war sie sichtbar gealtert. Ich nahm ihr die Taschen ab und umarmte sie stumm. Für diese Situation gab es keine Worte. Ich schob Christopher ins Gästezimmer und schloss leise die Tür.

»Tee oder Kognak?«, fragte ich.

»Tee, bitte. Ich muss einen klaren Kopf behalten.«

Ich machte mich in der Küche zu schaffen, während Marcia benommen vor Kummer auf dem Sofa saß und vor sich hin starrte.

»Hat sich was Neues ergeben?«, fragte ich und reichte ihr eine Tasse Tee.

»Mark hat entdeckt, dass das kleine Zelt und der Schlafsack fehlen. Ein Suchtrupp durchkämmt jetzt den nahe gelegenen Wald.«

Also hatte Rafe recht gehabt, Tommy hatte sein Verschwinden geplant.

»Wie geht es Marks Mutter?«, fragte ich.

»Sie ist noch im Krankenhaus. Ich rufe Mark nachher noch mal an. Sie hatte einen Herzinfarkt, zum Glück nur einen leichten.«

»Wurde … Tommy irgendwo gesehen?«

»Überall, aber es gibt keine konkreten Hinweise.«

Ich setzte mich zu Marcia aufs Sofa, und um sie auf andere Gedanken zu bringen, erzählte ich ihr vom Jungen am Pool und den Gameboyspielen, allerdings kam es bei ihr nicht wirklich an.

Um Viertel nach acht, nachdem wir gegessen und Christopher ins Bett gebracht hatten, schlief Marcia auf dem Sofa ein, und ich verzog mich ins Schlafzimmer, um meine Schwester auf den neuesten Stand zu bringen.

»Marcia muss ja völlig aufgelöst sein«, sagte Harper. »Willst du immer noch zu diesem Sektentreff morgen? Du solltest Marcia nicht allein lassen.«

»Ich muss da unbedingt hin, um rauszufinden, was mit Tildy ist.« Ich hatte schon geahnt, dass meine Schwester mit tausend Einwänden kommen würde, aber ich hatte keine Lust auf diese Diskussion, deshalb fügte ich noch hinzu: »Für Marcia.«

»Kann ich irgendwie helfen?«, fragte Harper zu meiner Verblüffung.

»Im Moment nicht, aber vielleicht später«, sagte ich. »Wie geht es Mary? Wie ist die Besprechung mit der Direktorin verlaufen? Bist du dabei gewesen?«

»Mary geht es gut, sie ist wieder zu Hause. Und ich bin dabei gewesen. Peony, Savannah und Kylie waren dort mit ihren Müttern und der Anwältin Margo Mitchell. Eine nette Frau, die den Großteil des Gesprächs bestritten hat.«

»Und?«, drängte ich.

»Du hattest recht«, sagte Harper. »Nach Marys Selbstmordversuch haben die Mädchen Gewissensbisse bekommen und sich ihren Müttern anvertraut. Ihnen gebeichtet, wie sie sich im Internet als Marys Freund ausgaben, haben von den Droh-SMS, der Kill-Mary-Inc-Website und den Fotos auf dem Klo berichtet, mit dem Brianna Mary erpresst hat. Die ganze Chose. Daraufhin haben die Mütter miteinander telefoniert und sich mit Mitchell in Verbindung gesetzt.«

»Hat irgendjemand noch ein Wort über die zerschnittene Unterwäsche verloren?«, fragte ich.

»Nein. Im Vergleich zu dem, was die anderen getan haben, fällt das kaum ins Gewicht.«

»Haben die Mädchen auch zugegeben, dass die Anschuldigungen gegen Robert Arnold nur ausgedacht waren?« Mit angehaltenem Atem wartete ich Harpers Antwort ab, denn das war jetzt wichtig.

»Ja«, Harper begann zu kichern. »Ich dachte, die Hathaway würde jeden Augenblick vor Wut in die Luft gehen.«

Erleichtert atmete ich auf. »Was hat die Anwältin denn dazu gesagt?«

»Na, dass sich die Eltern der Schwere der Vergehen ihrer Töchter und der dramatischen Folgen für die Opfer bewusst seien. Dass die Mädchen ihre Taten bereuten und auf eine Anklage gefasst wären. Allerdings hofften sie, dass man sich vielleicht außergerichtlich einigen könnte.«

»Haben sich die Mädchen noch irgendwie geäußert?« Mir kam es vor, als wäre die Reue reiner Selbstschutz.

»Kein Wort haben die gesagt.«

»Hat mal jemand gefragt, was sie überhaupt dazu veranlasst hat?«

»Ja, ich.«

»Und?«

»Die Anwältin hat für die Mädchen geantwortet. Irgendwie lief alles darauf hinaus, dass die Mädchen Einzelgängerinnen seien und kaum Freunde hätten, was ja auch stimmt, da sie keiner leiden kann. Peony hält sich für wunderschön, Savannah ist dumm wie Brot und Kylies Essstörung schreckt auch alle ab. Das sind jetzt meine Worte, nicht die der Anwältin. Aber Mitchell hat noch gesagt, dass alle Teenager dazugehören wollten, und diesen Wunsch hätte Brianna ausgenutzt. Wenn sie halfen, Mary zu mobben, verschonte Brianna sie.«

»Wo ist Brianna eigentlich?«

»Bei ihrer Großmutter in Sydney, um sich von den vermeintlichen sexuellen Übergriffen zu erholen!«, sagte Harper verächtlich.

»Hast du Mrs Niles schon angerufen?« Marys Mutter sollte schleunigst darüber informiert werden.

»Hathaway hat bei ihr angerufen. Außerdem hat sie Mary in einem Brief gebeten, zurück an die Schule zu kommen, und sich bei ihr für den erlittenen Kummer entschuldigt. Heute Abend geht die Direktorin noch einmal persönlich bei Mary vorbei.«

»Ruf Mrs Niles trotzdem an«, riet ich.

»Mache ich. Vielleicht kann ich ja noch irgendwie helfen. Robert werde ich auch anrufen. Hathaway hat ihn bereits gebeten, zurückzukommen. Er überlegt, ob er zivilrechtlich gegen die Berkelows vorgeht.«

»Das kann ich ihm nicht verdenken. Ich glaube, es könnte nicht schaden, Robert mit Mary und ihrer Mutter zusammenzubringen«, schlug ich vor. »Vielleicht hilft es, Wunden zu heilen.«

»Daran habe ich auch schon gedacht. Mal sehen, was sich machen lässt.«

»Und was wird jetzt aus den Mädchen?«

»Peony, Savannah und Kylie haben einen Schulverweis erhalten, und ihre Handys und Laptops wurden beschlagnahmt. Über die Vorkommnisse oder auch ihr Geständnis dürfen sie mit niemandem reden, vor allem aber nicht mit Brianna. Nach dem Gespräch hat mir Hathaway anvertraut, dass es ihr vor allem darum ginge, weiteren Schaden von Mary abzuwenden, und dass sie sich darum sorge, was Brianna mit den Fotos von Mary anstellen könnte, wenn rauskäme, dass die anderen Mädchen geplaudert hätten.«

»Was passiert denn jetzt als Nächstes?«

»Brianna fliegt von der Schule, aber Hathaway sagt den Berkelows noch nicht, dass die anderen Mädchen ein Geständnis abgelegt haben. Sie will erst Mrs Niles' Entscheidung abwarten. Womöglich will die gleich alles der Polizei übergeben. Laut Hathaway sind die Mädchen in dem Alter bereits schuldfähig, sofern nachgewiesen werden kann, dass sie sich Mary gegenüber bewusst falsch verhalten haben. Aber selbst dann würde es wahrscheinlich bei einer Vorladung vor Gericht und einer Verwarnung bleiben, die letztendliche Verantwortung liegt bei den Eltern.«

»Vielleicht möchte Mrs Niles ihrer Tochter aber auch einen Prozess ersparen, denn schließlich gibt es ja auch noch andere Wege, recht zu bekommen. Die Anwältin hat doch schon angeregt, über alternative Bestrafung und Wiedergutmachung nachzudenken. Wäre doch schön, wenn am Ende noch etwas Gutes dabei herauskäme. Vielleicht fallen dir ja auch ein paar Möglichkeiten ein.«

»Und was?«, fragte Harper. »Bin ich jetzt hier die Engel-Hotline?«

Lachend sagte ich: »Dir fällt schon was ein, Harper, das tut es doch immer.«

Marcia erschien im Schlafzimmer und ersparte mir weitere Diskussionen.

»Ich muss Schluss machen«, sagte ich. »Wir sprechen uns Montag wieder.«

»Hab dich lieb«, sagte Harper und legte auf.

Marcia hatte Kopfweh und war auf der Suche nach Paracetamol. Marks Anruf hatte sie geweckt, der Zustand seiner Mutter war stabil, und sie erhole sich bereits. Zwei unbestätigten Berichten zufolge war Tommy gestern Nachmittag am Bahnhof in Sydney gesehen worden, doch die Suche im nahe gelegenen Wald war noch in vollem Gange.

Mein Handy klingelte. Es war Titania, die mich wissen ließ, dass ich morgen früh um neun vor dem Broadbeach Surf Life Saving Club abgeholt werden würde. Titania war supernett, konnte es gar nicht abwarten, mich kennenzulernen, und schwärmte von dem großartigen, inspirierenden Wochenende, das vor uns lag.

Ich steckte Marcia ins Bett und versprach, mich heute Nacht um Christopher zu kümmern, damit sie sich mal gründlich ausschlafen konnte. Marcia sah mich an und ein Lächeln umspielte ihre Mundwinkel.

»Was denn?«, fragte ich.

»Es steht dir ins Gesicht geschrieben, Scout. So wie du strahlst!«

Oh Gott. Ich wäre eine ganz lausige Pokerspielerin.

52.

Samstagmorgen um halb neun packten wir Christopher in Marcias Wagen und nahmen den Gold Coast Highway nach Broadbeach. Zehn Minuten später fuhren wir auf den Parkplatz des Surfclubs. Dort wimmelte es vor Wochenendsurfern, die sich in ihre Neoprenanzüge zwängten und Bretter wachsten. Die Sonne brach durch die dünne Wolkendecke, es versprach, kühler zu werden mit Temperaturen um die 25°C.

Passend zur Rolle trug ich den Patchworkrock, ein Batikshirt und den neuen bunten Hut. Das Haar fiel mir offen bis zur Hüfte, was Marcia zu dem Kommentar veranlasste, ich sähe aus wie Joan Baez. Der Blick in den Spiegel sagte mir allerdings, dass ich eher aussah wie meine Mutter auf dem Weg zu einer 60er-Jahre-Party. Mum wäre sicher stolz auf mich gewesen.

Marcia umarmte mich zum Abschied. Sie musste nichts sagen, wir wussten beide, worauf ich mich einließ und welche Risiken ich auf mich nahm. Mal abgesehen von der manipulativen Indoktrination, der ich mich aussetzte, war nicht auszuschließen, dass Tildy sich inzwischen an mich erinnerte, oder dass Tracy in Marcias Notizen herumgeschnüffelt hatte und wusste, wer ich war und was ich vorhatte. Außerdem keimte in mir der Verdacht, Tildy sei womöglich gar nicht zu retten. Was ich Marcia natürlich nicht sagte, doch ich trug schwer an der Bürde.

Gestern Abend war ich noch mal alle Aufzeichnungen durchgegangen, insbesondere die Passagen über die Gehirnwäsche. Entscheidend war, nichts von dem zu glauben, was einem erzählt wurde, und möglichst immer bei der Gruppe bleiben. Zum Glück wusste ich ja schon bis ins kleinste Detail, was geteilte Liebe beinhaltete. Zur Sicherheit trug ich zwei Schlüpfer übereinander.

Um zehn vor neun kamen zwei junge Frauen händchenhaltend mit ein paar Plastiktüten angeschlendert. Sie waren Mitte zwanzig, hatten kurzes schwarzes Stachelhaar, massenhaft dunklen Eyeliner, etliche Piercings und waren ganz in Schwarz gekleidet. Die beiden Goths kauten Kaugummi, fluchten, rauchten, knutschten und ließen ihre Überlegenheit ordentlich raushängen. Ungewöhnlich, dass ausgerechnet dieses Paar auf der Suche nach dem verborgenen Gold am Ende des Regenbogens war.

Fünf Minuten später kreuzte eine dürre, wettergegerbte Frau in den Vierzigern auf, und blieb in einiger Entfernung von mir stehen. Sie hatte ein schmales Fuchsgesicht und kurzes orangefarbenes Haar, ihr linkes Ohr war voller silberner Stecker und im Nacken hatte sie eine rote Rose tätowiert. Nervös spielte sie mit dem Saum ihrer Bluse und tat, als würde sie uns nicht bemerken.

Kurz darauf fuhr ein weißer Kleinbus vor, auf dem Gänseblümchen, Regenbogen und originelle Worte wie Liebe und Frieden prangten. Seitenfenster und Heckscheibe waren zum Teil überpinselt worden. Vorne auf dem Bus war Bacchus gemalt, die schwarzen Locken erinnerten mich an Rafe. Drinnen dröhnte laut »I Heard it Through the Grapevine«.

Die Fahrertür ging auf und ein spirituell angehauchter junger Mann mit langem schwarzen Haar, gestutztem Vollbart, weißen Fischerhosen und einem weißen Indienhemd kam zum Vorschein. Er sprang aus dem Wagen und breitete die Arme aus.

»Willkommen an Bord der Bacchus-Jünger!«, grüßte er uns und strahlte so sehr, dass man fürchten musste, ihm würden gleich die Zähne ausfallen. Die Goths und die Frau mit dem Rosentattoo gingen auf ihn zu, also verbannte ich die letzten Zweifel in den Angsthasenkäfig, zählte bis zehn und folgte den anderen.

»Ich bin Nippes«, verkündete der junge Mann. Er stemmte eine Hand in die Hüften, legte den Zeigefinger an die Wange und tat so, als überlegte er. Auf einmal zeigte er auf das Rosentattoo und sagte: »Du bist Dawn. Wusste ich es doch!«

Nippes hatte die richtigen Knöpfe gedrückt. Dawn strahlte wie ein Christbaum und nickte begeistert. Offenbar hatte sie nicht viele Freunde.

»Und ihr seid bestimmt Solly und Laura«, sagte er zu den Goth-Girls, woraufhin beide gequält lächelten.

Dann blickte Nippes mich an. »Fantasia?«

Ich sah mich um und zuckte dann die Achseln. »Muss ja wohl«, sagte ich verschämt.

Als wir uns alle die Hand gaben, fiel mir auf, dass Nippes feuchte Hände hatte, kein gutes Zeichen. Unsere Taschen sollten wir vorne in den Bus stellen, wo einmal der Beifahrersitz gewesen war.

»Bevor wir losfahren«, sagte Nippes, »sammle ich noch das Geld ein. Außerdem muss ich euch mit einer wichtigen Regel vertraut machen. Bei Bacchus Erwachet sind Handys und Fotoapparate verboten, die elektromagnetische Strahlung stört nämlich die kosmische Harmonie. In dieser Hinsicht versteht Heitere Wolke keinen Spaß. *Einmal erwischt und weg*, lautet seine Devise.«

Damit waren wir quasi von der Außenwelt abgeschnitten, doch Nippes lächelte dabei so lieb, als wären wir Kinder und er hätte uns gerade mitgeteilt, auf keine hohen

Bäume zu klettern und uns die Schokolade in der Küche abzuholen. Im Gegensatz zu mir schien es den anderen nichts auszumachen, ihrer Grundrechte beraubt zu werden, aber ich plante ja auch den Umsturz.

Nippes wartete, bis wir alle unsere Handys ausgeschaltet hatten, wobei ich meines lediglich auf lautlos stellte. Wir waren noch nicht vom Parkplatz runter, und schon hatte ich die erste Regel gebrochen. Ich war hoch zufrieden mit mir.

Nachdem wir von der echten Welt entkoppelt waren, holte Nippes tief Luft und setzte zu einem gut einstudierten Verkaufsgespräch an, damit wir ja alle die Knete abdrückten. Legte er sich nur deshalb so ins Zeug, weil er ansonsten mit dem Stock geschlagen, gebissen oder einen Monat lang bei Wasser und Brot in ein Zimmer gesperrt würde, wenn er diesen Deal vermasselte?

»Die kommenden Erfahrungen werden euer Leben für immer verändern«, ließ Nippes vertraulich vernehmen. »Euch ist es vergönnt, Heiterer Wolke, dem Mystischen Meister vom Mars, persönlich zu begegnen. In diesem Moment bereitet er sich vor, eurem Körper, Geist und eurer Seele zu höherem Bewusstsein zu verhelfen. Der Mystische Meister ist die Verkörperung göttlicher Strahlung. Als Kosmischer Meister ist er allsehend und allwissend. Ihr habt eine gute Wahl getroffen, und ich verspreche euch unvorstellbare göttliche Erleuchtung.«

Armer Irrer.

Dawn rang nach Luft und schlug die Hände zusammen.

Die Goths wandten sich einander grinsend zu, zuckten die Achseln und besiegelten die Sache mit einem Kuss.

Alle bezahlten bar, Quittungen gab es keine, und es fragte auch niemand danach. Nippes verstaute die Scheine in seiner Gürteltasche, kletterte auf den Fahrersitz, schob eine CD von Enya in die Anlage und fuhr los. Ein Narrenschiff unterwegs in unbekannte Gewässer.

53.

Nippes nahm die Nerang Road landeinwärts und steuerte auf das Vorgebirge des Great Dividing Range zu. Es war unschwer zu erraten, wohin die Reise ging, doch wer von den potenziellen Neumitgliedern bis hierher gekommen war, vor dem musste der Aufenthaltsort der Sekte wohl nicht länger geheim gehalten werden.

Inmitten dieser wunderschönen Landschaft mit ihrem subtropischen Regenwald und den grünen Hügeln hatte man einen fantastischen Blick auf die Bergkuppen und Vulkanspitzen. Wir brausten durch hübsche Ortschaften, vorbei an Gestüten, kleinen Gehöften und Straßenständen, die erntefrische Zimtäpfel feilboten.

Ich gab mich meinen Gedanken zu Lust und Liebe hin. Sicher liebte ich Toby, und auf gewisse Art liebte ich auch Rob, den Vater meiner Kinder. Aber mit Rafe verband mich eine körperliche Liebe, die sich entweder abschleifen oder als mehr entpuppen würde.

Wohlige Schauder durchrieselten mich beim Gedanken an Rafe, und ich schloss genüsslich die Augen: Rafes Lippen an meinem Hals und … ein paar anderen Stellen. Als ich die Augen wieder öffnete, beobachtete Nippes mich durch den Rückspiegel. Wahrscheinlich glaubte er, ich sei jetzt schon auf direktem Weg zur kosmischen Erleuchtung. Und irgendwie stimmte das ja auch.

Nach einer Stunde bog Nippes auf einen Schotterweg

ab, der durch einen hohen Wald führte. Der Kleinbus rumpelte über die Piste, schüttelte uns durch und wirbelte Staub auf, bis er nach etwa fünf Kilometern in einen Sandweg einbog. Kurz darauf hielten wir vor einem großen Sicherheitstor mit einem Betreten-verboten-Schild. Endlich hatten wir die Spinnerhochburg erreicht.

Zu beiden Seiten des Tores erstreckte sich ein undurchdringlicher Maschendrahtzaun, und die Überwachungskameras, die auf den Bus gerichtet waren, wirkten alles andere als einladend. Wenn jetzt jemand »Feuer frei!« gerufen hätte, hätte es mich nicht gewundert, aber vielleicht war ich auch zu empfindlich, die anderen schienen von den drastischen Sicherheitsvorkehrungen vollkommen unbeeindruckt.

Nippes sprach in die Gegensprechanlage und winkte in die Kameras, woraufhin sich das Tor öffnete. Gerne hätte ich mich bei ihm erkundigt, ob sich der Elektrosmog der Überwachungskameras nicht störend auf die kosmische Energie auswirkte, beschloss dann aber, damit bis zur Fragestunde zu warten.

Nach weiteren Bäumen, Buckeln und Biegungen erreichten wir eine Lichtung, auf der etliche Pkws und Transporter kreuz und quer im Gras standen. Nippes parkte neben einem der anderen Wagen und stellte den Motor aus.

»Wir sind da!«, rief er fröhlich, sprang hinaus und rannte um den Bus, um die Seitentür für uns zu öffnen. Zaghaft kletterten wir aus dem Wagen und sahen uns um. Dawn, Solly und Laura sahen nun leicht verunsichert aus. Wir waren fernab jeglicher Zivilisation, und bestimmt hatte man so weit draußen keinen Handyempfang mehr. Sonst hätte Nippes unsere Handys sicherlich gleich einkassiert. Dieser Blödsinn mit den elektromagnetischen Strahlen sollte wahrscheinlich nur den Boden für weiteren Humbug bereiten.

Den Sitz der Bacchus-Sekte hatte ich mir ganz anders vorgestellt. Wahrscheinlich hatte ich mich vom esoterischen Geseiere auf ihrer Website einlullen lassen und mir ein freundliches grünes Tal voll funkelnder Kristalle ausgemalt, wo schöne Menschen in Feenkleidchen fröhlich um gediegene Blockhütten tanzten und kosmische Erleuchtung verbreiteten. Die Wirklichkeit sah anders aus.

Auf den ersten Blick erinnerte hier alles an ein verlassenes Armeecamp. Weiß getünchte Steine markierten eine Durchgangsstraße durch die Pampa, schäbige Zementhütten mit winzigen überdachten Vorbauten standen unter Bäumen. Nicht weit von uns befand sich ein hässlicher grauer Betonklotz, wahrscheinlich das Klohaus. In der Nähe drängten sich noch weitere, kleinere Hütten. Tiefer im Wald konnte ich ein großes Zelt ausmachen, an anderer Stelle meinte ich, Wohncontainer zu erkennen.

Nippes nahm die Gürteltasche ab und verschwand in einer der kleinen Hütten. Kurz darauf kehrte er mit leeren Händen zurück, also musste es sich bei der Hütte wohl um die Verwaltungszentrale handeln, vielleicht beherbergte sie ja auch die Überwachungsanlage.

Außer uns gab es keinerlei Anzeichen menschlichen Lebens. Das Sonnenlicht, das durch das Blätterdach der riesigen Coachwoods und weißen Booyongs drang, malte Streifenmuster auf Sandwege und Blechdächer. Irgendwie unheimlich, wie eine Szene aus einem Hitchcockfilm.

Auf einmal flogen überall die Türen auf, und junge Männer und Frauen strömten fröhlich lachend aus den Hütten. Von allen Seiten kamen sie auf uns zu, so um die fünfzig Leute, die Frauen in langen blauen Kleidern und die Männer in weiten weißen Indienhemden und Hosen. Die Frauen trugen hohe Pferdeschwänze und silberne Ketten mit Tannenzapfenanhängern, die Männer hatten langes Haar und Leis mit künstlichen Blumen. Es gab weder ältere Menschen noch Kinder, vor allem aber keinen Tommy.

Ein attraktiver junger Mann nahm mich bei den Händen und drehte sich mit mir im Kreis. Er war geradezu freudetrunken, und dafür, dass wir uns nicht kannten, umarmte er mich ein wenig zu fest.

»Willkommen, willkommen«, rief er aus. »Ich bin Pan und du?« Ich hatte das Gefühl, Teil der Wiederkunft des Herrn zu sein.

»Fantasia Jonson«, sagte ich. Seine Fröhlichkeit war ansteckend, und unwillkürlich musste auch ich lächeln.

Pan nahm sich den Blütenschmuck ab und hängte ihn mir um.

»Du hast eine ganz wundervolle Aura, Fantasia«, sagte er. »Komm, wir verbinden unsere Aura.« Mit der Faust machte Pan eine schnelle Kurbelbewegung und streckte mir die Hand entgegen. »Hier, nimm«, wies er mich an. Also streckte auch ich die Hand aus und tat, als würde ich nach dem unsichtbaren Strang seiner Aura greifen.

»Oh, wie toll«, krähte Pan. »Jetzt ist meine Aura für immer bei dir.«

Eingedenk meiner wahren Aufgabe hier musterte ich die Schäfchen um mich. »Plusterlippe«-Tracy war nirgends zu sehen und auch Casey Steinman nicht. Tildy entdeckte ich jedoch sofort. Sie umarmte gerade Dawn und schwang sie herum, offenbar gehörte das hier zur Willkommenszeremonie. Dawn gluckste vor Vergnügen, und Tildy winkte mir lachend zu, von Misstrauen keine Spur mehr.

Auch Solly und Laura blieben vom Begrüßungsprocedere nicht verschont und wurden von der schwangeren Cara Mel und einer weiteren Frau umarmt und herumgeschwungen. Amüsiert stellte ich fest, dass die Goth-Girls die Aufmerksamkeit genossen. Überall hagelte es Auras.

Pan nahm mich bei der Hand und sang: »Komm mit mir«, dazu hüpfte er. Mir blieb nichts anderes übrig, als neben ihm herzuhüpfen, wobei ich mir wie ein Idiot vorkam. Hinter mir hörte ich die anderen plappernd und kichernd folgen.

Dawn, Solly, Laura und ich wurden hüpfend durch die Bäume zu dem großen weißen Zelt geleitet, das auf einem ausgedienten Tennisplatz aufgeschlagen war. Im Zelt waren zwei Reihen grüne Plastikstühle im Halbkreis vor einem Podium und einem Tisch mit Hibiskusblüten aufgebaut. Auf dem Boden stand eine Anlage, von der Zeltkuppel hingen Bacchus-Banner.

Da alle Übrigen entweder blau oder weiß trugen, waren wir vier wohl die Einzigen, die dieses Wochenende gebucht hatten. Nippes rückte nervös immer wieder die Stühle zurecht. Er geleitete uns zu vier Sitzen vorne in der Mitte direkt vor dem Podium. Nachdem wir uns gesetzt hatten, zogen die bereits Bekehrten an uns vorbei und nahmen auf den übrigen Stühlen Platz. Beim Vorbeigehen berührte uns jeder an der Schulter. Unbeeindruckt fragte ich mich, wie viele wohl von der Stütze lebten oder illegal eingereist waren.

Schlagartig war das Zelt von ergreifender Musik erfüllt – Beethovens *Eroica*, glaube ich – und Heitere Wolke, Mystischer Meister vom Mars, trat ein. Mit ausgebreiteten Armen kam er auf uns zu wie ein Fernsehprediger im Sinkflug. Gekleidet war er wie auf Harolds Fotos: weiße Baumwollhose, lange orangefarbene Kurta, weiße Slipper und ein heller Strohhut.

Während er zum Podium schritt, fielen seine Anhänger reihenweise auf die Knie und skandierten: »Mystischer Meister, Mystischer Meister …« Das ging so lange, bis er abrupt einen Arm fallen ließ, ihr Zeichen aufzuhören. Augenblicklich verstummten alle, und Heitere Wolke strahlte uns vier in der ersten Reihe an. »Sehet meine Macht!«

Gehorsam lachten wir, und die anderen stimmten ein. Wussten wir denn nicht, dass er bloß ein ganz gewöhnlicher Typ war? Und wir nur ein fröhlich lachender Haufen?

Heitere Wolke bestieg das Podium, klatschte in die Hände und studierte sein Publikum. Lächelnd nahm er Blickkontakt mit mir auf, vermutlich mit den anderen auch. Und so ungern ich es auch sage, aber sein Lächeln hatte es in sich. Ich betrachtete seinen großen Quadratschädel, das lange dünne Haar, das unter dem Hut hervorlugte, den weißen Bart, den fetten Bauch und die Käferaugen. In einem anderen Outfit hätte er sicher einen fabelhaften Weihnachtsmann abgegeben. Doch dann rief ich mir wieder in Erinnerung, dass dieser Mann Frauen erniedrigte und manipulierte, um seine sexuellen Gelüste zu befriedigen, und die, die seine Lehren infrage stellten, auf sadistische Weise biss. Aber wenn man ihn so sah, konnte man sich das kaum vorstellen.

»Willkommen auf dem Weg zum Licht«, verkündete er mit eindeutig australischem Akzent. »Ich bin Heitere Wolke, Mystischer Meister vom Mars.«

»Mystischer Meister, Mystischer Meister …«, skandierten seine Anhänger. Der Götzendienst hielt gute fünf Minuten an, dann verklangen die Rufe allmählich, und wir warteten schweigend, bis sich seine Erhabenheit wieder gesammelt hatte.

»Ihr seid hier zusammengekommen, weil ihr nach der

Wahrheit sucht«, sang er. »Ich möchte euch beruhigen. Manche von euch haben vielleicht gehört, dass Bacchus Erwachet eine religiöse Sekte ist. Das sind wir ganz bestimmt nicht. Ich bin kein religiöser Fanatiker. Stehe nicht direkt mit Gott in Verbindung und bin auch kein Prophet, ihr braucht mich also nicht mit Geld überhäufen, darum geht es hier nicht.«

Das Publikum jubelte. Heitere Wolke rieb sich die Hände und sah sich siegessicher um, die nette kleine Rede diente wohl auch der Absicherung. Ich fand es allerdings ziemlich dreist, denn immerhin hatten wir schon viertausend Dollar gespendet, und es war noch nicht mal Mittag.

Abermals wurde skandiert: »Mystischer Meister, Mystischer Meister …« Solly und Laura hatten sich dem Chor angeschlossen, und Dawn saß vorgebeugt auf ihrem Stuhl und hing an des Meisters Lippen.

Heitere Wolke brachte die Menge durch Handzeichen zum Schweigen. Sein Lächeln erstarb, und er machte eine Miene, die ahnen ließ, dass er gleich eine weltbewegende Erkenntnis zum Besten geben würde.

»In den nächsten beiden Tagen erfahrt ihr, was es heißt, in vollkommener Harmonie mit der Erde und mit anderen zu leben. Dank unserer heiligen Weisheit. Ihr lernt, euch mit der Weltseele zu verbinden und die Essenz eures inneren Lichtes freizulegen.«

Wie aufs Stichwort verfiel die Menge wieder ins Skandieren. »Mystischer Meister, Mystischer Meister …«

Abermals hob Heitere Wolke die Hand, um die ergebene Jüngerschar zum Schweigen zu bringen. Nachdem alle verstummt waren, herrschte lange Zeit Stille, wohl um der anschließenden Verkündung mehr Gewicht zu verleihen.

»Die Gesellschaft verfällt zunehmend. Drogen und Alkohol sind an der Tagesordnung. Hass, Krieg und Verbrechen bestimmen unser Leben. Doch so sollte die Welt nicht sein. So ist die Welt hier inmitten dieser wunderbaren Landschaft mit ihren Bäumen und Tieren nicht. Unsere Liebe und Fürsorge werden euch zeigen, wie leicht es ist, euer altes Leben hinter euch zu lassen. Bei uns erfahrt ihr, was es bedeutet, geliebt zu werden und einen Sinn im Leben zu finden.«

Dawn nickte ekstatisch, also tat ich es ihr gleich. Heitere Wolke faltete die Hände und richtete den Blick gen Zelthimmel. Dann atmete er tief ein und aus und lächelte wieder.

»Gehet hin in Frieden und Harmonie, meine Freunde«, sagte er. »Später werden wir gemeinsam die göttliche Kraft spüren, und ich, Heitere Wolke, werde euch von der Dunkelheit zum Licht führen.«

Erschrocken fuhr ich zusammen, als vorne zwei Feuerwerkskörper explodierten und Heitere Wolke einen dramatischen Abgang hinlegte. Alle erhoben sich von den Sitzen und riefen: »Mystischer Meister, Mystischer Meister …«

In ihrer Euphorie entging ihnen wohl, dass ein einsamer Jünger mit zweifelhafter Gesinnung unentwegt skandierte: »Mistmeister, Mistmeister …«

54.

Auf den ersten Blick machten die Bacchus-Jünger einen gesunden und zufriedenen Eindruck. Das wollte ich natürlich nicht so gerne wahrhaben, und Marcia würde es auch nicht gerne hören. Mit Cara Mel kam ich insgesamt auf sechs schwangere Frauen. Auch das würde Marcia nicht hören wollen.

Tildys offenkundige Fröhlichkeit war ein zweischneidiges Schwert. Einerseits war ich erleichtert, dass es ihr besser ging, andererseits empfand ich es als niederschmetternd, dass sie ausgerechnet bei dieser Sekte ihren Frieden gefunden hatte. Die Tatsache, dass ihr Sohn verschwunden war, tangierte sie anscheinend nicht. Was hatte sie noch gleich zur Polizei gesagt? Dass Tommy nicht mehr zu ihrer Familie gehöre! Als Mutter konnte ich das überhaupt nicht nachvollziehen, aber schließlich hatte ich auch nie unter einer postnatalen Depression gelitten.

Mich überraschte, dass es nirgendwo Kinder oder ältere Menschen gab, mit Ausnahme von Heitere Wolke. Ob die wohl, wie in Amerika, woanders lebten? Beiläufig fragte ich Pan danach.

»Es gibt keine«, sagte Pan entschieden, und um weitere Fragen gleich im Keim zu ersticken, fügte er fröhlich hinzu: »Aber der Mystische Meister pflanzt seinen Samen für Nachwuchs.«

Igitt! Hoffentlich sah Pan nicht, wie es mich schüttelte.

Eine Gruppe von Frauen, darunter auch Cara Mel und

Tildy, führten Dawn, Solly, Laura und mich zu unserem Schlafquartier, einer weißen Zementhütte. Drinnen standen acht Etagenbetten, fein säuberlich mit blauen Laken bezogen. Aus den herumliegenden Gegenständen schloss ich, dass wir uns das Zimmer mit anderen Frauen teilen würden.

»Dort schlafe ich«, sagte Tildy und zeigte auf eines der unteren Betten. Sie trat auf mich zu und streichelte mich. »Über mir ist noch frei, wenn du magst.«

»Ich habe Höhenangst«, witzelte ich und belegte rasch ein unteres Bett neben der Tür. »Darf ich das hier haben? Ich muss nachts vielleicht auf Toilette, da möchte ich niemanden stören.«

Tildy nickte lächelnd. Zwei andere Frauen, die sich als Mitternachtsblume und Freundschaftsblüte vorstellten, scharwenzelten um mich herum, strichen mir übers Gesicht, fassten mir an den Rücken, schlugen meine Decke zurück und hievten mein Gepäck aufs Bett. Wenn sie auch noch angefangen hätten auszupacken, wäre ich eingeschritten, aber zum Glück taten sie das nicht.

Cara Mel zeigte Dawn ein Bett im hinteren Teil des Zimmers. Solly und Laura belegten das Bett neben mir, und Freundschaftsblüte half ihnen mit reichlich Getätschel, zwei Plastiktüten auf die Betten zu wuchten. Ich fand es seltsam, dass die beiden Goths immer noch ihre Jacken trugen, wo es doch so warm war.

Unsere Sachen könnten wir unbesorgt in der Hütte lassen, sagte Cara Mel, aber mir war das ohnehin egal, denn meine Diabetesutensilien trug ich im Bauchgürtel. Solange die Temperaturen nicht sprunghaft anstiegen, hielt sich das Insulin auch ungekühlt.

»Ich hatte gehofft, Titania kennenzulernen«, sagte ich zu Cara. »Am Telefon klang sie so nett.«

»Titania bereitet das Essen vor«, sagte Cara. »Du siehst sie gleich beim Mittag. Symphonie Stern, Heitere Wolkes Ehefrau aus Amerika, hilft ihr dabei. Die anderen beiden Amerikanerinnen sind übers Wochenende in Noosa. Ich habe sie gefragt, ob sie sich an dich erinnern, aber die hatten keinen Schimmer, wer du bist.«

»Tja«, sagte ich kichernd. »Ich bin wohl leicht zu vergessen!«

Alle lachten, und Tildy streichelte mich. »Ich finde nicht, dass du leicht zu vergessen bist«, schnurrte sie.

Halt, Stopp! Auch wenn ihr keinerlei Hintergedanken anzusehen waren, versetzte mich der Kommentar in Alarmbereitschaft.

»Wir haben einen Vortrag im Zelt«, sagte Cara, drängte Tildy beiseite und nahm meine Hand. »Komm, Fantasia.«

Tildys Blick verfinsterte sich kaum merklich, dennoch war klar, dass er Cara Mel galt. Zum ersten Mal nahm ich Feindseligkeiten innerhalb der Gruppe wahr, und insgeheim freute ich mich, dass sie dabei um meine Gunst buhlten.

Im Gänsemarsch verließen wir die Hütte, und als wir alle draußen standen, rief ich: »Mist, ich brauche noch ein Taschentuch.« Schnell schlüpfte ich zurück in die Hütte, zog einen Faden aus dem Rocksaum und platzierte ihn über den Reißverschluss meines Rucksacks. Dann schnappte ich mir ein Taschentuch und eilte hinaus zu den anderen.

Diesmal griff Tildy nach meiner Hand und hielt sie den ganzen Weg über fest. Cara Mel hatte sich bei Solly und Laura untergehakt. Das Liebesbombardement war in vollem Gange.

Der Vortrag über die Weisheit und das leuchtende Licht war hanebüchen und dauerte eine geschlagene Stunde. Überbracht wurde die Botschaft von einem kleinen spiddeligen Meister der Gestirne mit langem blondem Haar und Aknenarben. Er nannte sich Prinz Photon und erging sich in regelmäßigen spastischen Zuckungen, wenn er einen Lichtstrahl spürte. Dawn, Solly und Laura waren gefesselt. Prinz Photon verhalf ihnen zu höherem Bewusstsein. Und mir zur Bewusstlosigkeit.

Freundschaftsblüte, die neben mir saß, legte eine Hand auf mein Bein. Auf der anderen Seite hielt Tildy immer noch meine Hand. Irgendwie doch komisch, bei Rafe reichte eine leichte Berührung, und schon stand ich in Flammen, während mir das permanente Gegrabsche hier eher auf die Nerven ging. Das zeigte wieder mal, dass sich doch alles im Kopf abspielte.

Die Zelttür öffnete sich, Pan kam hereingehüpft, klatschte in die Hände und rief: »Essen ist fertig. Mir nach!«

Ich entschuldigte mich und ging zum Klohaus, um den Blutzucker zu testen. Dort zwängte ich mich in eines der Plumpsklos, nicht gerade hygienisch, aber das ließ sich nun mal nicht ändern. Mein Zuckerspiegel war in Ordnung, und da ich heute Morgen lang wirkendes Insulin genommen hatte, brauchte ich bis zum Abend nicht mehr zu spritzen.

Wie im Jugendzeltlager stellte wir uns in einer Reihe auf und nahmen uns einen fertig zubereiteten Teller mit kaltem Huhn, Salat und einer geklappten Butterstulle. Der Salat bestand aus geschredderten grünen Salatblättern, Tomaten- und Gurkenscheiben. Zum Nachtisch wurde Fruchtcocktail aus der Dose in kleinen Plastikschälchen gereicht, bei mir fehlten wieder mal die Kirschen.

Cara Mel stellte mir Titania vor, die mich zur Begrüßung sogleich umarmte und küsste. Ich mochte sie auf Anhieb. Irgendwie erinnerte sie mich an eine jüngere Ausgabe von Noni Hazlehurst, hübsch und quirlig.

»Ist Sternensymphonie eigentlich auch hier?«, fragte ich Titania.

»Symphonie Stern«, berichtigte Titania mich kichernd. »Pan bringt das auch immer durcheinander.«

Ich machte eine entschuldigende Geste. »Ist sie denn hier? Die anderen meinten, sie hat dir mit dem Essen geholfen.«

»Ihr ging es nicht so gut. Sie hat sich hingelegt. Symphonie macht gerade eine schwere Zeit durch. Vermisst Amerika. Heitere Wolke meint, wir sollten sie nur in Ruhe lassen, dann fängt sie sich schon wieder.«

Wenn Symphonie wirklich Casey Steinman war, konnte ich ihr womöglich helfen. Von Dans Patientin wusste ich ja bereits, dass sie am Boden zerstört wäre, hätte sie ihr Kind zurücklassen müssen. Vielleicht war es also nicht Amerika, sondern ihr Sohn, den sie vermisste.

Wir saßen an Biertischen, die draußen neben dem Zelt aufgebaut waren. Zwischen den Tischen liefen Frauen und Männer umher, schmiegten sich an die Essenden und massierten lachend Schultern und Rücken. Nippes schlang von hinten die Arme um mich, knetete meine Schultern durch und spielte mit meinem Haar. Es war ein ständiges Gefummel und Getatsche. Für mich war es das erste Mal, dass ich Dosenobst aß, während mir ein junger Mann die Schultern massierte. Einmal zu den Reichen und Schönen gehören …

Auf einmal setzten die Sprechchöre wieder ein: »Mystischer Meister, Mystischer Meister …«

Heitere Wolke kam angerauscht, eine Hand in die Hüfte

gestemmt, die andere in die Luft gereckt, als wäre er die Freiheitsstatue persönlich.

»Wenn ihr ganz leise seid«, sagte er, »erlebt ihr ein Klangbad kosmischer Harmonie. Eigentlich gibt es das sonst nur bei Vollmond, aber wir haben gerade unwahrscheinliches Glück. Brüder und Schwestern, unsere Gäste haben uns Glück gebracht.«

Eine Millisekunde lang spürte ich einen klitzekleinen Anflug von Stolz, dass ich zu diesem Glück beigetragen haben sollte. Gleich darauf riss ich mich zusammen. Mann, war der Typ professionell!

Heitere Wolke streckte die Arme aus und schloss die Augen. Sofort hörten alle mit dem Essen auf und machten ebenfalls die Augen zu – außer mir und interessanterweise Tildy. Durch halb zusammengekniffene Augen beobachtete ich, wie sie blitzschnell zwei Stückchen Hühnchen von einem Teller nahm und mit zwei Butterbroten in der Tasche ihres Kleides verschwinden ließ. Ob sie wohl Essen für jemand anderen stibitzte?

Fünf Minuten lauschten wir stumm, doch außer den Geräuschen aus dem Regenwald – dem hallenden Froschchor, den melodischen Rufen gefiederter Freier und den scharfen Peitschenklängen des Wippflötermännchens – hörte ich nichts.

»Das war's«, verkündete Heitere Wolke urplötzlich, und alle machten die Augen wieder auf.

»Danke, dass wir den Himmel auf Erden erleben durften«, rief Heitere Wolke, ließ die Arme sinken und lächelte, als hätten wir alle soeben das Nirwana erreicht.

»Was für ein Erlebnis«, sagte er und schüttelte ungläubig den Kopf.

Angeregt unterhielten sich alle, und Worte wie »unglaublich«, »Wahnsinn« und »tiefste Erfahrung überhaupt«

machten die Runde. Ich wandte mich an Mitternachtsblume, die neben mir saß: »Unfassbar. So etwas habe ich noch nie erlebt.«

Verzückt lächelte sie mich an.

So langsam hatte ich den Bogen raus.

55.

Dawn war der Sekte bereits mit Haut und Haaren verfallen. Als wir beim Abräumen halfen, flüsterte sie mir zu: »Weißt du, ich habe noch nie so nette Leute getroffen.«

Ich nickte. Unheimlich daran war nur, dass Dawn recht hatte. Diese Leute waren ganz zauberhaft, etwas versponnen vielleicht, aber wenn man einsam war und Anschluss suchte, konnte man ihnen leicht verfallen. Und was machte es schon aus, wenn man dafür an ein bisschen seltsames Zeug glauben musste?

»Wenn Heitere Wolke spricht«, sagte Dawn weiter, »habe ich das Gefühl, ich wäre allein auf der Welt und er würde nur mit mir reden. Geht es dir auch so?«

»Ach, spürst du das auch?«, fragte ich, und bevor ich wusste, was ich tat, umarmte ich Dawn. Jetzt ging es aber los! Nach den paar Stunden strahlte sie bereits und war auf dem besten Wege, sich in den Mystischen Meister zu verlieben. Wenn ich ihr sagen würde, dass sich hinter der fröhlichen Fassade eine bissige Natter verbarg, würde sie mir nicht glauben.

Nach dem Essen sammelten wir uns wieder im Zelt und lauschten Pans Vortrag über die Gefahren, die von Fernsehen, Büchern, Radio, Zeitungen und dem Internet ausgingen. Kompletter Humbug, zumal ich wusste, dass die Bacchus-Jünger Zeitung lasen. Ich sah mich nach Tildy um, konnte sie aber nirgends entdecken.

Uns vier potenziellen Neuzugängen wurden wieder Plätze in der ersten Reihe zugewiesen. Nur dass sich diesmal Heitere Wolke neben Dawn setzte und ihr die Hand aufs Bein legte. Hätte er es bei mir versucht, hätte er meinen Ellenbogen in die Weichteile bekommen, aber Dawn schwebte im Siebten Himmel und berührte ehrfurchtsvoll seine bombastischen Ringe. Heitere Wolke flüsterte Dawn etwas ins Ohr, woraufhin sie laut kicherte. Pan reagierte auf die Störung mit gespielter Entrüstung, lächelte Dawn aber gleich darauf versöhnlich an. Ihnen war klar, dass sie Dawn schon im Sack hatten, deshalb spielten sie mit ihr.

Pan änderte seine Taktik und hackte nun auf Regierung, Kirche und Gesundheitswesen herum, warf dem Staat vor, unfähig und verlogen zu sein. Es ging um Politiker, die öffentliche Gelder veruntreuten, Gottesdiener, die Kinder missbrauchten, und um Menschen, die starben, weil sie in der Notaufnahme abgewiesen wurden. In Staatsdienern sah Pan nur Satans Helfer, die die Erlösung zu vereiteln suchten.

Na bitte schön, das erste Weltuntergangsszenario.

Heitere Wolke hielt Dawns Hände und gab vor, Pans Vortrag zu lauschen, indem er zustimmend nickte. Ja, ja, der öffentliche Dienst, die reinste Satansbrut. Zwischendurch beugte er sich immer wieder zu Dawn rüber und flüsterte ihr etwas ins Ohr, und es dauerte nicht lange und Dawn verfiel in ein Dauernicken. Ziemlich gerissen. Tat Dawn erst einmal alles, was sie verlangten, wäre es nur ein kleiner Schritt, bis sie ihnen auch alles glaubte. Nun wusste ich, dass Rafe recht hatte: Man konnte einen Menschen in drei Tagen umkrempeln.

Solly und Lauras Verhalten konnte ich nicht einschätzen. Sie hielten Händchen und hörten aufmerksam zu. Mit ein wenig Glück würde gleich jemand Schwule und Lesben verteufeln, und sie würden den Quatsch, der unentwegt auf uns niederging, nicht mehr glauben. Dawn war bereits verloren, allerdings musste ich mich erneut ermahnen, dass ich ja nur hier war, um Tildy zu retten und vielleicht noch Casey. Und um Informationen für eine Story zu sammeln, von der ich möglichst lange in Saus und Braus leben konnte.

Den Großteil des Nachmittags verbrachten wir mit Gedankenübertragung – wir saßen im Schneidersitz denkend im Gras – und mit Lichttherapie – da standen wir denkend in der Sonne. Meine Gedanken kreisten um Ronnys Liebeserklärung in *Mondsüchtig*, wobei Ronny eine frappierende Ähnlichkeit mit Rafe hatte.

Der letzte Vortrag des Tages stammte von Nippes, der begeistert aus den Schriften von Heitere Wolke las. Zu Tode gelangweilt sah ich mich im Zelt um, Tildy war noch nicht zurück. Alle anderen lauschten gebannt den Worten des Mystischen Meisters zu kosmischer Erleuchtung und sinnlicher Erfüllung; bei uralten Weisheiten und der Weltenseele legte sich Nippes noch mal richtig ins Zeug.

Im Stehen schwenkten wir unsere Arme und skandierten: »Mystischer Meister, Mystischer Meister«. In dem Moment schlüpfte Tildy ins Zelt, hob die Arme und wiegte sich hin und her, als hätte sie die ganze Zeit nichts anderes getan.

Heitere Wolke stand abseits und beobachtete sie. Ganz allmählich veränderte sich sein Ausdruck, und statt Verwunderung spiegelte sich die pure Bosheit in seinem Gesicht. Bei dem Anblick gefror mir das Blut in den Adern.

56.

Kurz vor dem Abendbrot sah ich Casey Steinman zum ersten Mal. Ich kam gerade vom Klohaus zurück, wo ich mich gespritzt hatte, als ich die junge Frau bemerkte, die zusammengesunken auf den Stufen der Nachbarhütte kauerte. Das Gesicht hatte sie in den Händen vergraben.

Ich ging zu ihr hin. »Hallo.«

Als sie aufsah, blickte ich in das entstellte Gesicht eines einst bildhübschen All-American-Girls. Leider waren die Erlebnisse nicht spurlos an ihrem Cheerleaderaussehen vorbeigegangen, ihr Haar war dünn und strähnig, die Haut mit roten Pusteln übersät.

Sie wischte sich die Tränen aus den Augen und sah sich um, ob wir allein wären. »Hallo«, murmelte sie.

»Bist du nicht die Amerikanerin? Symphonie Stern?«, fragte ich.

Sie nickte und schaute zu Boden.

»Bestimmt vermisst du deine Familie«, sagte ich.

Ihre Antwort kam wie aus der Pistole geschossen, deshalb war mir klar, dass sie einstudiert war. »Nein, gar nicht! Ich habe keine Familie mehr in Amerika. Heitere Wolke ist meine Familie.« Mir fiel auf, dass ihr nach wie vor die Vorderzähne fehlten.

Jetzt oder nie, ich ging auf volles Risiko. Den Luxus, Caseys Vertrauen langsam zu gewinnen, um so den Weg für eine sanfte Lösung zu ebnen, konnte ich mir nicht leisten. Doch zunächst musste ich sicherstellen, dass Casey mich nicht verpfiff. Schließlich galt mein Hauptaugenmerk immer noch Tildy, für Nettigkeiten war jetzt nicht die Zeit.

»Wenn du das, was ich dir jetzt sage, weiterträgst«, sagte ich leise, »sorge ich dafür, dass Heitere Wolke erfährt, dass du ihn für einen Scharlatan hältst und ich alle Informationen über die Sekte von dir habe.«

Sie wich vor mir zurück, als hätte ich sie geschlagen, und wurde kreidebleich. Unwillkürlich streckte ich die Hand nach ihr aus, doch sie kroch von mir weg und stand auf. Ich fühlte mich ziemlich mies.

»Wer bist du?«, fauchte sie. »Was für Informationen? Was willst du überhaupt hier?«

»Beruhig dich, Casey«, sagte ich besänftigend.

Nachdem ich ihren richtigen Namen ausgesprochen hatte, war das Eis gebrochen. Sie blieb wie angewurzelt stehen und starrte mich an wie ein verängstigtes Tier, dann setzte sie sich zurück auf die Stufen.

»Woher kennst du meinen Namen?«

»Uns bleibt nicht viel Zeit. Ich kann dir helfen, wenn du zurück nach Amerika und deinen Sohn suchen willst.«

»Du weißt von Clark?«, schrie sie, alle Angst plötzlich vergessend. »Geht es ihm gut? Sag schon, wie geht es ihm?«

»Ich weiß, dass du eine Familie hast, die alles tun würde, um deinen Sohn zu finden, aber dafür musst du nach Hause zurückkehren. Clark ist höchstwahrscheinlich bei Sektenmitgliedern in Pennsylvania oder North- oder South-Carolina. Wenn du erst einmal zu Hause bist, findet ihr ihn ganz leicht.«

Casey wirkte vollkommen niedergeschlagen. »Ich … ich kann nicht zurück.« Sie presste die Hände auf die Augen.

»Heitere Wolke hat meinen Pass, und ich habe kein Geld. Wenn ich versuche, zu fliehen, meldet er mich der Einwanderungsbehörde und der Polizei wegen Ladendiebstahls. Ich gehe doch für ihn stehlen. Ich will nicht ins Gefängnis, ich bin ihm ausgeliefert.«

Ich schüttelte den Kopf. »Jetzt nicht mehr. Und im Gefängnis bist du doch schon längst, Casey. Ich kenne Leute, die dir helfen können, nach Hause zu kommen.«

Eine Weile sagte sie kein Wort, ließ es zu, dass ich ihr eine Hand auf die Schulter legte. Stumm rannen ihr die Tränen übers Gesicht.

»Was ist mit den anderen beiden Amerikanerinnen? Sind die glücklich hier?«

»Ja, die wollen nicht wieder zurück. Mit mir reden die gar nicht mehr.« Casey klang verbittert.

»Sind die in Noosa auf Seelenfang?«

Sie nickte. »Er hat mich angelogen. Hat mir weisgemacht, dass die Kinder nachkommen, aber das stimmte nicht. Er kann Kinder nicht leiden, hat mir gesagt, dass ich meinen Sohn nie wiedersehen würde. Schwängert nur gerne Frauen, um seine Männlichkeit unter Beweis zu stellen.«

In dem Moment kam Cara Mel um die Ecke, und Casey und ich hielten vor Schreck die Luft an.

»Wer kann Kinder nicht ausstehen?«, fragte Cara scharf, Misstrauen stand ihr ins Gesicht geschrieben.

Ich tauschte vorsichtige Blicke mit Casey. Wie viel hatte Cara wohl gehört?

»Ach, Symphonie hat nur Heimweh nach Amerika«, sagte ich. »Sie glaubt, Heitere Wolke hat ihren Sohn dort gelassen, weil er Kinder nicht mag. Wie albern! Er liebt Kinder, sieh dir doch nur mal Caras Bauch an, Symphonie!«

Sanft drückte ich Caseys Schulter. Mit der anderen Hand tippte ich mir an den Kopf, um Cara zu bedeuten, dass Casey eine Meise hatte. Cara nickte entnervt.

»Ich weiß ja, dass es albern ist«, sagte Casey schließlich. »Also eigentlich wollte ich … der …«

»Fantasia«, sagte ich, als würde ich sie erinnern.

»Ach ja, sorry. Also ich wollte Fantasia gerade erklären, wie sie die heiligen Schleusen ihrer kosmischen Energie öffnen kann.«

Zum Glück schien Cara sich mit dieser Antwort zufriedenzugeben. Beeindruckend, wie blitzschnell Casey reagiert hatte, hoffentlich steckten noch mehr ungeahnte Kräfte in ihr. Die große Frage war jetzt, ob uns Cara das Theater auch wirklich abgekauft hatte? Ich malte mir lieber nicht aus, was wäre, wenn sie Heitere Wolke von diesem Zwiegespräch erzählte.

»Dann lass ich euch beide mal allein«, sagte Cara. »Und keine Tränen mehr oder dummes Gerede über einen Sohn. Wenn es ihn gäbe, hätte Heitere Wolke ihn schon hergeholt.«

Als Cara außer Hörweite war, setzte ich mich neben Casey auf die Stufen und fragte: »Glaubst du eigentlich diesen Kram mit der kosmischen Energie?«

»Schon längst nicht mehr. Wie konnte ich nur so naiv sein! Aber ich habe immer gedacht, unter all der Pferdescheiße muss doch irgendwo ein Pony stecken.«

Ihre Antwort erleichterte mich, obendrein war sie ziemlich witzig, das gäbe ein großartiges Zitat ab. Casey war den Bacchus-Jüngern ganz allein auf die Schliche gekommen, wenn sie nun auch noch ihren Sohn fand und einen fähigen Zahnarzt, hatte ich keinerlei Bedenken, dass sie wieder in die Gesellschaft zurückfand.

Ich sagte ihr, sie solle sich bereithalten, jederzeit aufzubrechen. Wenn es mir nicht gelänge, sie heute oder morgen rauszuholen, würde ich zurückkommen.

»Warum … warum willst du mir helfen?«

»Weil ich es deinem Großvater Harold Steinman versprochen habe.«

»Du hast mit Grandpa geredet?«

Ich nickte, holte ein gefaltetes Stück Papier aus der Gürteltasche und reichte es Casey. Es war eine Farbkopie von dem Foto, das Harold von Casey und dem Baby geschossen hatte.

»Ich soll dir von deinem Opa ausrichten, dass er dich lieb hat.«

Vorsichtig entfaltete Casey das Papier, und sofort hellte sich ihre Miene auf. Und für kurze Zeit kam das All-American-Girl zum Vorschein.

»Das ist Clark«, rief sie aufgeregt. »Vielen, vielen Dank.« Stürmisch umarmte und küsste sie mich.

So weit, so gut.

Nun musste ich mir nur noch überlegen, wie ich sie hier rausbekam.

57.

Ich ließ Casey in Ruhe das Foto genießen und ging in meine Hütte, um mir ein Schultertuch und Insektenschutzcreme zu holen. Mit dem nahenden Winter wurden die Abende allmählich kühler, was die Insekten allerdings nicht abhielt.

Der Faden auf meinem Rucksack war verschwunden, also hatte jemand meine Sachen durchwühlt. Es schien nichts zu fehlen, die präparierte Zahnpastatube war unversehrt, und das Notfallhandy steckte noch in der Puderdose. Verstohlen sah ich mich um, ob ich auch allein war, dann versuchte ich mein normales Handy, aber wie erwartet hatte ich hier draußen keinen Empfang. Trotzdem steckte ich das Telefon in die Gürteltasche zum Diabetesset. Später würde ich es auf einer höher gelegenen Lichtung probieren.

Als ich mich zum Gehen wandte, vernahm ich aus dem hinteren Teil der Hütte ein Wimmern.

»Oh nein!«, rief ich entsetzt aus.

Hinter dem letzten Etagenbett lag Tildy am Boden. Ein Auge war fast zugeschwollen, über die Wange zog sich ein tiefroter Striemen, als hätte sie jemand mit einem Stock geschlagen. Mir war sofort klar, wer ihr das angetan hatte, seine Ringe hatten dunkelrote Abdrücke hinterlassen.

Ich setzte mich auf die Bettkante, unterdrückte meinen Zorn und fragte sanft: »Hat Heitere Wolke das getan?«

Tildy drehte das Gesicht zur Wand. »Geh weg!«

Ich wusste nicht, wie ich mich verhalten sollte, deshalb blieb ich einfach sitzen. Blitzartig richtete sie sich auf und presste sich gegen die Wand, ihre raschen Bewegungen alarmierten mich. Tildy hatte einen wahnsinnigen Ausdruck im Gesicht, die Augen weit aufgerissen, ihr Atem war beschleunigt. Zunächst dachte ich, es wäre ein Ausdruck von Wut, aber dann wurde mir klar, dass sie hyperventilierte.

»Hör mir gut zu«, sagte ich bestimmt und kniete mich vor sie. »Spitz die Lippen wie beim Pfeifen und atme ganz langsam durch den Mund. Los jetzt!«

Tildys Atem ging immer schneller, aber ich wagte nicht, ihr Gesicht zu berühren, falls etwas gebrochen war.

»Mach schon!« Ich rüttelte sie an der Schulter.

Unmerklich ging ein Ruck durch Tildy, als hätte sie begriffen, dass es ernst war. Ich spitzte die Lippen, um es ihr vorzumachen. »Guck mal, so.«

Endlich bewegten sich auch Tildys Lippen, aufmerksam betrachtete sie mich, während ich sehr langsam ein- und ausatmete.

»Mach's ganz langsam, wie ich. So ist gut, prima.«

Peu à peu kam sie runter, es dauerte bestimmt eine Viertelstunde, bis sich ihr Atem wieder einigermaßen beruhigt hatte.

Erleichtert tätschelte ich ihr den Rücken. »Meinst du, in deinem Gesicht ist etwas gebrochen?«

Tildy schüttelte den Kopf, hoffentlich hatte sie recht.

»Soll ich dich ins Krankenhaus bringen?« Doch kaum waren die Worte raus, wusste ich auch schon, dass es mir nie und nimmer gelingen würde, sie zum Arzt zu bringen. Ihr Blick bestätigte das nur. Heitere Wolke würde sie nicht gehen lassen.

Mit einem kleinen Gästehandtuch ging ich zum Klohaus, hielt es unter kaltes Wasser, wrang es aus und kehrte damit zu Tildy zurück, um ihr vorsichtig das Gesicht zu kühlen. Eis wäre natürlich wirksamer gewesen, aber das Handtuch war besser als nichts.

Ich blieb noch eine ganze Weile bei ihr, wobei sie mich nicht wahrzunehmen schien. Als ich das Gefühl hatte, dass sie alleine klarkäme, stand ich auf und ging.

»Ich schau später wieder nach dir«, sagte ich.

Tildy reagierte nicht. Offensichtlich war sie bereits jenseits aller Vernunft, und ich hatte keinen Schimmer, wo ich Hilfe für sie herbekommen sollte oder wie ich sie dazu bringen könnte, die Sekte zu verlassen.

Der Hauptteil des Geländes war von Solarlampen gut erleuchtet, sodass ich ohne Schwierigkeiten den Weg zu den Biertischen fand; unterwegs versuchte ich vergeblich, Handyempfang zu bekommen, außerdem sah ich mich zwischen den Hütten und Bäumen nach weiteren Überwachungskameras um. Soweit ich feststellen konnte, gab es nur welche am Eingangstor.

Als ich die Biertische erreichte, hatten die anderen schon mit dem Essen angefangen. Hastig nahm ich am Tisch mit Nippes, Pan, Solly, Laura und Dawn Platz.

Titania und Prinz Phosphor verteilten Teller mit Rindercurry und Reis; Prinz Phosphor erblickte mich und kam gleich mit einem Teller auf mich zugesteuert. Ich musste mir das Essen regelrecht runterzwingen, denn die jüngsten Ereignissen waren mir auf den Magen geschlagen. Das Essen schmeckte okay, auch wenn es sicher keinen Stern gewinnen würde, vor allem weil die Kellner die seltsame Angewohnheit hatten, die Gäste beim Servieren zu begrabschen.

Die Insekten waren eine grässliche Plage, die Zitronella-Kerzen, die auf den Tischen brannten, hielten die Viecher kaum ab. Zum Glück war ich mit Insektenschutzcreme zugekleistert, als zusätzlichen Schutz schlang ich mir noch das Tuch um die Schultern. Ich wollte mir nicht noch Ross-River-Fieber als Souvenir von dem Wochenende mitnehmen.

Casey saß mit Cara Mel am Nachbartisch, die beiden plauderten angeregt, hin und wieder war ein Lachen zu vernehmen. Casey und ich winkten uns unauffällig zu, hoffentlich übertrieb sie es mit ihrer Fröhlichkeit nicht und weckte so Caras Misstrauen.

Gerade wollte ich mich erheben, um nach Tildy zu sehen, als ich sie am Ende eines Tisches neben Mitternachtsblume entdeckte. Irgendwie hatte sie sich hergeschleppt, das eine Auge war jetzt komplett zugeschwollen und das Gesicht blaulila verfärbt. Zu meinem Erstaunen schienen das alle ringsum zu ignorieren.

Heitere Wolke wandelte zwischen den Tischen umher, beglückte die Jünger mit Umarmungen und Streicheleinheiten. Hinter mir blieb er stehen, beugte sich zu meinem Glas Wasser vor und trank einen Schluck. Dann legte er die Hände auf meine Schultern und knetete mir den Nacken kräftig durch. Ich weiß nicht, ob er es mir zuliebe tat oder ob das Theater nicht vielmehr Dawn galt, die mir gegenüber saß und aussah, als hätte sie eine Parkuhr verschluckt.

Heitere Wolke stupste Pan an, der sich sogleich erhob, um den Tisch ging und Dawns Schultern massierte. Ich fühlte mich so unwohl, dass ich mich zu Heitere Wolke umdrehte und sagte: »Danke, das war schön. Vielleicht möchte noch jemand anders massiert werden.«

Er grinste und fuhr blitzschnell mit der Hand zu meiner Brust und kniff hinein.

»Oh!«, stieß ich überrascht hervor, daraufhin lachte er nur und schlug mir auf den Hintern. Und weil ich Tildy und Casey retten wollte, blieb mir nichts anderes übrig, als in sein Lachen einzustimmen.

Dawn grinste mich an wie eine arme Irre, zweifellos wünschte sie, es wäre ihre Brust gewesen. Solly beobachtete meine Reaktion mit ausdruckslosem Gesicht. Laura war irgendwohin verschwunden, wahrscheinlich auf Toilette.

Wir waren fast fertig mit dem Essen, als Tildy aufstand und sich von den Tischen entfernte. Unwillkürlich sah ich mich nach Heitere Wolke um. Mit verschränkten Armen stand er hinter Prinz Phosphor und blickte Tildy hinterher, sie hingegen hatte ihn wohl nicht bemerkt. Wie ein Irrlicht verschwand Tildy im Regenwald, Heitere Wolke schäumte vor Wut und setzte ihr nach.

Für solche Situationen gibt es leider keine Gebrauchsanleitung, und Pfadfinderinnen haben für derlei Notfälle auch noch keine Abzeichen ersonnen. Welche Möglichkeiten hatte ich überhaupt? Es wäre absolut töricht, diesem Wahnsinnigen allein in den Wald zu folgen, und ohne Handyempfang konnte ich auch keine Hilfe holen. Mir waren die Hände gebunden, ich war außerstande ihr zu helfen. Mit quälenden Gewissensbissen blieb ich bei den anderen zurück und machte mir schreckliche Sorgen.

Im allgemeinen Abräumgewusel ließ ich das Glas, aus dem Heitere Wolke getrunken hatte, unauffällig in meiner Gürteltasche verschwinden; damit hätte ich für alle Fälle schon mal seine Fingerabdrücke und die DNA. Leider beobachtete Solly mich dabei, ich konnte nur hoffen, dass sie mich für eine Souvenirsammlerin hielt.

Wenig später holte Pan eine Gitarre hervor und sang Lieder über das Universum und die göttliche Weisheit, wobei ich kaum hinhörte. Ich lauschte mit bangem Ohr den Geräuschen des Regenwalds und fragte mich, was dieses Monster Tildy wohl gerade antat.

Laura kam zurück, sie und Solly tanzten eng in ihren klobigen Stiefeln. Andere Paare gesellten sich dazu, es war eher ein Betatsche einzelner Körperteile als ein Tanz.

Ich sah zu und grübelte.

Grübelte und sah zu.

Und plante mein nächtliches Manöver.

Gegen 22.00 Uhr kam Heitere Wolke aus dem Wald in unsere Mitte zurückgerauscht. Seine Kleider waren in Unordnung, der Hut fehlte, das Haar war zerzaust. Kein Zeichen von Tildy, mir rutschte das Herz in die Hose.

Die Musik brach ab, die Anhänger ließen alles stehen und liegen und sanken singend auf die Knie: »Mystischer Meister, Mystischer Meister …«

Mitternachtsblume eilte zu Heitere Wolke, kniete sich vor ihn und küsste seine Ringe. Daraufhin legte er eine Hand auf ihr Haupt und schloss die Augen. Als sich Mitternachtsblume wieder erhob, taumelte sie leicht und presste die Hände vor der Brust zusammen, als hätte sie das Erlebnis vollkommen überwältigt.

Titania war die Nächste, und so ging es reihum; alle Anhänger, darunter auch Casey, knieten vor ihrem Meister nieder und küssten seine Klunker. Offenbar wurde ich gerade Zeuge des Abendrituals der Bacchus-Sekte.

Da stürmte Dawn auf Heitere Wolke zu und warf sich ihm zu Füßen wie Jeanne D'Arc vor Karl VII. Ekelhaft. Hilfesuchend sah ich mich nach Solly und Laura um, doch die hatten sich aus dem Staub gemacht.

Damit blieb nur noch ich.

Jetzt die Aufmerksamkeit auf mich zu ziehen, wäre absolut töricht, also atmete ich einmal tief durch und stiefelte zu Heitere Wolke …

58.

Später lag ich wach und starrte ans Lattenrost über mir, krank vor Sorge um Tildy. Sie war noch immer nicht aufgetaucht, und ich verfluchte mich, dass ich heute Nachmittag nicht bei ihr geblieben war. Seltsamerweise hatte niemand ihre Verletzungen oder ihr Verschwinden erwähnt, obwohl es den anderen doch auch aufgefallen sein musste. Und wenn Heitere Wolke sie nun wieder geschlagen hatte? Oder Schlimmeres?

Da ich sie später suchen wollte, hatte ich mich mit Jeans, T-Shirt und Joggingschuhen ins Bett gelegt. Mein Diabetikerkit trug ich im Gurt um den Bauch, die Taschenlampe hatte ich unter der Decke verborgen. Lange Zeit lauschte ich dem regelmäßigen Atmen im Raum und betete inständig, dass Tildy zurückkommen möge, sodass ich mich nicht hinaus in die Nacht mit ihren schaurigen Geschöpfen begeben musste.

Um Mitternacht setzte ich mich auf und schwang die Beine übers Bett. Niemand rührte sich. Ich stand auf und wartete einen Augenblick, doch die anderen schienen zu schlafen. In der Dunkelheit sah ich, dass Sollys Bett leer war, dafür lagen bei Laura gleich zwei Leute zusammengekuschelt unter der Decke. Amüsiert tappte ich auf Zehenspitzen hinaus und schloss leise die Tür. Falls irgendjemand aufwachte, würde ich einfach behaupten, ich hätte mal gemusst.

Durch mein Alter Ego Wollküre und die Aktionen der

Strickguerilla war ich bestens auf nächtliche Missionen vorbereitet, im Dunkeln herumzuschleichen, stellte für mich kein Problem dar. Ich mied die beleuchteten Wege und schlich verstohlen zu der Stelle, wo Tildy im Wald verschwunden war.

Zwischen den Bäumen war es stockdunkel und verdammt unheimlich. Ich schaltete die Taschenlampe an und bewegte mich behutsam vorwärts, zwischendurch schaute ich mich immer wieder nach den Solarlampen im Lager um. Alle Gedanken an Schlangen und gigantische Warane versuchte ich zu verdrängen. Um mich vor Spinnen zu schützen, schnappte ich mir einen Stock und wedelte damit vor meinem Gesicht hin und her, das Gift der kleinen Biester konnte nämlich dazu führen, dass nach einem Biss das gesamte umliegende Gewebe abstarb, für einen Diabetiker war das tödlich.

Das Unterholz knackte unter meinen Schritten, immer wieder musste ich Schlingpflanzen und den erhabenen Wurzeln von Würgefeigen ausweichen. Mir blieb fast das Herz stehen, als ein Kurzkopfgleitbeutler an meinem Gesicht vorbeiglitt, um sich an den Stamm eines riesigen Tallowwoods zu hängen. Über mir in den Bäumen hörte ich Eulen und andere Nachtvögel, unten am Boden quakten Frösche, und irgendwelches Kleingetier huschte permanent an mir vorbei. Um meine Angst im Zaum zu halten, stellte ich mir eine Weile vor, ich wäre David Attenborough und hätte ein komplettes Filmteam im Schlepptau.

Nach etwa zwanzig Minuten – ich war schon ein gutes Stück in den Regenwald vorgedrungen – fiel der Kegel meiner Taschenlampe auf etwas Weißes zwischen den Bäumen. Ich knipste die Lampe aus und schlich mich an, bis ich die Umrisse eines kleinen Zelts ausmachen konnte. In gebückter Haltung arbeitete ich mich bis auf zehn Meter heran, blieb stehen und lauschte. Nachdem nichts zu hören war, fühlte ich auf dem Boden nach etwas zum Werfen und hob einen Stein auf. Den warf ich gegen das Zelt. Überrascht, dass ich getroffen hatte, ließ ich mich auf den Boden fallen und wartete ab. Nichts.

Auf Zehenspitzen näherte ich mich dem Zelt, jederzeit bereit, wegzulaufen. Mit einer raschen Handbewegung schlug ich die Zeltklappe auf und leuchtete mit der Taschenlampe hinein. Das Zelt war leer, nur ein Schlafsack, ein Stoffhase und ein »*Wo-ist-Walter*«-Buch lagen darin.

Tommy!

Wo war er hin? Versteckte er sich in der Nähe? War er gar verletzt? Leise rief ich seinen Namen, keine Antwort. Ich kroch ins Zelt, nahm das Buch und las die Widmung: *Für meinen liebsten Tommy von Omi Marcia.*

Keine Ahnung, wie Tommy es hierher geschafft hatte, aber irgendwie war es ihm gelungen, und seine Mutter hatte ihn mit Essen versorgt. Da wunderte es mich nicht, dass Tildy so viel glücklicher gewirkt hatte und sie Tommys Verschwinden scheinbar gar nicht interessierte. Doch sollte Heitere Wolke Tommy entdeckt haben, als er Tildy gefolgt war, stand Schlimmes zu befürchten. Und wenn Tommy blindlings in den Regenwald gelaufen war, konnte er sich verirrt haben und in unsäglicher Gefahr stecken. Und allein im Dunkeln hatte ich keine Chance, ihn zu finden.

Jetzt nur nicht den Kopf verlieren! Zunächst suchte ich die unmittelbare Umgebung ab. Unverrichteter Dinge kehrte ich schließlich zum Zelt zurück, vielleicht hatte ich ja dort noch einen Hinweis übersehen. Vor allem durfte ich mich nicht aufregen, sonst spielte mein Blutzuckerspiegel verrückt. Konzentration war jetzt angesagt. Irgendwie musste ich schleunigst Marcia und die Polizei alarmieren. Aber wie sollte ich das anstellen, ich kam hier nicht einmal weg?

Plötzlich entdeckte ich außen am Zelt Blutspritzer, erschrocken schrie ich auf.

Nunmehr verzweifelt, checkte ich das Handy, hatte aber immer noch kein Netz. Ich stopfte mir den Stoffhasen hinten in die Jeans und setzte meine verzweifelte Suche Richtung Lager fort. Unterwegs leuchtete ich immer rechts und links mit der Taschenlampe ins Dickicht, aber nirgends ein Lebenszeichen von Tommy oder Tildy.

Zurück auf dem Gelände der Bacchus-Jünger, schlich ich geduckt hinter den Hütten vorbei, um zur anderen Seite des Lagers zu gelangen, wo die Wohncontainer im Wald standen. Als ich mich der letzten Hütte näherte, vernahm ich eindeutiges Gestöhne. Vorsichtig tastete ich mich an der Rückseite entlang und linste um die Ecke: An die Zementwand gelehnt, verhalf Prinz Phosphor Dawn zu höherem Bewusstsein.

Ich sah zu, dass ich wegkam. Mit gesenktem Kopf sprintete ich in den Regenwald, versteckte mich hinter einem riesigen Baumstamm und zählte bis hundert. Nachdem sich mein Atem beruhigt hatte, hörte ich wieder das stetige rhythmische Gegrunze, offenbar hatten sie mich nicht bemerkt.

In diesem Teil des Waldes standen die Bäume nicht so dicht, und Mondlicht drang durch das Blätterdach; Schritt für Schritt näherte ich mich dem ersten Wohncontainer. Ich legte das Ohr an die Wand und lauschte. Nichts. Mit klopfendem Herzen stieg ich die Eingangsstufen hinauf und probierte es an der Tür. Sie war unverschlossen. Ich trat ein und knipste meine Taschenlampe an.

Vor mir lag das ganze Diebesgut. Das Zimmer war randvoll mit iPods, Radios, Handys, Laptops und allem Möglichen. Es war wie bei Harvey Norman.

Plötzlich wurde ich von einem hellen Licht geblendet, das mir direkt ins Gesicht schien. Ich erstarrte. Schützend hielt ich mir den Arm vors Gesicht, das Blut rauschte in meinen Ohren.

»Wer ist da?«, flüsterte ich.

59.

Ich wollte mich auf der Stelle umdrehen und so schnell ich konnte über die Grenze nach New South Wales laufen, als jemand mit gedämpfter Stimme sagte: »Mach die Taschenlampe aus.«

»Solly!«, rief ich.

Solly richtete die Taschenlampe auf ihr Gesicht und grinste. Aus der Jackentasche zog sie ein Etui heraus, klappte es auf und leuchtete auf ihre Marke.

»Einwanderungsbehörde!« Ich war ja so erleichtert. »Und Laura?«

»Laura gehört zur Sondereinheit Spezielle Operationen.«

Noch nie davon gehört. »Ich dachte, ihr liegt zusammen im Bett und schlaft.«

»Laura und ein Kissen. Scout Davis, nehme ich an?« Solly sprach weiter im Flüsterton.

»Woher weißt du das?« Ich war ehrlich geschockt.

»Gerry Dunfey hat mir von dir erzählt. Arbeitet in der Einwanderungsbehörde Brisbane. Von seinem Cousin Brian weiß er, dass du Nachforschungen über eine Sekte an der Gold Coast anstellst, und möglicherweise mit ihm in Kontakt treten wolltest. Als du das Glas genommen hast, habe ich mich gleich gefragt, ob du es bist. Wo hast du es überhaupt?«

»Im Rucksack unterm Bett. Hast du meine Sachen durchwühlt?«

Solly nickte zögerlich.

Kurz ärgerte ich mich, dass Brian Dunfey mir schon wieder in die Arbeit gepfuscht hatte, aber gleich darauf wurde mir klar, dass es ein Geschenk des Himmels war. Solly und Laura konnten mir mit Tildy und Tommy helfen, vielleicht auch noch mit Casey; wobei ich da vorsichtig sein musste, schließlich wusste ich nicht, aus welchem Grund Solly und Laura bei den Bacchus-Jüngern waren, und ich wollte nicht, dass Casey in irgendeinem Auffanglager für illegale Einwanderer landete.

»Was macht ihr hier eigentlich?«

»Ich kann dir nur sagen, dass wir länderübergreifend gegen Korruption und Verbrechen ermitteln, bei denen Sekten und andere totalitäre Organisationen beteiligt sind, seien es Menschenrechtsverletzungen, Veruntreuung öffentlicher Gelder oder der Handel mit Kindern und Erwachsenen. Meine Einheit hat sich auf die Verfolgung von Sekten und die Wiederbeschaffung von Vermögenswerten spezialisiert. Dabei erfassen wir, wie gegen Einwanderungsgesetze verstoßen wird und wann die Sekten in andere Länder abtauchen, um der Strafverfolgung zu entgehen. Deshalb sind wir auch hinter Heitere Wolke her.«

»Ich hatte keine Ahnung, dass so eine Behörde überhaupt exisistiert.«

»Das wissen auch nur die wenigsten. Wenn es uns schon früher gegeben hätte, hätten wir womöglich die Massaker in Jonestown und Waco verhindern können. Vielleicht sogar die Manson-Morde.«

»Wem seid ihr unterstellt?«

»Das darf ich nicht verraten. Wir arbeiten mit Billigung der UNO und halten uns an die Richtlinien internationaler Polizeiarbeit.«

Das reichte mir als Auskunft. »Ich brauche eure Hilfe. Heute Nacht noch.« So schnell wie möglich erklärte ich ihr die Sache mit Tildy und ihrem Sohn.

Solly musterte mich, ließ sich das Gesagte durch den Kopf gehen. »Dann mal los«, sagte sie entschlossen. »Laura kann uns hier rausbringen. Sobald wir ein Telefonnetz haben, fordern wir Hilfe an.«

»Nein, die sind verletzt. Wir müssen sofort nach ihnen suchen«, sagte ich beharrlich. Wenn wir sie nicht hier auf dem Gelände finden, gehen wir Hilfe holen.« Ich verplemperte keine Zeit damit, zu fragen, wie sie uns hier rausbringen wollten.

Solly wollte sich schon aufmachen, doch ich hielt sie am Arm fest.

»Es gibt da noch was«, sagte ich.

»Was denn?« Solly sah auf ihre Armbanduhr.

Auch wenn uns diese Unterredung wichtige Zeit kostete, ließ es sich nicht ändern.

»Beinhaltet die Sicherung von Vermögenswerten auch Menschen?«, fragte ich.

»Menschen haben Priorität, warum?«

»Hier lebt noch eine Amerikanerin«, beeilte ich mich zu erklären. »Ich kenne sie … über Umwege. Sie hat schreckliche Angst und wird gegen ihren Willen festgehalten. Sie dachte, sie käme nur zum Urlaub her. Ihr kleiner Sohn ist noch in Amerika, und sie will unbedingt zu ihm zurück. Mir geht es nur darum, dass sie nicht noch ewig irgendwo eingesperrt wird, bis sich die Behörden geeinigt haben, was mit ihr geschehen soll. Sie ist ohnehin schon vollkommen traumatisiert. Da möchte ich … dass sie ohne dieses bürokratische Brimborium nach Hause kommt.«

»Na, jetzt mach mal halblang«, sagte Solly. »Wir sperren

doch niemanden ein, der das Land verlassen möchte und bislang daran gehindert wurde. Es sei denn, die Person hat sich strafbar gemacht.«

Als ich nicht antwortete, leuchtete Solly mit der Taschenlampe durch den Raum und richtete den Strahl dann auf mich.

Finster nickte ich.

»Aber man hat sie doch dazu gezwungen, nicht wahr?«

»Dennoch könnte es ihre Rückführung verzögern.«

»Schon möglich«, sagte Solly.

»Ich könnte dir als Dreingabe noch zwei illegale Einwanderer liefern, die sich zurzeit in Noosa aufhalten, und du bekommst alle Informationen über Heitere Wolke. Außerdem weiß ich, wo ein Teil der Hehlerware verschachert wird.«

»Ich hätte mich schon mit den Fingerabdrücken und der DNA vom Wasserglas zufrieden gegeben!«

»Hilfst du mir?«, flehte ich.

»Die Amerikanerin will ihn doch sicher wegen Freiheitsberaubung und Körperverletzung verklagen«, entgegnete Solly und zog einen Fotoapparat aus der Jackentasche.

»Das bezweifle ich. Wir können sie natürlich fragen, aber ich glaube, sie will nur nach Hause zu ihrem Kind.« Langsam wurde ich unruhig, ich wollte los.

»Hat dieser Schleimer ihren Pass?«, fragte Solly, während sie die gestohlenen Waren fotografierte.

»Ja.«

»Ich tue, was ich kann«, sagte sie und steckte den Fotoapparat weg. »Aber du musst mir garantieren, dass sie sicher nach Hause kommt.«

»Ich bin mit ihrem Großvater in Kontakt. Zusammen bekommen wir das hin.«

»Wie heißt sie denn?«, fragte Solly.

»Symphonie Stern. Ihr richtiger Name ist Casey Steinman.«

»Ich weiß, wo ihr Pass ist«, sagte Solly. »Während des Abendessens hat Laura Fotos von ausländischen Pässen gemacht, deren Visa abgelaufen waren. Gefunden hat sie die in einem Safe in der Verwaltungshütte. Sie wird jetzt dort sein, um weiter herumzuschnüffeln.«

Geschwind zog Solly ein Walkie-Talkie hervor und schaltete es ein. Augenblicklich wurde mir klar, warum sie und Laura ihre Jacken angelassen hatten, wahrscheinlich war darin noch ein ganzes Werkzeuglager verborgen.

Bevor ich noch fragen konnte, sagte sie: »Die Reichweite langt nicht, um von draußen Hilfe anzufordern. Zu viele Berge.« Sie probierte verschiedene Kanäle aus, schüttelte resigniert den Kopf und stellte zurück auf den Ursprungskanal.

»Pfeifer 1 an Pfeifer 2, over«, sagte Solly.

»Pfeifer 2, over«, antwortete Laura.

»Sofortige Evakuierung«, sagte Solly, »und bring Casey Steinmans Pass mit und den Rucksack unterm Bett der Pressetussi. Außerdem brauchen wir Decken, wir haben womöglich zwei Verwundete. Hast du schon irgendwo ein Festnetz gefunden? Wir brauchen Polizei und Krankenwagen, over.«

»Kein Festnetz. Was geht da vor sich?«

»Verletzte Frau und vermisstes Kind. Wir treffen uns am Kleinbus, over.«

Solly schaltete das Funkgerät aus und verstaute es in der Jackentasche.

»Pressetussi?«, fragte ich.

»Ja, sorry. Laura macht den Kleinbus startklar, setzt die Alarmanlage außer Betrieb und öffnet das Tor.«

»Wie lange braucht sie dafür?«, fragte ich ungeduldig.

»Eine halbe Stunde etwa.«

»So lange suchen wir noch nach den beiden«, sagte ich und eilte zur Tür. »Wenn wir sie bis dahin nicht gefunden haben, schnappen wir uns Casey und fahren, bis wir ein Netz haben.«

60.

Im Mondlicht schlichen Solly und ich durch den Regenwald. Es war feucht und kühl, und ein starker Modergeruch hing in der Luft. Ein gelbbrauner Eulenschwarm stieß dicht neben uns herab und jagte uns einen Riesenschreck ein.

Im ersten der vier Wohncontainer war das Diebesgut gebunkert, die nächsten beiden waren leer. In geduckter Haltung näherten wir uns dem vierten Container von hinten und pressten das Ohr an die Wand. Von drinnen war tiefes, sonores Schnarchen zu vernehmen.

Plötzlich zuckte Solly zusammen. Irgendjemand näherte sich durchs Unterholz. Ich zog sie am Arm, wir ließen uns zu Boden fallen und hielten schützend die Hände über den Kopf. Hätte ich doch bloß meine Sturmhaube dabei. Und ein Elefantengewehr. Irgendwie war es ein merkwürdiges Geräusch, als würde … hey … als würde jemand hüpfen. Spürbar erleichtert atmeten wir auf, als ein Wallaby vorbeisprang.

Anschließend verweilten wir noch eine Zeit lang reglos am Boden und horchten angestrengt, dann legte Solly den Kopf schief.

»Hörst du's?«, flüsterte sie.

Ich schüttelte den Kopf. Außer dem Geschnarche und den Geräuschen des Regenwalds vernahm ich nichts.

»Da lang.«

Solly tippte mir auf die Schulter und zeigte zu einem

kleinen Häuschen, das zwanzig Meter entfernt unter Bäumen stand. Aus der Ferne sah es aus wie ein Geräteschuppen. Vorsichtig, um nicht über Schlingpflanzen oder heruntergefallene Äste zu stolpern, pirschten wir uns an. Der dunkle Wald schien im Mondlicht lebendig zu werden. Überall leuchteten glühende Augen auf. Furchtbar gruselig war es.

Solly hob die Hand, und ich blieb stehen. Da hörte ich es auch. Weinen. Ein Kind weinte! Ich nickte Solly zu, und wir schlichen heran. Sie probierte die Tür, doch die ließ sich nicht öffnen.

»Bist du das, Tommy?«, rief ich leise. »Ich bin eine Freundin von Oma Marcia.«

Das Weinen verstummte, und Bewegungen waren zu vernehmen. Von innen wurde an der Tür gerüttelt.

»Ist abgeschlossen«, sagte ein Junge.

»Ist deine Mutter bei dir?«, fragte ich.

»Ja. Ihr geht es nicht gut. Ich kann sie gar nicht sehen, weil es hier so dunkel ist. Aber sie spricht nicht und bewegt sich nicht. Der Mann hat sie doll geschlagen.«

Lieber Gott, lass sie nicht …

»Wir holen dich da raus, Tommy«, sagte Solly. »Warte kurz.«

Solly schaltete die Taschenlampe ein und leuchtete die Schuppentür an. Sie war mit einem Vorhängeschloss verschlossen. Aus ihrer Jackentasche förderte Solly einen Schraubenzieher zutage und reichte mir die Lampe. Tja, mit der Werkzeugkiste hatte ich wohl recht gehabt.

»Leuchte mal auf die Scharniere«, befahl sie.

In null Komma nichts hatte sie die alten Scharniere abgeschraubt, und nun rissen wir mit vereinten Kräften an der Tür. Es krachte einmal laut, und die Tür löste sich. Ängstlich leuchtete ich ins Innere des Schuppens.

Tommy und seine Mutter lagen zusammengekauert neben einem fahrbaren Rasenmäher. Tommy trug einen roten Schlafanzug und hielt sich den Arm, als sei er verwundet. Tildy war noch am Leben, aber sie sah aus wie ein Zombie. Mit weit geöffneten Augen starrte sie ins Leere, vorne auf ihrem Kleid war ein Sabberfleck. Der arme Tommy musste ganz fürchterliche Ängste ausgestanden haben.

Solly ging hinein und rüttelte Tildy, doch die rührte sich nicht.

»Sie ist katatonisch«, sagte Solly. »Wird schwer werden, sie zum Wagen zu schleppen.«

»Das müssen wir aber«, sagte ich entschieden. Da ließ ich nicht mit mir reden.

»Hat der Mann dich gebissen?«, fragte ich Tommy.

Er nickte, und sofort liefen die Tränen. Ich kniete mich hin und nahm seine Hände. »Hör zu, Tommy. Du musst jetzt ganz tapfer sein und uns helfen. Nachher können wir alle zusammen weinen. Nun müssen wir uns aber um deine Mum kümmern.« Ich schüttelte ihm die Hand. »Abgemacht?«

Er hörte mit dem Weinen auf und nickte.

Doch plötzlich spiegelte sich auf Tommys Gesicht blankes Entsetzen. Irgendetwas musste er hinter mir gesehen haben. Als ich aufstand und herumfuhr, blickte ich in das wutverzerrte Gesicht von Heitere Wolke, der mir einen Spaten vor die Brust schlug. Bevor ich wie ein Sandsack zu Boden ging, hörte ich noch ein lautes Knacken. Auch wenn es nicht gleich wehtat, wusste ich, dass irgendetwas gebrochen war.

Ich schaute hoch. Über mir stand Heitere Wolke in Unterhose, die Klinge des Spatens an meinem Hals. Tommy schrie hysterisch. Blitzartig stürzte sich Solly auf Heitere Wolke. Der flog nach hinten, ließ den Spaten fallen und landete auf dem Boden, Solly schmiss sich auf ihn.

»Ihr Schlampen, dreckige Satansbrut«, brüllte Heitere Wolke, während er versuchte, Solly herunterzustoßen.

Die wiederum drückte ihn auf den Boden, doch er war wie von Sinnen, seine Augen hatten einen wilden Ausdruck und die Nasenflügel blähten sich wie bei einem wildgewordenen Stier. Ich war unfähig, mich zu bewegen.

Heitere Wolke holte zu einem Schlag aus, doch Solly wich rechtzeitig aus, warf sich auf die Seite und sprang auf die Beine. Heitere Wolke erhob sich ebenfalls, holte zu einem zweiten Schlag aus. Doch wieder war er nicht schnell genug. Mit ihrem klobigen Goth-Treter verpasste sie ihm einen gehörigen Tritt in die Weichteile, sodass er sich krümmte.

Tommy hatte mit dem Weinen aufgehört und war hinter Solly und Heitere Wolke getreten. Im Handumdrehen hatte er den Spaten aufgehoben und schwang ihn in hohem Bogen. Mir blieb nur noch, die Augen zusammenzukneifen, als das Spatenende Heitere Wolke an der Schläfe traf.

Er ging wie ein Stein zu Boden, und Solly eilte gleich herbei.

»Gut gemacht, Junge«, sagte sie zu Tommy. »Der steht so schnell nicht wieder auf. Du hast uns und deiner Mutter gerade das Leben gerettet.«

»Bitte, hilf mir«, krächzte ich matt. »Ich glaube, meine Rippen sind gebrochen.«

In Lichtgeschwindigkeit stellte Solly mich auf die Beine. Stechende Schmerzen breiteten sich über meine Brust aus und zogen bis in den Arm. Ich versuchte, nicht in Panik zu geraten, und sah mich nach Tommy um. Er hatte den Arm um seine Mutter gelegt, da sah ich auch die schlimme Fleischwunde an seinem Arm.

In diesem Moment kam etwas kleines Rundes in Weiß durchs Dickicht auf uns zugestürmt. Es sah aus wie der Leuchtturm von Byron Bay mit John-Lennon-Brille, aber es war Cara Mel in einem gigantischen weißen Nachthemd.

»Was habt ihr getan? Was habt ihr mit dem Meister gemacht?«, kreischte Cara und warf sich neben ihn. »Er ist tot. Ihr habt ihn umgebracht«, jammerte sie.

»Leider nicht«, sagte ich, denn nachdem ich Tommys Arm gesehen hatte, wäre mir das gerade recht gewesen.

Cara Mel stand auf und marschierte wütend auf mich zu, ihre kleine Schweineschnute geschürzt und die Fäuste geballt. Zwei Meter vor mir blieb sie auf einmal stehen, griff sich an den Bauch und sah an sich herab. Zwischen ihren Beinen ergoss sich ein Sturzbach.

»Was ist das?«, schrie sie entsetzt.

»Die Fruchtblase ist geplatzt«, sagte ich und wunderte mich, dass sie das nicht selbst wusste. »Das Kind kommt jetzt.«

Cara Mel war ganz perplex.

»Na, toll. Das ist ja mal wieder typisch!« Solly schäumte vor Wut. Stemmte die Hände in die Hüften und schüttelte den Kopf.

Urplötzlich musste ich lachen. Und es tat höllisch weh.

»Was ist denn so lustig?« Solly strafte mich mit einem bösen Blick.

»Du erinnerst mich an meine Schwester. Die hätte haargenau das Gleiche gesagt.«

61.

Cara begann so hysterisch zu kreischen, dass Solly ihr eine Ohrfeige gab.

»Hier geht's nicht um dich«, brüllte Solly. »Also halt endlich die Klappe.«

Cara hielt sich den Bauch und krümmte sich vor Schmerzen. Ihre Wehen hatten eingesetzt. Ja, ja das Leben steckte voller Überraschungen.

Mit einem Arm vor der Brust stolperte ich in den Schuppen und leuchtete Tildy ins Gesicht. Eine Gesichtshälfte war weiß, die andere lila. Ihre Augen schauten ins Leere, ihr Atem war flach. Wir mussten sie ins Krankenhaus bringen, und zwar schnell. Heitere Wolke konnte ihr Gott weiß was angetan haben.

Als ich mich umsah, regte er sich am Boden.

Im gleichen Augenblick bemerkte es auch Solly. »Wir müssen einen Abflug machen, kommt schon!«, rief sie. »Übers Gelände direkt zum Kleinbus. LOS!«

Tommy versuchte, seine Mutter zum Aufstehen zu bewegen, doch sie reagierte nicht. Gemeinsam mit Solly schleppte er sie aus der Hütte, bei jedem Schritt gaben ihre Beine nach. Tildy würde es nie im Leben allein bis zum Wagen schaffen, dafür war sie schon zu weggetreten.

»Wartet mal!«, schrie Tommy und verschwand im Schuppen. Der Rasenmäher wurde angelassen, und Tommy kam damit herausgefahren. Kein australischer Junge hätte sich diese Gelegenheit entgehen lassen.

Nachdem wir Tildy auf den Fahrersitz gesetzt hatten, quetschte sich Tommy vor sie, sodass sie nicht herunterfiel.

»Kannst du laufen?«, fragte mich Solly.

»Geht schon«, sagte ich mit einem grimmigen Blick auf Heitere Wolke, der versuchte, den Kopf zu heben. Wir mussten das Tor erreichen, bevor er wieder zu sich kam oder Hilfe rufen konnte.

»Und was ist mit mir?«, jaulte Cara. »Ich muss ins Krankenhaus. Ich bekomme ein Kind!«

Offenbar hatte ihr Selbsterhaltungstrieb eingesetzt, und sie wollte ihr Kind nun doch nicht im Regenwald gebären. Ich konnte es ihr nicht verdenken, im Märchen passierten die bösen Sachen auch immer im Wald.

»Im Schuppen steht eine Schubkarre«, murmelte ich. »Setzt sie doch da rein.«

»Herrgott noch mal!«, rief Solly. »Müssen wir die echt mitnehmen?«

»Anständigerweise schon«, sagte ich matt. Für eine Auseinandersetzung fehlte mir die Energie.

Mit einer Mischung aus Entsetzen und perversem Vergnügen beobachtete ich, wie Solly die protestierende Cara in die Schubkarre verfrachtete und in forschem Tempo über das unwegsame Gelände jagte; Cara krallte sich an den Seiten fest und beschwerte sich lauthals über die würdelose Behandlung.

»Los, los, los!«, rief Solly Tommy zu und lief an ihm vorbei. Sofort lehnte sich Tommy gegen seine Mutter und folgte Solly in die Dunkelheit, dabei röhrte der Rasenmähermotor wie eine Enduro. Die Klingen hatte er glücklicherweise hochgeklappt, und Tildy schlang instinktiv die Arme um ihn.

Ich hielt mir den Brustkorb, atmete einmal tief durch

und kam zu dem Entschluss, dass meine Lungen nicht verletzt waren. Dann setzte ich den anderen nach. Bei jedem Schritt schoss mir ein stechender Schmerz in die Brust, und mir war ein wenig schwummrig zumute. Das lag bestimmt nur am Schock, wobei ich nach der Spritze heute Abend auch zu wenig gegessen hatte.

Unwillkürlich tastete ich nach meiner Gürteltasche, um etwas Traubenzucker zu mir zu nehmen. Zu meinem Entsetzen war sie nicht mehr da. Mir blieb aber keine Zeit zurückzugehen, ich konnte sie überall verloren haben.

Angst packte mich, und während ich weiter vorwärtsstolperte, hoffte ich inständig, dass Laura meinen Rucksack dabeihatte und es ihr gelungen war, das Tor zu öffnen. Und dann musste ich auf dem Weg ja auch noch Casey einsammlen.

Erstaunlicherweise war Prinz Phosphor noch immer dabei, sein Höheres Selbst mit Dawn zu vereinen, ich wandte den Blick ab, als ich an ihrer Hütte vorbeiwankte. Der Junge hatte echt Stehvermögen.

Vom Geschrei und dem Geröhre des Rasenmähers waren einige Leute aufgewacht. Manche linsten durch die Fenster, andere standen vor den Hütten. Wir müssen ein absurdes Bild abgegeben haben: ein Junge im roten Schlafanzug mit einer halb komatösen Mutter auf einem Rasenmäher, eine Goth-Frau, die eine in den Wehen liegende Schwangere in der Schubkarre befördert, und ich wie der Glöckner von Notre-Dame als Nachhut dahinter.

Neben mir nahm ich eine Bewegung war, jemand griff mir an den Arm. Ich hielt die Luft an. Casey.

»Gehen wir jetzt?«, fragte sie eifrig.

Ich nickte. »Ich bin verletzt. Hilf du Solly mit der Schubkarre«, keuchte ich. »Geh!«

Augenblicklich hatte Casey die Situation erfasst. Tommy war mit seiner Mutter schon davongeflitzt, das Motorengeräusch war nur noch als fernes Brummen zu vernehmen.

»Alles okay, Leute«, rief Casey. »Bei Cara haben die Wehen eingesetzt, und wir bringen sie für die Geburt ins Krankenhaus. Sorry wegen des Geschreis, aber es tut einfach weh.«

Ihre Geistesgegenwart war beeindruckend. Casey ließ meinen Arm los, rannte zu Solly und übernahm einen Griff der Karre.

Überraschenderweise war die Neugier der Schaulustigen damit gestillt. Die Guten waren schon so in ihre Märchenwelt entrückt, dass sie uns wahrscheinlich für Feenwesen hielten, die aus den Wäldern herbeigeeilt waren, um Hebammendienste zu leisten.

Hier und da wurde wieder fröhlich gesungen: »Mystischer Meister, Mystischer Meister.« Blieb nur zu hoffen, dass der Meister die Rufe seiner Getreuen nicht vernahm und aus dem Unterholz herbeigeeilt kam, oder Cara nicht noch ausrief, dass wir ihn umgebracht hätten. Solly musste den gleichen Gedanken gehabt haben, denn sie fegte Cara die Brille von der Nase und hielt ihr den Mund zu, ein paar interessante neue Ansätze bei der Geburtshilfe.

Ich zwang mich weiterzugehen, wie ein Automat setzte ich einen Fuß vor den anderen, wobei jeder Schritt mir neue Schmerzen bereitete. Die anderen waren schon ein gutes Stück voraus. Mir war schwindelig, und ich fühlte mich schlapp. Nur noch ein paar Schritte, nur noch ein paar …

Um mich herum verschwamm alles. Solly und Casey kamen zurückgerannt.

»Hier, halt dich an mir fest«, sagte Casey und stützte mich auf dem Weg zum Wagen.

»Ich bin Diabetikerin«, schnaufte ich. »Meine Rippen sind gebrochen. Vielleicht sind meine Lungen verletzt.«

»Wir kümmern uns jetzt um dich«, sagte Casey, »alles gut.«

Doch ich wusste, dass das nicht stimmte.

Sie bugsierten mich in den Kleinbus, wo Laura in voller Goth-Montur bei laufendem Motor am Steuer saß. Tildy war in eine Decke gehüllt und stierte vor sich hin. Neben ihr Tommy, er hatte den Arm um sie gelegt und machte ein besorgtes Gesicht. Cara lag auf den hinteren Sitzen und brüllte nach Schmerzmitteln.

Casey schlang eine Decke um mich. Dann rollte sie eine weitere zusammen und legte sie mir über die Brust. Ich hielt die Decke fest, in der Hoffnung, sie würde mir ein wenig Schutz bieten. Casey setzte sich neben mich.

Erleichtert sah ich, dass mein Rucksack auf einem der Einzelsitze lag. Sämtliche Traubenzuckerpakete waren zwar in der Gürteltasche gewesen, aber im Rucksack hatte ich Saft, außerdem steckte noch eine Glukogenspritze in der Zahnpastatube, falls ich ins Koma zu fallen drohte. Der Schwindel konnte alles Mögliche bedeuten, ich wusste nicht, ob ich einen Schock oder eine Panikattacke hatte, oder ob mein Blutzuckerspiegel gefährlich sank.

»Los, los, los!«, brüllte Solly.

»Haltet euch gut fest«, rief Laura. Sie trat das Gaspedal durch. Kies spritzte auf, und wir schossen in einer Staubwolke durch das offene Tor in die reale Welt.

»Wohin fahren wir denn?«, wollte Laura wissen.

»Gold Coast Krankenhaus«, rief Solly zurück. »Verdammt, Laura, wir haben eine Diabetikerin, die vielleicht operiert werden muss, eine Frau, die in den Wehen liegt, und einen verletzten Jungen mit einer bewusstlosen Mutter. Wo fahren wir da wohl hin? Sea World?«

Wehe oder nicht, Cara schrie ohne Unterlass. Casey sah mich an und verdrehte die Augen. Trotz allem brachte ich noch ein Grinsen zustande.

»Wenn du dahinten die Klappe hältst, bekommst du deine Brille wieder«, rief Casey ihr zu.

Das half, und das Geschrei verstummte, allerdings kamen die Wehen in immer kürzeren Abständen.

Solly schaute nach, ob sie auf ihrem Handy ein Netz hatte.

»Verdammter Mist«, rief sie und schüttelte das Telefon. »Der Scheißakku ist leer!«

Laura warf Solly ihr Handy zu, und nach einer gefühlten Stunde, die kaum länger als fünf Minuten dauerte, hatte sie endlich Empfang, rief die Polizei an und schilderte die Lage. Sie nannte ihren Namen und sagte, dass sie für die Einwanderungsbehörde arbeite.

Halb benommen lauschte ich Sollys Ausführungen. Neben dem Standort der Sekte gab sie das Nummernschild unseres Wagens durch und dass wir zu siebt auf dem Weg ins Gold Coast Krankenhaus seien. Der vermisste Junge Tommy Wilding sei auf dem Gelände der Bacchus-Sekte gefunden worden und in Sicherheit. Von einem Mann namens Heitere Wolke sei er verletzt worden und würde ins Krankenhaus gefahren. Zwei weitere Frauen seien ebenfalls angegriffen worden und würden in kritischem Zustand ins Krankenhaus gebracht. Darunter auch die Mutter des vermissten Jungen. Eine dritte Frau läge in den Wehen. Heitere Wolke befände sich mit einer Kopfwunde im Regenwald der Bacchus-Sekte. Auf dem Gelände gäbe es einen mit Waren gefüllten Wohncontainer, bei den Sachen handele es sich höchstwahrscheinlich um Hehlerware, die Heitere Wolke und seine Anhänger gestohlen hätten. Unter den Anhängern gäbe es zudem etliche illegale Einwanderer.

War's das schon?

Solly bat die Polizisten, uns am Gold Coast Krankenhaus abzupassen. Von Casey Steinman hatte sie nichts gesagt.

»Offenbar brauchen wir das Glas nun doch nicht«, sagte Solly zu mir. »Bald haben wir die Finger selbst.«

Jede Unebenheit bescherte mir Höllenqualen, mir graute davor, was sie in meinem Brustkorb anrichteten. Ich sah zu Tildy hinüber. Sie war in ihrem Sitz zusammengesunken, und Tommy rieb ihr über den Arm. »Wach auf, Mum, bitte!«

Sobald wir eine asphaltierte Straße erreicht hatten, bat ich Casey, mir die Puderdose und die Zahnpastatube aus dem Rucksack zu geben. Rasch erklärte ich ihr, wie sie an den Inhalt herankommen würde; nach einigem Gefummel reichte Casey mir Handy, Medikamente und eine Spritze. Mit der Glukogenspritze neben mir fühlte ich mich gleich besser.

Marcia musste angerufen werden, also mobilisierte ich die letzten Reserven und sagte ihr, dass ich mit Tommy und Tildy auf dem Weg zum Gold Coast Krankenhaus sei. Nach Mark wollte sie gleich Dave Fanshaw benachrichtigen.

Alles schien sich ewig hinzuziehen, und die Dinge um mich herum wurden unscharf. Ich zitterte, schwitzte und wurde müde. Das lag nicht an den Verletzungen, bei mir bahnte sich ein Zuckerschock an. Oh Gott, ich brauchte Zucker.

»Casey … Saft … Rucksack … schnell«, stammelte ich.

Hektisch suchte Casey nach dem Saft und reichte ihn mir. Ich trank in großen Schlucken, verkleckerte die Hälfte. Reichte der Saft? Ich wusste, dass ich auf der Kippe stand, denn mir tat der Kopf weh. Ganz ruhig, Scout. Warte ein paar Minuten ab.

Solly, die vor uns saß, drehte sich um und reichte Casey ihren amerikanischen Pass. Er sah ungewöhnlich dick aus und wurde mit einem Gummi zusammengehalten.

»Ein verfrühtes Ostergeschenk«, sagte Solly. Sie blickte mir ins Gesicht. »Boah, du siehst ja schlimm aus.«

Casey schlug den Pass auf und nahm einen Stapel Scheine heraus.

»Ich verstehe nicht ganz«, sagte Casey.

»Laura hat einen Teil des Geldes, das wir fürs Wochenende bezahlt haben, aus dem Safe genommen.« Solly schaute misstrauisch nach hinten, um sicherzugehen, dass Cara nicht lauschte.

Mittlerweile fühlte ich mich richtig seltsam. Die Umrisse verschwammen. Trinken reichte nicht mehr, jemand musste mir Glukagon spritzen, aber ich war außerstande, meine Lippen zu bewegen.

Ich hörte Solly zu Casey sagen: »Wenn du gegen den alten Sack keine Anklage erheben willst, dann solltest du dich im Krankenhaus gleich verdünnisieren. Nimm dir ein Motelzimmer, kauf dir ein paar neue Klamotten. Halt dich zwei Tage zurück. Dann rufst du Scout an, die hilft dir, nach Hause zu kommen.«

Solly fummelte an meinem Handy herum und schrieb meinen Namen und meine Telefonnummer für Casey auf, aber das erfuhr ich erst später.

Ich blickte Casey an. Sie lächelte, und Tränen rannen ihr übers Gesicht. In meinem Kopf spielte das Lied »Oh, what a night«. Casey nahm ich nunmehr verschwommen war.

Und dann wurde mir schwarz vor Augen.

Als ich wieder zu mir kam, lag ich in der Notaufnahme

des Gold Coast Krankenhauses. Ich hing am Tropf, und ein Arzt beugte sich über mich. Leider sah er nicht aus wie George Clooney.

»Hallo«, sagte er. »Gibt es einen bestimmten Grund, warum Sie einen Stoffhasen hinten in der Jeans haben?«

Eine Woche später …

Ich saß auf der Veranda, ließ den lieben Gott einen guten Mann sein und trank Käsemauken-Tee. Freunde und Verwandte lasen mir jeden Wunsch von den Augen ab, und ich genoss die Aufmerksamkeit. Spätestens Ende der Woche hatten bestimmt alle genug von mir, da konnten dann meine Eltern und Töchter übernehmen.

Es war ein herrlicher Herbsttag, und die sanften Klänge von Linda Ronstadt drangen aus der Küche vom Fandango herauf, wo Miles mir zum Mittag gerade einen Teller mit Leckereien zusammenstellte. Wie alle Unpässlichen lag ich in einem Meer aus Blumen, Karten, Zeitschriften und frischem Obst. Tommy hatte mir ein Bild von der Fahrt auf dem Rasenmäher gemalt, und Fergus hatte mir netterweise seine Sesamstraßenkissenbezüge zukommen lassen, falls ich spucken musste und mir die frischen Bezüge ausgingen.

Miau Zedong hatte seinen Tee schon ausgeschlürft, sprang mir auf den Schoß und rieb das Köpfchen an meinem Arm. Seit ich aus dem Krankenhaus entlassen war, hatte er die Rolle der Hausmutter angenommen, doch Rafe, der oft vorbeikam, meinte, dass Katzen nur für ein paar Tage taugten und ich schon bald einer besonderen Pflege bedurfte.

Dave Fanshaw hatte noch in jener Nacht meine Schwester benachrichtigt, die sofort ins Krankenhaus geeilt war und die ganze Nacht voller Sorge an meinem Bett verbracht hatte. Offenbar hatte ich noch einmal Glück gehabt. Kurz nachdem ich bewusstlos geworden war, war ein Krankenwagen gekommen, und die Sanitäter konnten mich gleich behandeln. Vom Spaten hatte ich Prellungen und zwei gebrochene Rippen, ansonsten war alles heil geblieben. Die Ärzte hatten mich zwei Nächte dabehalten, um meinen Blutzuckerwert zu stabilisieren und sich einen genauen Überblick über meine Verletzungen zu verschaffen. Die Rippen würden mehrere Wochen brauchen, um auszuheilen, in der Zeit sollte ich entzündungshemmende Medikamente nehmen. Harper, die in den ersten beiden Tagen, in denen ich wieder zu Hause war, rund um die Uhr Krankenschwester gespielt hatte, schaute täglich vorbei und würde gleich kommen.

Miau Zedong sprang von meinem Schoß, als das Verandator geöffnet wurde und Miles mit einem Riesenteller voller Dips, Schafskäse, Fladenbrot, Oliven und frischen Datteln kam.

»Ich habe dir einen extra großen Teller fertig gemacht, denn über Mittag hast du immer so viele Gäste«, sagte er und stellte das Essen auf den Tisch.

»Ja, weil alle wissen, dass du mich so toll verköstigst.«

Miles schmunzelte und verschwand in der Küche, um mir ein Glas Wasser zu holen.

»Brauchst du sonst noch was? Ich würde ja gerne bleiben, aber der Laden unten brummt.«

»Nein, danke. Du verwöhnst mich ohnehin schon viel zu sehr. Kommst du später auf einen Drink hoch?«

Miles versprach es und verschwand über die Hintertreppe. Zwei Minuten später erschien Harper mit selbst gemachter Minestrone fürs Abendessen und einem Stapel DVDs.

»Ich habe nichts Lustiges ausgeliehen«, sagte sie und reichte mir die Filme, »ich weiß ja, wie weh dir das Lachen tut.« Sie schielte nach meinem Teller und sagte: »Ich bin total ausgehungert.«

Während wir ordentlich reinhauten, brachte Harper mich in Sachen »Wäschegate« auf den neuesten Stand.

»Mary geht es prima. Sie ist wieder in der Schule, und ihre Klassenkameraden nehmen sie gut auf. Ins Kino wurde sie auch schon eingeladen, und Samstag geht sie auf eine Party.«

»Toll, was so eine Therapie bewirkt«, sagte ich.

»Wie du schon ganz richtig vermutet hast, wollte Mrs Niles die Polizei nicht einschalten und ihrer Tochter einen Prozess ersparen, also hat sie sich an einen Anwalt gewandt, der jetzt eine angemessene Entschädigung für Mary aushandelt. Wenn nichts dabei herauskommt, kann sie ja immer noch zur Polizei gehen.«

Mir schien das eine vernünftige Lösung. Ich wusste auch, dass meine Schwester die Einzige war, der Mary die SMS und die Fotos gezeigt hatte. Harper erzählte, die Texte seien ganz schlimm, so nach dem Motto: *Stirb, du Assikind. Genieß deinen letzten Abend, Pickelfresse.* Über die Fotos wollte sie nicht viel sagen. Nur, dass ihr dabei das Herz fast stehen geblieben wäre. Wenn die Bilder nicht eventuell noch für die Polizei gebraucht würden, hätte man sie längst ein für alle Mal vernichtet.

Harper entfernte den Kern einer Dattel, füllte sie mit Schafskäse und reichte sie mir.

Ich biss hinein. »Mhmm. Wie heißt das?«

»Ich weiß nicht, wie ihr es in Byron nennt, aber in Robina sagen wir gefüllte Dattel mit Schafskäse dazu.«

Kichernd bewarf ich sie mit dem Stein.

»Haben sich die Rechtsverdreher schon getroffen?«, fragte ich, denn ich wollte unbedingt wissen, ob sich bei dem letzten Treffen bereits etwas ergeben hatte. Soweit ich wusste, war auch Brianna Berkelows Vater dazu geladen gewesen, und ich brannte darauf, zu erfahren, ob er gekommen war.

Harper schob sich eine Olive in den Mund. »Ja. Robert kam mit einem Anwalt von der Gewerkschaft, Mrs Niles mit ihrem eigenen Anwalt, und Margo Mitchell war ebenfalls dabei, um die Days, die Robertsons und die Racks zu vertreten. Brianna Berkelows Vater zeterte los, er werde die Schule, Robert und Mrs Niles verklagen, in der Reihenfolge. Dem hat es ja hoffentlich einen gehörigen Schock versetzt, als ihm die Beweise für die Untaten seiner Tochter vorgelegt wurden.«

Bei diesem ungeheuerlichen Verhalten seiner Tochter musste er doch einem Vergleich sofort zugestimmt haben. »Und?«

»Brianna wird die Schule verlassen und jeder künftigen Schule werden die ausführlichen Unterlagen zugestellt. Ich weiß nicht, ob die Eltern mit ihr zum Psychiater gehen wollen, aber ihr Vater hat versprochen, alles zu vernichten, was sich im Besitz seiner Tochter befindet und mit Mary zu tun hat. Das ist schon mal eine Erleichterung.«

»Komm schon, du weißt doch noch mehr«, maulte ich.

»Ich weiß nur, dass Mary eine finanzielle Entschädigung bekommt, aber nicht in welcher Höhe, das ist vertraulich. Mrs Niles kauft ein neues, rollstuhlgerechtes Auto, um ihre ältere Tochter zu transportieren, und Mary wird vier Tage in ein Ferienlager für Kinder mit behinderten Geschwistern fahren. Mrs Niles hat auch einen Termin beim Hautarzt gemacht, damit Marys Akne professionell behandelt werden kann, und in drei Wochen kommt ihr Labradoodlewelpe. Mary hat ihm schon einen Namen gegeben, Bach … oder Offenbach, die beiden verwechsele ich immer.«

»Und welche der Ideen stammen von dir?«, fragte ich. Jede Wette, dass meine Schwester ihre Hände im Spiel hatte.

»Kein Kommentar«, sagte sie ausweichend, da wusste ich Bescheid.

»Was ist mit Robert? Geht der zivilrechtlich gegen Brianna vor?«

Harper schüttelte den Kopf. »Nein, ihm ist das zu nervenaufreibend, aber der Lehrer von Heathlands zieht jetzt mit seinem Fall vor Gericht. Roberts Anwalt hat für ihn eine Abfindung ausgehandelt. Aber auch hier weiß ich nicht, wie viel es ist. Robert scheint jedenfalls damit zufrieden.«

Insgesamt war die Sache für Robert und Mary gut ausgegangen, obwohl es mich schon gefreut hätte, wenn den Mädchen der Prozess gemacht worden wäre und sie ihre gerechte Strafe erhalten hätten. Aber so bekamen Robert und Mary direkt eine Entschädigung und konnten mit ihrem Leben weitermachen. Den Lehrer von Heathlands verstand ich ebenfalls. Er hatte nichts mehr zu verlieren, seine berufliche Laufbahn und sein Name waren bereits ruiniert. Vor Gericht hatte er sicher gute Chancen.

Hinterm Haus hörte ich Rafes Stimme. Es klang, als würde er sich mit Miles unterhalten. Das konnte ja heiter werden, denn bislang hatte ich Harper nichts von Rafe erzählt.

Miau Zedong lief zum Verandator, um Rafe zu begrüßen. Er war in Uniform und brachte mir die Gürteltasche mit meinem Diabetesset und dem Handy mit, die ich im Wald verloren hatte. Mit einem breiten Lächeln kam er näher, was hoffentlich hieß, dass er die Situation durchschaute.

»Sie müssen Scouts Schwester sein«, sagte Rafe und hielt Harper die Hand hin. »Ich bin mit Toby zur Schule gegangen«, sagte er, als würde das alles erklären.

»Ah«, sagte Harper und schüttelte ihm die Hand. Dann strich sie sich neckisch durchs Haar.

Rafe reichte mir Gürteltasche und Telefon. »Gehört wohl dir. Wurde im Wald beim Zelt gefunden. Musst du verloren haben, als du nach Tommy gesucht hast.«

»Danke. Willst du vielleicht was mitessen?« Was ich natürlich eigentlich sagen wollte, war: *Willst du mich gleich hier vernaschen oder lieber auf dem Gartentisch?*

»Danke, aber ich muss gleich weiter«, sagte Rafe. Er gab mir einen flüchtigen Kuss auf die Wange, woraufhin mein Herz gleich zu rasen begann, und nickte meiner Schwester zum Abschied noch kurz zu.

»Der ist ja zum Anbeißen«, flötete Harper, als Rafe außer Hörweite war.

»Wenn man auf den Typ steht«, sagte ich beiläufig. »Hast du Lust auf einen Tee?«

Nachdem wir Tee getrunken hatten und Harper den Müll rausgebracht und andere Jobs erledigt hatte, die mir schwerfielen, fuhr sie nach Hause. Ich sah auf die Uhr. Marcia wollte heute Nachmittag vorbeikommen. Hier ging es zu wie am Bahnhof Flinders Street.

Aus dem blauen Überseekoffer holte ich das Strickzeug hervor und machte mich an das nächste Projekt für die SG, das Blut-und-Mut ersonnen hatte. Treusorgende Ärztin, die sie war, hatte sie mich schon zweimal besucht; einmal im Krankenhaus und einmal zu Hause. Blut-und-Mut war wohl ein klein wenig bedeutender, als sie uns gegenüber hatte durchblicken lassen, denn nach ihrem Krankenhausbesuch scharwenzelte das Personal doch erheblich mehr um mich herum. Diagnose und Behandlung fanden Blut-und-Muts Zustimmung, und da sie für den nächsten Strickstreich verantwortlich war, hatte sie gleich hellrosa und blassblaue Wolle mitgebracht. Stricken sei eine ausgezeichnete Therapie, verkündete sie, vielleicht ein wenig beschwerlich mit gebrochenen Rippen, aber schaden konnte es nicht und würde auf jeden Fall die Langeweile vertreiben. Für die Aktion fertigten wir spießige Klopapierhüllen an, die dann auf den Damen- und Herrentoiletten Brisbaner Edelhotels zur Schau gestellt werden sollten, rosa für die Mädchen und blau für die Jungen. Die Idee war herrlich kitschig und heiterte mich ungemein auf.

Natürlich rief ich gleich Sam an und fragte ihn, ob er nicht Lust hätte, Stricken zu lernen, dann könnte er nämlich nach Byron Bay kommen und sich ein paar Tage um seine Tante kümmern. Es stellte sich jedoch heraus, dass mein Neffe zwar ein geschickter Handwerker, aber kein geschickter Strickwerker war. Mit der Zeit würde es schon werden – zumindest hoffte ich das.

Bei einer Strickstunde auf der Veranda hätte Rafe uns einmal fast erwischt, Sam konnte das Beweismittel noch in letzter Sekunde in der Waschmaschine verschwinden lassen. Nach wie vor war ich unsicher, ob Rafe wirklich wusste, dass ich zur Strickguerilla gehörte oder ob er nur einen Verdacht hegte. Fragen konnte ich ihn ja schlecht. Es hatte eine Weile gedauert, bis die Medien von unserer Scheibenwischer-Umgarnung berichteten, aber schließlich erschienen in den Lokalblättern doch ein paar witzige Artikel samt Fotos. Rafe hatte mir erzählt, dass eine besondere Person der Polizei bei den Ermittlungen helfen würde. Also falls er mich damit meinte, konnte ich nur sagen, dass mir die Art seiner Ermittlungen recht gut gefiel.

Um drei Uhr kam Marcia mit einem Arm voller Blumen. Zuvor hatte sie Tildy besucht, die in einer psychiatrischen Klinik an der Gold Coast behandelt wurde. Mark hatte eine Kurzzeitpflege für seine Mutter organisiert und war ebenfalls gekommen. Zusammen mit Tommy und Christopher wohnte er bei Marcia, bis Tildy stabil genug wäre, um nach Melbourne überführt zu werden. Mark hatte sich in Marcias Wohnzimmer sein Büro eingerichtet und arbeitete von dort aus.

»Wie geht es Tildy?«

Marcia seufzte. »Es wird noch eine Weile dauern, bis sie gesund ist, aber bei entsprechender Behandlung stehen ihre Chancen gut. Von den körperlichen Folgen der Schläge wird sie sich relativ schnell erholen, aber die seelischen Wunden brauchen Zeit. Ein bisschen hat sich schon getan. Heute hat sie nach ihren Kindern gefragt. Ein winziger Schritt.«

»Wenn es nicht so wehtun würde, würde ich dich jetzt umarmen«, sagte ich.

Marcia lächelte mich dankbar an. Sie sah müde aus und hatte in den letzten Wochen sichtbar an Gewicht verloren.

»Ich stell erst mal die Blumen ins Wasser und erzähle dir dann alles ausführlich«, sagte Marcia. »Mark und ich haben nämlich heute Morgen mit Tildys Ärzten gesprochen.«

Nachdem wir es uns gemütlich gemacht hatten, erfuhr ich, dass man in der Klinik den Schaden durch die Sekte für nicht so gravierend hielt. Die Ärzte waren eher der Meinung, dass Tildy unter einer schweren postnatalen Depression litt und unter den Anforderungen der Mutterschaft zusammengebrochen war. Die Sekte hatte ihr lediglich einen Ausweg geboten, dort hatte sie ein Leben führen können, bei dem ihr alle Entscheidungen abgenommen wurden. Daran geglaubt hat sie wahrscheinlich nie.«

»Hat Tommy dir eigentlich je verraten, wie er es zu den Bacchus-Jüngern geschafft hat?«, fragte ich. Bislang hatte Tommy sich nämlich geweigert, diese Informationen preiszugeben, wohl aus Angst, seiner Mutter noch mehr Scherereien zu machen.

Marcia nickte. »Tildy hatte ihn angerufen und ihn gebeten zu kommen. Hat ihm genau erklärt, wie er mit dem Zug von Melbourne nach Nerang fahren kann. Tommy hat sein Sparschwein geplündert und das Geld aus der Küche genommen. Am Bahnhof von Nerang, wo Tildy immer zum Einkaufen geschickt wurde, hat sie ihn abgeholt und aufs Gelände geschmuggelt. Armer Tommy. Hat geglaubt, er könnte seine Mutter nach Hause holen. Kannst du dir den Schreck vorstellen, als er begriffen hat, dass Tildy bleiben wollte und er auf alle Zeit in einem Zelt im Wald leben sollte?«

Ich war beeindruckt. Für mich war Tommy ein echter Held. Er hatte geholfen, seine Mutter zu retten, und als Erinnerung an seine noble Tat würde er für immer eine halbmondförmige Narbe am Arm behalten. In zehn Jahren würde er in einer Studentenkneipe sitzen und mit hochgerollten Ärmeln einem entzückten Mädchen erzählen, wie er zu der Narbe gekommen war. Den roten Schlafanzug würde er sicher unter den Tisch fallen lassen.

»Und was geschieht jetzt mit Casey?«, fragte Marcia.

»Die ist noch hier, wohnt bei Dave und Daisy. Casey hat sich entschlossen, doch Anzeige gegen Heitere Wolke zu erstatten, damit er möglichst lange im Gefängnis schmort. Für sie ist es Teil des Heilungsprozesses.«

»Hat man ihren Sohn gefunden?«

»Ja. Der Kleine ist schon bei Caseys Familie in Saratoga

Springs. Ihr Großvater Harold kommt in Kürze, um sie nach Hause zu holen. Für den Prozess kommen die beiden dann noch einmal zurück.«

Ich erzählte Marcia, dass Daves Sohn Ben nach einigen tief greifenden Gesprächen mit Casey davon überzeugt war, dass sie sich wieder vollständig erholen würde. »Die Dunkelheit um die amerikanische Schönheit verzieht sich, hat er gesagt.«

»Wie poetisch. Hat er sich etwa in sie verliebt?«

»Ja, das scheint gerade umzugehen.«

Marcia lachte, und wir stießen mit unseren Teetassen an. Schön, sie wieder lachen zu sehen.

»Und was macht der schmucke Rafe?«

»Nimmt einen gefangen.«

»Das glaube ich gerne.«

Eine Zeit lang plauderten wir noch, dann machte Marcia sich auf, um nicht in den Feierabendverkehr zu geraten. Als sie weg war, nahm ich Miau Zedong auf den Schoß und versuchte, ein Nickerchen zu machen, aber mir ging zu viel im Kopf herum.

Solly und Laura hatten mir gestern die neuesten Nachrichten über Heitere Wolke überbracht. Mich hatte es köstlich amüsiert, die beiden ohne ihre Goth-Kluft zu sehen. Ehrlich gesagt wirkten sie sehr weiblich. Ich habe mich aber nicht getraut zu fragen, ob sie wirklich zusammengehörten oder ob das nur Maskerade gewesen war.

Wie ich von den beiden erfuhr, wusste niemand, wie Heitere Wolke zur Kopfverletzung gekommen war; unter Polizeibewachung hatte er einige Zeit auf der Intensivstation verbracht, bis er sich so weit erholt hatte, dass man ihn verhaften konnte. Ihm wurden unzählige Straftaten in Australien und den USA zur Last gelegt, sodass er für lange Zeit ins Gefängnis müsste.

Insgesamt hatte es unter den Bacchus-Jüngern siebzehn illegale Einwanderer gegeben, darunter auch die beiden Amerikanerinnen. Von den Anhängern waren einige auf dem Gelände verblieben, um die Welt weiter mit ihren unsinnigen Lehren zu triezen. Mit den Einnahmen von der Bacchus-Erwachet-Website würden sie sich finanziell über Wasser halten können, wobei sich der Verbraucherschutz nun auch für sie zu interessieren begann. Die Liegenschaften der Sekte würden im Laufe des Prozesses alle verkauft werden.

Als Solly mir von Cara Mel erzählte, die einen gesunden Sohn zur Welt gebracht hatte, den sie Nes Quick nannte, hatte ich gelacht, bis mir die Rippen wehtaten. Cara wollte offenbar die eigene Haut retten, und bei ihrem Plappermaul würde sie der Polizei ordentlich was vorsingen. Ade inspirierender und mitfühlender Meister!

Schließlich erfuhr ich von den beiden auch, dass die Polizei Tracy, die Empfangsdame in Marcias Apartmenthaus, wegen der Waren, die eindeutig aus dem Hehlerversteck der Bacchus-Jünger stammten, in die Mangel genommen hatte.

Bevor Solly und Laura gegangen waren, hatte ich ihnen noch versprechen müssen, ihren Anteil an der Sache zu verschweigen. Im Grunde kam mir ihre Geheimniskrämerei gelegen. Womöglich würde ich eines Tages einmal ihre Hilfe brauchen. Und überhaupt war es beruhigend zu wissen, dass Leute wie Solly und Laura sich um diesen Fall kümmerten und ein Irrer weniger draußen sein Unwesen trieb.

Viel mehr gab es auch nicht zu berichten.

Rafe hatte meinen Wagen abgeholt und Bruce den Lexus zurückgegeben. Zwei Männer aus Brunswick Heads wurden verhaftet, weil sie sich meinen Wagen geklaut und verbotene Substanzen im Nationalpark angebaut hatten.

Bei Toby habe ich mich noch nicht gemeldet. Sonst würde er sich in Afghanistan nur unnötig Sorgen um mich machen. Und außerdem weiß ich noch nicht, wie ich mit der Liebe zu zwei Männern umgehen sollte. Toby würde noch einige Zeit fort sein, so lange würde ich noch getreu meines Mantras leben: abwarten und Tee trinken.

Brian Dunfey hatte angerufen, um sich nach meinem Befinden zu erkundigen. Wollte wissen, was mir die Wildreisfresser in Byron Bay verordnet hätten. Daraufhin erklärte ich ihm, dass ich mit meinem Therapeuten heißen Tantra-Sex hätte, weil es gut für die Durchblutung sei. Er hat nur gelacht, schade eigentlich, da es doch stimmte.

Manche Dinge würde ich nie erfahren. Was war aus Dawn geworden? War Tildy durch Tracy zur Sekte gekommen? Hatten die fiesen Zicken die Unterwäsche aus dem Kaufhaus gestohlen, oder steckte Mrs Berkelow dahinter? Und warum haben die Jungs, die meinen Wagen gestohlen hatten, den Stoff drinnen liegen lassen? Manches konnte ich mir natürlich denken, aber mit Sicherheit wusste ich es nicht.

Ich schubste Miau Zedong vom Schoß und langte nach meinem Notizbuch.

Ich musste das alles aufschreiben.

Danksagung

Ich danke dem Team Groff (meinem Mann Jay und unserer Tochter Hannah Kay) für die liebevolle Unterstützung und die vielen Kannen Tee; meiner lieben Freundin Gilli Cooper für ihre Anregungen und das medizinische Know-how; Georgie Parker für das fantastische Zitat; meiner supercoolen Agentin Selwa Anthony für … eigentlich für alles; den Leuten von Pan Macmillan in Australien, dass sie an mein Buch geglaubt haben. Mein besonderer Dank gebührt Alex Nahlous, die das Projekt von Anfang an begleitet hat und sich den tollen Titel hat einfallen lassen.